Collection Pourpre

ISBN : 978-2-35452-205-6
Éditions Vents Salés
33700 – Mérignac
Web : edition-vents.com

editions.vents@free.fr

Jean-Jacques HAREL

Tribulations Hétérodoxes d'un double et de son original

Éditions Vents Salés

Une vérité, c'est un préjugé qu'on affirme trop. Il y a des vérités partout, mais il ne faut pas trop y croire, ni surtout y tenir.

Jules renard

À ceux que j'ai croisés, pour ce qu'ils m'ont apporté.

I

Simon ne dormait pas. Un rai de lumière filtrait au travers des plis des doubles rideaux de velours, naissait au creux de la nuque, coulait sur le dos du corps allongé sur le ventre, à son côté, assoupi, découvert sur les draps du lit. La tête posée sur sa main, Simon le regardait, pensif. Il se dit, qu'au fond, ce n'était qu'une ombre qui s'effacerait avec la lumière. Il gommera de sa mémoire la passivité, l'indifférence, l'abandon que ce corps avait consenti offrir à son empressement, comme un objet.

Il se leva doucement dans l'espoir de ne pas réincarner ce fantôme né de la nuit, de l'alcool. Peut-être celui-ci s'était-il offert en victime expiatoire, pour réparer une faute, ou pour combler le temps lourd, du désespoir. *Tu délires*, se dit-il en se frappant le front.

Il referma la porte de la chambre, soulagé.

Le miroir de l'entrée lui renvoya l'image désordonnée de son visage. Il passa la main dans ses cheveux et se pinça les joues. *Je bois trop !*, murmura-t-il.

Il se dirigea vers la cuisine, dans l'intention de faire du thé, mais il renonça. Comme souvent, une idée submergeait son intention, s'imposant. Enfin, écrire cette lettre à Jacques ! Cela faisait des semaines qu'il murissait cette intention. Mais les mots ne venaient pas, ou s'échappaient. Il marcha vite vers le petit bureau anglais qui faisait face à la fenêtre du salon. La nuit se délitait. Les premières lueurs du jour, se mélangeaient aux lumières de la ville. Il jeta un coup d'œil dans la rue. Devant lui, le chantier de la gare Montparnasse ne bougeait pas encore. Il engagea une feuille dans sa machine à écrire.

***

Simon, Paris, dimanche 23 avril 1967, cinq heures trente ce matin.

Mon cher Jacques,

Tout a commencé, dans le plus métallique des lieux et dans les circonstances les moins propices.

Nous aurions dû contempler, demeurer silencieux ! La nature nous encerclait. Elle devait logiquement s'imposer à la futilité, à l'inutilité de ce que nous tentions de partager. Des propos de gosses mal grandis, déjà désabusés, déjà ravagés de doutes, d'interrogations, déjà sous menaces de stigmatisations, d'exclusions.

Elle soufflait, sifflait, gueulait, il aurait fallu être sourd et inconscient pour ne pas comprendre.

« Regardez, écoutez ! Qui êtes-vous sur cette barque d'acier pour souiller ma démesure, mon vacarme, de vos babillages. »

Nous n'avons pas accepté le message que les éléments nous envoyaient. Nous n'avons pas voulu l'entendre. Comment aurions-nous pu nous y résoudre ?

Demeurer silencieux, submergés ? Comment exister avec ce préalable, suggéré, insidieux, de naître « rien », de n'avoir été « rien », de n'être « rien » en devenir ?

Nous n'avons pas été dominés par l'idée, que nos désirs, nos regrets, nos haines, nos amours, nos existences, devaient s'effacer, devant la puissance, l'immense détermination d'un univers sur lequel nos croyances se brisent. Nous avons résisté, nous nous sommes nourris de la magnificence de ce qui nous menaçait, comme d'un exhausteur de nos intimités. Nous nous sommes armés du partage des plus inavouables de nos peurs, de nos désirs. Pourquoi ? Nous sommes tellement dissemblables. Peut-être pour simplement, mieux exister, en nous exposant, l'un à l'autre.

Tout était fait pour que nous ne songions qu'à vivre, du mieux possible, dans la solitude d'un collectif efficace. Mais nous avons accepté le risque du déséquilibre, de la pollution de la pensée et des questionnements. Nous nous sommes réunis pour échapper à la solitude de l'esprit qui ne peut plus partager. Nous nous sommes nourris, des vacarmes, des secousses, des lumières qui s'enfonçaient dans les abîmes, des cimes blanchâtres qui courraient vers nous. Nous n'avions pas envisagé que cela nous arriverait un jour. Nous n'étions pas faits pour nous rencontrer. Nous n'avions pas souhaité être là. Nous n'aurions pas eu de regrets à ne pas vivre notre rencontre. Elle n'était pas de nos projets ou de nos appétences ! Mais, nous le savons maintenant, rien de tout ça n'aurait pu se faire ailleurs, en d'autres circonstances.

À la fin du spectacle, tout devait s'arrêter, le rideau tomber. Mais, nous en avons décidé autrement. Nous nous étions avoué mutuellement notre désir, d'écrire, d'ajuster les mots qui entrent en résonnance avec le jeu de la vie. Nous avons repris, par l'écriture, le cours de nos conversations désordonnées, dans des lieux différents, des circonstances nouvelles, éloignés l'un de l'autre. Nous y avons posé des pièges, proposé des illusions, nous nous y sommes exposés différemment, en proposant des pistes, sans plus.

Est-ce un jeu de dupes ? Cela m'a traversé l'esprit quelquefois. Mais quelle importance ?

Voilà, mon cher Jacques, je termine là ce long chapelet d'élucubrations (nocturnes). Le jour se lève avec ce courrier terminé, qui je l'espère, t'atteindra.

***

– Tu as du café ?

Simon se retourna. Le garçon le regardait, les bras ballants, les yeux à peine ouverts, la tête baissée. Ses cheveux, qu'il avait longs, débordaient en une coulée blonde sur son visage, jusqu'au coin de ses lèvres. Il se montrait à Simon, nu.

– Non, du thé seulement. Dans une boîte en fer. Dans le placard de la cuisine. Tu sais le faire ?

Le jeune homme fit un geste las de dénégation, lui tourna le dos, et retourna dans la chambre. Simon haussa les épaules, fit glisser de sa machine à écrire, la feuille du courrier qu'il venait de terminer, et entreprit de le relire. Comme d'habitude, il retrouva, ce qu'il ne percevait pas dans l'instant de l'écriture. Ce qu'il en détestait, de son écriture, mais dont il ne pouvait éviter d'user, d'abuser même. Une propension à l'emphase un peu délirante, *une marque de ta sensibilité d'homosexuel,* lui avait écrit Jacques.

Pour sa part, Simon n'y trouvait pas une relation de cause à effet. Plutôt un tic d'écriture, qui le tenait depuis son adolescence, et dont il n'avait jamais pu se défaire complètement. D'ailleurs, il soupçonnait Jacques de jouer avec sa susceptibilité. Il connaissait cette façon, qu'il avait de pousser les feux sur ce qu'il avait deviné, être les angles morts de ceux dont il voulait connaître les limites. Simon avait bien essayé de lui rendre la monnaie de sa pièce, mais cela ne fonctionnait pas. Jacques avait cette capacité, à tout accepter, à tout intégrer, à le faire murir, et à l'occasion, le resservir à son profit.

– Tu es un foutu manipulateur, avait dit Simon, un jour à Jacques, dans l'espoir de faire sauter le verrou. Mais Jacques n'avait pas répondu. Il avait souri, comme s'il acceptait le jugement, en compliment. Simon avait vécu ça comme une frustration. Il avait voulu n'en rien laisser paraître, mais le regard, exagérément bienveillant de Jacques, l'avait cette fois blessé. C'est, sous ce regard goguenard, qu'il avait rompu le jeu, en tournant les talons.

***

– Salut.

Simon sursauta, tourna la tête. Il eut juste le temps de voir le dos du garçon, et la porte claquer. Il soupira.

Puis il sourit et dit, pour lui-même, d'une voix d'acteur : *cruellement abandonné, pour une tasse, de café !*

Il repensa à sa soirée de la veille. *Je ne connais même pas son prénom !*

Depuis plusieurs mois, il n'avait plus cette liaison solide qu'il partageait avec Jérôme. Jérôme était parti en Amérique exercer son talent de musicien. Le samedi soir, il avait parfois cette envie de déambuler dans la ville, évitant les lieux de rencontres habituels de son cercle d'amis. Chasseur solitaire, c'est ainsi qu'il se pensait, s'habillait, se lavait, se parfumait, se nantissait d'une somme d'argent liquide, conséquente. Il débutait la nuit, rive gauche, Saint-Michel, Saint-Germain des Prés, les bars, les petites boîtes à jazz, il jouait à croiser les regards. Parfois, accoudé au bar, il engageait la conversation avec un jeune esseulé, pesant négligemment de sa main, sur la sienne, lorsqu'il pensait que ce préalable serait accordé. Mais les âmes seules, conciliables, le samedi soir, étaient rares. Il en était souvent pour de petites émotions, de petits regrets, lorsqu'il considérait qu'il ne s'était pas donné toutes ses chances, par nonchalance, ou peur de l'échec. Lorsque sa frustration était trop forte, il cédait parfois à l'idée d'acheter une relation. Il partait alors pour une longue marche, dans Paris, passait les ponts, se dirigeait vers le Chatelet, remontait la rue Saint Denis. Il déambulait ainsi, parfois jusqu'à Pigalle. Il ne réalisait que très rarement, l'objet de ces virées nocturne. Lorsqu'il s'y décidait, trop engagé pour reculer, il ne lui en restait qu'un sentiment de dégoût, et des regrets.

La plupart du temps, il se décidait à rentrer chez lui, à pieds ou au premier métro, au petit jour, comblé de fatigue, calmé. Il s'offrait alors un dimanche solitaire, paresseux, auquel il concédait en fin de journée, une heure ou deux, à la préparation de ses cours.

La veille, il s'était rendu directement dans un petit bar à jazz, de Saint-Germain, rue Monsieur Le Prince. *La Paillote* était tenu par un type, pas très accueillant au consommateur lambda, en couple ou solitaire, qui venait sans autre but que de boire un verre, ou de flirter, dans les petits box sombres de la salle. Le décor était en relation directe avec le nom du lieu. Des box de quatre places, avec deux banquettes en bois, une petite table rectangulaire, et un toit en bambou, le tout vaguement éclairé de lampions poussiéreux. L'illusion s'arrêtait là. La plage manquait.

L'originalité du lieu, tenu par un fou de jazz, était ailleurs. Il avait, disait-il, la collection la plus rare, et complète, de trente trois tours, de toutes les variétés de jazz. Les habitués savaient ce qu'il fallait faire. À l'entrée, le patron, Tom, était assis derrière un petit guichet. On lui passait commande de la consommation souhaitée. Ce qui lui évitait de se déplacer dans la salle ! Les initiés, avaient un privilège secret. Basculant un peu sur le comptoir pour se rapprocher de l'oreille du maître des lieux, ils lui murmuraient :

– Si tu as ça, tu pourrais le passer… ?

C'était toujours un ravissement pour le patron de répondre : *j'ai ça, de mémoire enregistré en … avec à la batterie* ... Il précisait souvent, - *le batteur, c'est le cœur du groupe, il faut qu'il soit bon pour que les musiciens donnent le meilleurs.*

Il était rare qu'il ne puisse pas satisfaire la demande.

Ce client-là, changeait de statut. Le tutoiement s'imposait, par la complicité d'une passion partagée.

– J'insère dans ma programmation. T'auras ça dans une petite demi-heure.

Un garçon, on ne voyait que son dos, penché sur la porte vitrée du bar, semblait chercher, dans la pénombre, une connaissance.

Simon lui posa une main sur l'épaule.

– Excusez-moi !

Il vit le jeune homme se redresser, rejeter en arrière la mèche de cheveux qui le gênait. Il ne bougeait pas, semblant ne pas comprendre la demande qui lui était faite, de libérer la porte d'entrée. Il dévisageait Simon, comme si sa présence, sa demande, étaient inopportunes.

Simon, maintenant la main qu'il avait posée sur son épaule, lui sourit.

– Vous cherchez quelqu'un ? Entrez, se sera plus facile de le voir, s'il est là.

– Non, non, je regardais, simplement.

Il s'écarta légèrement.

Simon s'avança, baissa la clenche de la porte, qu'il entrouvrit

– Vous aimez le jazz ? Venez, je vous offre un verre.

L'autre le regarda sans répondre, puis s'infiltra dans la pénombre du bar.

Le patron remonta ses lunettes.

– Salut, Phil, ça va ?

Simon ne réagit pas à cette interrogation, adressée à un prénom qui n'était pas le sien. Il vivait dans l'angoisse permanente d'être fiché comme homosexuel par la police. Il avait pris l'habitude de semer des fausses pistes dans les lieux qu'il fréquentait, dans l'espoir de faire une rencontre. Ici, c'était ce prénom, Phil, qu'il avait ancré dans la mémoire du maître des lieux.

– Attends, il faut que je leur cause.

De son pouce, il pointait la salle. Il prit son micro :

– Salut à tous, les petits. Bon, comme tous les soirs, je me choisis ma récré. Cette fois c'est un petit bijou de la syncope rythmique. Laissez-vous aller, ça fait du bien. Dave Brubeck quartet, Brubeck au piano, Desmond au saxo, Wight à la basse, Morello à la batterie. Ah, j'oubliais, pour ceux qui ne savent pas ! Pendant ma récré, je ne prends pas de commande, je ne sers pas à boire, et on ne me demande pas ou sont les toilettes.

Déjà *Take Five* se mettait en place. Un incorruptible tempo, naissait sous les baguettes et les balais de Joe Morello.

Le patron reposa son micro, se pencha un peu vers Simon et lui glissa dans l'oreille :

– Le tempo à cinq temps c'est angoissant ! Ça te prend toute ton attention, ta concentration. Tu sais pourquoi ? Ça ne va pas avec les battements du cœur. Ça le prend à contretemps !

Simon sourit, la lèvre tirée, narquois.

– Tu mets quoi après ?

– Tu verras bien !

Simon sourit : Il savait déjà que ça enchaînerait avec *Unsquare Dance*.

Ils étaient côte à côte depuis un peu plus d'une heure. Ils ne s'étaient pratiquement rien dits. Le jeune homme s'était déclaré étudiant en lettres. *Sans conviction*, se dit Simon, qui n'avait fait que développer quelques commentaires, sur les airs de jazz qui s'enchaînaient. Son compagnon buvait, fumait, les yeux clos, apparemment indifférent, juste là, invité. Ils terminaient leur troisième verre de punch. La trompette de Miles Davis déchira le court silence qui s'instaurait, lorsque le patron changeait le disque. Simon posa la main sur le genou du garçon.

– Ecoute ! C'est moi qui ai demandé ça ! Une interprétation du concerto d'Aranjuez par Miles Davis. L'album, c'est *Sketchs of Spain*, tu connais ?

Le garçon fit un petit geste de dénégation de la tête. Il laissa la main de Simon s'installer sur sa cuisse.

Plus tard, Simon alla régler à la caisse les consommations. Tom leva les yeux.

– Tu peux m'appeler un taxi ?

Simon passa la main dans les cheveux du garçon, qui semblait assoupi.

– J'ai un taxi. Tu viens ?

***

Simon secoua sa tignasse, comme un chien mouillé. C'était la façon qu'il avait, de se débarrasser, des pensées encombrées de regrets, qui clôturaient ces nuits- là !

– Bah, j'aurai quand même dû être plus gentil avec ce môme, ce matin, marmonna-t-il.

C'était presque toujours la même histoire, lorsqu'il ramenait chez lui une de ces rencontres fortuites. Elles se faisaient souvent dans des lieux, propices à la présence de ceux, dont la solitude prend le poids de la nuit, se fait insupportable.

Il décida d'ajouter quelques lignes manuscrites au courrier qu'il destinait à Jacques.

NB : Tu recevras dans quelques jours un manuscrit ! Tu te sentiras sans doute concerné !

II

Jacques regarda son calendrier : 25 mai 1967. Cela faisait un mois que Simon lui avait promis ce qu'il tenait maintenant entre ses mains. Il avait mis du temps avant de comprendre le sens et le contenu de la lettre, ou plutôt du colis, qu'il venait d'ouvrir. Depuis bientôt deux ans, il échangeait régulièrement de longues lettres avec Simon, où, comme dans un jeu, chacun se racontait, avec une liberté, préalablement accordée :

– Dans raconter, il y a « conter », lui avait dit Simon en guise d'adieu, dans un bistro à Brest. En fait, c'était plutôt Jacques qui avait pris cette habitude, presque une addiction pensait-il parfois, d'écrire de longues lettres décousues, où se mêlaient témoignages d'expériences et de rencontres, et réflexions délirantes, sur les peines, les joies et les plaisirs douteux. L'insomnie alcoolisée, en était le plus souvent, le temps.

Simon répondait, plus qu'il ne se racontait. Parfois, quelques renseignements discrets, sur ses amours, et sa vie professionnelle. Il enseignait, dans un lycée de la région parisienne.

C'était lors de leur dernière heure passée ensemble, qu'ils avaient conclu ce pacte. Simon l'avait qualifié pompeusement, sans doute sous l'influence de la quatrième tournée de grappa, de « pacte épistolaire libre ».

Simon prenait le train pour Paris. Libéré du service militaire, dans quelques jours, il serait de nouveau celui que

Jacques n'avait pas connu au cours des quelques semaines partagées dans l'espace clos du porte-avions de l'aéronavale. Un jeune diplômé de philosophie de retour dans un monde dont Jacques ignorait à peu près tout.

Jacques devait rejoindre sa nouvelle affectation. Le porte-avion entrait en radoub, avant de partir pour le Pacifique, pour deux années. Jacques ne sera pas du voyage. Il ne s'en plaignait pas. Finir les douze derniers mois de son engagement dans la marine nationale, les pieds sur terre dans une petite ville de Charente-Maritime, lui convenait. Il était heureux de pouvoir enfin, vivre au rythme normal des terriens, et de se préparer à rejoindre la vie civile, l'espace supposé des libertés de choix.

***

Il se décida à relire la lettre, qui accompagnait le texte dactylographié d'une quarantaine de feuilles, inséré, dans une seconde enveloppe.

***

Simon, Paris, samedi 20 mai 1967

Mon Cher Jacques,

On s'est tellement parlé ! Dans tout ce temps écoulé depuis notre séparation à Brest, j'ai vécu un peu avec toi, grâce à ces lettres dont tu me comblais, bien qu'elles n'aient été pour toi, je pense, qu'un exutoire à ce que tu ne pouvais dire qu'à moi, (enfin c'est ce que je crois !). Me croiras-tu ? Je t'écoutais en te lisant.

Tu m'avais dit que tu aimerais écrire, ou plutôt recommencer à poser sur du papier, ces bribes de paroles, que les aléas de la vie dispersent. Cette expression de liberté d'esprit, qui se matérialise, lorsque l'on sent, qu'il n'y a rien d'autre à faire, que ça ! C'était le but de notre pacte, écrire et non décrire. Tu m'as écrit, des histoires de ton histoire, où tu restes en filigranes. Je ne saurais pas, d'ailleurs je m'en fou, si tu es tout entier ton personnage, ou si tu ne l'es que partiellement. Tu as laissé ta plume voler sur le papier. Quelle est la part de la réalité dans cette accumulation de mots, je n'en sais rien ! Tu es un illusionniste, qui sait faire vivre ce qui ne meurt pas, les fantasmes, la part non vécue de la vie. Je n'en ai pas la preuve, tu ne m'en dis rien, mais je suis certain que tu ne me contrediras pas. Juste, je parierais sur ce sourire condescendant, que tu accordes parfois, pour ne pas répondre ! Tant mieux ; la version qui m'intéresse contient bien plus de toi, de nous tous. Elle est de celles que bâtit notre cerveau, au détour des rencontres de personnes, d'objets, de paysage et parfois simplement des images volantes de nos rêves, éveillés ou non..

Je m'égare, je « digresse » ! Tu as raison de vouloir écrire, puisque c'est chez toi, comme tu le dis, un besoin irrépressible de dire, et pour écrire, il faut avoir cette envie. De ce que nous avons échangé, de ce que nous avons vécu, j'en ai fait un récit. Disons, une nouvelle.

Il y a dans ce récit, une mise en scène de ce que tu as évoqué de tes expériences sexuelles, à mon oreille, sur notre barque d'acier... Puis dans tes premiers courriers, où tu semblais vouloir justifier, ou préciser, ce que tu m'en avais dit. Aurais-je pu qualifier d'élucubrations érotiques ces mots, ces phrases nourries d'images ambigües, dont tu m'abreuvais dès qu'un peu d'alcool te permettait de les jeter à mon attention ? Tu es revenu plus tard sur ce sujet, dans tes lettres. J'ai eu parfois le sentiment, que tu craignais que je n'en aie retenu qu'un érotisme, alourdi de trivialité. Hétéro ou homo, dans nos fantasmes sexuels, rien ne nous est épargné ! Autorisons-nous le tout, mais en êtres humains. J'ai mis en scène et bâti un personnage qui n'est toi, qu'au travers de mon regard, et puis ?

On écrit, on ne décalque pas ! J'ai de la tendresse pour ce personnage, et je dois t'avouer, que j'ai en écrivant, parfois, trouvé des plaisirs, de ceux que l'on qualifie d'inavouables. Mais on ne se refait pas !

Ne t'étonne pas du réalisme descriptif, de la sensualité que diffusent les pérégrinations sexuelles du personnage. Tu ne m'en as évidemment pas dit tant ! Les suggestions étaient fortes, et je m'y suis un peu retrouvé. Je suis homosexuel, par inclinaison. J'aime les hommes, mais j'ai eu mes expériences avec des filles. Sans trop d'enthousiasme, il est vrai, mais un peu pour faire comme tout le monde. Intégration sociale oblige ! J'ai eu du mal à franchir le Rubicon, malgré l'attirance physique que certains garçons provoquaient en moi. C'en est un, un jour, qui a fait le premier pas vers moi. C'est avec lui que je me suis révélé. Mais, hétéro ou homo, il s'agit toujours de la même chose. La peau sur la peau de l'autre, l'un se donne et l'autre prend ! L'essentiel est dans la réciprocité du désir et du plaisir. Ce qui est de tes interrogations, principalement, c'est sans doute, ce qui reste de ces expériences, de ces rencontres, de ces touchers intimes. De ce qui a été donné et reçu, dans la joie partagée, où toutes autres circonstances, dont elle est absente. L'amour vénal, qui se paye ou s'échange.

Tu remarqueras, que celui qui est censé être toi, s'appelle Romain. Je pense que cela te conviendra. Pour la part qui me met en scène, j'ai conservé mon prénom. Je n'ai pas réussi à m'effacer !

Je suis impatient de te lire.

NB : quand viendras-tu me voir ? J'ai mon appartement maintenant. Mes parents m'ont aidé ! Je peux te dépanner si tu n'as rien prévu d'autre pour te loger en arrivant à Paris.

***

Jacques était pensif. Il contemplait la liasse de feuilles, comprimée par deux grosses pinces. La page de garde était annotée, de la main de Simon : *Bonne lecture, mon ami …*

Il retira les pinces, retourna la page de garde.

Le titre le fit sourire : *Tribulations hétérodoxes.* Il n'avait qu'une idée approximative et intuitive du sens de ces mots, mais il devina le contenu du projet de Simon, tant il lui parut évident…

***

Tribulations hétérodoxes

L'image la plus ancienne qu'il a de lui-même ! Découverte dans une boîte en carton, une photo de famille, en noir et blanc, prise probablement en 1947, ou 1948. Il s'y découvre, dans les bras de son père, entouré de sa mère et de ses deux sœurs, de cousins, cousines, oncles et tantes ; au centre, son grand-père paternel et sa grand-mère.

Ses souvenirs ne débutent là, que par cette image. Ces personnages du papier glacé, il les reconnaît tous ! Mais pour ce qui le concerne, ce petit homme que le père exhibe, pour que l'objectif photographique l'attrape, n'est pas encore lui !

Romain se souvient des humeurs difficiles d'un père, et des craintes récurrentes des pénuries de la guerre, dont sa mère garnissait les placards.

L'orage tournait au-dessus de son existence, comme une menace lointaine, toujours présente, rarement définie. À vrai dire, ce n'était qu'un ressenti, imprimé quelque part dans sa mémoire.

Il a aussi, le souvenir d'une petite bibliothèque familiale, hétéroclite, dont il dévorait, sans autorisation formelle, tout ce qu'il pouvait en extraire. Père et mère fermaient les yeux, mais laissaient l'interdit en suspens. Il se sentait, en permanence, dans l'expectative, le provisoire.

Parfois, un livre le dévore, s'insinue en lui. En rentrant de l'école, il jette alors son cartable dans sa chambre, et se précipite sur le fauteuil de la salle à manger, pour se réapproprier le récit, abandonné la veille. Calé dans le siège, il ouvre la page cornée, et pose les yeux, sur le fil interrompu. Jusqu'à cet instant, il a redouté qu'un évènement vienne s'interposer. Il se libère alors, d'une frustration, qui l'a habité toute la journée.

Il se plonge dans un monde, qui exclut la conscience des bruits, ou des allées et venues de la maison. Lorsque sa mère l'appelle pour le dîner, il résiste quelques minutes, essayant d'accélérer la course de ses yeux sur les lignes, qui inventent des vies, des paysages, des plaintes et des joies. Puis il cède à la contrainte. De l'abandon forcé de sa lecture, nait une colère secrète, douloureuse, mais maitrisée. Il craint de faire naître une exaspération, fatale à sa passion.

***

Romain fut extrait de ses pensées, par le remue-ménage, qui précède l'arrivée en gare d'un train. Les voyageurs bougent, tirent les valises des porte-bagages, se réajustent, enfilent à la hâte les vêtements délaissés durant le voyage. Les grincements et secousses des wagons, accompagnent en les bousculant, la fébrilité ambiante, de ceux arrivés à destination.

Le train de nuit, huit heures syncopées par les secousses, rythmées des annonces nocturnes, feutrées, des arrêts de gare, …, *trois minutes d'arrêt*…, la tête collée, sur la moleskine grasse de l'appui-tête de la banquette, sans vrai sommeil.

Romain, au petit jour de ce mois de février 1965, sur le quai de la gare, s'y sentait perdu.

Il n'était devenu militaire, que par un concours de circonstances, qui l'avait placé là, à défaut de pouvoir être autre part !

Toulon, était le port d'attache, d'un des deux porte-avions de la flotte, sur lequel, la marine nationale jetait ses presque dix-huit ans.

Il n'avait pas la moindre idée, de la façon dont il pouvait rejoindre son navire. Il était fatigué.

Son titre de transport ne comportait que la gratuité du train. Il regarda dans ses poches : il lui restait un peu plus de cinquante francs. Le reliquat de sa solde, et un mandat reçu de ses parents. Sorti de la gare, il vit deux taxis stationnés. N'en ayant jamais utilisé les services, il n'avait aucune idée, de ce que pouvait coûter la course, pas plus que le parcours nécessaire pour rejoindre son unité, et les moyens pour s'y rendre. Il s'approcha du premier.Le chauffeur l'interrompit.

– Va voir mon collègue, lui dit-il. – C'est lui qui fait ça. Il est agréé et connaît le port militaire comme sa poche. Effectivement, l'autre voiture avait un carton inséré sous le pare-brise, portant en lettres majuscules rouge, la mention : *Destination Arsenal.* Après avoir vérifié que son pécule suffisait à payer la course, il monta dans le véhicule, soulagé.

Le taxi l'avait rassuré :

– Ne t'en fait pas. C'est un forfait de huit francs pour l'arsenal. Ça te va ? On attend encore cinq minutes. Je serai étonné qu'il n'y ait pas quelqu'un d'autre ! Ça te coûtera un peu moins si vous êtes deux.

– J'en ai été, de la Royale ! Ajouta-t-il avec un grand sourire. Mais personne ne vint !

L'homme du taxi était sympathique, bavard, et Romain, réconforté par la chaleur du langage, et le confort de l'automobile, se laissa aller à une torpeur rassurante. À l'entrée de l'arsenal, il dut présenter sa feuille d'affectation. À sa surprise, le taxi put pénétrer dans la rade.

– Je suis agréé, dit-il en tournant la tête vers Romain.

Il lui désignait une vignette collée sur son pare-brise. Normalement il faut aussi montrer la carte, mais on ne me la demande presque jamais. C'est comme ça ! Ils finissent par me connaître.

– Vous venez souvent ?

– Deux ou trois fois par jour. En moyenne, mais c'est parfois plus.

Romain fut rassuré. Le chauffeur l'emmena sans hésitation, directement, au quai que couvrait, de sa masse, le navire.

– Tiens, le voilà ton porte-avions,

Il s'arrêta à quelques pas de la coupée.

Romain dut lutter, pour ne pas s'abandonner à la panique, qui grignotait sa lucidité, à l'idée d'entrer dans les entrailles, et d'y trouver sa place.

***

Quinze jours plus tard, Romain, tant bien que mal, s'était plié, aux routines qui réglaient la vie du bord. Le temps maintenant passait, et il subissait les contraintes de sa situation, sans plaisir ni révolte. Il était facile à vivre pour les autres. Il ne provoquait ni enthousiasme, ni rejet. On l'admettait aussi vite, que l'on oubliait son absence. Il participait à tout mais ne s'intégrait complètement à rien. Il se lia, sans le désirer vraiment, avec les membres d'un groupe où la camaraderie, et la solidarité, semblaient être la fierté de chacun. L'un d'eux, Gilbert, ne lui était pas inconnu. Ils s'étaient croisés au centre de formation.

Gilbert avait rejoint son affectation depuis un peu plus d'un mois. Pour Romain, il faisait figure d'ancien. Né à Casablanca, tout naturellement, il avait joué des coudes pour se rapprocher des trois autres pieds-noirs du poste. Gilbert facilita le contact de Romain, avec le petit groupe. Ils vinrent tester sa convivialité, sans insistance.

Romain se laissa faire. Il avait tout de suite intégré le fait que cela était somme toute agréable, ne l'engageait à rien, car il n'avait rien à donner d'autre, que sa présence, et quelques signes ostensibles, de camaraderie.

Romain se recroquevillait, se cachait dans une coquille d'apparences. Caméléon, il se concentrait, pour se fondre dans les autres.

Il était submergé par le sentiment, mêlé de craintes et d'espoirs, d'être dirigé vers un avenir sur lequel il n'aurait que peu, ou pas d'influences. On ne lui disait rien d'autre de son futur, que les passages obligés ! Il était privé de rêves, et d'illusions.

L'époque était celle, de l'univers cloisonné, de cette soixantième décennie. Les adultes, les chefs, les censeurs, s'étaient auto-investis en détenteurs de vérités, diverses, selon le camp politique, religieux ou social de leur appartenance. Ils sortaient de la guerre, et se sentaient différents de leurs enfants. Gavé de rancœurs et de hontes, englué dans les contradictions nouvelles des guerres coloniales, ce petit monde franchouillard, était vieux, dominé par les résidus culturels et idéologiques, rescapés de ceux que l'on avait enterrés, cachés, et dont on colmatait les résurgences, comme l'on pouvait, et parfois sans conviction, avec des regrets.

Les rejetons de ces générations étaient embourbés dans un mode ancien, qui ne voulait pas leur ouvrir d'espaces.

***

La première permission de Romain, passée dans sa famille, fut un échec qui découragea pour longtemps, toute nouvelle expérience

Tout ce que Romain avait vu, autour de lui, était la suppression de *son moi* dans cet univers-là ! Il s'y était senti étranger. Ses parents l'avaient reçu avec la déférence polie, que l'on accorde à l'invité. C'est, ce qu'il en avait ressenti.

***

Son voyage de retour fut long. Une journée et une nuit, ponctuées d'attentes, de correspondances, de somnolences, de ces rêveries propres à la cadence des trains.

Ce court séjour dans sa famille, lui faisait revivre les chemins qui l'avaient amené, là où il retournait. Ce qu'il avait vécu, avait été absorbé, avalé, par un devenir qui maintenant, lui semblait être une course sans fin, durant laquelle, il n'avait pu que regarder devant. Telle une découverte, il ressentait la certitude qu'il était dorénavant, propriétaire du temps de son histoire. Il se sentait le droit de l'évaluation, de ce qui l'avait amené là, où il était arrivé. Il pouvait regarder en arrière. Il se découvrait un premier passé, des souvenirs peuplés de visages, d'odeurs, de paysages. Il sentait aussi planer des nuages d'émotions, où les tendresses déçues, les rancœurs, les regrets, les soupçons, tourbillonnaient sans jamais se fixer. Il comprenait mieux pourquoi, il s'était senti éjecté dans une vie d'adulte, à laquelle il n'avait pas été préparé. Il mettait un sens à ce qu'il était, dans son environnement, familial, mais pas uniquement...

Romain avait été extrait d'une société, pour en intégrer, bon gré, mal gré, une autre ! Il avait maintenant démêlé l'écheveau de son histoire. Cette acceptation, lui permit de faire le choix de vivre, le mieux possible, dans le monde délimité qui lui était proposé. Au moins, y était-il reconnu.

À bord, les temps de repos, censés être consacrés au sommeil, ne remplissent ce rôle, qu'au bout de l'épuisement. Pour Romain, lorsque le navire casse si violemment les lames, que le corps s'en lasse, et que l'angoisse s'insinue dans l'espace minuscule de la couchette, le choix est d'affronter, de voir, de s'exposer au froid, au vent, emmitouflé dans tout ce qu'il peut passer, et enfiler, pour dominer l'environnement hostile, qui se rue, sur celui qui ose mettre le nez hors de la boîte. Une façon de moins subir !

Une encoignure de la plage arrière, lui était apparue particulièrement adaptée, à la demi-inconscience hypnotique recherchée. L'énorme cratère d'eau, laissé par le sillage du navire, qui ne se remplit jamais, fascine comme le vertige que l'on peut ressentir, au bord d'un vide sans barrière.

L'angoisse qu'il ressentait parfois, à l'idée d'être à quelques mètres d'une mort promise, était acceptée, comme un défi relevé sur une attirance inexplicable, physique ! La satisfaction d'y avoir résisté, clôturait toujours le séjour de Romain dans cet endroit. Il en souriait, se moquant de lui-même.

À la fin de son quart, une nuit, il n'avait pu se faire à l'idée de rejoindre sa bannette, dans le silence bruyant des dormeurs, et la chaleur fétide d'une climatisation, qui remuait l'air en circuit fermé. Il s'était arrêté là, assis et adossé à l'acier boulonné de la coursive, pour fumer une cigarette. Il s'y était assoupi. C'est le froid et la douleur d'une position inconfortable, qui l'avaient secoué de sa léthargie. De cette première fois, il ressortit le corps brisé et l'esprit léger. Temps, itinéraire, appétit, sommeil, travail, distractions, étaient des cases communes à tous, dépourvues de choix et d'initiatives individuelles. Il y avait introduit pour lui seul, la faille d'un espace de liberté. Il n'en dit pas un mot à ses amis, et organisa le secret de cette déviance. Mais il n'y venait dorénavant, que confortablement enveloppé, de plusieurs couches de vêtements, qui le protégeaient du froid, de la dureté du sol et des parois.

Un soir où blotti dans sa coquille de laine et de coton, il laissait doucement sa conscience s'éteindre, on lui adressa la parole. Un son dépourvu de sens, qui s'immisça dans un rêve en cours. Il releva la tête. Il distinguait à peine le visage encapuchonné.

Penché sur lui, masse imposante, dans le contre-jour, une cigarette à la main, le parleur répéta :

– Tu as du feu ?

Machinalement, Romain sortit son briquet à essence, vers la main tendue.

– Tu permets ?

Le type agrippé à la main courante de la coursive, résistait au déséquilibre. Il fit rouler la molette du briquet, alluma une *Troupe*, et lui tendit le paquet.

– Tu en veux une ?

– Non merci.

Romain reprit le briquet et le glissa dans sa poche, comme un geste définitif. Il voulait signifier, sans conviction il est vrai, *voilà c'est fait, il n'y a plus rien à dire* ! De fait, Romain ne savait pas trop quoi faire de cette intrusion dans ce qu'il considérait comme son territoire, ou du moins un espace privé, à titre provisoire.

Mais de toute évidence, l'intrus n'avait pas l'intention de se laisser distraire de son intention.

– C'est la première fois que je viens ici ! Je ne te dérange pas ? La mer est trop grosse, force six à sept on m'a dit, je ne peux pas dormir. Et toi ?

Il posa lourdement ses fesses, à côté de Romain, avec un soupir. Il parla vite, précisément.

Il s'appelait Simon. Sursitaire, il avait choisi de faire son service militaire dans la marine. Malade par gros temps quand il était enfermé, il avoua tout de suite qu'il passait, le plus clair de ses quarts de repos de nuit, recroquevillé, dans des coins protégés, de coursives ouvertes. À défaut d'un vrai sommeil, il tombait, dans cette inconscience hypnotique, où l'esprit s'évade en liberté.

Comme moi, pensa Romain, soudain intéressé. Il l'écoutait, la tête tournée sur le côté. Bien que partiellement noyé dans la pénombre, il lui semblait que l'homme avait une allure de bûcheron. Sa tête, penchée en avant, était presque carrée, large, les maxillaires semblaient faits pour avaler n'importe quoi. C'était ses mains, qui avaient d'abord attiré l'attention de Romain, lorsque son briquet avait été sollicité. Massives, épaisses, mais pas des mains de manuel. On devinait une peau fine sur les doigts. Les ongles coupés courts brillaient, et n'avaient pas été confrontés au ciment, à l'essence, à la terre, ou la graisse. Les agressions communes, à ceux qui travaillent de leurs mains.

Il parla aussi de ce qu'il était, d'où il venait, et ses paroles surgissaient sans effort, en un flot clair et concis. Il conclut, en précisant qu'il se préparait à enseigner la philosophie, à la fin de son temps.

– La quille, quatre mois au jus ! Cria-t-il en riant assez bruyamment pour que ce ne soit pas couvert par les bourrasques.

Simon avoua ses vingt-cinq ans.

– Tiens, finalement donnes m'en une !

Romain tendit la main, attendant la cigarette.

Sa première contrariété était passée. Pour la première fois il partageait un moment de son espace privé avec un inconnu, pour lequel il était aussi, un inconnu.

Il pressentait qu'il pourrait se libérer de cette contrainte, de cette réserve, que l'on doit conserver avec ceux que l'on côtoie, tous les jours, dans le travail et les loisirs d'une communauté de camarades.

– Bon salut, je rentre boire un café, et je vais quand même essayer de dormir un peu avant mon quart.

Simon se releva et resserra son caban sur lui, en frissonnant. Debout, l'impression de Romain se confirmait. À vue d'œil il devait faire plus d'un mètre quatre vingt. L'idée lui vint que ce type était bizarre. Que faisait ici, simple matelot, cet intellectuel bardé de diplômes ?

– À un de ces jours peut-être ?

Romain répondit sans réfléchir.

– Oh tu sais je suis là, quand ça bouge trop !

Simon revint une autre fois.

Ils ont fumé, et parlé, de tout et de rien.

Ils ne se séparèrent plus sans se donner rendez-vous. Il arrivait que pour des raisons diverses, ceux-ci n'aboutissent pas. Et Romain regrettait ces rencontres perdues, comme si ce temps passé lui était dû !

Sa parole se délivrait, dans ses conversations avec Simon, comme il n'avait jamais pu le faire auparavant. Ils se retrouvaient, au gré du mauvais temps, qui semblait installé pour l'éternité. Ils parlaient peu, mais longuement, laissant le temps au silence, de digérer les mots. Ils partageaient une fascination pour la mer, surtout la nuit, sa force régulière, dominatrice, et ses couleurs de gouffre. Il s'était établi entre eux, comme une routine, qui consistait à sacrifier quelques heures de sommeil, pour contempler l'océan, et le ciel, dans leurs outrances.

Simon lui dit un soir :

– Je crois que, raisonnablement, nous devrions ressentir de la peur, ou au moins cette crainte latente qui s'insinue en nous, lorsque nous côtoyons le danger. Même s'il est normalement admis, qu'il a peu de chance de nous atteindre.

L'immensité des abîmes dans lequel l'océan s'efforce de nous emmener, assaut après assaut, ces cimetières, où les morts se sont perdus, est absente de nos pensées. Le combat est en surface. Nous y prenons l'énergie, car l'océan la prodigue avec déraison. Nous n'avons pas peur, pas plus peur que les récifs de granit, qu'il agresse depuis des siècles. Nous n'avons pas peur, parce que, même s'il ne nous consent aucun répit dans ses démesures, sa magnificence est telle, que nous admirons ce qui veut nous tuer, et que, nous l'aimons et voulons le garder. C'est ce combat, qu'il nous livre le plus souvent en pure perte, mais avec une constance périlleuse, qui nous calme, qui nous libère, pour un temps, son temps, de nos angoisses.

Il y eut ce temps vide de paroles, qui libère l'espace nécessaire à la nature, pour qu'elle occupe l'air, de ses remous, de ses souffles.

Simon conclut, en souriant, ses bras ouverts, que l'ombre allongeait :

– C'est transcendantal !

Romain ne disait rien. Il avait aimé les mots de Simon et les images y surpassaient le sens, comme le chant du violon, avale les déferlantes de l'orchestre.

Ils se retrouvaient dès que cela leur était possible, et désiré. Parfois ces heures partagées, restaient bloquées dans le silence bruyant de l'air, et des eaux brassées. Comme par un consensus, tacite parce qu'inavoué, l'un ou l'autre, pouvait s'y insinuer, et parler dans un monologue qui ne demandait pas de réponses, sans être interrompu.

Romain appréciait ces mots, qui tombaient dans une mémoire attentive, mais sans résonance.

Cette nuit-là, c'est lui qui rompit cet équilibre fragile et rare qui supporte « le dire de l'autre », sans évaluation, ni contradiction.

Romain se sentait mal. À l'épuisement physique, s'ajoutait la lassitude causée par les jours de mer, qui s'accumulaient en semaines.

Ils étaient, assis, balayés par le vent chargé d'embruns, dans la coursive ouverte, engoncés dans leurs cabans, un ciré plaqué comme une tente, sur les épaules.

Romain avait obtenu une bouteille de rhum, d'un matelot de la cantine qui lui devait un peu d'argent, gagné lors d'une partie de tarots. Celui-ci avait été assez content de se débarrasser de sa dette, aux frais de la cambuse des officiers mariniers.

Ils buvaient à la bouteille, par petites gorgées, plongés dans une satisfaction évidente, mais silencieuse.

Les pensées de Romain se construisaient, et s'éparpillaient comme un château de cartes, au rythme de la chaleur que l'alcool diffusait, dans son corps et son cerveau. Il sentait que le moment était venu de dire ce que l'on n'est pas tenu de dire, mais qui par circonstance, déborde des lèvres, par trop-plein.

Simon semblait absent, absorbé par les petites entailles qu'il dessinait sur la paume de sa main, avec un canif. Il lui arrivait, lors de leurs rencontres, tout en parlant ou en écoutant, d'affuter sur sa ceinture de cuir, comme un coiffeur le fait pour son rasoir, un petit couteau. La lame, était devenue à ce point tranchante, que Simon par jeu, et un peu de forfanterie, aimait la faire glisser sur une feuille de journal, qui s'ouvrait sans le moindre bruit de déchirement, sous l'effet de son seul poids. Romain subissait avec une pointe d'agacement, ce qui mobilisait, contre son gré, son attention. Mais il y consentait, sans le montrer. Comme d'habitude, ce qui ne le concernait pas directement, ne provoquait en lui que peu de curiosité, et encore moins l'envie de questionner.

Ce soir, c'était la main de Simon qui cédait sous la lame, et Romain ressentait cette souffrance, induite par celle des autres. Simon semblait maintenant, complètement absorbé par sa tâche. Il paraissait concentré sur la réalisation de quelque chose, que l'on aurait pu apparenter à un dessin, mais qui n'en était pas un, tant on sentait qu'il s'agissait de prolonger les lignes, plus que d'élaborer une forme. Romain s'attendait, à ce que Simon déborde la paume de sa main. Il était fasciné, et écœuré, par la pratique de Simon, plongé dans une concentration extrême, comme un peintre qui s'efforce de tracer une ligne, précise et belle. Le petit trait rouge qui se formait sur la peau, dans le sillage de la lame, le dérangeait au point qu'il ne pouvait s'empêcher d'en détourner les yeux. Mais la gêne était immédiatement compensée, par le désir hypnotique d'y revenir, et il en ressentait, l'effet d'une agression. Simon, sans le vouloir sans doute, lui imposait le reflet matérialisé d'une souffrance intérieure, à laquelle il n'avait pas demandé à participer.

– Tu fais ça depuis longtemps ?

Simon tourna la tête vers lui, le regardant comme s'il hésitait à y répondre :

– Pour le couteau ? Non, tu m'imagines faire ça dans l'amphi à la fac ! Affuter sans arrêt une lame, c'est idiot, cette manie ! En fait, au début de mes classes, je faisais rire la chambrée en singeant les vieux marins. Après, j'ai continué. Je ne sais pas vraiment pourquoi…

– Ça doit être un dérivatif à la dépression qui me guette, quand je pense au temps que je perds ici, ajouta-t-il en grimaçant.

Romain toussa un peu. La tonalité de sa voix se fit agressive :

– Non, c'est de ce que tu es en train de faire avec dont je te parle ! Tu ne peux pas arrêter ça ! Tu vas me faire gerber.

– Je ne te savais pas sensible à ce point. Regarde, ça ne saigne même pas ; juste un trait ! C'est la première foi que je me coupe volontairement. Ne me demande pas pourquoi, je ne sais pas ! Mais j'en ai eu envie, c'est tout !

Il gesticulait, bravache, pour appuyer ses paroles…

– Merde, maintenant, ça pique ! dit-il en riant. Il lui mit sa main sous les yeux, dans un geste de provocation malicieuse, plia son couteau, et passa sa langue sur la paume de ses mains.

Romain éluda la réponse et c'est sans doute cette porte ouverte par Simon sur son intimité, l'aveu implicite de ce jeu bizarre qu'est la scarification que l'on se fait soi-même, et l'effet amplificateur du rhum, qui délivrèrent des mots retenus, comme interdits.

Simon avait ouvert la boîte de Pandore des misères de l'âme, et Romain dut contraindre ses larmes, comme si la détresse cachée de son ami, ouvrait les vannes de mots longtemps réprimés, retenus. Il enfonça sa capuche sur sa tête. Il ne voulait rien laisser voir de cette vague, qui l'avait submergé par surprise.

Et les déferlantes que la lune éclairait, lorsque le masque de nuage éclatait sous le vent, donnaient du rythme à cette ivresse qui le débordait, et le libérait en même temps.

Il se mit à parler comme il ne l'avait jamais fait. De ses doutes sur le bien et le mal, de ses relations avec le sexe et les femmes.

Il lui dit, qu'au fond, il n'en savait rien du sexe des femmes, et peu du sien, qu'il ne comprenait pas ce qu'il qualifia, d'un mot, dont il semblait l'avoir déjà intégré, dans un questionnement intime :

– Mes animalités. Je ne pense qu'à ça, avec le bas de mon ventre. C'est dingue, parfois je voudrais devenir très vieux, libéré.

Simon l'a regardé, d'abord sidéré, puis soudain curieux. Assis à côté, encapuchonné dans son ciré, il semblait massif, comme un rocher ancré sur le sol. Il entra profondément ses mains dans ses poches, et il disparu, recroquevillé dans ses vêtements.

Romain cru un instant qu'il marquait ainsi son désintérêt pour tout ce qu'il venait de confier, de donner. N'avait-il lancé ses mots qu'à la tempête ?

– Tu m'écoutes ?

Simon répondit sans bouger la tête :

– Oui, je t'écoute. Calme-toi ! Seule la grande hypocrisie collective, fait semblant d'ignorer ce qui torture le ventre et l'esprit de cette catégorie d'humains, dont nous sommes, toi et moi. Ceux qui poussés par la nature, sont en quête de partenaires, pour mélanger leurs corps. On nous apprend que cet acte est dicté par l'instinct de procréation ! Sans doute, mais il y a autre chose. C'est le désir, que la nature nous a donné comme outil pour servir cette nécessité. C'est le désir qui domine notre vie sexuelle. Et si l'on veut bien être honnête, c'est la satisfaction de ça, qui confirme notre envie de vivre. De ce point de vue, tous les êtres vivants sont concernés ! À dire vrai, pour nous, je ne sais pas à quel âge ça s'arrête ! Les fantasmes dont il s'entoure n'ont rien de rationnels. Et chacun d'entre nous est confronté à ce dilemme. Leur satisfaction, dans une société qui prétend l'encadrer.

Il se tut. Il regardait Romain, fixement, guettant une réaction. Mais Romain restait attentif, dans l'attente.

– C'est une généralité, ce que je viens de dire ! Chacun, homme ou femme, au gré de sa vie, en a une expérience différente.

Romain grommela :

– Ça me parait évident !

– Pas tant que ça ! Ce que nous sommes, socialement, où nous sommes, géographiquement, ce qui nous a imprégnés, culturellement, et tout un tas de choses qui nous différencient les uns des autres, plus les hasards de la vie, feront que notre sexualité existera, dans le cadre de ces contextes.

– J'ai toujours un peu de mal à te suivre. Tu peux donner un exemple ?

– Comment peux-tu être certain de ce que tu avances ?

– Tu m'as raconté un soir qu'une lettre de ton père, la seule que tu aies reçue de lui, je crois, t'avais blessée. Tu t'en souviens ?

– Oui, je m'en souviendrai toute ma vie. Il m'avait écrit, *Quelles que soient les circonstances de tes relations avec les femmes, essaie, je dis essaie, car c'est difficile, de toujours penser, que ta mère et tes sœurs sont des femmes.*

Simon l'interrompit :

– Et tu m'as dit la raison de ta colère. Je pense me souvenir que tu lui déniais le droit de te rappeler à une bonne conduite, avec les femmes.

– Oui, il m'avait poussé un peu vite, dans un monde d'adultes, et il semblait soudain se soucier de ma capacité à l'assumer ! Ce n'est pas tout ! Mes sœurs et ma mère, ne sont pas pour moi des femmes, juste mes sœurs et ma mère. Sa suggestion était simplement idiote, et malvenue, mais de sa part, je l'ai interprétée comme un conseil, pour m'auto-castrer. Tu comprends ?

– Je comprends. Je ne sais pas quelles étaient les intentions de ton père. Tu es seul juge. Mais ta réaction illustre bien ce que je voulais dire. Ce que t'a écrit ton père, t'aurait peut-être juste fait sourire, si tu avais eu une ou plusieurs expériences avec des filles de ton âge, ou plus, où même une maitresse de l'âge de ta mère. Et pas uniquement avec des prostituées !

Romain hocha de la tête. Simon laissa du temps.

– Ne te casse pas trop la tête à juger tes expériences. C'est comme ça ! Il n'y a pas de faute, juste des circonstances. J'ai les miennes aussi, pas forcément faciles. C'est bien que l'on parle de ça.

– Et tu as des réponses ?

Romain avait mis un peu d'agressivité dans sa voix.

Simon, entendit la question, et l'agacement.

– Je m'en suis faites. Mais je ne suis pas prêt aujourd'hui, en ce qui me concerne personnellement, à te les exposer.

Romain acquiesça. Mais Simon comprit, que ce n'était pas vraiment clair pour son ami.

– Tu vois on a fait le tour, pas de morale dans le sexe, seulement une pratique dont les règles sont imprégnées au plus profond de nous, par l'environnement culturel, l'éducation, les petites et grandes expériences que nous accumulons. Par exemple, au Moyen-âge, la sodomie pouvait te conduire au bûcher ! Mais bien sur, elle se pratiquait quand même. On le sait par l'histoire de la pratique des « grands », mais le petit peuple est foutu de la même façon ! Il devait être partagé, entre la crainte de la confession, et les vagues d'appétit sexuel qui débordent, et déborderont toujours l'être humain. Ecoute, avant de venir j'ai avalé une tonne de café, il reste du rhum pour quelques heures et on ne prend notre quart de dans trois heures. Alors si tu as envie de parler, vas-y, mais ne te retiens pas, n'aie pas peur des mots qui viennent, donne les détails, mets les en vers si tu veux, mais passionne moi.

– Sinon je vais rejoindre ma bannette.

Il souriait.

Romain demeura silencieux quelques minutes, la tête vide. Et les mots vinrent, comme l'eau, lorsqu'un robinet serré, s'ouvre :

– Et bien tu vois, j'ai mis du temps, et je commence à comprendre ce que tu dis. Mais justement j'ai le sentiment que ma vie, jusqu'à maintenant, ne m'a pas permis d'intégrer la compréhension de cet équilibre dont tu parles ! C'est une référence instable, tu le dis aussi, mais je n'en ressens rien. C'est comme si je luttais sans arrêt, avec mes pulsions physiques, et mes regrets d'actions manquées, ou bâclées.

Simon l'interrompit :

– Bon, ok, raconte-moi tout !

Il arrêta de sourire, baissa les yeux, pour montrer à Romain qu'il se mettait bien en position d'écoute.

Romain gigota un peu, pris une cigarette, l'alluma et l'écrasa simultanément :

– Je commence par le début ?

– Qu'est-ce que tu entends par le début ?

– Bien le début c'est lorsque certains évènements sont intervenus dans ma vie, que j'ai identifiés comme sexuels !

– Ça remonte certainement à loin ! Mais on a tout le temps que l'on voudra bien se donner. Raconte, si l'un de nous veut se sortir de là, moi en t'écoutant, toi en te racontant, il suffira de le dire. Et on convient avant que tu commences, que cela ne sera pas un sujet de tension entre nous ; D'accord ?

– Oui, c'est normal !

Voilà, il y a encore quelques mois, j'étais puceau, mais, enfin, pas ignorant. Comme la plupart des adolescents, j'avais poussé l'art du flirt, aussi loin qu'il est possible. On y pratiquait la complète liberté, on ne parlait pas d'amour, et on changeait de partenaire au gré des rencontres, puisqu'il n'y avait rien de vrai, dans nos pratiques sexuelles. Un jeu de poupée et de baigneur, où l'on faisait des concours sur tout le contour du corps. Mais le reste, la fin, c'était tabou!

Puis il y a eu une fille, Lili. Elle avait un an de plus que moi. J'étais en première, et elle est partie en fac, loin, pensionnaire. Elle rentrait tous les week-ends. C'était mon flirt officiel, mais qui durait en partages qu'elle ignorait, ou faisait semblant d'ignorer. Nous n'avions jamais dépassé le stade du flirt, je n'avais jamais essayé. Par peur sans doute de l'échec, bien que je croie, avec le recul, que son corps était lassé de se contraindre. Elle n'était pas la plus belle des filles, mais élancée, avec un port de tête de danseuse. Elle était plus que belle, mystérieuse, insolente. Elle intimidait les garçons. Elle adorait la poésie et j'écrivais quelques vers, comme un dévot, un converti à son charme, qui me permirent d'accéder à son intérêt. Un jour elle m'a signifié, par un courrier, qu'elle avait franchi le pas, avec un étudiant, à la faculté. Je ne l'ai jamais plus revue.

Le choc a été brutal. Je n'imaginais pas, connaître un jour, un tel sentiment de vide, de détresse, de désintérêt de toute autre chose. Je n'allais plus au lycée que par intermittence. Mes rapports avec mon père devenaient dangereux. Après de multiples avertissements, on m'a jeté dehors du lycée.

Être adulte n'est pas une ambition, mais en ces temps, pour moi, c'était l'attente d'autre chose.

Quelques mois après, j'étais engagé pour trois ans dans le marine nationale, avec l'accord soulagé de mon père. Plus exactement dans l'aéronavale. Huit mois de formation et ma première affectation, sur ce porte-avions.

Romain frappa le sol de la coursive du plat de sa main :

– Ça ! Je n'ai pas eu le temps de réfléchir beaucoup. Trois jours après mon embarquement, l'escadre est partie pour faire des exercices en Méditerranée. Nous sommes revenus à Toulon quelques semaines plus tard.

Il demeura silencieux, peut-être quelques minutes, ou des secondes, ou un temps que l'on ne mesure pas. Ni Romain, ni Simon, n'aurait pu dire le temps passé à ce silence : Etait-ce l'espace entre deux fracas du navire ébranlé, la longue coulée sifflante du vent frôlant les coursives, le temps intemporel de la pensée ?

Pour Romain, le temps se remplissait d'images, de mots prêts à s'assembler, à raconter, comme le verre, au filet d'eau du robinet, se comble et se déverse.

– C'est dans cette ville que je me suis déniaisé. Enfin, quand je dis déniaisé, c'est *pour de à moitié vrai* ! En réalité, une fille au lycée, sur le parquet de bois poussiéreux d'une classe vide, s'était débarrassée de mes prétentions, par hasard, en repoussant comme elle le pouvait, sans brutalité, l'objet que je voulais maladroitement placer. Ses mains étaient douces et j'y ai trouvé trop vite mon compte. J'y pris goût, et elle aussi !

– Tu veux boire ?

Simon le regardait, souriant, en lui tendant la bouteille.

Romain la prit, et but. L'alcool lui brulait agréablement la gorge.

– Tu continues ?

– Oui, mais les images se bousculent un peu dans ma tête.

En ville, à Toulon, il n'y a pas de place pour nous ! Nous n'avons pas la possibilité de fréquenter les filles, enfin tu sais, des filles de notre âge.

Nous sortons pour quelques heures, le soir, en uniforme, mécaniquement attirés par *Chicago*.

Bon tu connais un peu ce quartier de Toulon ? C'est le point de rendez-vous des marins de l'escadre. D'ailleurs, pour faire régner l'ordre, en fait de gardien de la paix, ce sont les patrouilles de la police maritime qui font le boulot !

Simon fit signe que « oui » en secouant la tête.

– Puisque tu sais, c'est le quartier des voyous, des prostituées, des bars à entraineuses, etc. Elle, elle tu comprends, c'est d'elle dont je vais te parler.

Simon grimaça, agacé.

– Bien sur, j'ai compris, continue.

– En fait, je te parle d'une prostituée !

Romain laissa un silence pour que Simon puisse réagir, par un regard, par une interrogation. Mais il demeurait impassible, sans expression de surprise ou de réprobation.

– C'est elle qui m'a racolé, bien que « racolé » ne soit pas le terme juste. Il faisait nuit. Elle était appuyée sur une porte, noyée dans l'ombre de l'encoignure. Je ne distinguais pas grand-chose d'elle, mais je l'ai tout de suite perçue comme n'étant pas de ces jeunes femmes qui formaient l'essentiel de la petite troupe des prostituées du quartier. Elle était tassée, les épaules rondes, et le corps profilé sur la porte, semblait lourd, engoncé dans ce qui me parut être une veste courte, genre « peau de lapin ». Je ne voyais pas son visage. Je distinguais un peu ses yeux, qui me parurent clairs, dans la pénombre. J'avais le sentiment d'être accroché par un radar ! Et je me suis approché. Elle était plutôt moche, enfin d'un visage fatigué. C'est étrange mais c'est ce qui m'a rassuré.

Ce n'était pas la première fois que je trainais dans ce quartier, le plus souvent avec les trois ou quatre camarades, avec lesquels je partage la travée du poste, et le boulot.

Evidemment ce n'était qu'après la solde, et lorsque nous étions à quai, après quelques semaines passées à faire des ronds dans l'eau. Mais je n'avais jamais pu me décider, à suivre une fille.

Ce soir-là, attirés par le bruit qui débordait dans la rue, nous sommes entrés dans un bar à hôtesses, que nous fréquentions de temps en temps. Un bâtiment de la marine américaine, en escale à Toulon, avait lâché son équipage dans la ville. La salle du bar était en léger contrebas de la rue. Les deux marches qui en permettaient l'accès, descendues, nous nous sommes insérés dans une foule enfumée, et enivrée, qui gueulait, ou chantait, dans une langue que nous avons devinée être de l'anglais. Au fond de la salle, un groupe de marins français s'était regroupé.

L'atmosphère était à la poudre, après avoir été à la fraternité. Il y avait bien eu, quelques tournées partagées équitablement, mais la puissance du Dollar, prit vite l'avantage sur le Franc. C'était, plus particulièrement, l'évaluation qu'en faisaient les habituelles trois ou quatre hôtesses du bar. Probablement encouragées par le patron, qui faisait « péter » allègrement, des bouteilles de mousseux, labellisées Champagne pour la circonstance. La frustration s'installait visiblement, dans le camp de la marine française, et l'agacement, chez les quelques civils habitués de l'établissement.

C'est le patron qui a mis le feu aux poudres ! Oubliant ses calculs de boutiquier satisfait, par réflexe sans doute, car il était interdit de toucher les hôtesses « avec les doigts », il apostropha violemment un Américain, qui s'était mis en humeur de glisser sa tête, sous la jupe fendue d'une jolie asiatique, qui commençait à piailler, perchée sur son tabouret. Le gars insistait en rigolant, et ses copains commençaient à l'encourager, bruyamment.

Le patron n'était pas joueur, quand il était en colère. Il se pencha sur le comptoir, et frappa sérieusement de la paume ouverte de sa main, le front de ce type, qui tomba assez brutalement sur les fesses. IL y eut d'abord un petit silence, un grand éclat de rire, puis alors que le gars se remettait debout, à nouveau un silence. Ce qui n'arrangeait rien, c'est que le patron était Corse, et le matelot, américain, noir ! Il était de notoriété locale que le patron acceptait les noirs et les arabes, mais habillés en militaires, seulement, *par respect pour l'uniforme*, disait-il ! Mais là, le verrou sautait ! Les deux amis présents avec moi aimaient bien ce genre de situation, et je voyais bien que tout ça finirait au mieux en quelques coups échangés, au pire en champs de bataille, arbitré à la fin par la police maritime.

Je n'avais pas assez bu pour participer à la suite, et je ne partageais pas l'aversion du Corse. En fait, je ne comprenais rien à ce que j'ai identifié plus tard, comme étant du domaine du racisme, ou de la xénophobie. Je n'y avais jamais été, consciemment confronté.

Mes pied-noir, l'un oranais, l'autre algérois, et Gilbert, de Casablanca, nourrissaient leurs conversations, de regrets habités de soleil, des repas colorés des mamans, dont chacun revendiquait le statut de la meilleure, pour cuisiner ceci ou cela, et des souvenirs de copains de là-bas, dont ils ne spécifiaient pas la religion, ou la couleur de peau. De la guerre, l'exil, ils ne disaient rien, ou peu ; Le temps de la rancœur et de la haine, ne leur était pas encore venu. Ils aimaient ce qu'ils avaient quitté, là-bas, mais leur jeunesse prenait à bras le corps, comme une aventure, cette rupture avec leur culture, leur famille.

Ils aimaient les batailles gratuites. La colère n'avait rien à voir avec ça. Je crois qu'ils éprouvaient de la joie, et de la fierté, à recevoir et donner des coups, principalement parce que leur solidarité, leur amitié, devenait plus tangible, s'en trouvait renforcée. Cela commençait toujours par la défense d'un des leurs, pris à parti. La raison importait peu.

Simon l'interrompit :

– Qu'est-ce que tu veux dire par un des leurs ? Un pied-noir, quelqu'un de la famille ?

– Non, ce n'est pas ça. C'est quelqu'un avec qui se crée une relation fraternelle. Ça ne se décrète pas. Ça vient comme ça ! C'est un peu à la vie, à la mort. Je ne peux pas vraiment t'expliquer. J'ai ressenti ça très fort.

Simon acquiesça.

– J'ai voulu leur faire signe pour leur indiquer mon désir de partir, mais ils étaient déjà arc-boutés dans une vigilance qui n'acceptait aucune distraction. Et puis, j'avais une autre idée en tête.

La rue m'a fait du bien, l'air était glacé, et je me suis enfoncé dans mon caban. Il était déjà tard, mais je n'avais l'obligation de regagner le bord, que pour le lever des couleurs, au petit matin. Je savais ce que je voulais, mais je ne savais pas si je pourrais le faire, ni comment on le faisait. Curieusement, ce n'était pas l'acte d'amour, enfin tu sais, le comment faire avec le corps, qui en était la cause, mais j'échouais toujours, lamentablement, dans mes tentatives, pour aborder une prostituée. J'étais attiré par les rues où je savais voir ces femmes, mais arrivé à leur proximité, je ne pouvais que détourner le regard, et accélérer le pas. Peur, peur de je ne sais quoi, mais c'était bien une peur panique qui m'envahissait. Je me savais voyeur, par peur d'être vu, et honteux de l'être.

Chaque voyage en ces lieux renforçait ma frustration, mais je refaisais le chemin avec la volonté de m'arrêter, et juste de connaître le sexe d'une femme. Et payer pour ça me semblait la seule solution à ma portée.

Ce soir-là je me suis approché mais mon cœur ne s'est pas mis en chamade, comme d'habitude, lorsque je naviguais à portée des filles de la rue. Quand elle a dégagé son visage de l'ombre, j'ai distingué les yeux d'un bleu délavé, qui ne brillait pas, un bleu fatigué.

Sa voix posait la question sans forcer, sans insistance :

– Dix francs ! Ça va ? Tu viens ?

Elle avait entrebâillé la porte.

Simon posa sa main sur son bras :

– Regarde.

Il lui montrait un escorteur d'escadre qui filait sur leur bord. Profilé comme un marsouin, il traversait une houle profonde qui semblait impuissante à le bousculer. La pleine lune, illuminait le spectacle. Ils burent chacun une gorgée d'alcool.

Il y eut de nouveau, un long silence, qu'ils savourèrent avec le respect que l'on doit aux beautés fugaces, et que l'on partage.

Romain rompit cette communauté, établie autour d'une image. Il avait senti qu'il pouvait le faire sans dommage, pour le lien qui unit parfois ceux qui vivent ensemble, un instant pour eux seuls, exceptionnel, et qui en deviennent copropriétaires.

– Je ne sais pourquoi, mais elle m'a tout de suite demandé si c'était ma première fois. Je crois que j'ai bougé maladroitement la tête, mais cette femme avait déjà démasqué mon inexpérience. Je l'ai suivie sans répondre dans le couloir sombre de l'immeuble. J'étais tétanisé par l'évènement. Mon cœur battait tellement fort que je l'entendais. Mes jambes étaient lourdes. Sa chambre était à l'étage, les quelques marches en bois qui y menaient craquaient sous mes pas, et je me souviens, que j'essayais d'en atténuer le bruit. Comme quelqu'un qui a peur d'être surpris. Elle s'est arrêtée devant la porte, a sorti une clef de son gilet. La serrure a claqué, la porte s'est ouverte. Elle a fait quelques pas, disparue dans le noir. Il s'en est fallu de peu pour que je rebrousse chemin. Une lueur est apparue sur le pas de la porte. Sa voix était lointaine, mais j'ai entendu, *tu viens chéri* ? L'endroit était éclairé par une lampe de chevet sur laquelle elle avait déposé un tissu, pour amortir la cruauté de la lumière. Il y avait une table ronde, deux chaises. Au fond de la pièce, un lavabo avec une bassine en porcelaine, une serviette pendue à un crochet, et sous le lavabo un pot de chambre. Un petit poêle à charbon était au centre. Le tuyau montait jusqu'au plafond et par un coude, disparaissait dans le mur. Il était éteint. Elle me regardait, assise sur le grand lit qui paraissait être le meuble le plus imposant de la pièce. Elle se déchaussait et retirait ses bas. Des bas noirs, épais, qui libéraient une peau blanche, marquée par la contention.

Elle m'a dit qu'elle ne l'avait pas allumé parce qu'elle n'avait plus de charbon.

– Et puis, je ne sais pas pourquoi, depuis quelque temps, il fume. Un problème de tirage peut-être ?

Elle semblait attendre une réponse, un avis. Je suis resté là, au milieu de la pièce, cloué dans l'attente. Elle s'est approchée de moi, et comme ma mère le faisait lorsque j'étais môme, et qu'il était temps de changer de linge, elle m'a retiré, en tirant avec une certaine vigueur, par le haut, ma vareuse et mon pull. Elle ne m'a laissé que le maillot de corps.

– Garde ça, me dit-elle. Il ne fait pas chaud ici. Puis, elle s'est agenouillée devant moi, a dégrafé mon pantalon, et a fait tomber le tout sur mes chaussures. Elle s'est relevée et m'a dit avec un sourire dominateur :

– Bon, termine ça et amène-toi vite là-bas.

Lorsqu'elle m'a savonné le sexe sous le robinet de l'évier, ma pudeur s'est évanouie et curieusement, j'ai ressenti, un sentiment de reconnaissance, pour ses gestes compétents et doux.

Simon faisait tournoyer sa main d'une façon assez significative : ça voulait dire, *abrège* !

Un peu décontenancé, déçu aussi, Romain cherchait les mots pour donner du sens à ses paroles. La peur que Simon se méprenne sur ce qu'il voulait dire.

– Evidemment, ce n'est pas pour te raconter une histoire de cul ! Je te dis comment tout ça s'est passé, parce-que, je ne sais pas comment te dire, mais ce qui m'étonne encore, c'est de pas avoir ressenti de gène ; J'étais sans pudeur, quoi !

– Mais oui, il n'y a pas de problème, simplement, j'aime bien la façon dont tu racontes, tu mets du rythme et du son et j'aime ça !

Romain le regardait, un peu suspicieux. Il ressentait chez Simon une gêne, peut-être un sentiment, du domaine de la honte, à écouter une intimité se raconter. Mais il avait l'air sérieux ! Romain avait très envie de continuer, et finalement, il préféra prendre les paroles de Simon pour argent comptant.

– Plus tard, les yeux fermés, je me suis abandonné à la caresse de ses lèvres. Je me serais volontiers endormi. J'étais bien !

Elle a relevé la tête et m'a regardé.

– Ça ne va pas ? Tu veux qu'on arrête là ?

Je crois que je suis devenu rouge comme une langouste cuite ! J'avais la gorge serrée et aucun son n'en sortait. J'aurai voulu m'excuser, ou plutôt donner une excuse, mais il n'y avait que la tête qui bougeait, pour dire non.

– Bon, m'a-t-elle dit, on ne va pas y passer la nuit, gamin !

Je me sentais maintenant maladroit, sur son corps nu, chaud, abondant. Elle serrait les cuisses. Décontenancé et soudain pressé, j'ai essayé de l'ouvrir, avec ma jambe.

Elle m'a dit doucement :

– Non, attend, pour un p'tit gars tout neuf, c'est spécial ! Laisse-moi faire. Tu veux bien ?

Elle me tirait vers elle, me tenant par les fesses. Lorsqu'elle me libéra et m'accepta, je n'eus que le temps de crier. Elle me regarda en souriant et m'encouragea à continuer. L'étonnement, de n'être pas comblé, me saisissait à la montée du désir, lorsqu'il se détruisait enfin. Une frénésie, qui m'a laissé à demi évanoui dans les bras de la femme, interloquée. Mais cela lui sembla probablement être disproportionné, avec son âge et son métier. Il lui a fallu user de l'impératif, pour que je me dégage d'elle.

Nous étions couverts de sueur. Dans son regard flottait une expression d'étonnement, et de satisfaction, mêlés. Tandis que je remettais mes chaussettes, elle s'est approchée de moi, a effleuré de sa main ma verge désespérément tendue, et m'a rendu le billet de dix francs.

– Ou ce n'est pas assez mon bébé, ou ça n'a pas de prix. Reviens si tu veux une autre fois, avec ton billet...

En partant, je me suis retourné et, d'une voix mal placée,

– Et ton nom c'est quoi ?

– Emma, tu peux m'appeler Emma si tu veux mon poussin. Moi j'ai fini, je vais dormir. Sors et ferme bien la porte, s'il te plait.

Dans l'escalier, mes jambes étaient molles, et ma tête en vrac ne savait par où, commencer cette nouvelle vie.

Simon attendit un peu.

– Bon c'était ta première fois. Tu racontes bien. Tu parles comme si tu écrivais. Je mets ça sur le compte du rhum ? C'est un peu bizarre, mais c'est bien. Tu n'as pas de suite ?

Romain demeura silencieux quelques instants.

– Si tu y tiens ! On était mouillé à Madère, à Funchal. Le porte-avions était surdimensionné pour le port de la ville. Nous sommes restés un peu au large, mouillé dans la baie. Nous devions demeurer deux jours ici, pour je ne sais plus quelle raison diplomatique. On savait, que l'amiral de la flotte, embarqué sur le porte-avion, devait animer une réception au consulat de France. Nous avions posé les ancres en fin de matinée. L'ambiance était au repos, la discipline en relâche ! Il faisait chaud, la mer était du bleu vert étincelant de cette région, et l'île, à quelques milliers de mètres, se détachait sur l'horizon, comme une promesse. Dans l'après-midi, le bateau s'est retrouvé encerclé de quelques dizaines de petites embarcations, conduites par de très jeunes garçons, et remplies de régimes de ces petites bananes locales, tellement odorantes et sucrées. Nous avons très vite compris le jeu proposé. Ils commencèrent à nous lancer des filins sur les parties les plus basses du navire, au bout desquels étaient accrochés des paniers remplis de petites bananes. Le panier était retenu. En contrepartie à sa libération il fallait jeter des pièces de monnaie à l'eau, aussitôt récupérées par des gamins, qui plongeaient et rejetaient sans compter, la récolte dans leur embarcation, salués par les hourrahs de l'équipage, qui dans le même temps consommait avec frénésie les fruits remontés. Ceci dura plusieurs heures. Je pense que les quelque deux mille hommes embarqués, hommes d'équipages et officiers, informés par la rumeur du navire, petit à petit libérés de leur activité, vinrent faire ce commerce, magnifique de confiance, de jeu, de joies, d'exubérances. Et, la mer, devint une mer de peau de bananes !

Les permissionnaires étaient prévus pour le soir de notre arrivée, et la journée du lendemain. En ce qui me concerne, j'avais choisi, avec quelques-uns de mes camarades du poste, la sortie du soir. Nous étions quatre, débarqués au port, par la chaloupe de navette.

Je dois avouer que nous n'étions pas très sensibles à l'aspect touristique, de notre présence à Funchal. L'air était bon, fruité, et nous nous sentions bien, le nez en l'air, dans les rues pavées. Mais notre objet était d'un autre domaine, de ce dont nous étions sevrés, depuis plusieurs semaines.

Je ne sais plus comment nous avons échoué dans ce bar. Il était vide, hormis nous et un serveur, pantalon noir, veste blanche, nœud papillon rouge. La dimension et le luxe du bar en bois exotique, sa rambarde de laiton, et ses tabourets recouverts de velours verts nous semblèrent disproportionnés, au regard de nos capacités financières. Nous esquissions un mouvement de retraite, lorsque le type du bar, nous interpella avec de grands gestes et des « come in, come in »..., encourageants. À défaut du portugais, nous avions tous quelques notions d'anglais, suffisamment pour que nous décidions de tester nos capacités, et les tarifs de l'établissement. D'autre part, après quelques instants, nous avons compris que le barman était espagnol, en terre portugaise ! Notre capacité de compréhension s'est libérée grâce aux deux de nos camarades, pieds-noirs oranais, d'origine espagnole, qui se débrouillaient suffisamment de cette langue, pour l'usage de cette soirée.

Le barman était content. Pour une raison que nous n'avons pas réussi à comprendre, il était resté ouvert. Mais nous avons compris qu'il s'attendait à ce que la clientèle locale se fasse rare, ce soir-là. Match de foot ou autre raison, notre niveau de compréhension, doublé du peu d'intérêt que nous apportions à la circonstance, nous n'avons pu que constater le fait ! Avait-il misé sur la présence de la flotte française ? D'ailleurs, cette circonstance nous convenait assez, même à défaut de présence féminine. La première tournée fut proposée et offerte par notre hispanique hôte, la sangria maison ! Il y en eu huit en tout !

C'est lui qui orienta la fin dc notre soirée. Je ne comprenais pas très bien ce qui se passait, sauf que l'un de mes camarades était en train d'échanger le contenu de son paquet de Gitanes contre un dessin que lui faisait le barman, sur l'intérieur du carton de la boîte.

Nous sommes sortis du bar avec forces poignées de mains échangées avec notre serveur, qui ayant bu un verre avec chacun de nous, et probablement dépressif avant notre arrivée, faisait preuve d'une empathie un peu démesurée, à notre égard.

Bref, il avait indiqué sur le carton du paquet de Gitanes, un petit plan nous conduisant à une maison située quelques rues plus loin. Après avoir fait nos comptes, et sur les indications de coûts dont disposaient nos camarades, nous avons décidé que nous pouvions tenter l'expérience.

L'accueil était dans une grande cuisine aux murs décorés d'azulejos. Ce soir-là, les indigènes de l'île étaient absents. Peut-être restaient-ils prudemment chez eux ! Ils nous laissaient la place. Les filles étaient curieuses. On les sentait aussi inquiètes. Elles étaient une dizaine, filles qui ne ressemblaient pas aux filles qui font ça. Elles gardaient les yeux baissés, tricotaient ou brodaient je ne sais quels artifices domestiques, sous l'œil atone d'une matrone. Elles attendaient le petit signe du doigt, pour abandonner l'ouvrage, engager en silence, de la main tendue, le prétendant à l'étage, jusqu'à la soupente fermée d'un rideau de jute.

Nous étions plantés là, assis sur des chaises en paille. L'hôtesse nous avait servi une tasse, d'un café transparent.

Mes trois compagnons étaient aussi tendus que moi. Ils se décidèrent vite, en emmenant les filles les plus proches d'eux.

Je ne sais pourquoi, mais mon regard s'arrêta sur celui qui s'esquivait.

Simon le regardait, interrogateur :

– Qui ça, celui ?

– Non, non, je parle du regard de cette fille qui ne voulait pas accrocher le mien, contrairement aux autres, qui aguichaient un peu !

Romain avait un peu forcé sa voix, tout en mimant des mains ses mots.

– Tu soignes tes images ! Simon riait : Mais c'est bien, continu. Je t'écoute.

Romain devinait une moquerie à peine masquée dans ces propos. Mais il l'avait provoquée ! Ce soir-là, il aurait fallu bien autre chose pour tarir ces images, et ces mots qui les illustraient si facilement en phrases qu'il écoutait en les lâchant dans l'air.

Il s'écoutait ! Il attendit un peu que le temps coule, puis :

– Le regard de la fille restait obstinément fixé, sur des aiguilles à tricoter, qui ne bougeaient plus. Lorsque je me suis levé, j'ai compris qu'elle avait deviné mon choix, et que pour une raison que j'ignore encore, elle le craignait, ou du moins ne le désirait pas. Elle n'a pas relevé les yeux, et lorsque j'ai posé une main sur son épaule, elle n'a pas réagi. La matrone a murmuré quelques mots en portugais. La fille s'est levée, a posé son ouvrage, maladroitement, sur la chaise, et m'a pris la main sans me regarder. Je l'ai suivie, dans un escalier de bois, assez raide, pour que les plis de sa robe balaient mon visage.

Elle était si jeune, quatorze, quinze ans peut-être. Le rideau refermé, je me suis assis en tailleur, sur la paillasse qui tenait lieu de lit. Elle m'a dit quelques mots en portugais, que je n'ai pas compris. Perplexe, elle me montra de quelques gestes, qu'elle me demandait d'ôter mon pantalon.

Debout au seuil de la soupente, elle ne laissait rien deviner de son corps, engoncé dans une jupe très large, qui descendait jusqu'au mollet, un gilet de laine, d'évidence tricoté à la main, couvrait le haut, où l'on devinait à peine la poitrine. Bien qu'encore gracile, je la devinais solide, les hanches déjà larges. Des cheveux noirs ramenés en chignon, contrastaient une peau blanche. De ses yeux je ne me souviens plus, sa bouche juvénile me fascinait. Encore aujourd'hui, à ce souvenir se mélangent, sentiment de honte, et de jubilation.

Plus que toute autre chose, je savais ce que je voulais. Je regardais sa bouche, elle regardait mes yeux. J'ai deviné que j'étais en dehors de sa pratique.

Déconcertée, elle restait plantée sans bouger. Je lui fis signe d'approcher, ce qu'elle ne fit pas. Elle a déboutonné son tricot de laine, l'a retiré, dégrafé sa jupe et la laissée tomber sur le sol. Elle restait en jupon blanc, évasé. Les seins bombaient et tendaient le calicot. Je lui ai tendu la main. Elle a semblé hésiter un moment. Je n'étais probablement pas dans le rituel recommandé. Mais elle s'est approchée, un peu raide. Elle ne résista pas. Je vis dans ses yeux levés, un peu de peur, un peu d'attente. Ma main était posée sur sa tête. Je laissais mes doigts s'enfoncer dans l'épaisseur des cheveux. Elle avait le visage tourné vers moi, ses yeux s'étonnaient. Ses lèvres, naturellement charnues, maladroitement barbouillées de rouge vif, restaient serrées. Sa résistance et ma certitude d'aboutir m'on procuré un plaisir d'une intensité incroyable. J'ai appris ce jour-là.

Je me suis demandé, quelle était la part inavouable de mon rapport avec cette fille. Peut-être ce sentiment de revanche de celui qui doit acheter ce qu'il croit que la vie lui doit. Elle avait subi l'humiliation d'une pudeur violée, et j'en avais ressenti un plaisir particulier.

– Bon, et alors ? C'est tout ?

Romain ne répondit pas. Ce n'était pas tout, mais il ne le dirait pas. Tout ne s'était pas terminé comme ça, dans un instant de jouissance. Il y avait un après. De ces après sales qui laissent une trace. La petite, pas plus que lui n'avait cette expérience. Elle pleurait.

Romain avait eu l'intuition, qu'il était le premier auquel elle vendait son corps. Il ne pourrait jamais expliquer ce qu'il avait ressenti en cet instant. Regret, désarroi, mais aussi satisfaction sadique, colère d'une frustration inattendue, se mélangeaient et s'interposaient. Comment dire, exposer, lorsque nous restons impuissants, dans l'incohérence de nos pensées ?

Simon rigola bruyamment, comme il le faisait quand tout d'un coup il sentait bien le truc, (il disait ça !).

– Les regrets, qui n'en a pas ressenti les effets, une fois terminée notre petite affaire ! Ce malaise enfermé au plus profond de nous, que l'on peut parfois expulser dans la confession, à bon compte. Toi, tu ne prononces pas le mot, mais je sais l'entendre en filigrane, dans ce que tu viens de me raconter. Tu penses au viol ?

Il parla longtemps, avec plein de références littéraires et philosophiques, avec sa facilité habituelle à bien étayer sa démonstration.

Romain l'écoutait maintenant noyé dans des considérations dont il ne maitrisait pas bien le contenu, mais avec le plaisir que l'on ressent à avoir été écouté. Une forme de satiété intellectuelle qui comblait l'attente de Romain. Cette histoire méritait que Simon la commente, non pas comme une simple histoire de fesses, mais sur les interrogations que Romain avait sur son propre comportement. L'image dégradante qui s'était incrustée dans son récit, remontée lentement de loin, comme une bulle qui chemine vers la surface d'un marais, s'estompait. Les yeux plongés dans la nuit écrêtée par l'écume, et les transparences fulgurantes, dans les flancs des déferlantes, il se détendait. Petit à petit pourtant, il entendait les mots mais ne les assemblait plus que par bribes.

Simon dut s'en rendre compte. Il lui tapota bras.

– Pour en revenir plus précisément à ton cas ! Si j'ai bien compris, ta vie sexuelle, c'est une multitude de flirts avec des adolescentes, un amour vrai mais non consommé, quelques branlettes et deux baises payantes ! Bah, à ton âge on ne connaît rien du sexe. Et puis, enfermé à dix-huit ans dans une boîte en ferraille avec deux mille bonhommes, ça n'arrange rien !

Il riait :

– Pour ce qui est de l'amour que l'on paye, ce n'est pas ce qu'il y a de mieux, mais ça existe. Et puis parfois Il arrive qu'un regard, une tendresse furtive, d'un être humain marchandise, tatoue nos consciences. Tu vois, malgré tout, ça nous laisse quelque chose de plus, que ce pour quoi on a payé ; la preuve ? Tu viens de me parler d'elles, de ces femmes, combien de temps je ne sais pas, mais des milliers de vagues se sont écroulées là-bas.

Il montrait l'océan.

Romain l'écouta dire que le bien et le mal, sont des conventions, des héritages, reçues des religions, des usages de nos communautés, condensées sous un seul mot : la morale.

– Ce qui est reçu comme normal, bien, dans la communauté qui nous environne, provoque le désir de transgression, de désobéissance. Ces interdits violés, il reste un sentiment de puissance, de plaisir mais aussi de regret. Parfois aussi, nous avons la haine, en antidote des regrets, ou de la honte ! Le condensé de tout ça, c'est, au mieux pour le définir, ce que l'on pourrait appeler l'éthique : ce que l'on fait en conscience de ce que l'on croit, pour soi, être autorisé à faire. La morale s'impose, c'est une sorte de consensus social dans la pensée dominante, et le niveau d'intégration que l'on a dans la société. L'éthique se choisit, en toute responsabilité. Lorsque nos choix nous font mal, nous pouvons les corriger, ou nous en satisfaire !

Simon s'est arrêté de parler et le silence s'est installé. Un silence bruyant du vacarme des éléments qui se révélait soudain, comme si ses mots en avaient arrêté la perception. Sa voix s'y incrusta de nouveau.

– Le plaisir est dans le désir, dans l'adéquation de la pensée, du fantasme, et du corps. Ta petite putain portugaise a appris aussi quelque chose, de son métier, ou plus simplement de son pouvoir de femme. Et peut-être, du peu de considération quelle devait attendre des hommes ! Une pierre apportée au tombeau de ses illusions. Malheureusement pour elle, d'autres plus lourdes, plus blessantes, plus réelles, la lapideront, au cours de ses expériences de prostituée.

Romain le regardait.

Simon, assis, adossé à la paroi, en chien de fusil, les yeux rivés sur ses pieds, semblait poursuivre sa réflexion pour lui-même.

– Tu vois tout ça, ce n'est pas théorique. La morale a un curseur qui se pose parfois sur des pratiques où l'humanité se perd. On peut trouver des tas d'exemples du déplacement de ce curseur dans des périodes très courtes. L'esclavage, la colonisation, la place des religions dans la société, l'égalité de l'homme et de la femme, et bien sur, le racisme.

Il ajouta,

– … Et aussi l'homophobie.

Romain n'était pas habitué à ce genre de démonstration. Les mots se bousculaient dans sa tête. Il eut un instant un soupçon agacé :

– Peut-être n'y a-t-il pas grand-chose à comprendre de tout ce que tu as dit ce soir ? Tu es un beau parleur.

– Tu peux répéter ?

Romain n'avait pas envie de répondre. Il resta un long moment silencieux. Il reprit, un peu maladroitement, le dialogue en éludant la question de Simon :

– Et bien, peut-être, mais on sait, bon en gros, ce qui est bien et ce qui est mal. Ça n'empêche pas qu'on fasse parfois, ce qui est bien, parfois ce qui est mal, mais on sait !

– Tu as raison, mais ce que tu évalues comme étant du domaine du bien, ou du mal, c'est ta perception à toi, d'aujourd'hui. Bien sur, cette évaluation est commune à la plupart des gens. Mais de ceux qui partagent ta culture et ton temps. On peut trouver des milliers d'exemples si l'on s'y arrête, si l'on essaye de réfléchir avec lucidité, et calme. On ne va pas refaire le monde, mais je pense aux allemands dans les années 30 et jusqu'à la fin de la guerre. Ils ont intégré dans leur morale, que le mal venait des juifs, des tziganes et métèques de toutes sortes, et que le bien était dans la protection et la domination de la race, la leur, celle qu'on avait dit aryenne.

Bien sur, tous les allemands ne cautionnaient pas. Certains ont résisté, ouvertement, ou dans leur intimité. Mais que faire quand toute la société s'est accaparée un modèle du bien. L'éthique personnelle, individuelle est bien faible, parfois même dangereuse, lorsqu'elle se heurte à la pensée unanimiste, à la bonne morale, celle sanctifiée par l'idéologie du moment. J'ai un peu dévié par rapport à tes histoires. Excuse-moi ! Mais quand même, tu vois ce que l'on appelle la morale, c'est un concept à dimension variable.

En fait, ma mère était allemande.

J'illustrais mes précédents propos, mais chez moi, c'est un peu obsessionnel. Et puis tu sais, je suis juif, enfin à moitié ; Aussi par ma mère. Alors !

Romain profita du silence qui s'inséra dans les propos de Simon.

– Ils se sont connu comment tes parents ?

– Maman est venue faire ses études en France, à Paris. Mon père à cette époque, était étudiant en médecine. Je ne sais pas trop comment, mais ils se sont rencontrés à cette époque et marié en 1934. Et en même temps, cette année-là, les français chantaient : « tout va très bien, madame la marquise, tout va très bien... »

– Pas pour longtemps, ajouta-t-il !

Simon repris sa respiration. Son débit de parole s'était accéléré, et ses mots se serraient dans ses phrases, comme s'il les jetait, avec une violence qui surprit Romain. Il sentait que Simon s'était éveillé à quelque chose de douloureux. Il le devinait, sans pour autant en bien comprendre le sens. Il était ému. Une vague d'amitié et de peine pour ce quasi inconnu, s'était insinuée par surprise, dans son potentiel émotionnel.

Romain compta sur ses doigts.

– Si je compte bien, tu es né pendant la guerre !

– Pas tout à fait. En mars 1939. En fait, mes parents sont partis immédiatement après ma naissance, aux Etats-Unis. Mon père commençait sa carrière de chirurgien. Un de ses cousins qui vivait là-bas lui a proposé un poste dans une clinique à Boston. Il a tout de suite accepté. Après la guerre, il a entendu parler de ce qui se passait en France, particulièrement pour la médecine. La sécurité sociale, la reconstruction, le manque de personnel médical, et puis, maman ne s'était pas bien adaptée à la vie aux Etats-Unis. Ses origines allemandes l'avaient marginalisée ; d'autant, qu'elle ne s'était pas mêlée à la communauté juive de la ville. Elle ne s'est jamais vraiment intégrée. Elle n'avait plus de nouvelles de sa famille. Elle en parlait quelquefois avec mon père. Elle voulait rentrer.

– Et toi ? Tu parles anglais alors ?

– Oui, assez bien. Mais ça ne vient pas de cette époque. Je n'allais pas à l'école. Forcément j'entendais les mots, à la radio, ou quand j'allais aux courses avec maman, les conversations des voisins, les petits et les adultes. Il se peut que tout ça se soit imprégné dans ma tête. Mais à la maison, on ne parlait que français ! Quelques mots d'allemand sortaient parfois des lèvres de ma mère, rarement.

Simon gardait la tête baissée, plongé dans sa pensée. Il se gratta la gorge.

– Ah ! Je reviens à ce qui semble être ton interrogation à propos de tes relations avec le sexe. Tu parles d'animalité !

L'animalité c'est, je crois, tout ce qui concerne le comportement de l'animal. C'est très vague, mais ce que tu veux dire, c'est que tu n'as eu que des rapports sexuels, pas de liens affectifs, juste des pulsions, que tu dis, animales. Mais nous sommes des animaux, et notre part d'animalité n'est pas anormale, si l'on évalue la valeur de ce mot au niveau de la nature. L'instinct de procréation, est le moteur que nous donne cette nature, mais évidemment, seul le moteur nous est perceptible. L'instinct n'est pas conscience.

Nous lui donnons des noms selon les circonstances : Amour, désir ou simple accord, mais parfois nous dépassons l'animalité naturelle. Je parle des relations forcées, du viol d'adultes ou d'enfants, celles dépourvues du consensus.

Je pense que l'homme a construit un étage sur la sexualité animale, qui est du domaine des fantasmes. C'est peut-être, ce qui permet à certains d'entre nous l'usage d'une brutalité non consentie.

Donc, reprit-il en riant :

– Ton animalité, sauf si tu ne m'as pas tout dit, semble être normale, donc relative ! D'ailleurs, je repense maintenant à ce roman de Vercors, *les Animaux dénaturés*. Il imagine que des anthropologues découvrent une espèce vivante d'individus, les Tropis, dont les caractéristiques sont à mi-chemin, entre les singes, et l'Homme. Je ne te raconte pas, tu devrais lire ça, à l'occasion. Mais la question c'est, qu'est-ce qui appartient, ou non, à l'Homme, ou, et, aux singes ? Cqfd !

Bon, je vais dormir, sinon on va blablater toute la nuit. Tu restes ici ?

Romain avait envie qu'il reste. Simon ne disait pas grand-chose de lui, ou pas suffisamment pour que cette logique, ces constructions didactiques, prennent tout leur sens. De quel bois était fait l'homme qui lui parlait ?

Romain venait de se répandre sans retenue. Simon n'avait fait que disserter. Bien sur, cette conversation avait mis un peu d'ordre dans sa tête, lui avait apporté ce qu'il pressentait, mais il lui était difficile de le mettre en lumière, et de l'exprimer. Il ressentait un malaise, le sentiment de s'être livré, mis à nu, sans contrepartie.

Simon, finalement n'avait pas bougé. Profitant de son hésitation, Romain reprit, mi-provocateur, mi-rieur,

– Dis-moi ! Tu parles bien de tout ça, mais et toi ? Tu es marié ? Tu as une copine ? Et puis pour toi, ça a du être plus facile dans ta vie d'étudiant ? Je parle du sexe.

Simon se levait lentement, comme s'il avait du mal à se déplier.

– On en reparle la prochaine fois. D'accord ?

– Quand ?

– Je ne sais pas. Quand tu veux et si je peux ! Salut.

Il était déjà absorbé par l'ombre de l'écoutille.

Romain demeura sur place, encore quelques minutes. Le malaise était venu sans prévenir. Il se demanda s'il reverrait Simon.

***

Gilbert s'était pris d'amitié pour Romain. L'envie de voyager et d'aventure tenaillaient ce « pied-noir » casablancais.

Il y avait un côté passionné et généreux dans la façon de prodiguer l'amitié, qui était la marque de Gilbert, qui touchait et plaisait à Romain. Il avait, parfois, le sentiment d'avoir des comportements froids ou égoïstes, par rapport à l'attention que Gilbert portait, non pas à tous les autres, mais au cercle limité de ses amis proches. On ne savait plus comment, et pourquoi, ce cercle des « copains de Gilbert » existait. Mais ceux-là s'y reconnaissaient. Et chacun avait pour une raison ou une autre, le sentiment d'avoir une dette d'amitié, vis-à-vis de lui.

À vrai dire, Romain se sentait toujours redevable, ce qui ne simplifiait pas toujours ses relations avec son ami. Mais c'était insurmontable ! Gilbert recevait des tas de colis de sa famille, des mandats, des courriers, et son plus grand plaisir, était de partager avec le petit groupe de copains, dont Romain faisait partie. Et il en profitait pour imposer gentiment à son auditoire, des dizaines d'histoires sur sa famille, des histoires de gâteaux au miel, de cousins, de cousines, d'un environnement chaleureux, des histoires de bonheur.

La contrepartie était acceptée, non par intérêt, mais personne n'osait s'y soustraire. Gilbert méritait ça !

Romain pensait parfois :

– Pourquoi es-tu parti de chez toi ? Mais il ne lui avait jamais posé la question.

Un soir, engagé dans une partie de tarots à cinq, Romain avait déjà perdu la moitié de sa prochaine solde. Les quatre autres joueurs étaient des comparses, qui s'étaient vraisemblablement donnés pour mission, de le plumer. Il ne le sut qu'après les événements qui suivirent. Ses amis, répartis autour de la table, moins innocents que lui, en matière de jeux d'argents, avaient vite compris la méthode.

Romain ne s'était rendu compte de rien, et tomba des nues quand Gilbert dénonça le stratagème, d'une voix calme, mais en balayant en même temps les cartes et les jetons de la table.

Il y avait trop de monde, dans la pièce commune où se jouait la partie, pour que les joueurs impliqués discutent. D'autant, que le petit groupe soudé, dont faisait partie Gilbert, imposait le respect.

Faro, Romain avait déclaré, in petto, qu'il considérait la dette éteinte, et qu'il ne rejouerait plus avec des tricheurs !

Pus tard, il était assis en chien de fusil sur sa couchette, en lecture d'un livre prêté par Gilbert. Absorbé par son histoire, il ne pensait plus à ce qu'il considérait, comme une affaire réglée.

C'était sans compter sur la détermination des quatre joueurs, frustrés de leurs gains. Deux heures plus tard, ils débarquèrent dans sa travée, et le sortirent de sa bannette. Le maître d'œuvre de la manœuvre, était un véritable géant, auquel il rendait bien deux têtes. Romain se retrouva sur le ventre avec le type assis sur son dos.

– Bon, tu nous dois cent vingt francs. Tu payes la moitié tout de suite, et on te fait crédit du reste jusqu'à la solde. C'est d'accord ?

Il pouvait à peine respirer, et avait beau se démener, l'autre était trop lourd.

Ce qui se passa ensuite, Romain ne le vit pas. Chocs, cris bousculade et libération de son écrasement, lui permirent de se remettre sur ses jambes, avec la rage d'en découdre. Ce qu'il vit, c'est Gilbert avec un énorme coquart qui lui envahissait l'œil et le « gros » qui reculait en titubant, et en laissant une marée de sang, qui coulait de la tomate écrasée, qui lui tenait désormais, lieu de nez.

Pour tout dire, si Gilbert était physiquement le contraire d'un athlète, il avait la maitrise du coup de boule, - technique de bagarre commune aux arabes, et aux pieds noirs, lui avait-il dit ! Il le disait, mimant le geste. C'est ce qu'il venait de mettre en pratique. Il s'était jeté sur l'agresseur le front en avant et n'avait pas manqué sa cible. Mais il n'avait pu éviter, un énorme revers de la main, sur son arcade sourcilière. Toute la travée s'étant levée en soutien, la bande était en déroute, et reculait, en essayant de calmer le jeu.

Remonté comme une horloge, Romain n'entendait pas en rester là, mais celui de la bande des quatre qui paraissait le plus calme, trouva les mots d'excuse et les promesses d'oubli, pour faire en sorte que l'incident tombe aux oubliettes. Ce qui arrangea tout le monde, sauf Romain qui dut se contenter, avec une pointe d'agacement, de remercier Gilbert. Il ressentait, à la fois, un sentiment de reconnaissance étonnée, et l'amertume d'avoir concédé à son ami, une dette de plus, dont il se demandait déjà, comment il pourrait s'en acquitter.

Plus tard dans la soirée, Romain continuait sa lecture du livre de Gilbert :

– *La Peste*, faut que tu lises ça, un livre écrit par un pied noir, comme moi, lui avait-il dit.

Gilbert souleva le rideau de sa couchette. Il tenait un linge humide sur son œil.

– Il y a quelqu'un qui te demande.

– C'est qui ?

– Je ne sais pas mais il te connaît toi ! Il m'a dit de te dire, de la part de Simon.

Gilbert avait une mine d'interrogateur, mais Romain fit semblant de l'ignorer. Il se leva, et serra Gilbert dans ses bras.

– Merci.

– Bah, ça va. Ne t'en fais pas !

Romain vit l'expression furtive du bonheur, sur le visage de Gilbert.

***

Simon lui proposa de découvrir un autre endroit que celui où ils avaient l'habitude de se rencontrer. Romain interpréta ça, comme une façon de lui dire, – voilà, si je ne viens pas, tu sais où me trouver ! Simon le conduisit dans ce qu'il désigna comme son coin à lui, à tribord, dans l'abri formé par une tourelle, d'un des canons de cent millimètres, qui constituait la défense anti-aérienne du porte-avion.

– Tu m'as trouvé comment ?

– Pas difficile ! C'est le poste qui donne sur la plage arrière. Et puis, il me semble qu'on en avait parlé. Non ? Moi, je suis « sans spé », avec les appelés, à tribord. En fait, j'aide à l'administration, de la cambuse des officiers.

– Tu fais quoi ?

– Ça dépend. Un peu tout : Des inventaires, papiers à classer, parfois j'aide au bar. Tout le monde me connait aux cuisines. Ça aide ! Regarde ce que j'ai !

Simon sortit de la poche droite de son caban, un saucisson entier, qu'il agitait d'un air triomphant.

– Et t'as pas tout vu ! Regarde…

De sa poche gauche, coincée, il extirpait avec difficulté une bouteille de vin rouge.

– En direct de la cambuse des off ! Du Bordeaux ; Ils ont fêté la promo d'un jeune aspirant, et ils ont laissé trainer quelques trucs ! Tu as un couteau ? On va casser une croûte. J'ai un bout de pain aussi.

Il parlait sur un ton inhabituel, nerveusement, sans regarder Romain, sans le côté jubilatoire, qui était sa marque.

Romain ne savait trop quoi dire. Il aurait volontiers pris comme une aubaine sympathique la proposition de Simon, s'il n'avait senti la tension de sa voix, et la nervosité avec laquelle il essayait de déboucher la bouteille, avec le tire-bouchon d'un petit canif.

– Donne, je vais le faire.

Il prit la bouteille, la coinça entre ses cuisses, et la déboucha avec un bruit de bouchon et un han de satisfaction.

– Tu vois, faut demander au spécialiste !

Ils mangèrent et burent en silence.

Romain se sentait mieux maintenant, grisé, par le vin et la nourriture. Pour faire un peu le cirque, il rota bruyamment en riant, regardant Simon, espérant une attitude similaire de sa part.

Mais celui-ci ne participait pas. Il se décida, pourtant. Sa voix, marquait l'hésitation.

– Tu te rappelles, notre dernière conversation ? Tu voulais que je te parle de mes expériences.

– Non ! Ah, oui c'est vrai, se reprit Romain. Mais je n'y pensais plus. Laisse tomber, ce n'est pas parce que je t'ai déballé mes histoires, que tu dois faire la même chose. Moi, il fallait que j'en parle à quelqu'un, et je n'ai trouvé qu'un couillon, comme toi, pour m'écouter !

Simon eut un sourire un peu contraint :

– Merci pour le couillon, j'assume ! Bon, moi aussi, j'ai des choses à te dire. Mais je veux que ça reste entre nous. Il faut que tu me donnes ta parole, de n'en parler à personne, même à tes copains.

Pour Romain, la question ne s'était pas vraiment posée. Il n'avait pas évoqué pour lui-même, le sujet de la confidentialité des propos, qu'il avait tenus à Simon. D'ailleurs, les seules choses qu'ils avaient en commun, la paroi d'acier qui les accueillait, l'océan et ses éléments, n'avaient pas d'oreilles pour les entendre, pas de regards pour les reconnaître, pas de mémoire pour transmettre leurs propos. Romain, aurait bien pu raconter cette histoire, à qui il le voulait, des deux mille hommes qui peuplaient le navire. Aucun de ceux-là, n'aurait pu la relier, à un visage, ni même un nom. La requête de son ami, le surprenait.

– À qui veux-tu que je parle de toi ? Au fond, je ne sais même pas qui tu es, même pas ton nom de famille. D'ailleurs, en y pensant, si j'ai pu te raconter tout ce que je t'ai dit, c'est parce que tu ne me connaissais pas non plus, autrement que le type que tu voyais de temps en temps, le cul par terre, à regarder le ciel et la mer. Mais de toute façon, de quoi peux-tu avoir peur ? Tu as fait de la prison pour viol, tu as couché avec ta mère ?

Simon ne répondait pas. Les derniers mots prononcés par Romain avaient accentué sa crispation. Son visage était dur, tendu, comme préparé aux débordements d'une énorme colère.

Romain regretta en évaluant la maladresse de ses propos.

– Oh Simon ! Excuse-moi, je crois que j'ai trop bu de ce fabuleux pinard, et que je dis de grosses conneries.

– Ce n'est pas ça ! Je sais bien que tu ne m'as pas posé ces questions sérieusement. En fait, sur ça, je n'ai rien à dire. Je t'envie d'avoir pu me parler de ta sexualité sans aborder l'aspect des sentiments. On pleurniche vite, entre mecs, sur nos déboires amoureux. Tu n'as même pas effleuré le sujet ! Notre conversation de l'autre nuit, m'a fait réfléchir sur moi. Je t'ai écouté d'abord avec curiosité, puis avec intérêt. Je t'avoue que j'envie ta façon de libérer les mots, comme tu l'as fait, sans pudeur, avec une malhonnêteté extravagante.

– Pourquoi « malhonnêteté extravagante » ?

Simon eut un petit sourire crispé. Il réfléchit quelques secondes avant de répondre.

– Malhonnêteté parce que tu t'interroges, avec des airs de chien battu, sur ce qui t'es arrivé de mieux dans la vie, et extravagante parce que cette rouerie, ne répond à aucune logique !

Il regarda Romain, semblant attendre une réaction. Rien ne vint.

– Lorsque tu m'as demandé de parler de moi, je n'ai pas pu. D'ailleurs, c'est souvent compliqué pour moi, d'en parler. Tu comprendras pourquoi. Je ne me suis pas donné les mêmes libertés que toi. En fait tu es peut-être aussi, plus audacieux que moi. Tu m'as raconté des trucs, comme si tu parlais à un mur. Maintenant, je comprends comment, et pourquoi, tu as pu le faire. Je suis entré dans ton histoire, parce que tu as fait bouger quelque chose en moi. J'ai ressassé pendant des jours, des pensées, qui tournaient autour de tes interrogations.

– Mes interrogations ! À propos de quoi ?

Simon ne répondait pas.

Romain le regarda en souriant

– Ecoute, ce n'est pas grave. Je t'ai posé la question, mais au fond, je n'en fais pas une affaire !

Simon releva la tête et le regarda droit dans les yeux.

– Tant pis, si tu ne comprends pas tout ce que cela signifie ce soir. Tu crois que tu peux m'écouter, comme je t'ai écouté ?

Romain opina, en souriant pour souligner l'évidence : - vas-y !

Simon se gratta la gorge. Il semblait hésiter.

– Bon d'accord, excuse-moi ! Je ne sais pas trop comment commencer.

Il s'arrêta un instant.

– Autant te dire l'essentiel tout de suite Je suis homosexuel. Au cas où tu ne comprendrais pas, j'aime les hommes. Alors tu vois, ici, ça plus juif, ça vaut le risque de se faire basculer par-dessus bord ! Tu ne peux pas t'imaginer le bien que ça me fait, de pouvoir le dire à quelqu'un, sur ce foutu rafiot

Romain entendit d'abord, incrédule, incapable de donner du sens aux paroles de son ami. Il le fixait. Cet homme ne correspondait pas à l'image qu'il se faisait d'un pédé. Il hésitait entre le sentiment de s'être fait jouer, trahir, et la compassion, la compréhension, que Simon devait attendre de lui. C'est cette dernière pensée qui l'emporta. Mais il n'avait pas en cet instant, de mots pour exprimer à Simon les sentiments que ces révélations provoquaient chez lui. Les seuls qui lui venaient immédiatement, équivalaient à un haussement d'épaules, ou un « peu importe », imposant le classement définitif du sujet. Comme tout le monde, à l'école, au lycée, dans les pratiques sportives, partout, lorsque les garçons se mêlent et se confrontent, l'insulte, « sale pédé ! », où l'histoire « crasseuse », le « va te faire voir chez les Grecs », etc., tout cela, était du domaine d'un vocabulaire, dénué d'un concept précis. Personne ne s'adressait à des homosexuels, car personne ne pensait réellement qu'ils en étaient. Ou ils en auraient tous été !

Mais Simon en se nommant comme tel, donnait une existence à ce qui n'était que des mots dénués de sens et d'identifiants. Etait-ce le fait d'une énorme confiance accordée à un ami, ou l'amorce d'une tentative de séduction ? Son instinct lui fit écarter cette dernière pensée. Le choix d'accorder foi à ce que Simon lui donnait comme raison à cet aveu, se fit sans arrière-pensée.

Simon attendait, le regard tendu, et Romain comprit qu'il lui fallait parler.

– Bon ! dit-il en en se forçant à s'esclaffer, tu es pédé ! Tu es le premier que je rencontre. Enfin, peut-être que non, mais sans le savoir.

Il rassembla les idées qui tourbillonnaient dans sa tête. Son premier souci venait de se faire jour. Ne pas blesser son ami.

– En tout cas, c'est la première fois que je dis « pédé » à quelqu'un, sans que ce soit une injure ou une moquerie. Tu ne ressembles pas à l'image que j'en avais. Quand on se traite de pédé, c'est toujours, soi agressif, une insulte, soi une petite provocation amicale de copains. Mais ça ne veut jamais dire, tu es homosexuel ! Ce qui est bizarre, c'est que le fait de le savoir, n'ait rien provoqué en moi. Je veux dire, je te vois, comme avant. Cela explique-t-il un peu ta facilité à créer du lien, est-ce de la drague ? Je m'en fous. En tout cas, je ne me pose pas vraiment la question. Si tu m'informes pour évaluer ma réceptivité, bien c'est niveau zéro, désolé, mais aucune chance pour toi. Je ne m'en formaliserai pas.

Tu sais, n'exagère pas. Que tu sois homo ou pas, ça n'intéresse pas grand monde. Et de toute façon, on ne te foutrait pas à l'eau pour ça !

Si ça doit te rassurer, je n'en dirais pas un mot, d'ailleurs je ne vois pas ce que je pourrais en dire.

Il regarda Simon.

Celui-ci affichait un demi-sourire.

– Je ne te crois qu'à moitié pour ce que tu viens de me dire, mais je te remercie d'avoir fait l'effort. Restons amis, et ce sera bien.

Il se levait. Il s'arrêta, le regarda en souriant. Romain était tétanisé, la bouche entrouverte.

– Je vais te donner mon adresse, et ça aussi !

Simon fouilla dans la poche de son treillis, en sorti un billet de dix francs :

– J'aimerais bien que tu dépenses ce billet ! Dans deux jours on est à quai. Je débarque et je vais finir mon temps à Paris. Un petit coup de piston par mon père. Va voir Emma, je crois qu'elle le mérite, et dis-lui merci de ma part. Sans elle, sans doute, rien n'aurait été pareil, pour toi comme pour moi. Et cette fois, paye-la !

Romain partit d'un grand éclat de rire :

– Je vais suivre ton conseil, mais garde tes sous. Je crois que je peux assumer ça tout seul. Merci pour l'adresse, je te promets de passer te voir, si je vais à Paris. D'ailleurs, j'irai à Paris, quoi qu'il arrive. Je n'ai pas l'intention de faire carrière dans la marine !

– Tu voudrais faire quoi après ?

– Je ne sais pas très bien. J'aimerais bien pouvoir refaire des études. On verra. C'est un rêve, écrire ! Tu vois, le journalisme, des poèmes, un roman, enfin tu vois ce n'est pas très réaliste.

– Tu as déjà écrit des choses ?

– Avant de partir à l'armée, au lycée. Avec un copain qui écrivait des petits textes, des bouts de poèmes, comme moi. On se montrait nos trucs ! Mais depuis, je ne peux plus. On est trop les uns sur les autres, pas la place ni le temps, même plus l'envie !

Simon lui tendit la main pour l'aider à se relever.

– Fait au mieux pour tout ce que tu désires. On s'écrit ? Tiens...

Il lui tendait une feuille pliée en quatre, fermée par un bout de papier adhésif. Romain s'apprêtait à l'ouvrir.

– Attend, tu liras lorsque je serai parti. L'adresse, c'est celle de mes parents. Mais tu peux m'écrire là, si tu veux. Moi, je t'enverrai de mes nouvelles. Les postiers de la marine retrouvent toujours leurs matelots, où qu'ils soient. Il y a au moins ça de bien ! Reste là encore un peu si tu veux.

Romain se leva dans l'intention de serrer la main de Simon, qui sans lui laisser de temps, l'enlaça, et le serra quelques secondes contre lui. Romain lui rendit maladroitement son accolade. Il vivait cet instant sans émotion, et même, dans le désir de l'écourter

Simon le libéra, lui sourit, et s'éloigna à grands pas.

Romain se rassit, et ouvrit lentement la feuille quadrillée. L'adresse de son ami y figurait. Au-dessous, Simon avait ajouté d'une main nerveuse, spontanée :

Tu as croisé mon chemin. On se retrouvera…

III

Jacques avait comme ça lui venait, au fil de lettres, mit de l'espace temps, dans ce qui n'était que des pensées fugaces, qui venaient et s'évadaient. Il s'était raconté sans souci premier de la réalité. Il en avait présenté à Simon, un fac-similé approximatif. Un personnage dont la vérité révélée, n'était pas celle qu'il présentait au monde.

Il était étonné, surpris, par le travail de Simon, la mise en forme de la vie d'un autre, habillé dans sa peau. Simon avait, débusqué, violé la part de l'ombre qu'il cultivait. Non seulement, ce que Simon décrivait de son pseudo, Romain, était assez conforme avec l'appréciation qu'il portait, sur lui-même, de ses comportements avec les autres, mais elle agissait aussi comme un révélateur, de ce qu'il se dissimulait à lui-même. Doutes, questionnements sur l'utilité d'être utile, mais aussi cette propension, au pire, au mépris, au mieux à l'indifférence, vis-à-vis des sociétaires de la communauté des êtres humains, qui peuplaient sa zone de vie. Et, sans pour autant avoir le moindre désir, de s'y impliquer, d'y porter son influence.

Le sentiment d'être exclu du monde qui l'entourait, l'isolait mais aussi lui donnait la liberté d'exister, comme une pièce de puzzle qui n'y trouverait pas sa place. Ainsi dans ce tableau incomplet, cette pièce seule, non comparable aux autres, serait vue et remarquée, bien qu'elle paraisse inutile.

Jacques savait que Simon, vivait son homosexualité dans une différence sans révolte, non contrainte par les ressources matérielles. Dans le cadre de sa profession d'enseignant, il était dans l'obligation de ne rien laisser paraître de son orientation sexuelle, mais le monde de la bourgeoisie intellectuelle de sa famille et de ses amis proches, acceptait ça ! Après tout, ce n'était guère qu'un secret de polichinelle quand il s'agissait d'artistes ou de grands couturiers Il avait cet espace de liberté, cette chance. Qu'en était-il pour les autres ?

Jacques n'était pas homosexuel, mais il se demandait parfois, comment il aurait pu vivre, s'il l'avait été.

***

Simon avait-il eu cette intuition, que l'engagement, dans l'amour, l'amitié ou la haine, n'était pas naturel pour Jacques.

Ce que Simon n'avait peut-être pas perçu, c'est que le ressenti le plus ordinaire de Jacques, lorsqu'il n'arrivait pas à maitriser sa pensée, son émotion, sur un sujet, un évènement, une relation, était le renoncement. C'était une porte de sortie, qui lui permettait d'évacuer rapidement le trouble passager, occasionné par une circonstance étrangère à son mode de vie. Il méprisait ainsi, ce qui était de l'ordinaire des préoccupations, et des idées exprimées, par la plupart des gens. Ainsi les mots, famille, patrie, amitié, amour, devoirs, compétitions, honnêteté, discipline, n'étaient pour lui que des poncifs. Ils évoquaient des concepts trop clairs pour ne pas être emprunts d'hypocrisie, et de petits calculs.

Néanmoins, il jouait le jeu, et pouvait en parler comme tout le monde, se fondre dans le moule.

Jacques se heurtait à des réalités matérielles. Il était pauvre, mais sans doute Simon, ne le voyait-il pas. La pauvreté de Jacques était non assumée, camouflée, pour être non devinée. Paradoxalement, il ne supportait pas d'être redevable de quoi que ce soit : payer son loyer, sa nourriture, ses cigarettes et tout ce qui lui procurait une apparence plaisante, étaient pour lui, de ces actes nécessaires, sans quoi l'existence n'a pas de sens. Lorsqu'une menace venait perturber cet équilibre, il éprouvait un sentiment de panique, qui lui faisait établir des priorités, et développer des prodiges, des efforts, qu'il considérait comme la conséquence passagère, d'un état d'urgence. Il travaillait plus, et mieux, ses démarches pour placer quelques encarts publicitaires, et s'il le fallait, lavait des voitures, dépannait quiconque avait besoin d'un coup de main. Mais sitôt la situation rétablie, il reprenait sa vie normale de la nuit, où diverses recettes comblaient ses besoins. Il n'en avait pas conscience, mais il lui fallait déployer une énergie créatrice constante pour substituer au travail, des activités lui permettant d'assumer ce qu'il considérait comme une priorité, sans pour autant tomber dans la délinquance. Ce n'était pas un choix moral. Mais cela aurait été une identification comme une autre, lui aurait donné un statut dans un monde divergeant qui avait aussi ses règles et ses hiérarchies, ses combats pour la prédominance, en fait le verso de la société. Sa disponibilité apparente de la nuit, avait attiré l'attention de quelques petits malfrats locaux toujours en recherche de partenaires. Jacques marquait indifférence et incompréhension. Et il avait fini par conquérir une position, où on acceptait sa présence avec réserve, mais sans agressivité.

Ces contraintes le plongeaient pourtant parfois, dans un état de stress physique et intellectuel. Le plus souvent, il réagissait instinctivement, sans y penser vraiment, comme l'on met le coup de rein pour échapper au danger. Un ressort le poussait avec force, dans l'action d'exister, d'écrire. L'écriture s'était installée dans son existence, comme un substitut à la marginalisation dans laquelle il s'était laissé installer, une non-existence sociale qui le protégeait d'une fatalité qu'il n'acceptait pas : perdre l'unicité de sa vie, être « massifié » dans une société qu'il ressentait figée pour l'éternité dans ses valeurs et ses hiérarchies !

Un besoin irrépressible, de poser des mots, sur une feuille de papier, l'emmenait dans un espace où lui-même et les autres, vivaient dans sa libre imagination. Lorsqu'il était épuisé, vidé, il pouvait de nouveau regarder le monde auquel il n'appartenait pas, dans lequel il n'avait aucun désir de s'intégrer, ni même de le dominer, avec ce regard détaché qui lui permettait de se glisser dans ses failles, sans même le frôler. Et, plutôt bien que mal, il subsistait.

Jacques dominait ces contraintes parce qu'il s'était ancré dans le mépris des conventions de la société. Il était tendu dans la volonté de n'être soumis à aucun désir, à aucune satisfaction, qui l'obligerait à abdiquer son mode de vie.

Il voulait penser, et porter par l'écriture ses pensées. Il avait fait siennes, ces quelques lignes de René Char, piochées dans un recueil de poèmes, sans doute oublié par le précédent occupant de son appartement.

Tu es pressé d'écrire
Comme si tu étais en retard sur la vie
S'il en est ainsi fait cortège à tes sources
Hâte-toi.

Et aussi et surtout, ces vers de Paul Eluard, notés sur un petit bout de papier plié et coincé depuis plusieurs années, au fond de son portefeuille. C'était lors de sa dernière année de lycée. Il avait dans sa classe pour ami, un grand dadais, dont la culture insolente le sidérait, l'émerveillait. Il était insolent, car il affirmait son choix d'aimer, de lire et connaître la poésie, à tout moment, et en tout lieux. Paradoxalement, c'était la prof de français qui s'en irritait le plus. Elle l'appelait, par dérision, Monsieur Rimbaud ! Cela faisait rire la classe, et elle semblait en être satisfaite, sans honte.

Jacques parlait souvent avec lui de son désir d'écrire, et à l'occasion, lui faisait lire quelques vers maladroits, dont il était l'auteur. Le garçon était toujours disponible, jamais moqueur, ni critique. Il écoutait, c'est tout ! Et Jacques, n'en demandait pas plus. Quelques jours avant son départ pour l'armée, son copain lui avait remis ce petit bout de papier.

Il ne l'avait ouvert et lu, que dans le train qui l'emmenait dans le sud ouest, vers le centre de formation de la marine nationale.

Le temps est de tout dire, et je manque de mots
Et je manque de temps, et je manque d'audace
(P. Eluard)

***

Simon ne s'était pas interrogé sur les modalités matérielles de la nouvelle vie de Jacques. Il était de ceux pour lesquels les évènements s'enchaînent sans heurts, la vie coule sans surprise. Les études, le service militaire, un poste d'enseignant, des parents disposés à mettre un peu de confort dans l'accès à l'indépendance, tout cela faisait partie d'un programme, meublé de légers aléas, mais réalisé. Bien sur, il avait conscience que ce chemin n'était pas celui de tout le monde. Il y avait dans ceux qu'il croisait dans sa vie, les oubliés du confort, de la culture, de la sécurité. Il s'en sentait plutôt solidaire. Mais il ne mettait pas de noms sur ceux-là. Ils n'étaient perçus par lui, que comme un collectif. D'ailleurs, comment aurait-il pu ? Il les croisait, sans jamais les rencontrer.

***

Jacques réfléchissait sur ce qu'il pouvait bien répondre à Simon. L'écriture lui était une pratique quotidienne. Il ne se contentait pas de raconter. Il écrivait plus que sa mémoire lui indiquait d'écrire. Le courrier et le texte de Simon venaient de lui en faire prendre conscience.

***

Jacques, vendredi 28 juillet 1967

Mon cher Simon,

Voici presque deux mois que j'ai reçu ton courrier, et la nouvelle qui l'accompagnait.

J'aime ce que tu as écrit, et je l'ai lu sans me sentir vraiment concerné, bien qu'en fait, beaucoup de ce qui me concerne y soit ! J'ai le sentiment de dire une chose et son contraire, mais j'assume le paradoxe. Ce texte t'appartient et si tu as fait d'un « Moi » virtuel le sujet principal du récit, cela n'en donne pas propriété au dit sujet !

C'est un effet bizarre que de se découvrir (décalqué ?) sur un miroir déformant, être happé par une histoire, et au fil de la lecture, s'approcher de la glace et y pénétrer pour disparaître.

Comment as-tu pu absorber ce déluge de vérités et de mensonges dont je t'ai abreuvé depuis plus de deux ans ? Tu as construit un personnage dont je ne renie rien. Je ne me contredis pas ! Il n'y a rien dans les faits dont je ne sois la source de ton information. Tu as une mémoire incroyable (tu prenais des notes après nos conciliabules sur le Clem ?), et une capacité fantastique à faire vivre dans la cohérence un personnage bâti sur du vrai et de la fiction. Je pourrais te dire que ma part de vérité se nourrit principalement de regrets, et que mes falsifications de la vérité dévoilent mes espérances. Mais cela n'a pas d'importance.

J'ai finalement avancé, dans mon projet d'écriture, et je suis prêt à te le proposer à la lecture. C'est grâce à toi, que j'ai fait ce chemin.

Suite à la lecture de ton récit, j'ai commencé un travail de réécriture de ces petits bouts de textes, qui sont sortis en cliquetant de ma machine à écrire, presque chaque jour durant cette dernière année. Tu noteras que j'ai repris, par jeu, le nom que tu as attribué à ton personnage principal. Mais Romain prend la main du jeu. Il est le maître d'œuvre d'un récit, en continuum du tien. Il est le « Je » ! J'ai donné un sous-titre, à ta façon, à ce qui n'a pas encore trouvé son épilogue ! Mais je ne veux pas t'en dire trop ! Je dois te préciser, que si ce texte n'est pas un journal, il est néanmoins écrit, dans le temps, presque simultanément aux évènements de ma vie. Je dois préciser aussi, que les personnages qui entourent Romain ne sont pas désincarnés. Ils sont aussi dans ma vie. Je les ai habillés de ce qu'il fallait de fiction comme un lien pour faire tenir cette histoire. Tout ça n'est pas très clair, je crois ! Tu comprendras en lisant. Je ne sais pas si j'ai le talent pour m'extraire du vécu littéral et banal des évènements, de ces expériences, mais je suis sur cette voie...

Parmi ces paradoxes, il en est un dont je ne peux te donner le détail, mais qui est probablement le plus important et surtout le plus déroutant pour moi. Il me semble que mon personnage me dicte sa pensée et guide mes actions. Enfin, j'espère pouvoir t'en parler de vive voix, porteur d'une histoire conclue.

Ne fais pas cette tête ! (je la devine). Finalement, tout ceci, se résume en deux chemins, qui se proposent, à tout moment, à tout le monde : L'éloge de la fuite ou celui de la résistance. Il est vrai que de par ma nature, je suis dans la première proposition. Mais, c'est un fait, l'écriture me propose, et plus, m'induit par l'action, dans la seconde.

***

Jacques imagina le geste qu'il ferait, en remettant son manuscrit à Simon. Il prenait conscience et s'étonnait de l'importance qu'il accordait à ce tas de papier empli de mots, et surtout de cette nécessité impérative qu'il ressentait pour la première foi : le faire lire ! Il haussa les épaules. Il était seul, et l'inutilité de son geste le fit sourire. Il était le témoin d'un lui-même, qu'il ne reconnaissait pas, ou plutôt, d'une futilité qu'il aurait attribuée à tout autre, dans les mêmes circonstances.

Il savait que quelque chose manquait à son récit, quelque chose qu'il n'était pas arrivé à y intégrer. Cela concernait cette période cotonneuse, ce demi-coma qui avait suivi les coups reçus devant l'usine.

Les mots qui revenaient, hors ceux directement liés aux circonstances, flottaient dans ses pensées et se poussaient presque malgré lui, vers un désir d'écriture. Jacques ressentait un doute, une peur de ne pouvoir poser sur du papier, la nébuleuse hypnotique qui l'envahissait, dans ce qu'il ne pouvait définir comme étant d'un rêve éveillé, ou de quelque chose d'autre ! Mais les mots revenaient, récurrents, comme gravés dans un coin de mémoire. Il craignait de les perdre, et les perdaient.

Jacques, émergea brutalement de la torpeur qui l'envahissait. Il se sentait prêt mais mené par l'urgence, tant il ressentait le côté aléatoire de cette mémoire prête à restituer ce qui n'était qu'un nuage de mots. Mais il n'en sortit rien !

Il termina de ces quelques lignes, dont il savait avec un peu de malice que Simon en ferait le plus grand cas.

J'ai l'intention de venir m'installer à Paris, et peut-être de terminer, ou non, ce récit. Et évidemment de travailler ! Comment faire autrement d'ailleurs ? Ici, la médiocrité est mon mode de vie. Il faut que je m'en évade. C'est avec une certaine émotion que je pense à nos retrouvailles, mais aussi avec la crainte de nous décevoir mutuellement ! C'était tellement facile ce continuum à nos élucubrations maritimes ! Enfin, on verra ? J'ai quelque chose à faire. Il y a plusieurs éventualités pour que ce projet ne se réalise pas. Ce que j'ai à mener peut mal tourner. De toute façon tu n'y peux rien et je préfère ne rien t'en dire.

Jacques

IV

Jacques, allongé sur son lit, les yeux au plafond, doutait. Il essayait de se remémorer les termes du courrier envoyé deux jours auparavant à Simon. Il n'en conservait rien de clair. Il prenait conscience qu'il avait été emporté par la hâte, l'euphorie d'être le porteur d'un projet, commun, avec celui qu'il considérait être un intellectuel. Simon était né pour l'être. Ses parents, ses amis, Paris, tout son environnement lui ouvrait la porte de ce statut. Cela aurait pu ne pas l'être, mais il avait fait ce qu'il fallait pour tracer son chemin sur cette voie. Il en avait fait sa profession. Jacques n'aurait jamais cette reconnaissance tacite. Il le savait. L'envie de renoncer à ce jeu d'écriture dans lequel Simon l'avait entraîné, le taraudait. Il l'avait suggéré, dans un de ses courriers, à Simon. Celui-ci comprit ce qui était écrit entre les lignes. Il lui répondit, immédiatement, comme pressé d'effacer ce qu'il appela, une capitulation. Jacques se rappelait la conclusion qu'en avait faite son ami : *l'héritage culturel est une facilité pour celui qui en bénéficie, Mais ce n'est pas une garantie de réussite, en quelque matière que ce soit. Il faut de la passion. Peu importe que le but ou le succès soient au bout du chemin. Resteront les émotions du parcours.*

Sa vie venait d'être bouleversée d'évènements dont il ne maitrisait pas encore les conséquences. Il en avait nourri le produit de son écriture, un récit dont il se demandait s'il n'avait d'autre valeur, que celle du plaisir intime qu'il en avait reçu. À quoi bon l'exposer à l'intérêt, au jugement ?

Comment pourrait-il le défendre, en aurait-il l'envie ?

Il se leva, se dirigea vers le petit bureau où des feuillets étaient tassés dans une chemise en carton.

Il voulait relire le tout, en une seule fois.

***

Tribulations hétérodoxes (2ème partie)

Je me prénomme Romain, et j'ai vingt ans ! L'appétit de vivre me tire par le cou, comme l'impératif mène le verbe.

L'époque est en passe de devenir illisible ! Le Général, tous les partis politiques, des gaullistes aux communistes, se drapent dans le « bleu-blanc-rouge ». Mais les paravents se déchirent, les héritages se fracturent, les pouvoirs se contestent, les rêves collectifs se délitent dans des conflits lointains, où les vainqueurs perdront bientôt leur identité. L'aspiration individuelle au plaisir, à la consommation des désirs, s'exprime quand elle le peut, petite musique qui sonne encore sur des instruments anciens, aux cordes élimées. Le droit à l'égoïsme, se revendique dans l'intimité, il n'ose encore s'exprimer.

La ville est sale. Ce n'est pas tant ce que l'on voit qui la qualifie ainsi. C'est un ressenti. Elle est malade, immobile ! Mais elle ouvre toutes les portes aux interdits d'une culture gaullienne, qui s'enlise dans le conformisme, et les trémolos patriotiques, hérités de la guerre.

C'est une ville de province, engluée dans les marais, désertée par la garnison des troupes américaines. Restent, une école de l'aéronavale et une base aérienne, quelques putes, et des bordels aux lambris moisis, une usine d'esquifs en caoutchouc, où une myriade de petites mains ouvrières, s'engouffre chaque matin.

Dans cette ville, il y a ceux qui ne font que passer. Quelques maisons, ont conservées les couleurs qui dorment dans les tiroirs des cinémathèques. Pour conjurer la grisaille ambiante qui gagne la ville ? Les rues, où l'on ne danse plus avec les « Demoiselles », sont chargées, au matin, des débris alcooliques, des militaires qui s'ennuient. Ils se répandent dans la ville, le soir quand les portes des casernes s'ouvrent sur les permissionnaires. Je parle de ceux, appelés ou jeunes engagés, qui sortent en uniforme. Ils sont souvent fauchés. Il y a peu de fils à papa. Les appelés sont majoritairement bretons, ou ch'timis, d'origines agricole ou ouvrière. Les engagés sont répartis dans les écoles techniques de l'aéronavale, ou de l'aviation, pour un an en moyenne. Ils n'ont pratiquement pas de solde, juste de quoi se soûler une fois par semaine, et parfois payer un amour vénal.

Puis il y a ceux qui s'y installent pour quelque temps, militaires de carrière, chargés de l'encadrement. Mal payés, mal logés, ils trainent les casseroles des guerres coloniales, peu glorieuses, mal digérées. Ils ont des nostalgies médiocres, où l'on bouffe du « niakoué » et du « bougnoul », pour faire comme tous les autres. La gloire est absente. Ils ont même oublié d'en revendiquer une part. Ils ne peuvent être qu'entre eux, la nation les ignore. La population ne les voit pas, ils se déguisent en civil, pour rentrer chez eux, en ville.

J'avais terminé mon temps, dans un entrepôt de la marine, un endroit perdu dans les marais.

Ceux que j'aimais bien, et dont j'ai de bons souvenirs, c'est les ouvriers civils, qui travaillaient, dans cet établissement militaire.

Enfin, je ne les connaissais pas tous, mais pour la plupart, je les appréciais, je les trouvais sympa. J'aimais bien leurs histoires de vie, pleines de couleurs, de bouffe, de baise, de picole, rarement agressives, méchantes. Il y avait un goût pour l'autodérision, une façon de se raconter, tel qu'on est, et d'en faire rire les copains.

Mais c'était une base militaire, et évidemment des militaires y travaillaient aussi. Une quinzaine d'officiers mariniers, faisant office de chefs de bureaux, et deux officiers de marine. Tout ce beau monde rentrait chez lui, le soir, comme n'importe quel fonctionnaire.

Les officiers, deux personnages qui étaient assez dissemblables, pour ne pas même paraître complémentaires.

Le commandant était de ces officiers arrivés par le rang. Aviné au degré douze de l'échelle pinardière, en fin de carrière, et faisant office de commandant, il avait la désagréable habitude, lorsqu'il était surpris, affalé sur son bureau, de partir dans des colères incontrôlées d'où éructaient les insultes les plus diverses. Courait aussi le bruit, qu'il avait un jour giflé un appelé, sous le prétexte qu'il avait une allure de pédé. On avait arraché le galonné des mains du « giflé », avant qu'il ne l'étrangle définitivement.

Compte-tenu des circonstances, l'affaire s'était dissoute, en renvoyant immédiatement, l'appelé dans ses foyers.

L'autre, responsable administratif, lieutenant de vaisseau, plus jeune, était assez sympathique. Je me souviens que lors de mon dernier jour dû à la marine, il m'avait assez longuement reçu dans son bureau, pour me remettre les papiers nécessaires, à mon retour à la vie civile.

À ma grande surprise, après m'avoir demandé si je comptais rester quelque temps dans la ville, il m'avait proposé de venir déjeuner chez lui.

Sa femme et lui me reçurent le dimanche suivant, avec des attentions qui me touchèrent. Il était en civil, costume, cravate. J'avais investi une partie du petit pécule de ma dernière solde dans un pantalon noir « pattes d'eph », et un pull vert pomme qui me collait à la peau. Je guettais chez mes hôtes un signe de surprise, ou même de réprobation, en vain.

Le repas était cuisiné avec soin, la table était jolie, et de toute évidence on avait sorti pour moi, la vaisselle du dimanche.

Les conversations portèrent sur tous les sujets correctement disponibles dans ces circonstances. Lui, parlait avec passion de la Chine, elle de littérature. Je fus surpris par la culture de madame, et sa gentillesse intelligente. Son mari en était visiblement très amoureux, et pas seulement à cause de la beauté douce et équilibrée, que soulignaient chacun de ses gestes et de ses pas. Il l'écoutait sans jamais l'interrompre, la regardant, les yeux grands ouverts. Il l'admirait, pour le son de sa voix, pour la précision de son discours.

Elle me questionna soudainement, mes projets, ma famille…Je ne sais pourquoi j'ai parlé de mon grand-père maternel, un marin pêcheur normand.

Elle m'interrompit. Elle disait l'admiration qu'elle portait, depuis son enfance, aux hommes de la mer. Ses yeux brillaient. Furtivement, ses yeux glissèrent avec tendresse sur le visage de son mari.

L'espace d'un instant la jalousie me pinça.

Elle a l'attitude austère et sereine des jeunes femmes, dont aucun artifice ne vient souligner les avantages. J'essayais de l'imaginer, mais j'avais du mal à formaliser l'image, femme, les cuisses ouvertes, le corps et l'esprit en déraison, sous l'homme. Elle était réservée mais non timide, parlait avec aisance et naturel. Elle bougeait son corps légèrement, sans que l'on puisse percevoir une attitude apprêtée, dans ses gestes.

Elle fut un instant, je crois, déstabilisée, par ce que je crains qu'elle n'ait lu dans mon regard. Elle nourrissait quelques-uns de mes fantasmes, et je me suis dit, que celui ou celle qui ressent celui de l'autre, ne peut que le partager. Mais je ne le saurais sans doute jamais !

L'appartement d'une propreté triste, meublé d'un mobilier que j'ai supposé « de famille », probablement à la mode dans les années vingt ! Sombres, « colonnés », table, buffet, et chaises envahissaient l'espace d'une salle à manger, uniquement éclairée par une fenêtre qui, donnant « à raz de rue », était masquée de rideaux, en dentelle de coton écru.

Le lourd crucifix, accroché au-dessus du buffet, avec son corps d'ivoire, attirait sans cesse mon regard. Je me suis demandé s'il y avait le même à la tête de son lit, et si, relevant les yeux, elle le regardait, en baisant !

Nourrissaient-ils leurs accouplements de fantasmes avoués, et mis en scène ?

J'étais venu par curiosité. J'en suis reparti un peu triste. Le bel uniforme cachait bien la médiocrité sociale de ces officiers subalternes, en temps de paix, oubliés, réduits au statut de petits bourgeois de province. La plupart s'y complaisaient, certains probablement, méritaient mieux ! J'ai pensé que mon hôte en était.

Pourquoi m'avait-il invité ? L'idée m'effleura qu'il m'avait trouvé digne de rencontrer son épouse, et de lui apporter un peu de vent frais.

***

Affecté à la garde nocturne des bâtiments, bourrés de pièces détachées destinées principalement à l'aéronavale, le reste de l'effectif militaire était composé d'une dizaine d'appelés, d'un officier marinier, premier maître, qui arrondissait ses fins de mois, probablement difficiles, avec une paire de ciseaux, et une tondeuse à cheveux.

Il y avait quelque chose de comique et de dérisoire, à regarder ce gradé tondre des appelés, sans doute un peu contraints.

Il rendait ce service tous les vendredis ! Sur la table, il posait un gobelet en métal, où il mettait une « première » petite pièce, pour en préciser l'usage.

Evidemment, le résultat était médiocre, mais il semblait s'en satisfaire.

Lui aussi rentrait chez lui le soir. Il était censé venir passer une nuit de garde, du samedi au dimanche. En pratique, il s'arrangeait avec moi ! ça convenait bien à tout le monde, moi, et les appelés présents la nuit. On était assez satisfaits de se passer de sa présence.

Responsable du télétype, mon bureau était aussi ma chambre, et vice-versa. De fait, grâce à la confidentialité qui préservait la fonction, j'étais le seul à avoir une chambre privée sur la base. J'abusais du règlement, en fermant à double tour la pièce, que j'y sois ou non. Sécurité oblige !

Mon boulot consistait à recevoir des messages, sous forme de bandes perforées, et à les transmettre en clair aux services d'expédition.

Dans la journée, je circulais de service en service. Je devrais dire de cantine en cantine, café le matin, p'tit blanc le midi. Dans les bureaux il y a des femmes, pas bégueules, la voie haute, et le regard droit dans les mecs. Les mecs s'racontaient leur vie. Les tomates et les aubergines qui vn'aient bien ou mal ct 'année, les vacances, les parties de cartes, les gonzesses, tout était sujet. Il y avait Gustave, que j'écoutais avec délectation, raconter quotidiennement sa vie conjugale avec Marcelle. Du lundi au vendredi, c'était comme un feuilleton.

Marcelle, elle travaillait là aussi, à cinquante mètres de Gustave, dans les bureaux. Chaque fois que je la croisais, j'avais comme un frémissement dans le ventre. Elle n'était pas du genre pin up, mais elle était vivante, virevoltante, vibrante d'une santé énergique, un peu, mais pas trop, maternelle.

Elle avait bien vingt ans de plus que moi. Je n'imaginais rien de possible et je faisais attention à ne rien lui laisser deviner. Mais elle n'était pas dupe. Son Gustave elle l'aimait, et le montrait à tous, avec la joie bruyante d'une vieille amoureuse.

Et parfois, ce faisant, elle me regardait de coin avec un sourire qui me disait : rêve pas coco...

Un jour, j'avais amené une bouteille de blanc à l'atelier de Gustave. Nous étions quatre ou cinq, assis sur les caisses, le verre à la main, à l'écouter, mais comme souvent, il s'adressait directement à moi :

– L'amour mon gars, que j'dis, c'est simple comme bonjour à satisfaire Madame. C'est dans la vigueur de l'homme qu'est l'amour. D'puis vingt ans qu'on est marié avec la Marcelle, c'est tous les soirs, moi que j'te dis, tous les soirs ! Et pis pas du bâclé, une p'tite pipe bien faite et après ce n'est pas d'la guimauve'qué déguste la Marcelle, crois moi gars. Et elle y va d'son trémolo, crois moi bien mon gars. Et pis, l'dimanche matin, j'te dis pas comment qu'on loupe la messe !

Et il riait, en promenant un œil rigolard sur l'assemblée.

– Non mais t'as pas bientôt fini d'raconter tes cochonneries à c'petit jeune, Gustave. D'autant que t'exagères comme d'habitude, à te vanter ! Tu te rends compte de c'qui va penser d'moi le petiot !

Marcelle était juste derrière mon dos. Elle posa ses mains sur mes épaules. Gustave riait un peu jaune avec des « oh ben quoi, oh ben quoi... » Tous les autres commentaient en douce avec des expressions de « oh lala ! », sans parler, juste avec la main qui balance.

Ses mains abandonnèrent mes épaules. Je n'ai pas osé me retourner.

Il y a des chemins qui sont dans l'ordre des choses, destinés à ne pas se croiser, à desservir des territoires éloignés, et qui se détournent, se contraignent pourtant à satisfaire l'irrationnel, l'incohérence. Le parcours de Marcelle heurta le mien, au sens propre du mot.

C'était le matin, avant l'embauche. J'avais un travail à faire tous les jours, avant que les ouvriers investissent les hangars. Je pointais des références de matériels expédiés la veille à un de nos porte-avions. Les caisses éventrées de la veille s'empilaient mêlées des cartons, des tortillons de bois qui bourrent les espaces creux des emballages. L'odeur de bois frais s'imposait, forte, suave. Mes pieds s'étaient entravés dans ce méli-mélo odorant. Je me retournais violemment, pour me dégager dans un mouvement de toupie. Je sentis mon coude, s'enfoncer dans des chairs molles. Un « ouille » de douleur s'inscrivit dans mon cerveau, avec le visage de Marcelle, et le long déséquilibre de nos corps, qui basculaient, et le pauvre souffle de ma voix, qui demandait encore pardon, quand pour rien au monde déjà, je n'aurais voulu que cela ne se produise pas !

Elle était lourde et chaude dans notre chute. Il me semble encore maintenant, que c'était lent, un tourbillon dans un ralenti. Nos deux corps qui roulaient dans des mètres cubes d'amortisseurs empilés.

– Je vous ai fait mal ?

– Ça va, ça va ; pousse toi d'la !

Je la sentais sous moi. Il y avait un matelas de fatras entre nous. Je manquais d'appui. J'entendais la requête de Marcelle, mais c'est sans conviction, que je commençais à lui donner satisfaction.

Le résultat fut de ce point de vue, désastreux ! Comme je prenais appui sur ma jambe pour me relever, un carton s'est dérobé sous mes pieds.

Une brusque glissade me rejeta vers le bas, dans l'entre jambe de Marcelle, mon oreille droite calée sur la soie du profond de sa cuisse.

Mon nez, ma bouche étaient collés sur son slip de coton blanc. Les lèvres de son sexe, fortes, gonflaient le tissu. Le chemin se traçait sans contrainte. Ma bouche s'y posa fortement. Elle sentait bon, le savon de Marseille, parfumé à la lavande. Je plongeais doucement mes dents dans le tissu, et vidait mes poumons. Mon souffle était brûlant, ma salive abondante mouillait, et révélait des lèvres fortes.

Marcelle ne bougeait pas, je la sentais retenir son souffle, mais j'avais peur d'un sursaut de pudeur rebelle. Je sentais confusément que ce bout de tissu, entre ma bouche et son sexe, permettait encore le refus de l'abandon au plaisir. J'écartais le tissu de l'entre-jambe, et laissais doucement mon doigt glisser sur le bord des lèvres, sans oser la pénétrer. J'entendis Marcelle, pleurer d'un son grave et doux, presque imperceptible. Un sentiment violent de tendresse et de désir m'envahissait. Mes lèvres embrassèrent le fruit, qui montait vers moi. Et je l'ai goûté longtemps, paresseusement, sans me lasser.

– Attends, attends !

Elle se dégagea doucement de moi et se laissa glisser. Elle était penchée sur moi, une jambe entre mes jambes, le visage flamboyant et grave, le sel des larmes, en dessin blanc, sur ses joues rougies.

– Non, arrête, je ne veux pas !

Elle retira doucement ma main qui pressait son sexe et l'inséra dans son corsage.

– Vas y doucement un, tu m'as foutu un sacré coup tout à l'heure mon salop.

Je fermais les yeux, et pelotais doucement le mamelon dodu et soyeux de Marcelle.

– Tu as encore mal ?

– Mais non mon ballot, j'te fais marcher ! Bon laisse-moi faire.

Elle me regardait, sérieuse, d'un air compétent.

– Ferme les yeux mon poussin.

J'obtempérai, dans la certitude de sa bienveillance.

Elle dégrafa ma ceinture.

Les allées du hangar commençaient à se remplir du léger brouhaha des vestiaires, qui annonce le début de la journée de travail.

Nous retenions notre souffle.

Elle m'a masturbé avec conscience et douceur, en me regardant dans les yeux. Elle dut y voir mon regard chavirer, mit sa main sur ma bouche. J'ai fermé les yeux, en exhalant mon souffle.

– Tu sais le Gustave, y m'a jamais fait ça ! Bon mais t'es d'accord que j'lai pas fait cocu, hein ? Ça ne compte pas ça ! C'était bien tu sais. Et toi ?

Elle me couvrait de petits baisers et ses yeux roucoulaient en silence.

– Mets-toi ça bien dans ta tête, Gustave et moi c'est comme si on n'était qu'un. On n'a pas pu avoir d'enfant. On n'a que l'un pour l'autre. On a un contrat pour aller jusqu'au bout, ensemble. J'te dis ça parce que je ne voudrais pas que ça devienne un contrat de dupe. Je ne me sens pas si forte que ça ! Tu comprends ? Me donne pas l'envie, tu promets ?

J'ai promis dans un souffle, étouffé par l'émotion.

Mais que faisait-elle si près, derrière moi ?

***

Pour en revenir aux différentes espèces de primates, qui logent dans la ville, disons qu'enfin, il y a les autres, ceux du cru. Les bourgeois poussifs, les commerçants appauvris, les patrons de bar pensifs et déprimés, les ouvriers désœuvrés, qui font bouillir la marmite des œuvres du braconnage. Quelques petits voyous aussi, pas jeunes, de l'âge des putes.

J'y suis, dans cette ville, comme un poisson dans l'eau. J'aime la liberté qui s'ouvre dans le glauque, le sombre, la nuit. Libéré de mon engagement dans la marine nationale, je suis resté sur place. Mon mode de vie est « l'expédient », pas vraiment exemplaire. Mais j'ai un métier, officiellement. Je vends des petites annonces et des encarts publicitaires à des commerçants désœuvrés et crédules. Mon employeur est un gratuit, un journal de petites annonces. Mais je n'ai pas de feuilles de paye : Je ramène la commande de l'encart publicitaire, parfois avec un petit croquis que j'ai préparé avec l'annonceur. Le patron me règle ma commission : dix pour cent de la commande. J'ai parfois quelques remords, à vendre du vent, à ces petits commerçants, condamnés à plus ou moins long terme, à disparaître. Certains, reprennent espoir, me questionnent : prendre plus grand, frapper un grand coup, augmenter les stocks pour répondre à la demande, prévoir dès maintenant d'autres parutions ? Je n'ai alors plus rien à dire. Ils me vendent tous les arguments que j'ai omis de leur fournir. Parfois je prends peur, j'essaye de freiner leur enthousiasme, mais si par hasard, je suis entendu, je le regrette immédiatement ! Certains ont fait de la politique et m'en rebattre les oreilles à chaque visite :

– Avec Poujade, on leur a fait voir à tous ces pourris de politiciens. Mais finalement ils nous ont bien niqués ! Et le Grand, là, De Gaulle avec ses grandes phrases, que c'est que du vent. Dommage qu'ils l'aient loupé celui-là !

J'écoute leur haine désespérée sans la partager. Mais elle ne me choque pas. Ces moribonds survivent en apnée de leurs petits commerces. La ville leur ressemble et les protège encore. J'attends simplement le bon de commande, et le chèque, pour partir.

Je me suis intégré naturellement, dans la vie de la nuit, comme si elle m'était destinée. Quelques petits trafics sans importance me sont confiés par des copains, des relations, des connaissances, ceux qui ont des accès, mais n'ont pas le temps, ou sont frileux : cigarettes américaines, venues je ne sais d'où, gibiers de braconnage, revendus facilement aux charcutiers ou aux restaurateurs, parties de carte organisée en contrepartie d'une participation des joueurs, m'apportent les ressources suffisantes, pour exister dans la communauté anémiée de cette ville.

Je loue un appartement, dont je partage l'usage et la location, avec Thierry, un copain, qui doit encore un an à la marine. Il y vient occasionnellement, mais paye la moitié du loyer. Outre sa solde, il reçoit régulièrement de l'argent de ses parents, expatriés dans un pays d'Afrique noire. Lorsque je suis dans la dèche, je peux compter sur lui. Ce n'est pas tout à fait désintéressé. Mes fréquentations féminines sont aussi variées que nombreuses, celles de jour, lycéennes ou femmes de militaires désœuvrées, friandes de cigarettes américaines ou de ma disponibilité, celles de nuit, ancrées aux bars nocturnes, dans l'attente d'une bande de fêtards argentés, disponibles jusqu'à l'aube, parfois jusqu'au petit déjeuner pris dans le « bar du marché », petit blanc sec et steak. La ville est connue pour ses femmes disponibles, semi-professionnelles des nuits médiocres, enfumées et alcoolisées. On y vient d'assez loin pour s'encanailler, les représentants de commerce connaissent aussi. Mes petits trafics se traitent souvent la nuit, dans les troquets. Ces femmes ont les leurs. Parfois nos intérêts se croisent sur un même quidam.

J'ai toujours quelque chose à vendre, elles veulent un peu de luxe, une aventure nocturne tous frais payés, la fête au mousseux. Elles aiment bien m'embarquer dans ces opportunités. J'en connais une bonne dizaine, toujours les mêmes. Elles ont deux ou trois bistrots pour se retrouver. Elles arrivent vers dix heures, le soir, papotent entre copines, devant un petit café, une menthe à l'eau ou un vichy fraise. Elles attendent le dragueur en goguette, celui qui vient pour la première fois. On glousse un peu, le regard en coin, les jambes perchées haut sur le tabouret s'ouvrent au regard. Celui qui revient est accueilli comme un vieil ami perdu de vue, on le bise, on lui fait des reproches,

– T'aurais pu donner des nouvelles, non ?'. De toute façon le contact se fait vite. Je suis là : Caution masculine, je rassure aussi :

– Tu la connais ?

Je suis de toutes les tournées qui s'engagent, mais je n'en paye jamais. S'il le faut, lorsque je sens des réticences, je fais le chauffeur de salle, un petit flirt de copain, une main qui glisse en riant sur le haut d'un bas, un baiser dans le cou, façon le frérot, un peu voyou, un peu amoureux de sa sœur, un peu complice, voyeur.

– Bon qu'est-ce qu'on fait ? Il faut décider sinon je vais me coucher.

La protestation nait le plus souvent et les propositions viennent :

– Patron, c'est ma tournée…

Ainsi, la nuit s'avance et s'organise, parfois jusqu'au matin. Chacun se débrouille pour y trouver son compte, je ne sais pas et je ne cherche pas à savoir. Je ris, bois, danse, et fume, si possible, sans débourser un sou. Une copine esseulée s'offre quelquefois un câlin sur ma poitrine, façon de me dire, si tu veux plus, prend-le ! Je prends si je ne suis pas trop saoul. J'adore ces amours sans amour, sans retour, je prends sans donner, je prends sans demander ce qui s'offre. Au fond, j'ai de l'amitié pour ces femmes qui parfois pourraient être ma mère, mais qui ont toutes un passé lourd de désillusions et de détresse. Bien sur, elles aussi profitent de la misère relationnelle des hommes de passage dans la ville, mais, elles ne se comportent pas en professionnelles. Elles font payer ce qu'elles ne peuvent pas s'offrir, leur présence dans les bars, les boîtes de nuit, le restaurant parfois, les distractions qui font oublier une vie sans projets. Je ne sais pas tout d'elle, mais à ma connaissance, elles ne se vendent pas ! Elles donnent leurs corps lorsqu'un compagnon sait se faire désirer.

Thierry, timide, y trouve parfois son compte ! Les femmes aiment ma compagnie et je ne peux me passer de la leur, mais je partage facilement.

Je ne suis pas possessif, pas jaloux, j'aime les femmes, leur compagnie, leur tendresse. Les hommes me semblent « mal foutus », pas beaux quoi ! Je n'ai toujours pas compris ce que les femmes aiment chez les hommes, morphologiquement parlant. Elles se gardent bien de nous le dire !

Thierry avait son permis de conduire, et une voiture. Une Panhard, PL 17, un truc de fou (moteur refroidi par air !), acheté avec l'argent des parents, juste après son permis ! Ça « tapait » le cent soixante comme un rien, et le Thierry, il était fou de vitesse. Je me rappelle plus pourquoi, mais il avait décidé que nous irions jusqu'à Brest, faire une virée.

Thierry, avait une compétence certaine dans le pilotage. Je crois me rappeler, que son permis n'était que la confirmation d'une expérience acquise avec son père, alors qu'il n'était encore qu'un gamin ! Bref j'ai serré les fesses, avec le plaisir de l'adrénaline, libre de toute conscience de la catastrophe potentielle.

Brest était conforme à sa réputation, d'un climat pas vraiment froid, mais ressenti glacé, et humide. Instinctivement, on rentre la tête, et l'on serre les épaules.

Il était près de neuf heures du soir, lorsque la Panhard a jeté l'ancre au centre de la ville. Nous avions convenu de dormir dans la voiture, après je ne sais quoi, dont nous n'avions pas la moindre idée.

Nous avons eu bonne fortune. Deux filles dans un bar, que nous avons débarrassées, un peu violemment, de deux marins, complètement défoncés à la bière.

L'une était très jeune, quinze, seize ans peut-être, grande, maigre et plate comme une limande sole, mais elle me plut tout de suite.

Je ne me souviens plus de son nom ! L'autre s'appelait Madeleine. Je m'en rappelle car nous l'avons ramenée avec nous, sur décision de Thierry qui ayant baisé des suites de sa propre conquête, ne comptait pas en rester là. En fait nous tombions à pile pour Madeleine. Elle était sur le point de se faire virer de la piaule où elle nous emmena, cause des tonnes de loyers impayés. Physiquement c'était tout le contraire de sa copine, petite, râblée, des fesses et une paire de nichons à faire pleurer des légionnaires.

On s'était à peine calés tous les quatre dans son pieu, que des coups résonnaient sur la porte.

– Ouvrez tout de suite ou on va chercher les flics !

– C'est mes vieux, me dit la gamine.

Je commençais à me faire du souci. Je me suis levé et sans même prendre la peine d'enfiler mon futal, j'ai été ouvrir la porte.

– Désolé, la v'là vot môme, je n'ai pas touché ! Mais un conseil, faites-y attention.

Madeleine m'a expliqué plus tard que la gamine n'était pas tout à fait finie. Compte-tenu de ses problèmes de fric, je me suis demandé si elle n'avait pas des idées derrière la tête, avec cette môme en graine !

Bref nous avons ramené Madeleine, et évidemment, à titre provisoire, m'a dit Thierry, elle s'est installée dans la deuxième chambre de l'appartement.

De l'autre côté de la rue, il y avait un petit bar tenu par un couple sympathique et d'âge mur, où je prenais régulièrement mon café du matin. Elle a eu du pot, la Madeleine. Contre un petit salaire et la nourriture du midi, ils l'ont prise comme serveuse.

Ça a duré quelque temps ! Et un jour elle a disparu. Repartie, envolée, sans dire pourquoi. Thierry n'eut jamais de réponse à cette question. Peu de temps après, libéré de son engagement, il est parti, sans me dire au-revoir.

Moi je savais.

Madeleine devait s'ennuyer ferme, le jour, entre la patronne et le patron du bar. Thierry ne venait que de temps en temps à l'appartement. Il venait y prendre ce qu'il lui aurait fallu conquérir, ou payer, sans la présence et l'offrande inconditionnelle, du corps de Madeleine.

Je ne m'occupais guère de sa présence le soir, bien qu'elle fût dans la chambre voisine de la mienne. Je l'entendais sangloter, parfois.

***

Le logement est au dernier des deux étages d'une grande maison à façade sur rue. La propriétaire, veuve d'un officier médecin de marine, me loue quatre pièces meublées pour un tout petit loyer, deux chambres reliées par le palier, un petit réduit faisant office de cuisine et une salle de séjour, attenante. Elle le fait moins par besoin d'argent, que pour la sécurité et la présence rassurante, que je représente à ses yeux. Je concède chaque semaine une conversation, arrosée de thé, et parfois de porto. Je le fais avec plaisir. Son salon sombre, est envahi d'objets hétéroclites.

Elle est presque aveugle. Une fois, je lui ai posé la question,

– Excusez-moi, madame ! Pourquoi portez-vous des lunettes de soleil à l'intérieur ?

– Je ne vois qu'un peu de l'œil gauche, l'autre est quasiment mort…

Elle les a retirées. Son œil droit était partiellement fermé. L'autre, par contraste, semblait vivant, bien qu'empreint de lassitude.

Elle s'était arrêtée, le regard fixe. Je devinais la concentration qui se portait sur moi. Elle m'évaluait !

J'ai pensé un instant qu'elle se posait encore des questions à mon sujet. Un proche, un ami, l'avait-il mis en garde sur le danger potentiel, que pouvait constituer la présence dans sa maison, d'un jeune homme ?

Je n'avais aucune mauvaise intention, mais je n'eus aucune envie de la rassurer. Pourquoi l'aurais-je fait ?

Il y avait autre chose. En me confiant sa vulnérabilité, ses faiblesses, elle m'exposait la confiance dont elle me gratifiait. Je crois qu'elle avait évalué, et accepté un risque, et qu'elle pouvait espérer le réduire, en introduisant un peu d'affectif dans nos relations.

J'en pris conscience. Peut-être avait-elle raison de penser que la trahison d'un être fragile n'est à la portée que de peu d'individus. Ou y a-t-il un seuil, pour chacun d'entre nous, où l'intérêt de la trahison prévaut sur toute autre considération ? Je ne m'étais jamais posé la question ! Je n'avais pas de réponse. Je n'avais jamais été confronté à ces choix !

– Mais pourquoi les lunettes fumées chez vous ?

– J'ai partiellement perdu la vue peu de temps après la mort de mon mari. Je n'avais pas le courage de me faire soigner. C'était un peu comme si ça m'arrangeait, je ne sais pas bien expliquer ça !

D'un geste lent, elle remit ses lunettes. Elle souriait doucement.

– Ah, je vois encore suffisamment pour distinguer une jolie forme ! Votre petite amie, la brunette. Elle est bien jolie avec ses yeux bleus, non je crois plutôt verts n'est-ce pas ? Je n'ai pas bien distingué la couleur, mais j'ai vu qu'ils sont clairs et brillent dans le soleil. Je vous ai aperçu avec elle, dans la rue, par la fenêtre.

Elle a un joli rire aussi. Je l'ai entendu, dans le couloir, lorsque vous êtes rentrés.

On en a pas parlé, mais il n'y a pas de problème avec moi, à votre âge c'est bien naturel. Vous pouvez bien recevoir qui vous voulez.

– C'est sérieux ?

Je ne répondis pas autrement que par un petit geste qui signifiait que je n'en savais rien. Sa question m'avait désarçonné. Que pensait-elle quand ma petite brune aux yeux verts, montait à l'étage ? Et surtout, pourquoi Jeannette ? Et puis je m'attendais tellement, à ce qu'elle fasse allusion aux fêtes parfois un peu bruyantes, du parler fort des mecs, des claquements déséquilibrés des talons dans l'escalier, et du gazouillis aviné de mes pouffiasses de copines.

Non, juste rien sur ça, une importance « zéro » pas choquée la vieille dame, de mes fréquentations. Juste pour me dire, qu'elle faisait la part des choses, quelle savait que ce n'était pas le même monde. Aussi pour me dire, que le reste ne l'empêchait pas de dormir, et qu'en tout cas, cela ne méritait pas une conversation.

C'est sérieux ? Une façon de me dire : – Tu es de ceux qui passent en regardant à peine, en écoutant peu. La beauté, l'intelligence, tu les croises à la vitesse du son, au rythme de tes pulsions, de tes désirs. Tu n'aimes pas ce qui dure, ce qui laisse une trace.

Non, elle ne se dit rien du tout, elle me parle et passe à autre chose, comme tout le monde. Tout ça, en fait, c'est ce que je pense de moi. *Tout passe, tout lasse* ; je ne sais plus où j'ai lu ça, mais ça me fout la trouille, parfois.

***

Jeannette, je ne sais pas ce qu'elle en pense, de moi. Elle travaille en usine. Elle est très belle et elle porte en elle une jeunesse lumineuse que rien ne vient pâlir.

Elle a les reins durs, impitoyables, lorsqu'elle me couvre, dans nos combats, comme un homme.

Je ne sais pas pourquoi je pense à ça !

Parfois, je la nomme Isis, à sa demande ! Elle m'a dit, désormais, c'est mon nom, je n'en veux plus d'autre, lorsque je me donne à toi. Je lui ai demandé, pourquoi. Elle a pris un air mystérieux. Qu'importe d'ailleurs, la vérité je la connais. Isis, elle a pioché ça dans les histoires de l'Egypte ancienne, elle est dans le rêve, l'or et la mort, ou le voyage se nourrit des fruits de la terre, des offrandes des humains aux demi-dieux. C'est venu d'un péplum qu'elle a vu l'an passé, au ciné. C'est vrai qu'elle a de quoi s'identifier ! Chevelure massique, noir corbeau, pupilles vert émeraude, où craquent quelques pépites dorées, lorsque le soleil s'en mêle.

Elle m'a dit un jour :

– Tu sais, Isis a deux amours, son époux et son frère, qui ne font qu'un ! Tu vois, moi c'est un peu pareil. Je te donne mon corps pour ton plaisir, et je t'aime, comme une sœur seule, peut chérir son frère.

Elle aime ça comme un jeu précaire, celui des apparences dans le temps. De fait, son prénom, c'est Jeannette.

Moi, je l'appelle Roxane parfois, comme ça, non pas uniquement parce que je trouve ça joli, mais pour donner du sens, Papillon parfois, quand je la cloue sur le lit.

Elle est belle, brune, une masse de cheveux noirs enroulés à n'en plus finir, et des pupilles comme un mur d'eau profonde qu'elle interpose parfois entre son « moi » et mes gestes, mes paroles, mon existence. La frustration est alors mon domaine, il me faut le briser, je n'ai que l'action, la pénétration de son corps. Elle accepte le plus souvent ce viol de l'intime, ce rideau que je déchire pour l'approcher, mettre de l'humain en scène, créer du plaisir, son plaisir, me l'approprier.

La première fois où j'ai « rendu » Roxane dans son oreille, comme un dernier souffle, elle s'est tendue sous moi pour m'éjecter.

Elle a mis du « vert-froid » dans ses yeux et du rauque dans sa voix.

– Pourquoi Roxane ? Tu penses à qui ?

Elle me regardait, la tête en effort, relevée. Je lui pris les deux mains. Je m'arque-boutait sur son ventre. Ses yeux vibraient de colère. Mais je sentais en elle l'incertitude, dans le feu qui renaissait. C'est elle qui réclama le dû du désir qui nous submergeait, qui nous dépassait par sa violence, comme un tribut à la nature, à l'animalité.

Plus tard :

– Tu n'as pas lu ? Cyrano de Bergerac ! Je vois la vie comme lui, dans la poésie, le panache, l'amour. Roxane, c'est l'amour de Cyrano, la vérité en fait, c'est ça ! Mais lui, y ne baise pas Roxane, il la donne a son pote, par amour !

Je crois qu'elle a compris quelque chose à ça, comme un mot de passe, et c'est devenu un rituel, où nos sexes se mêlent dans des fantasmes Une revanche, quoi, pour le grand pourfendeur d'imbéciles !

Nous avons intégré Cyrano dans nos pratiques, ou plutôt, c'est moi qui l'impose, et elle qui simule la résistance.

Mes mains pèsent sur ses poignets, mes cuisses l'écartèlent, elle gémit pourtant, toujours à cet instant. Je lui dis, « Roxane, joli papillon, je t'épingle sur le drap… ». Je ne bouge pas, je pousse pour être au plus profond d'elle, je sens le flot brûlant monter et se répandre. Je la garde longtemps, jusqu'à ce qu'elle tente de se dégager. Il y a cet instant de brutalité, partagé dans le désir, et le consentement d'un viol. Elle dit qu'elle déteste ça, me traite de salop en riant ! D'ailleurs, je ne la crois pas.

Elle est aussi dans le paradoxe. Parfois, lorsque l'ombre de la vie est trop prégnante, trop forte, de ces peines qui se déversent à flot, sur un lit de regrets, Jeannette efface Isis. Femme apeurée, elle se désarme et m'aime, avec l'attention des femmes qui préservent le futur géniteur, sa santé, son intégrité, sa capacité à assurer l'essentiel des pauvres, la pérennité du sang.

Quand c'est comme ça, j'ai envie de la battre, de m'éloigner.

Au fond elle est « duale », Isis pour vivre ses rêves, Jeannette sur son vélo, avec sa famille. J'aimerai n'avoir que Roxane-Isis, Jeannette m'angoisse, me fait peur. Jeannette bosse en usine, une fabrique de bateaux en caoutchouc. Nous ne nous voyons pas souvent. Elle n'est pas l'archétype de mes relations féminines, mais c'est elle qui prend l'initiative pour que l'on se voie. Je crois, que c'est lorsqu'elle ne supporte plus ces routines de femmes pauvres, qui brisent ses rêves. Alors, elle vient faire l'Isis avec moi, le temps d'une soirée, d'une nuit et d'un jour parfois.

Pour de vrai, elle est des femmes du jour, celles qui peinent et travaillent, celles qui croient en l'amour, qui veulent construire quelque chose qui ressemble à la normalité, avec des mômes, un homme, un toit.

Elle habite dans une petite maison à la sortie de la ville, près du pont transbordeur, avec sa sœur ainée, fille-mère abandonnée avec une petite fille. Les parents père et mère sont décédés, depuis plusieurs années : un accident de voiture.

Elle m'a raconté cette histoire un soir, mais je l'écoutais à peine. J'avais d'autres projets en tête, des fantasmes nourris par son parfum, le velouté du haut de ses cuisses où mes doigts s'attardaient, un sein dévoilé dans un pli de décolleté…

Bêtement je lui ai dit :

– Ça fait roman rose.

Elle m'a regardé. Dans son regard, j'ai lu la lassitude. J'ai vu s'éteindre quelques instants la lumière de ses yeux.

– Mais c'est ça, comme ça !

Sa tristesse m'a brisé. Je l'ai serrée contre moi, comme un frère, un grand ami, et j'ai ressenti cette plénitude angoissée, de celui qui donne sa protection, lorsqu'elle est fortement demandée, si complètement acceptée.

Jeannette était obsédée, par la pensée, de ne pas renouveler l'expérience de sa sœur. Mais je ne connaissais pas Jeannette. Isis flirtait avec moi, dansait avec moi, riait avec moi, rendait fou de désir, moi. Je ne me souviens pas m'être préoccupé de la connaître. Je devinais un jeu, une comédie nécessaire à son existence. Instinctivement je respectais ce paravent dérisoire d'une réalité que je connaissais, qu'elle savait que je connaissais. Lorsque je voulais la rencontrer, je l'attendais à la sortie de son travail. C'était tout ce que je savais d'elle. Elle travaillait en usine. Elle n'acceptait de sortir avec moi le soir, que le vendredi ou le samedi.

Elle avait résisté plusieurs semaines à mes tentatives. Elle a cédé un jour à mon grand étonnement, avec un enthousiasme amoureux, une déferlante inconditionnelle de gestes désordonnés, étonnement, qui m'a submergé, noyé de joie et de crainte. Enfin, c'est comme ça que je l'ai d'abord interprété.

Elle a pleuré dans mes bras. Isis m'a conté l'histoire de Jeannette qui ne voulait plus être Jeannette. Jeannette était une bonne ouvrière, Jeannette donnait sa paye à sa sœur, qui était comme sa mère, Jeannette était sage mais avait le feu dans son corps : Jeannette s'était faite Isis, virginale, déesse amoureuse, magnifiée, adorée, intouchée.

Elle inventa dans ce subterfuge, la nourriture sensuelle de plaisirs intimes, Isis, caressant Jeannette.

– Pourquoi aujourd'hui ?

Elle me l'a dit, en vrac, comme on jette son sac par terre, son visage tordu sous l'effort de dire :

– Jeannette a trouvé une autre voie pour Isis. Elle sera ta déesse de l'amour, de l'abandon, de l'abandon complet, de tout ce que peut offrir et prendre son corps, pour exister, appeler le désir.

Elle ajouta, comme par contrition :

– Tout ça pour toi, aujourd'hui !'

Elle s est jetée sur moi, les jambes écartées, le sexe humide collé à mon ventre, les yeux collés aux miens. Elle était radieuse, dominatrice :

– Tu n'es qu'un salop ! Tu me prends, tu t'enfonces en moi, tu me laches tout et tu me demandes après pourquoi tu as pu me faire ça ?

Elle riait, m'enveloppait de ses cheveux, me mordillait le nez.

Puis elle se dégagea, se mit face à moi à genoux sur le bord du lit, exposée, magnifique, ingénue. À ce moment j'ai senti une vague de tendresse m'envahir.

– Bon, je t'explique.

Son visage était redevenu calme, presque sérieux, appliqué !

Elle m'a confié qu'une de ses camarades d'usine, expérimentée, lui avait donnée une méthode pour éviter de tomber enceinte. Une histoire de température. Je ne m'en souviens pas très bien. Je ne me suis jamais préoccupé de ces problèmes féminins. Sans doute une éducation à l'amour, où l'amour vénal et les femmes « confirmées », occultent cette réflexion. Je m'étais enfoncé dans sa virginité avec surprise, un plaisir rageur immédiatement regretté. Un vol ! Confusément je lui en ai voulu, j'aurai souhaité, le savourer, le préparer, comme un acte sacrificiel, mais surtout, le provoquer, gagner ce combat. Elle avait tout gardé dans sa tête, elle ne m'avait pas cédé.

Elle était le maître de son désir, le metteur en scène de son plaisir, le maître d'œuvre de ses propres fantasmes. Ma frustration était au niveau de sa maturité, immense !

Elle avait fait naître quelque chose de plus fort que ma folie de mâle. Le besoin de mériter son ventre, l'envie de reconnaissance. Je sus que je voulais être aimé !

Bien qu'elle m'ait ce jour-là, tout dit d'elle, Jeannette joua Isis dans nos jeux de corps.

Isis, c'est la bataille, la guerre, le stratège. Je l'attends ! Elle a ce jeu de frapper à ma porte très doucement, presque imperceptiblement. Je dis « oui, entre ». Elle laisse un espace au temps avant d'ouvrir lentement la porte. Il y a comme une entrée en scène, je découvre l'histoire à vivre, qu'elle propose, dans ses yeux, son maquillage, ses vêtements, ceux qu'elle offrira vite, ou ceux en protection, où il me faudra combattre, pour l'atteindre.

Jeannette, est de ces femmes que l'on aime, sans le savoir. Jeannette-Isis-Roxane me donnait tout sans contrepartie. Elle était le paravent d'une médiocrité, qui me collait à la peau, sans que je veuille la reconnaitre de son nom.

Je crois que je l'ai pressenti la première fois, lorsque nous avons échangés nos regards, touchés nos mains, caressés nos lèvres de nos lèvres. J'ai ressenti confusément la peur de vivre, cette dépendance à « ce je ne sais quoi », qui ressemblait à son monde. Je la voulais *Roxane*, car j'avais l'orgueil de penser pouvoir la partager, par amour, je la voulais « papillon », pour envelopper son corps, dominer son appétit d'existence, capter tout d'elle dans le filet de mes fantasmes. Je la voulais aussi douce, attentionnée, aimante, pour mieux exister. J'avais tout, elle me donnait tout.

C'est ce que je croyais, tout du moins.

Elle s'est lassée de ces jeux. Enfin, elle ne m'en a rien dit ! Mais je devinais en elle d'autres élans, d'autres désirs que de se donner à celui qui lui ouvrait les jambes. Je n'avais pourtant pas le sentiment, que Jeannette me trompait, ou était sur le point de le faire. Mais le doute s'insinuait, et même si je rejetais l'idée, d'être tombé en jalousie, la frustration devenait permanente. Je dus l'admettre, j'aimais le corps et l'âme et je ne pouvais me satisfaire de l'un sans l'autre. Je la voulais d'abord *Roxane*, et je devinais que le personnage principal de notre histoire, était Jeannette !

J'avais basculé en apnée, dans la passion de son être, en prenant tout, sans donner à son abandon amoureux, d'autres retours que mes exaltations poético-sexuelles, mes gouffres d'angoisses, mes cuites pleurnichardes, mes abandons, mes trahisons, et ma morgue dérisoire.

Elle m'a signifié un jour, comme une restriction à la liberté de nos corps, à ce qui était sans limite, la liberté de l'un, devenant le désir de l'autre. Sans un mot pour le dire, elle a rangé son fard, ses rouges à lèvre dont elle bordait parfois son sexe : - pour tes baisers, disait-elle. Elle s'est ouverte et m'a attendu. Elle s'est ouverte et m'a reçu, et j'étais seul. Le regard d'eau, profond, a mis la distance en place, en silence, gravement, tristement. J'ai cru encore qu'elle m'aimait, mais pourquoi je ne saurais le dire. J'ai perdu son ventre, son sexe, ses lèvres, dans un maelstrom, où je n'avais plus mon billet. Fini, Isis-Roxane, J'ai accepté sans comprendre, sans pourtant pouvoir passer la main. J'ai accepté, sans qu'elle l'exige, de l'attendre et j'ai frissonné à frôler ses mains, respirer ses cheveux, guetter son rire, me noyer dans un regard tendre.

J'ai inventé des motifs, des prétextes, d'improbables hasards, pour provoquer des rencontres, qu'elle n'anticipait plus. Jeannette acceptait le plus souvent. L'angoisse d'un refus, me tenaillait, car confusément, je le sentais proche. Nous faisions parfois l'amour, mais Isis, avait déserté nos jeux.

Je n'avais jamais vraiment fait d'effort, pour approcher les femmes. La nature m'avait pourvu d'un mode de séduction dont j'ignorai les ressorts. Je n'avais pas le sentiment d'appartenir à un genre. Pas Don Juan, je ne suis pas brutal, pas Casanova, je ne suis pas collectionneur, pas maquereau, j'aime trop les femmes. Confusément, je ressentais une appartenance au mode féminin, qui m'indiquait les chemins, qui désarment les réticences des femmes.

Mais quelque chose rendait ça dérisoire, dans ma relation avec Jeannette. Ça ne fonctionnait plus avec elle. Elle ne me désirait plus. Je ressentais parfois de la compassion, dans ses gestes d'amour. C'était dur à admettre. C'était non-dit, mais l'évidence était dans son regard, absorbé par des pensées, où je n'étais presque plus.

Le problème avec Jeannette, c'est que j'aurai bien voulu ne pas la connaître, en rester à Isis, à ces jeux de rôle passionnés qui nous emportaient sans contraintes, sans autre loi que celle de nos désirs.

Mais c'est Jeannette, qui s'est peu à peu imposée, sans qu'elle le souhaite. Il me semble maintenant, que c'était plus fort que moi. J'avais peur de Jeannette et du sens qu'elle pouvait donner à ma vie. Au fond, c'était la première fois, qu'une femme soulignait le « peu » qui m'environnait, là sans raison, acteur sans texte, amoureux contraint, ma médiocrité…

Il ne pouvait en être autrement… Elle était du jour, des peines et des joies, des combats pour la dignité. Tout ça m'importunait, m'envahissait et me pourrissait la vie ! Mon chemin avait été tracé dans la nuit, ses peurs, ses mièvreries, ses abandons et futilités.

Jeannette sans le savoir, ou peut-être le devinait-elle, me proposait un lien, une colle, pour faire du puzzle de ma vie, une assemblée constituante, de mon futur.

Mais Jeannette ne se vendait pas. Jeannette ne se donnait pas. Jeannette ne disait rien de ses états d'âme. Jeannette existait pour elle. Jeannette était comme moi. Et c'est moi qui cédais du terrain. Comme un jeu de cartes où seraient écrites mes certitudes, sans que je puisse les jouer au bon moment.

Puis il y eut deux semaines, où je demeurais sans nouvelles de Jeannette. Elle me manquait ! C'était un sentiment bizarre, une impatience rageuse, un mélange de frustration animale, et de tendresse trahie. Un soir, n'y tenant plus, je suis allé l'attendre devant l'usine, à l'heure de la débauche.

Un peu à l'écart, j'attendais le signal de la sirène qui libérait le flot humain. Mon souffle bloqué, mon cœur tapait.

Elle sortait par la porte centrale, en poussant sa bicyclette. Je me suis dissimulé un peu, pour la voir monter sur la selle, droite comme un I. Lorsque je me suis décollé, du coin dur du mur, pour me montrer, elle a relevé la tête. Elle m'a souri. J'ai ressenti une délivrance, un moment de plénitude.

Je pris l'habitude, de renouveler, ces rendez-vous, sans vrais rendez-vous, dont l'impromptu, me semblait faire renaître quelque chose.

Il y avait toujours ce sourire lumineux qui l'éclairait, lorsqu'elle me découvrait après quelques coups de pédale, le grincement des freins, l'arrêt catastrophe, (à cause de la selle trop haute). Et le : – tu vas bien ? Suivi d'un petit coup de tête pour avancer, sortir des regards amusés, des sourires entendus des copines de travail, de ceux aussi où l'on devinait mépris, grivoiserie, calculs sordides.

Mais après quelques baisers et babillages légers, distribués, un pied par terre, un pied sur une pédale, elle ne me donnait pas l'occasion de lui dire, ce que je ne pouvais pas lui demander sans qu'elle me précède, me le suggère, ne serait-ce qu'un peu, sur ce qui me dévorait, me consumait : reverrais-je Isis ?

Elle devinait sans doute ma peur, et peut-être avait-elle cette même peur, cette même lassitude, qui nous envahit lorsqu'il nous reste un pas à faire, pour changer de chemin.

– Bon, tu viens demain ?

Et elle ne me laissait pas le temps de lui répondre, et filait déjà, avec ce port cambré qui la faisait si belle, sur sa bicyclette.

J'ai, un dimanche, rencontré Jeannette et sa sœur, en ville. Elles marchaient devant moi, à quelques mètres. Son prénom est sorti de ma bouche, comme un souffle. Elle s'est retournée. Son sourire, n'était pas contraint ! Elle a stoppé sa sœur en lui retenant le bras. Celle-ci m'a regardé, un instant, surprise. J'ai su tout de suite, que je n'étais pas un inconnu pour elle.

Jeannette fit quelques pas vers moi, posa ses lèvres sur les miennes.

– Je te présente mon ami Romain, dit-elle à sa sœur.

Elles allaient au marché. Nous avons échangé quelques mots.

– Il faudra venir nous voir un jour à la maison ? Jeannette vous a dit où on habite ? Il y a toujours du café sur le feu. Moi, c'est Nicole.

Je suis passé quelques jours plus tard. Jeannette était absente.

Nous avons meublé nos silences de quelques banalités. Je crois que nous n'osions aborder le sujet qui nous réunissait. Pourtant les questions brûlaient mes lèvres. Ce sont quelques mots échangés sur la bicyclette qu'utilisait Jeannette, pour se rendre à son travail, qui servirent de support à Nicole.

– Tu sais, me dit-elle,

– Elle s'implique de plus en plus au syndicat à l'usine. Je ne la vois pas beaucoup en ce moment, et ça m'inquiète un peu. Je ne voudrais pas qu'elle perde son boulot. Déjà qu'avec son père arabe, ce n'est pas toujours facile pour elle, à l'usine.

Elle ajouta :

– Il y en a, des cons !

Je n'arrivai pas à décoller mes yeux de la tasse de café fumante qu'elle venait de déposer devant moi.

– Elle ne t'a rien dit ?

Je fis non de la tête. Je connaissais Isis, j'avais créé Roxane, je croyais presque tout connaître de Jeannette, et l'essentiel de ce qui lui était important, son père, elle ne m'en avait rien dit.

Il y eut un silence.

– Ton père et ta mère sont morts dans un accident ? C'est ce que Jeannette m'a dit. Pour moi, de toute façon, que son père soit arabe ou non, ça m'est indifférent, mais elle n'aurait pas dû craindre de me le dire.

Nicole demeura silencieuse. La tête penchée, elle soufflait doucement sur sa tasse de café. Je compris qu'elle prenait le temps de réfléchir, avant de continuer la conversation.

– Bon, écoute-moi. Ce que je vais te dire, Jeannette ne doit pas savoir que je te l'ai dit. C'est d'accord ? Elle t'en parlera certainement un jour, lorsqu'elle pourra le faire. Je te le dis, parce que je pense que tu la comprendras mieux, sous ses dehors un peu fantasques, elle est fragile. C'est pour elle que je le fais. Tu sais, je crois qu'elle tient à toi.

J'étais partagé entre le désir d'en savoir plus, et l'envie de me sauver. L'échafaudage complexe de mes sentiments pour Jeannette, allait prendre un étage, et j'en redoutais les effets, intuitivement, sans vraiment savoir pourquoi. Sans doute l'implication supplémentaire, dans un lien dont je ne tenais qu'un bout, sans savoir si je voulais le conserver, et l'incertitude sur la volonté de Jeannette, à tenir solidement l'autre bout.

Nicole se décida à boire son café, par petite lampée. Elle reposa la tasse.

– Au fond, tu n'as peut-être pas envie que je te parle de ça ! Je ne sais pas pourquoi j'ai commencé

– Raconte-moi Nicole. Si tu penses que c'est bien pour ta sœur, je te fais confiance. Et puis, sois sans crainte, puisque tu me le demandes, je ne parlerai jamais, de cette conversation avec elle.

Nicole baissait les yeux. Elle demeurait silencieuse, concentrée. J'ai compris qu'il lui fallait organiser une histoire complète, lourde, qu'elle n'avait sans doute jamais racontée à personne.

Ses premières paroles vinrent, presque inaudibles, bloquées par une émotion qui semblait lui bloquer la respiration.

– D'abord, Jeannette n'est pas ma sœur, mais ma demi-sœur. Nous n'avons pas le même père. J'ai dix ans de plus qu'elle. Le mien était le mari de ma mère. Ils se sont mariés très jeune. C'était un marin de commerce. Peu de temps après ma naissance, il est parti et n'est jamais revenu. C'était avant la déclaration de guerre. En fait, je n'en ai aucun souvenir, même pas une photo. Ma mère m'interdisait toute question à son sujet.

Je n'ai su que plus tard, au décès de ma mère, qu'ils avaient divorcés. Donc il a survécu à la guerre ! Elle, elle est morte des suites d'une pneumonie, il y a maintenant un peu plus de deux ans. Elle faisait bouillir la marmite en faisant des ménages, et je crois qu'elle s'est usée trop vite.

Tu te rends compte ! J'avais vingt-cinq ans et je ne savais rien de mon père ; pas plus maintenant, d'ailleurs ! Je me suis retrouvée seule avec Jeannette, qui avait à peine quinze ans. Heureusement, grâce à mon brevet et à un an d'école

Pigier, pour la dactylo, j'avais décroché à mes dix-huit ans un emploi administratif, chez BTM, tu sais, la boîte de travaux publics. J'y suis toujours, mais à mi-temps, à cause de ma petite. Avec le salaire de Jeannette maintenant, ça suffit. J'aurai bien voulu qu'elle continue jusqu'au lycée, mais après son brevet, sans m'en parler, elle a trouvé son boulot à l'usine.

Elle s'arrêta de parler quelques secondes, comme pour reprendre le fil de ses idées :

– Bref, j'ai obtenu d'être tutrice de la gamine et de la garder avec moi.

– Mais le père de Jeannette ?

– Oui, j'y viens. Mais il fallait que je te donne le contexte, pour que tu comprennes.

– Tu as raison. Continue s'il te plait.

Bien en fait, je ne sais pas tout ! Ma mère m'a élevée seule pendant les années de guerre et l'occupation. Elle faisait comme elle pouvait, mais elle et moi, nous ne nous en sommes pas trop mal sorti ! C'est vrai qu'une chance est qu'elle tenait cette petite maison de ses parents ; pas de loyer, ça aide.

Nicole s'arrêta de parler. Elle semblait plongée dans des souvenirs profonds qui remontaient à la surface avec l'enchainement des mots qui sortaient de sa bouche.

– Ce qui est certain, c'est que jusqu'à mes onze, douze ans, je n'ai jamais vu d'hommes à la maison. Maman était assez jolie pourtant, et elle avait certainement été approchée par des hommes. Mais pendant la période de la guerre, elle passait tout son temps, et mobilisait toute son énergie, pour que l'on puisse manger. Après la libération, il y a eu les américains, et ceux qui revenaient des camps de prisonniers. Je crois bien qu'à cette époque il y a eu des femmes qui ont fait la fête, pour se rattraper ! Mais je ne me souviens pas l'avoir vu se maquiller, ou sortir le soir. Elle bossait sans arrêt, à l'extérieur, et dans la maison, coupait le bois pour le poêle, la cuisine, et en plus, elle s'occupait vraiment très bien de moi, m'aidait comme elle pouvait, pour les devoirs. C'était une vraie maman poule !

Un jour, j'ai senti qu'il se passait quelque chose. Enfin, pas un jour, au fur et à mesure d'un temps, où elle redevenait autre chose qu'une mère, une femme.

Puis tout a été très vite. Son ventre, son humeur, ses rapports plus familiers avec moi, beaucoup de choses changeaient.

Bref, un jour elle m'a dit, assez simplement, qu'il y avait un homme qui allait venir dîner à la maison, ce soir-là, et qu'il resterait peut-être avec elle, pour dormir.

Je ne te dis pas comment j'ai vécu ça. Ce n'est pas le sujet.

– Donc tu connais le père de Jeannette ?

– Oui bien sûr ! Il s'appelait Badi ! Son prénom, mais Jeannette et moi, on l'appelait parfois Badi-Bada, dans un jeu qu'il avait inventé. Un truc où on se tapait sur les mains, le front, etc.

Je n'ai jamais su comment il avait fait la connaissance de ma mère. Il travaillait à la voierie, pour la commune. Il n'a jamais vraiment habité à la maison. Il avait un petit appartement dans la ville. Mais on le voyait tous les week-ends, en semaine souvent aussi.

Il aidait beaucoup maman, le jardin, réparer le grillage du poulailler, mettre un joint au robinet qui fuit.

Mais il était vraiment gaga avec sa fille. Pourtant je n'étais pas jalouse, bah, peut-être un peu, quand voir

Jeannette dans ses bras, me rappelait que je n'avais pas connu ces instants-là.

Sa gentillesse était permanente et s'adressait à tous. Et puis j'étais contente de voir ma sœur et maman heureuse. C'était contagieux, et on vivait mieux à la maison. Badi faisait beaucoup pour nous. Il donnait de l'argent aussi.

– Et pour Jeannette, il l'a reconnue ? Elle porte son nom ? Celui qu'elle m'a donné n'est pas à consonance arabe !

– Tu sais, à cette époque, ce n'aurait pas été rendre service à ma sœur. C'était la guerre en Algérie et tout le monde bouffait du « raton ». Malgré tout, Badi avait fait la guerre pour nous, dans les tirailleurs algériens, le débarquement en Provence, je crois même qu'il avait une médaille, mais je ne sais plus laquelle.

Il n'avait plus personne en Algérie. C'est ce qu'il nous a dit. Après on a su que ce n'était pas vrai, mais je n'ai toujours pas compris pourquoi il nous mentait sur ce sujet. Il s'est fixé ici. Je pense qu'il a eu son boulot, à la mairie, grâce à ses états de service.

– Elle lui ressemble un peu ?

– Les yeux oui. Il les avait vert, un vert pur, émeraude. Je présume que tu as déjà vu les yeux de Jeannette de près ? ajouta-t-elle en souriant.

– Il parait que c'est assez courant chez les kabyles ! C'était un bel homme.

J'étais happé par l'histoire qui se déroulait, par les mots et les images que j'y superposais. Je comprenais quelque chose que je n'avais pas su deviner : Jeannette ne jouait pas à moitié, elle jouait tout en bloc, Isis et le reste et je ne jouais pas le même jeu qu'elle. J'étais une partie du jeu ! Il me fallait maintenant tout savoir, pour ne pas être submergé et défait car je pressentais que je n'en sortirais pas indemne.

– Il est où son père ? Retourné au bled ?

Mes paroles avaient une tonalité cassante, méprisante. Comme une revanche exercée sur mes frustrations. Je l'ai regretté, mais c'était trop tard.

Nicole me regardait maintenant, comme un étranger, un intrus qu'elle avait eu le tord de considérer digne de comprendre, sans juger. Je vis sa lassitude, et la certitude qu'elle allait terminer là son récit.

– Excuse-moi s'il te plait. Je suis déboussolé par ce que tu me dis. En colère aussi, pas contre son père, pas contre elle, ni toi bien sur, contre moi. Je n'ai rien su, ou voulu comprendre et je n'ai pas posé les questions auxquelles Jeannette, aurait peut-être aimé répondre.

– Je comprends, dit-elle, je n'aurai pas dû t'impliquer si loin dans ce qui n'est pas, simplement la Jeannette que tu connais. Mais ça veut dire que tu y tiens à ma frangine, si tu es touché comme ça !

Je vais reprendre du café. Tu en veux ?

Nicole tira une longue bouffée de la cigarette, que je venais de lui allumer.

– Non, il n'est pas retourné au bled.

Un jour Badi était à la maison. Durant le repas, il nous informa qu'il avait appris, qu'un de ses cousins qu'il croyait mort, passait à Paris.

Ancien militaire comme Badi, le cousin avait eu son adresse par une association d'anciens combattants algériens. Ils avaient rendez-vous, en fin de journée.

C'était le mauvais jour pour Badi.

Le mercredi 18 octobre 1961, je me souviens de la date à cause du journal qu'on a gardé des années, lu et relu, cherchant dans les lignes un indice, une idée. *La manifestation d'algériens conduite par le FLN a provoqué une répression brutale des forces de police parisiennes.* C'est ce que titrait le journal. Badi a été avalé par la tempête, sans que personne sache où, comment et pourquoi : corps disparu parmi d'autres, il a été effacé. C'est ce que nous avons, maman et moi pensé, sans certitude.

Officiellement pas tué, pas blessé, pas interpellé, même pas disparu, car personne n'était habilité à demander à ce qu'on le recherche.

Maman est allée à la gendarmerie. On l'a reçue et écoutée avec un plaisir sadique. Lorsqu'elle a dit qu'il était le père de sa petite fille, elle pensait émouvoir les flics, cela a été pire.

Elle reprit son souffle. Les larmes coulaient maintenant, lentement, et brouillaient son regard.

– Le gradé de service lui a dit :

– Vous en faites pas, ma petite dame, ils sont tous pareils. Ils niquent, à gauche et à droite les femmes qui sont assez bêtes pour se laisser prendre, et « pfuit », à la première occasion ils filent, surtout quand ils laissent un gosse. Pour eux, les Françaises sont toutes des putes, justes bonnes à ouvrir les jambes, mais pas à être leur femme. Mais vous en faites pas pour lui, y'a gros à parier qu'il a trouvé l'occasion de retourner au bled !

– Comme toi tout à l'heure !

Maman était effondrée, elle pleurait sans arrêt ; et que dire à la gamine ? Ça a été terrible. Durant des mois la maison a entendu les pleurs de maman, et les crises de colère hystériques de Jeannette, qui voulait son père et ne voulait pas comprendre, qu'il ne reviendrait plus. Je faisais tout pour y être le moins souvent possible. Je me suis mise à sortir, d'abord entre filles, puis l'engrenage, quoi.

J'ai rencontré un militaire, un aviateur de la base. Il m'a plu. Au début, avec lui, on continuait à sortir en groupe. On flirtait en dansant. Un jour il m'a invitée au restaurant. Le vin, l'alcool, je ne connaissais rien de tout ça. Nous étions bien trop pauvres. Badi amenait bien de temps en temps, une bouteille de vin le dimanche, mais il ne me serait pas venu à l'idée d'en boire un verre. Seule, maman en buvait une gorgée, et ainsi la bouteille durait toute la semaine.

Bref, je l'ai suivi dans une chambre d'hôtel. Je ne l'ai jamais revu mais il m'a laissé un souvenir : ma petite Lisa !

Elle regardait ses chaussures, les bras pliés sur ses genoux. Elle semblait accablée, écrasée par un destin de femme pauvre, et naïve.

– Elle n'est pas là, ta petite ?

Elle releva la tête, et je vis ses yeux s'éclairer, sa bouche plisser un maigre sourire.

– Elle est à l'école. Tu vois, je ne regrette pas de l'avoir. Mais c'est effrayant, comme les choses se reproduisent. Ma mère a été compréhensive et je crois que cela l'a aidé à surmonter, ou plutôt accepter son chagrin. Malheureusement elle est décédée trois ans plus tard. Tu connais la suite.

Je regardais cette femme comme l'on regarde une miraculée bousculée, malaxée, écorchée, dans la tempête, par les vagues et les rochers, se redresser, et reprendre sa tâche dans la vie.

Les questions venaient sans que je les exprime : et maintenant, cette femme qui a moins de trente ans, est-elle femme de temps en temps dans les bras d'un homme, peut-elle prendre l'air à plein poumon, le grand large, panser ses blessures et cacher au monde ses cicatrices. J'en doutais.

Nos regards se croisèrent mais ne s'arrêtèrent pas, tant ils étaient chargés d'émotion.

– Tu veux encore du café ? me demanda-t-elle sans conviction, pour la forme, pour me dire que c'était assez, et de partir.

Je me levais mais elle se ravisa, posa doucement son bras sur le mien pour m'inviter à me rassoir :

– Attends, ce n'est pas fini. Il y a quelque chose que tu devrais savoir. Jeannette, tu sais, elle est toujours dans les excès. Parfois j'ai du mal à comprendre ce qu'elle veut de la vie. J'ai l'impression qu'elle ne se satisfait jamais de ce qu'elle a ! Il s'est passé quelque chose dans notre vie qui a été terrifiant pour une petite fille, déjà marquée par une injustice, l'absence inexpliquée de son père. Mais Maman et moi, on la couvait comme un poussin. Elle redevenait une enfant, à l'école elle s'en sortait bien, elle jouait avec les gamins des voisins. Enfin, tu vois, c'était mieux.

Et puis un jour, il y a eu du nouveau.

Elle s'arrêta de parler, comme si elle hésitait.

– Deux ans après la disparition de Badi, un soir une voiture s'est arrêtée devant le portail du jardin. Seul le chauffeur est resté dans l'automobile. Un grand type en est descendu. Il cherchait du regard une présence derrière les rideaux de la fenêtre. Intriguée, Maman est sortie et lui a demandé ce qu'il cherchait. La suite a changé notre vie, surtout celle de Maman et de Jeannette. L'homme s'est présenté, comme étant le frère ainé de Badi. On a compris tout de suite que c'était quelqu'un d'important. Il y avait bien une ressemblance de traits, entre les deux frères, mais tout le reste les différenciait. Si Badi baladait une nonchalance chaleureuse, et un peu dépenaillée, son frère affichait la prestance et la raideur d'un chef. Il nous précisa très vite, qu'il faisait partie du personnel diplomatique de l'ambassade d'Algérie à Paris, depuis son ouverture en mars de cette année-là.

– C'était en quelle année ?

– 1963 ! Maman était blanche, tétanisée. Je me suis rendu compte qu'elle attendait de savoir ! Elle s'était installée dans une peine, où l'espoir revenait, lorsqu'elle n'en supportait plus la charge. La question s'était figée sur ses lèvres, comme si elle ne se décidait pas à franchir la ligne, qu'un restant de doute nourrissait, des bribes interchangeables d'un scénario, où Badi reprenait une forme d'existence.

Le frère de Badi dû percevoir, le poids des paroles qu'il devait délivrer, et le silence s'installait, où l'un et l'autre, semblaient ne plus respirer.

Nicole n'avait pas supporté cette attente. Elle avait posé la question. Elle me résuma la suite.

– Le frère de Badi s'est présenté sous le nom de commandant Amazigh, de son vrai nom, Farhed Lehla. Badi connaissait le combat mené par son frère en Algérie, dans les montagnes de la wilaya IV, contre les Français. Que pensait-il de ça ? Farhed éluda la question. C'est sans doute pour se préserver, que Badi avait déclaré ne plus avoir de famille en Algérie. Dès son arrivée en France, en qualité d'attaché militaire de la toute nouvelle ambassade d'Algérie, Farhed avait réussi à obtenir des renseignements sur son frère. Son contact l'informa, qu'une fiche de police avec son nom, mentionnait : DCD durant l'interrogatoire, sans plus de précision. Mais rien, ne permettait de connaître la destination de son corps.

Maman était effondrée, secouée de sanglots. Jeannette se pressait sur elle en la secouant. Elle hoquetait en pleurant. C'est à ce moment que tout a dégénéré. Farhed s'est levé, s'est approché d'elles, et s'est agenouillé à côté de ma petite sœur. Je l'ai entendu dire, qu'il était venu dans l'espoir de ramener Jeannette, à sa famille, en Algérie.

Avec sa maman si elle le veut, précisa-t-il. Nous avons une grande maison près d'Alger, au bord de la mer. Vous y serez heureuses. La petite pourra faire des études en français, et conservera sa nationalité si vous le souhaitez.

Alors Maman s'est levée et lui a ordonné de sortir, de partir et de ne plus revenir. Elle était hystérique. Mais il insistait, persistant à faire valoir l'intérêt de l'enfant. Elle s'est jetée sur lui, pour le pousser vers la porte. Dans un réflexe, il lui prit les poignets. Elle se débattait, et hurlait avec la folie et la rage d'une souffrance soudain libérée. Jeannette s'était agrippée à la veste de Farhed, et mêlait ses cris à ceux de sa mère. J'étais tétanisée.

Il a repoussé doucement Maman qui épuisée s'est laissée tomber sur une chaise.

J'ai serré Jeannette contre moi.

– Je crois qu'il serait préférable que vous partiez.

Il semblait abasourdi. Il hocha lentement de la tête et recula vers la porte. Il s'arrêta au guéridon qui meublait l'entrée, sortit une enveloppe de sa poche et la déposa.

– Je ne voulais pas provoquer ce drame, me dit-il.

– J'avais l'espoir de lui faire du bien en souvenir de mon frère, mais j'avais aussi prévu un échec. Il y a de l'argent pour la petite dans cette enveloppe. Je ne peux pas faire mieux pour l'instant. Il y a mon adresse à Alger dedans. Si plus tard, la petite voulait faire la connaissance de la famille de son père.

– Il n'est jamais revenu ?

– Non. L'année suivante, il a envoyé une carte d'Algérie. Puis plus rien. Maman a ouvert un compte sur livret avec l'argent, pour Jeannette. Il y est toujours. Nous n'en parlons jamais. Mais tu sais, il m'est resté de lui, permanente, l'image d'un homme partagé entre la haine et la peine. En cet instant, il m'a semblé qu'il tremblait de colère, au sentiment que malgré ce qu'il offrait, le mépris seul répondait. Mais aussi il avait dans ces gestes et ces paroles, une tendresse réelle pour celle de son sang, de son frère. Je crois aussi, que la main tendue à ma mère, était sincère. Il s'est comporté malgré tout, malgré notre défiance, notre peur, comme un homme bon.

Ah, j'allais oublier. Jeannette m'a dit qu'elle rentrerait tard ce soir. Ses copains et elle ont décidé de distribuer des tracts devant l'usine, jusqu'à la dernière sortie, à dix-huit heures, je crois.

Si tu veux la voir là-bas, tu as le temps.

***

Je la vis tout de suite en arrivant à proximité de l'usine, devant le portail d'acier. Elle n'était pas seule. Deux hommes, et deux autres femmes attendaient avec elle. Je vis tout de suite la petite banderole du syndicat et les tracts tenus serrés sur la poitrine.

Dès qu'elle me vit, elle se dirigea vers moi en traversant la rue.

– Bon, je ne peux pas te parler... Son regard était dur, impatient. Il faut que j'y retourne, ça va sonner. Ses camarades me regardaient. J'étais cloué, sans pouvoir organiser ma pensée, parler. Elle voulait que je parte. Je n'étais pas toléré dans ce monde où elle s'habillait de dignité, pour exister. Peut-être même, avait-elle honte de moi. Sans doute lut-elle ces sentiments dans mes yeux.

Elle se retourna vers ses camarades :

– Bon, il faut que je vous laisse un moment. Je reviens.

Nous sommes allés boire un verre, dans un petit bistrot, à l'angle de la rue, qui nous était familier.

Elle m'expliqua, avec un air sérieux et appliqué que je ne lui connaissais pas :

– C'est pour les conditions de travail. Bien sûr aussi les salaires ! Mais c'est surtout les conditions qu'on a, nous, les femmes. Alors qu'on représente pratiquement, tout le personnel ouvrier, moins les agents de maitrise, bien sûr !

Elle s'arrêta de parler. La tête baissée, elle regardait ses chaussures.

– Tu sais, les toilettes, c'est mélangé hommes, femmes, bien qu'ils aient des pissotières aussi. Mais pour le reste, y'a deux chiottes qu'on partage ! Tu imagines un peu ? On les croise en rentrant, en sortant. Et ce n'est pas pour dire, mais les hommes c'est quand même dégueulasse. Parfois, j'ai des copines qui s'en rendent malades, à force de se retenir, pour ne pas y aller. Sans parler des paroles, et même des gestes !

Elle était pétrie de colère.

Elle me raconta tout : les ateliers traversés de courants d'air, et le non-dit de ces femmes, qui ne supportent plus l'arrogance sexiste ambiante des cadres, mais aussi de la plupart des ouvriers et contremaîtres.

Je l'interrompis :

– Ça a marché votre distribution de tracts ?

– Oui, mais c'est compliqué de mobiliser les gens. Ils ont peur. Mais quand même, il y a les mômes du lycée, qui sont venus nous soutenir. Regarde !

Elle sortait un tract de sa poche :

– C'est bien écrit, non ?

Il y a l'acidité d'un vent qui se lève. Ce vent siffle. Les femmes sont là, dans cette métamorphose brûlante, avec en offrande privée, leurs corps libres, et leur âme collective, dans des luttes existentielles initiées par des grandes sœurs.

J'avais vu les jeunes qui distribuaient aux passants, ce tract orageux et dithyrambique, à quelques pas de l'usine.

J'en avais remarqué un, qui semblait être le meneur, et qui gueulait dans un porte-voix, des slogans qui avaient pour projet de reconstruire la quatrième internationale ouvrière, et d'abolir l'obligation de la blouse dans l'enceinte du lycée.

Le gars avait les cheveux longs, et une barbe pubère, qui cachait mal son acné. Il n'était pas seul, entouré de quelques copines et copains. Ils s'agitaient bruyamment sur le trottoir. Sur un bout de tissu, cloué sur deux manches de balai, on lisait :

COMITE DE SOUTIEN LYCEEN AUX GREVISTES
LICENCIEZ LE PATRON ET SES NERVIS

Je les trouvais sympas, mais j'étais loin de tout ça. Mon impatience s'agrégeait devant l'incompréhension totale, de ce qui venait toucher ma relation avec Jeannette. Une exclusion qui me mordait le ventre, comme la jalousie peut le faire. Sans doute, en était-ce.

Jeannette posa vite un baiser sur mes lèvres.

– J'y vais, maintenant. Viens dimanche midi à la maison. Déjeuner, on discutera. À dimanche.

La sirène sonnait. Elle traversa en courant la rue, distribua quelques mots à ses compagnons. Elle riait, préparait ses tracts dans une excitation heureuse qui me fit mal.

J'ai ressenti ce jour-là un sentiment que je ne connaissais pas. Je savais maintenant, ce que l'on subit de la frustration d'un désir, d'une envie inassouvie, de ce que l'on croit posséder qui s'éloigne et se libère.

Ce coup porté au plexus de celui qui, lorsque l'attachement qu'il pense lui être dû, se peuple de vide.

Je ne pouvais nommer ce sentiment destructeur, cette colère incohérente dont la seule véritable cause, était mon impuissance à en maitriser l'issue.

Le dimanche vint trop lentement. Nicole faisait office de maman. Jeannette gérait très sérieusement le service, la petite Lisa me collait au pantalon, et la cuisine sentait bon. Je me rendais compte que j'ignorais, ou pire, que les circonstances m'avaient fait oublier, les usages qui soulignent la reconnaissance de l'invité, à son hôte. J'eus honte. Je n'avais même pas apporté un bouquet de fleur. La grande sœur me scrutait. Je crois qu'elle attendait un signe de plaisir, d'intérêt, à la mise en scène faite pour moi, d'une table conviviale et chaleureuse. Mais j'étais englué dans les contraintes de mon impatience, de ma rage latente, de la frustration de ne pas être seul avec Jeannette. Je m'étais introduit par effraction dans cette famille, et ce que je convoitais m'échappait.

Après le repas, je vis dans les yeux de Jeannette qu'elle avait aussi compris, ça. Elle m'accompagna jusqu'à la barrière du jardin, me prit doucement par la nuque, m'embrassa légèrement sur la bouche,

– Tu sais, si on n'arrive à rien avec la direction, on va voir si on sera suivi par suffisamment de monde pour occuper l'usine. Si ça arrive, je serai avec les copines.

Y'a plein de CRS dans la caserne de la ville, ce n'est surement pas pour nous protéger du patron ! On a décidé de s'accrocher, ça risque de durer. Je ne sais pas quand on pourra se voir. Tu ne m'en veux pas ?

Bon bah rentre, t'as un bout pour rentrer chez toi.

J'étais noué comme un vieux bout de bois. Je me tus, car je sentais bien qu'aucun son utile, ne sortirait de ma gorge. Ma main pressa doucement une épaule qui me parut fragile, mais elle se dérobait. Il n'y avait plus de place pour moi.

Son baiser lécha mon chagrin, au creux de mes yeux, mais son corps me poussait, vague chaude, tendrement, vers la petite barrière de bois qui délimitait le jardin de la rue. J'avais mal, m'évadais de mon corps, me regardais, tordu de peine, bossu de honte, évacué du sens.

Et la question vint, dérisoire, d'une voix éraillée, plaintive :

– Et Isis, je la reverrai bientôt ?

– Oui, oui, ne tant fait pas, elle est toujours vivante.

Elle riait, rassurante. Elle me découvrait dans ma faiblesse, s'en étonnait, s'en amusait.

J'ai voulu revoir Jeannette quelques jours plus tard. L'usine était en grève, et maintenant, occupée. Il y avait un piquet de grève devant la porte. J'ai demandé à une de ses copines qui me connaissait, si je pouvais la voir.

– Je vais voir mais je ne crois pas. Tu sais elle a été élue au comité de grève. Je crois qu'ils sont en train de rédiger quelques choses…ben, les copains, quoi ! Attend moi.

Elle répondait à une question, que je n'avais pas posée. J'étais désemparé. C'était la deuxième fois que je comprenais, que Jeannette avait une autre passion que moi. Je me sentais exclu, avec un sentiment imbécile d'injustice. Mais au fond je pressentais que je faisais route vers un statut d'inutile, sans intérêt dans son existence.

Je rattrapais la fille par le bras. Elle s'est retournée, étonnée.

– Non, non merci, dis lui que je suis passé. Salut !

***

Depuis une semaine, l'usine est occupée. Les grévistes s'y sont barricadés et n'en sortent plus.

J'étais inquiet pour Jeannette. Je ne comprenais pas son engagement dans cette lutte. Le doute venait sonner le tocsin pour me dire, la raison est autre ! Je passais en revue les hommes de l'usine que j'avais vus présents, avec elle, depuis le début de la grève. Tous, étaient successivement soupçonnés, et éliminés, et je reprenais confiance, dans une jubilation qui ne durait pas. Je croyais parfois dans une colère soudaine, que la cause de cette souffrance presque physique, qui me coupait le souffle, était l'ignorance. Ne pas savoir ! Je ne supportais plus cette situation. Je pensais en boucle à en sortir, par les moyens les plus définitifs. J'avais lu quelque part, une phrase qui m'avait plu, et que je ressassais pour m'encourager : *mieux vaut une fin tragique, qu'une tragédie sans fin*. Lui faire passer un papier avec deux mots lapidaires : « Terminé, adieu » ! Et revenir, à mes amours légers, aux baisers que l'on goûte sans les retenir, aux corps de circonstances, qui nous laissent repus, et à nouveau curieux.

***

La nuit était déjà avancée. Je ressassais des pensées de manque, celles qui naissent et perdurent, plein plexus.

J'étais seul et sans projet dans ma chambre. Le requiem de Mozart, qui tournait à fond sur mon électrophone, me faisait toujours le même effet : un énorme blues pleurnichard, et dévastateur de mes garde-fous narcissiques.

Il me fallait vite fuir, dévaler les escaliers, m'engager dans les rues désertes. Mon choix se porta vers le Casino des Fleurs, le dancing de la ville. On payait l'entrée à la caisse, ce qui donnait droit à une consommation gratuite. Sans doute, du fait de l'heure avancée de la nuit, la caissière avait déserté son poste. L'atmosphère était tamisée, l'heure au slow.

Il y avait, en surplomb de la salle de danse, un « Bar Club Privé ». Les conditions d'accès n'étaient pas stipulées, la mention *Privé* était d'ailleurs une condition suffisante, pour éloigner la jeune multitude des danseurs. Elle venait pour la bière, et le tangage du rythme sourd de l'orgue électrique d'un petit orchestre, qui balançait des standards de musique pop anglaise, en alternance avec des slows.

Ce soir, je me trouvais décalé, vieux. Mon blues n'était pas resté dans la chambre, je l'avais transporté avec moi. J'avais un peu d'argent à claquer. Le bar, me paru mieux convenir à mon état d'esprit. Je n'y étais jamais allé ! J'imaginais un code secret, un monde fermé, qui pouvait être atteint en montant quelques marches, malgré le petit panneau « Bar Club Privé », gravé sur une plaque de cuivre, et le cordage de marine qui fermait l'accès, entre deux poteaux de cuivre.

Avertissement assez formel, mais je ne serais pas passé outre sans ma rencontre avec Gérard. J'avais mes habitudes, dans un minuscule bistro où j'organisais de temps en temps des parties de cartes, avec l'assentiment intéressé du patron. Gérard était venu jouer, recommandé par un habitué. Je l'avais dépanné, de quelques francs dans la partie de tarot, qu'il avait attaquée un peu imprudemment. Le prêt n'avais été que momentané, car l'individu s'était vite refait, m'avait immédiatement remboursé, et payé un verre. Sympathique, il semblait m'accorder quelque importance, sans doute, à cause de ma position d'organisateur, ce qui, à mes yeux était un bon signe. Il m'avait expliqué, qu'il avait un boulot de barman, au club du Casino des Fleurs. Ce qui avait renforcé mon estime à son égard, ce statut de barman, dans un club, me paraissant être le sommet de la réussite ! Bref, on s'était bien accordé. En fait, cet épisode datait de quelques mois, et nous ne nous étions jamais revus. J'y repensais. Je ne risquais pas grand-chose, à tenter ma chance. En cas de problème, je dirais vouloir parler à Gérard, un copain.

J'hésitais encore, mais un couple passa devant moi, décrocha simplement le cordage, le replaça et hop ! Je fis de même !...L'escalier était recouvert d'un tapis assez épais. Ces premiers pas, vers un univers réservé donnaient une certaine majesté à ma montée des escaliers. C'est du moins ce que j'en ressentais. De la piste de danse, je sentais les regards, c'était agréable.

On débouchait sur un petit sas, bien éclairé. Une porte de chêne clair s'interposait. Sous le hublot vitré, une plaque de cuivre portait la mention : *Club privé – sonnez*. Le bar était sombre, de sorte que l'on était parfaitement identifié, sans pour autant distinguer clairement la pièce, et ses occupants. Mon cœur battait la chamade, et je faillis faire demi-tour. La porte s'ouvrit sans que J'eu à sonner, l'homme s'effaça, et referma la porte derrière moi, sans un mot. On se voyait à peine, la lumière venait du bas, par quelques petits spots, encastrés dans le bar en bois ciré. La fumée faisait le reste. La musique était présente, mais assourdie par les vitres qui offraient une vue panoramique, sur la piste de danse, en contrebas. Le type qui m'avait ouvert, s'était replacé derrière le comptoir. Sorti de la pénombre, je le reconnus. C'était le patron, un ancien catcheur au crâne rasé. Il avait eu son heure de gloire, du temps où *l'Ange Blanc* faisait découvrir le catch à la télévision. Il se tenait au coin le plus éloigné du bar. Il me jeta un regard rapide, et revint à sa conversation. Bien que n'étant pas un habitué du Casino, il me connaissait, de vue, quelques rencontres, ou plutôt croisements, en d'autres lieux, en d'autres compagnies. C'était la première fois que je le voyais dans cette posture, derrière son bar. Il était habituellement à l'entrée, lorsque le Casino ouvrait ses portes ; sa carrure canalisait facilement, le flot de jeunes pressés de prendre les meilleures places.

En face de lui, deux femmes et un homme bavardaient doucement. L'heure était au champagne. Je me hissais sur un tabouret. Quelques regards furtifs se déplacèrent vers moi. La salle du bar, composée de poufs et de tables basses, était presque vide. Deux couples affalés, se détachaient de l'ombre, au gré des éclats de lumières colorés, projetés par la boule de la piste de danse. Gérard essuyait un verre, et le faisait miroiter dans la lumière d'un spot. Je fis un petit geste de la main, pour attirer son attention ; il semblait concentré sur son verre, au point de ne pas me voir. Le patron lui fit un signe du doigt. Je crus qu'il lui demandait de s'occuper de moi.

L'instant d'une seconde, je ressentis une panique. Mon regard fixé désespérément sur les bouteilles du présentoir, je ne savais quoi commander. Le sentiment idiot, que mon choix m'intégrerait, ou me rejetterait, de ce petit monde codé, s'imposait avec une force destructrice. J'ai compris plus tard, la cause de la tétanisation de mes neurones, mais je ne fis que le vivre, sans aucun recul. Le barman prit une bouteille de champagne ouverte, qui flottait dans un seau, se dirigea vers le petit groupe et compléta les coupes. Un peu soulagé du répit offert, mon regard avait suivi ; je m'attardais sur les deux femmes, et sur l'homme. Il me tournait le dos : La quarantaine, plus peut-être, cheveux clairs bien coupés, costume gris, élégant dans sa posture. La désinvolture avec laquelle il parlait au patron, me fascinait. Que pouvait-il dire ? Il semblait ignorer les femmes. Elles l'écoutaient, apparemment sans passion et sans ennui, dans une sorte de neutralité indifférente. Le barman, s'était arrêté et semblait trouver un intérêt à la conversation. Le patron, en bon professionnel détournait sans cesse le regard vers la salle, mais semblait m'ignorer. Une des deux femmes, assise à côté de l'homme, m'était partiellement masquée. Les genoux, repliés, débordaient d'une jupe courte, éclairés par un spot, enveloppés d'une ombre profonde. L'autre, était au coin du comptoir, près du patron. Je la distinguais à peine. Elle portait un chapeau à larges bords. Seule, sa main droite émergeait de l'ombre. Elle écrivait sur un petit carnet, par intermittence, s'arrêtait, pour écouter l'homme quelques secondes, comme si quelques bribes, captaient plus particulièrement son attention…

– Vous voulez quelque chose, je veux dire boire quelque chose ?

Je levais la tête. Gérard me regardait, avec un petit sourire. Je compris à son regard qu'il m'avait reconnu, mais qu'il n'en souhaitait pas de publicité. Tournant le dos à son patron, il me fit, d'un air entendu, un petit coup d'œil de reconnaissance. La focalisation de mon regard ne lui avait sans doute pas échappé. Rassuré, en état de complicité, je n'hésitais pas :

– Un *Ambassadeur* ! Vous avez ça ?

Il me montra la bouteille accrochée avec les autres au mur du bar.

– Glace ?

– Oui, merci. Avec de l'eau de Seltz s'il vous plait.

Il prit un verre, le porta encore ostensiblement à la lumière, pris le torchon blanc suspendu à son bras, et rectifia consciencieusement, avec une évidente satisfaction professionnelle, la luminosité du cristal. Je suivais la manœuvre…

Gérard, méritait l'attention d'un regard désœuvré, car il tenait beaucoup d'espace ! À vue d'œil, il devait mesurer pas loin de deux mètres. Il avait un visage poupin, des joues roses à peine couvertes d'un duvet blond qui suggérait une barbe naissante, et d'énormes mains, qui réduisaient la taille des objets qu'il manipulait. Tout cela, contrastait avec la masse impressionnante de son torse, qui bombait sous un gilet de tissu écossais. Le résultat était le modèle idéal, du barman de club sélect, enrichi d'une voix soyeuse et précise, et d'un calme, qui en certaines circonstances, devait être utile.

Quel âge avait-il ?

Mon attention, fut à nouveau attirée par le bout du comptoir. L'homme, avait terminé son monologue. Le murmure qui m'était parvenu, durant la conversation, était à peine perceptible, et je n'avais pas vraiment conscience de l'entendre. Il s'imbriquait dans le bruit d'ambiance musicale, de la salle de dance. C'est pourtant son absence qui m'alerta. Il semblait maintenant, plongé dans ses pensées, le regard fixé sur ses pieds. Un instant, je me dis, qu'il plongeait sans vergogne, dans l'entrecuisse soyeux de sa voisine.

Je ne sais pourquoi, cette idée me parut saugrenue, et je l'abandonnais, ipso facto. Les autres le regardaient, comme s'ils attendaient un évènement, la reprise du monologue, un geste, quelque chose…L'attente ne fut pas longue. L'homme, descendit souplement de son perchoir, fit un geste circulaire au-dessus des coupes de champagne. Le patron acquiesça discrètement, et rapidement, nota un petit carnet qu'il avait sorti de sous le comptoir.

– Il est en compte, pensais-je, avec un sentiment de respect, un peu envieux.

Il se dirigea vers le fond de la pièce, l'endroit le plus sombre du bar. Lorsqu'il revint, il avait un chapeau à la main, du genre feutre gris des années trente, comme on voyait dans les films américains mettant en scène des flics et des voyous, de cette période de l'entre-deux-guerres. Il s'arrêta à peine, pour toucher légèrement les épaules des deux filles, dans une glissade amicale de la main, ce qui renforça mon idée, que ce type avait de la classe. Il était d'une beauté glaçante, blond, des yeux très clairs, gris mat, une bouche large, dessinée de lèvres minces. Lorsqu'il passa devant moi, nos regards se croisèrent. Le sien était plat, sans expression, ailleurs. Je me suis forcé, pour ne pas me retourner.

La fille qu'il masquait, me regardait maintenant, ou peut-être, accompagnait-elle des yeux, l'homme qui sortait. Elle était mignonne, jeune, dans les moins de vingt ans, blonde, cheveux courts, corsage blanc et jupe noire de cuir, très courte. Dévoilées, ses jambes me parurent un peu épaisses, le mystère de l'ombre, moins attrayant. L'autre fille, celle au chapeau, continuait à noter, barrait ou griffonnait, comme plongée dans un monde autiste. Je remarquais, qu'elle n'avait pas touché à sa coupe de champagne. Il doit être chaud ! Le patron avait ouvert sa caisse et comptait ses « biftons » avec un air de routine professionnelle.

La petite blonde descendait de son perchoir, un pied tâtant le vide à la recherche de l'appui du sol. La position me fit sourire. Elle s'en aperçut et détourna les yeux. La cuisse, demeurée sur le skaï du tabouret, dévoilait largement l'entre-jambe, et le penty blanc. Tandis qu'elle gagnait la porte des toilettes, je laissais mes idées suivre leur court.

Les lumières clignotaient doucement, dans la salle du dancing. L'orchestre s'arrêta, les quelques survivants se dirigeaient déjà vers la sortie. Le patron avait fini sa caisse, et se dirigeait vers le barman, qui venait de déposer devant moi, mon *Ambassadeur*.

– Gérard, je fais la fermeture en bas. J'éteins tout et je rentre ; crevé ! Tu fermeras le club, et tu les feras sortir (il fit un geste circulaire sur les deux filles) avec toi.

– Messieurs dames, on ferme.

Il s'adressait maintenant aux deux couples, vautrés dans l'ombre des poufs profonds, qui déjà se levaient, en se réajustant maladroitement, des désordres issus de flirts extrêmes.

– Tu encaisseras monsieur…

Il me regardait en souriant et pour le coup il me parut sympathique. Puis un peu plus bas, un peu confidentiel, les yeux condescendants,

– Buvez tranquillement, Gérard vous fera sortir avec lui, par derrière, bonne nuit. Pour ce qu'il en reste, ajouta-t-il goguenard.

***

La rue respire les ombres huilées de la pluie, sur l'asphalte. Il y a une relation puissante, des odeurs et des lumières, qui ressemble à l'aventure. L'œil, se fait attentif, perçant, l'oreille, entend les suggestions du silence.

Je me sentais bien. Gérard marchait, à côté de moi, massif, la tête penchée en avant, comme obstiné à diriger notre petit groupe, vers un lieu salvateur, dans les dérives de la nuit.

Les filles papotaient doucement, avec ces sons doux de certitude, qui peuplent le monde féminin, que les hommes aiment, mais ne comprennent pas.

Je sentais, j'espérais une promesse de tendresse. Il y avait comme un peu de bonheur qui flottait, dans ma tête. Gérard, nous avait proposé d'en siffler un der de der, chez lui. Tout le monde a accepté, par défaut, sans parole, comme par évidence.

– Qui est-ce, le type au bar, qui était avec vous ?

J'avais lancé ça à la cantonade, c'est Gérard qui me répondit.

– Tu ne connais pas ? Tout le monde l'appelle monsieur Maxime, mais en fait son nom, c'est Rodier, je crois !

– Roudier, précisa la fille au chapeau avec un soupir profond, fait un effort Gérard, Roudier.

Elle épela : R o u d i e r !

Gérard, semblait gêné, énervé :

– Oui, enfin Monsieur Maxime ! Mais Max pour les intimes, hein, ma cocotte ?

Elle lui lança un regard irrité, et haussa les épaules, sans répondre.

J'avais envie d'en savoir plus, mais, je n'ai pas insisté ; peur de rompre le plaisir, et l'équilibre sensoriel, de cette marche dans la nuit.

***

Il faisait jour, lorsque j'ai quitté le petit deux pièces de Gérard. Nous avions usé le reste de la nuit, à boire et bavarder.

Il avait une collection de bouteilles d'alcool, dont je devinais l'origine.

– Des fonds de bouteille, m'avait-il dit, avec un clin d'œil.

Une chambre, et un petit salon coin cuisine, avec deux sofas, recouverts de velours élimé, qui se faisaient face.

– Je ne connais même pas vos prénoms ! Je m'adressais aux filles qui s'étaient déjà assises, et étaient penchées, côte à côte, sur le bas nylon de celle au chapeau.

– Quelle poisse, j'ai filé mon bas !tout neuf, et il m'a coûté une fortune ! C'est encore le haut du tabouret qui m'a fait ça ! Gérard, faudrait dire à ton patron qu'il fasse quelque chose avec ses antiquités.

Elle mouillait son doigt, et l'appliquait sur les mailles défaillantes, pour stopper la catastrophe.

– Arrête, il faudrait juste un peu de colle. Tu n'as pas ça Gérard ?

Son amie semblait prendre l'affaire au sérieux.

– Moi, c'est Danny, reprit-elle, elle c'est Maryse, la belle Maryse au chapeau !

– Lui, c'est Romain !, dit Gérard avant que j'ai eu le temps de me présenter.

– Je n'ai pas de colle mais j'ai de quoi boire, et même de la glace !

Il montrait fièrement, un vieux frigo, qui ronronnait, à côte du réchaud à gaz, dans le coin cuisine.

En fait « de quoi boire », il avait surtout une bouteille neuve, de vodka polonaise.

– À l'herbe de bison, précisa-t-il, connaisseur.

– Tu n'as pas quelque chose de doux, pour nous, la vodka, c'est trop raide. Et puis, je n'aime pas.

Danny se tourna vers Maryse :

– Et toi, tu en veux ?

Maryse, était maintenant plongée dans la relecture du petit carnet, que j'avais remarqué au bar.

– Non, tu as raison, comme toi.

Gérard avait en reste, un fond de *Marie-Brizard*, qui fit l'affaire.

Je n'avais pas envie de parler de moi, et j'éludais les sujets dont j'étais l'objet direct, ou indirect. D'ailleurs, elles ne montraient pas d'insistance, et les bavardages s'éparpillaient, en évaluations diverses, sur celui-ci, ou celui-là, la musique à la mode, et les divers potins de la ville. J'écoutais, sans y prêter intérêt, les propos qui s'échangeaient, comme un bruit de fonds. Mon esprit était ailleurs. que faisaient-elles de leur vie ? Elles semblaient être des habituées, du bar club du Casino des Fleurs. De toute évidence, elles n'assumaient pas le coût de leurs consommations, et elles ne ressemblaient pas, à des entraineuses professionnelles. Leur attitude de jeunes femmes libérées, masquait à peine, la jeune fille. Leur fraicheur physique, ne portaient pas les marques, qui creusent inévitablement, les traits des oiselles de nuit. Nous étions un samedi soir, et il n'était pas improbable que leur présence, corresponde simplement, à une sortie de fin de semaine. Il n'y avait guère que deux cinémas, deux bars de nuit déjà peuplées d'entraîneuses, et le Casino, pour offrir une distraction aux jeunes travailleurs. Les lycéens étaient trop jeunes, et les étudiants étaient ailleurs ! D'autre part, pourquoi étaient-elles au club, plutôt que sur la piste de danse ? Le monsieur « de glace » prénommé Maxime, était le payeur, mais n'avait rien d'un souteneur, ou même d'un 'amoureux'. Mais je me disais aussi, qu'il ne fallait pas toujours se fier aux apparences ! Ce qui était certain, c'est que leur présence avec lui, n'était pas fortuite. J'avais bien observé la familiarité, qui marquait l'attitude des membres du petit groupe. En ce qui concerne Gérard, s'il était resté discret durant son service, il était évident qu'entre les deux filles et lui, il existait autre chose qu'une relation, de serveur de bar à clientes ! D'ailleurs, elles connaissaient l'une et l'autre, son appartement. Je me rappelais, qu'elles n'avaient posées aucune question, concernant l'adresse, et qu'aussitôt arrivées, elles s'étaient installées, dans un endroit qui leur était familier.

Les heures passèrent, et j'eus quelques réponses à mes questions. Les échanges entre Gérard et les deux amies, nourrissaient petit à petit ma curiosité. Lorsqu'il le fallait, je m'efforçais de relancer un sujet, ou un autre, opportunément, pour compléter mon déficit d'information.

Pour résumer, Danny est la « très grande amie » de Maryse ; copines d'écoles, précisa-t-elle ! Elle est secrétaire dans les services communaux ; Maryse, tient la boutique de Monsieur Maxime Roudier, qui est le propriétaire d'un très beau fonds de commerce, mourant au centre-ville, du manque d'intérêt croissant pour le béret, en ce qui concerne les hommes, et de la messe, et donc des chapeaux et foulards, pour ce qui est des femmes. Cette précision commerciale, avait été exprimée, textuellement, par Maryse. Maryse a une passion pour les chapeaux, mais aucun intérêt pour la gestion, qui est assurée par la mère de Max. Maryse subit les contrôles comptables de madame mère, tous les lundi soirs, comme une humiliation, et un frein à ses désirs de commande, qu'elle présente toutes les semaines, avec un succès très limité. Les représentants continuent néanmoins à la visiter, et à déposer des catalogues rutilants, en dépit du succès relatif obtenu, accentuant sans doute la frustration de la jolie chapelière. Sans préjuger, et en détaillant discrètement Maryse, j'imaginais l'espoir qu'elle pouvait faire naître, chez des représentants de commerce, condamnés à passer la soirée dans la ville.

En ce qui concerne le relationnel des trois amis, j'en concluais que Gérard, évitait même d'y penser. En ce qui concerne les deux amies, il n'y avait sans doute plus rien, ou rien de commencé. Pour combler ma dernière interrogation, monsieur Maxime invitait régulièrement Maryse, et parfois son amie Danny, à venir boire une coupe de champagne au Club, le samedi soir. Ce qui expliquait le contexte de la soirée, sauf pour Gérard. Mais je n'appris rien de plus.

– Sans doute un rituel qui concluait la fermeture du Club ! me dis-je.

Danny, assise à côté de moi sur le canapé, les yeux bombés de sommeil, m'avait demandé :

– Je peux ? Les jambes recroquevillées, elle dormait ou sommeillait maintenant, la tête posée sur mes cuisses. Maryse se leva en s'étirant : - Bon je vous laisse, je suis fatiguée. Samedi matin, j'ai juste vendu deux foulards, et un béret, mais je me suis tapée un inventaire complet du stock. Madame Roudier a exigé que je lui rende ça pour mardi matin, dit-elle en haussant le ton sur le « madame Roudier », ce qui en disait long sur l'estime qu'elle lui portait.

Gérard ne disait rien, mais il était visible que sa soirée de travail, et les verres de la vodka que nous avions sirotée, commençaient à peser sur sa capacité à rester éveillé.

Je ne savais quelle attitude adopter. J'étais satisfait des résultats de cette soirée. L'angoisse triste, qui m'étouffait quelques heures avant, s'était estompée, et Jeannette était entre-parenthèse ! Le contact de ma main sur le buste de Danny, et sa tête calée contre mon ventre, me faisaient l'effet, d'un câlin, qui éponge les chagrins. Je pressentais la fragilité de cet état, et je devais me rendre à l'évidence, qu'il me fallait le rompre.

– Moi aussi je rentre. D'ailleurs il commence à faire jour. Je vous raccompagne, les filles, si vous voulez !

– Ce n'est pas la peine. J'habite tout près, chez ma mère. J'y suis en cinq minutes. Mais occupe-toi de Danny, elle rentre dans son bled, mais son premier car est vers dix heures.

Danny leva la tête : appuyée sur son bras elle se redressait lentement, les yeux ensommeillés, et le regard interrogateur.

– Dix heures vingt. J'attendrai au café, en face de l'arrêt.

Maryse reprit avec un sourire entendu, en s'adressant à Gérard :

– Tu attends du monde, non ? Comme d'habitude ?

– Vers neuf heures, oui, pas avant. Mais il faut que je mette un peu d'ordre ici, et si j'ai le temps, de fermer les yeux, ça sera encore mieux !

Maryse se pencha vers moi en mettant sa main entre mon oreille et sa bouche.

– Une vielle dame qui vient écouter la messe tous les dimanche matins, dans le lit de Gérard.

– Elle est très pieuse, ajouta la persifleuse.

– Et pour les vêpres, tu fais quoi Gérard ?

Gérard avait entendu. Il fit un geste d'agacement.

Maryse et Danny sortirent en même temps, après avoir remercié Gérard. Dans l'escalier, depuis sa porte il m'interpella :

– Je ne bosse pas aujourd'hui. Le Casino est ouvert en bas, mais le club est fermé. Si tu veux, rendez-vous au *Parisien* vers dix-huit heures. Une petite partie de billard, ça te dit ?

Le Parisien est le grand bar, café et brasserie du centre ville. La perspective de ne pas passer la soirée seul, ce dimanche soir, me convenait.

– D'accord ! À ce soir.

Il était à peine six heures. Le bar du marché était encore dans l'affairement de son ouverture, mais déjà les camelots, bouchers, charcutiers, maraîchers, poissonniers, s'y pressaient bruyamment, dans une bousculade, joyeuse et amicale. Les altercations, fusaient de toutes parts. Comme Danny et moi, tentions de nous frayer un passage vers le bar, un boucher, déjà entravé dans son tablier blanc, secouait l'épaule d'une dame, qui interpellait le garçon du bar, avec une voix de stentor : - y vient mon caoua ?

– Ah, qu'est-ce que t'as à me secouer comme ça toi, dit elle en riant au bonhomme.

– Tu as de la crevette ce matin ? Tu peux m'en mettre une poignée de côté, pour l'apéro ? Elle est bien fraîche au moins ?

– Non mais, et ta pine, elle est bien fraîche ?

La répartie eut du succès. Le ciel était clair, cette matinée de juin était, douce, le marché se présentait bien.

Je nous sentais, moi fripé, pas rasé, Danny, sa jupe courte en cuir, son reste de maquillage défraichi, étrangers à ce monde bien réveillé, qui attaquait un travail plein d'espoir.

– Tu viens chez moi. J'ai de quoi faire du café. Ce n'est pas loin d'ici, tu as largement le temps de revenir prendre ton car.

– Oui, me dit elle sans conviction.

Elle ajouta :

– J'ai faim. Je vais acheter un croissant. Tu en veux un ?

– Merci, si tu veux !

Elle entra dans la boulangerie et en ressorti, quelques minutes plus tard, le nez dans la poche en papier, avec un sourire gourmand :

– Hum ! Ça sent bon !

***

Nous étions rassasiés. Le croissant au beurre, trempé dans le café noir brulant, gargouillait doucement dans mon ventre. Danny avait ôté ses chaussures, dégrafée sa jupe et s'était jetée sur mon lit. Elle était rose de partout, me semblait-il ! Les joues échauffées par le café, les bras dénudés et les cuisses qui dépassaient du penty, portaient un air de plénitude, de bonne santé, et de liberté corporelle.

– Viens, me dit-elle.

Je me suis allongé à son côté. Elle s'est doucement insinuée contre moi et j'ai senti son odeur, une odeur chaude, proche de celle des bébés. J'ai pris sa bouche, et elle était comme un fruit juteux qui m'envahissait, puis se retirait, pour m'y laisser l'investir, et longtemps nous avons goûté sans fatigue, les sucs de ces vagues.

Elle mit sa main sur ma main, qui remontait le long de ses cuisses :

– Non, s'il te plait. Je ne veux pas. Excuse-moi, je n'aurai pas dû t'embrasser, mais je n'ai pas eu le temps de réagir ! C'était bon, je ne regrette pas. Tu ne m'en veux pas ? Je sais, les garçons, vous êtes comme ça ! Un flirt, ça ne vous suffit pas ! C'est vrai, je ne devrais pas le dire, mais j'en avais envie. En plus, ce que tu embrasses bien !

Elle avait la tête au-dessus de moi, et me parlait comme une sœur ainée parle à son petit frère, gentiment, mais fermement, et ponctuait ses paroles de petits baisers, posés par surprise sur mes lèvres, à chacune de mes tentatives de prendre la parole.

Le jeu, désarma ma frustration. J'étais apaisé, et je lui en fus reconnaissant. Nous chahutâmes un peu de nos corps, comme deux gamins, bien que le chahut nous ait ramené, deux fois, à de longs baisers, sans autre conséquence.

Il était presque midi lorsque je me suis réveillé. Danny dormait en boule, la tête sous l'oreiller.

– Tu as vu l'heure ? Je crois bien que tu as loupé ton car !

Elle émergea, ébouriffée, vérifia longuement l'heure du gros réveil posé sur le marbre de la table de chevet :

– Merde ! Mon père qui m'avait promis un civet de lapin pour midi ! Il a dû cuisiner toute la matinée. Il faut que je lui téléphone. Mon prochain car est à dix-sept heures. On le mangera ce soir, s'il n'est pas trop fâché. Le dimanche, il boit son apéro avec ses copains, au café des sports. Je peux l'appeler là. D'habitude, il attend que je vienne le chercher pour déjeuner. Tu sais où il y a une cabine, pas loin ?

– Au bout de la rue, mais va plutôt au bistro en face. Je te rejoins. Le patron fait des super sandwiches. Je t'invite !

Elle se rafistolait sa tenue, avec l'excitation d'une fillette.

– Merci. À tout à l'heure.

Le bistro en face, était tenu par un couple d'une cinquantaine d'année, Olivier et Jacqueline. Sans enfants, ils venaient tout droit de Lorraine. Ils n'avaient, tous deux, connus qu'un seul employeur, la sidérurgie. La crise de cette industrie les avait privés de leur emploi.

– C'est à cause de la minette, disait en riant Olivier, lorsqu'il était interrogé sur ce sujet. Il attendait un peu pour voir les réactions, et continuait :

– La minette, ce n'est pas ce que vous croyez, hein ! C'est le minerai de fer. Chez nous, ce qui restait était trop pauvre en minerai, trop cher à exploiter. Alors, les ouvriers, bonsoir !

Leur entreprise, première touchée, ils ont eu de la chance dans leur malheur ! Propriétaire d'un appartement à Charleville, hérité des parents d'Olivier, ils ont réussi à le vendre correctement, avant la débâcle immobilière qui a touché la région, lorsque la crise industrielle s'est précisée. Munis de ce viatique, conforté par les primes de licenciement, ils ont pris le grand départ pour se refaire une vie, celle dont ils rêvaient. Devenir patron de bar, au soleil, ou presque !

Jacqueline avait une vieille tante dans la région.

En avril 1940, Jacqueline et ses parents avaient fait comme des millions de Français. Ils avaient pris le chemin douloureux de l'exode, fuyant les troupes allemandes qui déferlaient sur le pays. Son père tenait un commerce de boucherie, à Charleville. Il avait un camion bâché, et compte tenu de son métier de bouche, avait pu se constituer une provision de quelques jerricans d'essence. Ils embarquèrent tout ce qu'ils pouvaient sur le véhicule, et partirent quelques jours avant le gros de l'exode. Pourquoi ? Jacqueline, n'expliquait pas la décision soudaine de son père. Peut-être une invitation pressante de sa sœur qui vivait en Charente, plus une intuition ?

Olivier avait été mobilisé dès 1939. Dans une unité d'élite, disait-il, la cavalerie motorisée de reconnaissance, moto avec side-car, et mitrailleuse. Lorsque la drôle de guerre devint la guerre, son régiment fit une percée à travers la Belgique, puis sous la menace d'être encerclé, il se retira sur la Somme où malgré de durs combats, ils furent submergés, par la puissance mécanique de l'adversaire.

La majorité des hommes fut faite prisonnier. Olivier s'échappa avec sa moto, et roula vers le sud, tant qu'il eut de l'essence. Leurs chemins se sont croisés sur la route. Je n'en sais pas plus, sauf qu'ils passèrent la guerre chez la tante, qu'ils retournèrent en Lorraine, et s'y marièrent, la guerre finie.

Olivier et Jacqueline avait racheté ce petit café un peu excentré du cœur de la ville. Une rue résidentielle sans commerces autres que le leur. Le chiffre d'affaires était insignifiant, la clientèle, constituée d'habitués du quartier, et des ouvriers et artisans de passage, consommait chichement. Café clair et verre de blanc ou de rouge, constituaient le plus gros des consommations.

Mais ils avaient des idées, longuement maturées pendant des années, où le sujet récurrent des conversations du couple avait été, - ce que l'on fera avec notre bar !

Ecran de télévision et hamburgers maison, succulents, firent venir une clientèle nouvelle, à l'heure du déjeuner, alors que les anciens exploitants fermaient, entre midi et quinze heures. Désormais, les deux clientèles se succédaient, café belote le matin pour les habitués du quartier, et rebelote l'après-midi, et le midi, représentants de commerce, commerçants en affaire, artisans, dans le brouhaha de la télé et des conversations, la fumée des cigarettes et la voix perçante de Jacqueline prenant les commandes, et servant les assiettes chaudes. Olivier, sortait de temps en temps de sa cuisine, et jetait pendant quelques secondes un œil amoureux sur sa salle bondée. Ils ouvraient aussi le samedi soir, et parfois, ils avaient des clients jusqu'à deux heures du matin. Le dimanche après-midi, la télévision marchait.

Souvent la « 2 » qui venait de démarrer. Les matchs de rugby, les feuilletons ; les patrons regardaient, et regardaient ceux qui voulaient. Celui qui avait le culot de commander un verre, s'exposait au soupir bruyant d'Olivier, qui de toute façon ne bougeait de sa chaise, que lorsque l'action en cours sur le petit écran, le lui permettait. On attendait la couleur !

– Vous verrez, dès qu'il y a la couleur, j'achète un nouveau poste. Probablement un Philips, précisait-il, le patron du magasin m'a dit que ce seraient les meilleurs.

Je les aimais bien et ils me le rendaient, parfois un peu trop. C'était, - Tiens, prend ça vite, je l'ai eu peu trop écrasé pour le client, et Olivier me posait une assiette avec un Burger fumant, dégoulinant de beurre, sur une belle feuille de salade, où, - Tu me tiens compagnie, j'ai une p'tite soif, juste pour boire un p'tit jaune, et sans attendre il servait les deux Ricard, avalait le sien, et retournait aux cuisines.

Ce dimanche-là, il y avait juste quelques habitués, regroupés sous la télé, Olivier regardait le poste aussi, derrière son bar en essuyant des verres. Danny m'attendait dans un coin de la salle, devant une tasse de café.

– Salut patron ! Tu peux nous faire quelque chose pour la demoiselle et moi ?

Je lui désignais Danny.

– Ah, elle est avec toi ! Elle aurait dû me le dire. Je commençais à me poser des questions, ajouta-t-il en souriant d'un air entendu. Et plus bas : Je crois que ça commençait à rendre Jacqueline nerveuse. Je n'ai pas mis en route pour du chaud, ce midi, mais si tu veux je vous fais deux assiettes de charcuterie. J'ai du Bayonne extra ! Un peu de rouge et ça vous ira ? Bon je dis à la patronne de faire ça ! C'est elle qui bosse aujourd'hui !

Je n'avais pas eu le temps de répondre, et il était déjà parti donner ses ordres dans la cuisine, à Jacqueline. J'allais rejoindre Danny.

L'après-midi s'est écroulé comme un château de carte, bousculé par Olivier :

– Excusez-moi, tous les deux. Tu ne m'avais pas dit que mademoiselle prenait le car à dix-sept heures ? Ben voilà ! Il est moins le quart.

Le car démarra. Danny me fit un petit signe de la main.

Je me suis rappelé mon rendez-vous au *Parisien* vers dix-huit heures avec Gérard, et j'ai décidé d'y aller tout de suite, et de l'attendre.

Le bar était plein de jeunes gens. Les deux billards étaient constamment occupés. Je me dis que le projet de Gérard ne se réaliserait pas. Pas de billard ce soir ; d'ailleurs cela m'arrangeait. Je n'avais pas envie de jouer. J'ai trouvé une table libre le long de la vitrine. De là, j'apercevrai Gérard, lorsqu'il arrivera.

J'étais pensif. Danny avait beaucoup parlé, d'elle d'abord. Elle venait régulièrement au Casino depuis presque un an. Sa copine Maryse aussi. Mais celle-ci passait ses soirées au club, avec son Maxime Roudier. Danny montait de temps en temps rejoindre son amie. C'était toujours le même scénario. La nuit se terminait chez Gérard.

Danny était convalescente d'un chagrin d'amour, (c'est le mot qu'elle avait employé). Son copain, enfin son ex, est le guitariste du petit groupe, qui reprend les standards de la pop anglaise, le samedi soir, au Casino des Fleurs.

– Ça été mon premier, tu comprends ? m'avait-elle dit. Et le seul aussi ! Hier soir elle avait accompagné Maryse au Club, dans l'espoir qu'il y viendrait boire un verre, au cours d'une de ses pauses. Mais il n'était pas venu. Par contre

Danny l'avait vu danser, et embrasser une fille sur la piste, dans les éclairs de la boule. Elle m'a dit que finalement, ça ne lui avait pas fait grand-chose : - Je pensais que je l'aimais et que j'allais souffrir, mais de le voir se lécher avec l'autre, ça m'a fait rire. Mais bon, pour tout à l'heure, tu comprends, je ne peux pas tourner la page comme ça !

Je comprenais ! Elle m'amusait avec ses attitudes de petite fille candide, et ses façons d'asséner des vérités sans importance, qui dans sa bouche semblaient essentielles.

Lorsque je la mis sur la piste de Maryse, elle me dit d'abord à mots couverts, que c'était sa copine, et qu'elle ne pouvait pas me dire tout ! J'ai évidemment compris qu'il y avait quelque chose à savoir. Je suis resté silencieux, comme si j'approuvais son attitude. Il y a des voix qui ont horreur du silence, et comme je l'avais pressenti, je n'eus plus de question à lui poser.

Son amie a une passion pour les chapeaux, et son rêve d'être modiste s'est réalisé un jour. Sa mère faisait des ménages chez Madame Roudier. Elle lui apprit que sa santé ne lui permettait plus de tenir le magasin, mais que son fils ne voulait pas qu'elle le vende. Ils avaient pris une dame à l'essai, mais ça n'avait pas été concluant.

C'est de cette façon que Maryse qui cherchait du travail, reçu cet emploi comme un cadeau du ciel. Le gérant du magasin était monsieur Maxime, mais il était convenu que les réapprovisionnements et les comptes seraient supervisés par madame Roudier.

Monsieur Maxime, passait quelques heures par semaine au magasin. Au début, il terrorisait Maryse, puis leurs rapports changèrent. Il lui faisait essayer les chapeaux d'hommes, les bérets. Un jour il lui demanda de se dessiner des moustaches, avec un crayon de maquillage. Un autre jour, il se mit en colère en lui disant qu'elle faisait ça mal. Il la fit assoir sur une chaise, et dessina moustache et favoris, longuement. Maryse comprit qu'il y trouvait un plaisir, qui n'avait rien à voir avec l'évaluation de la qualité esthétique des couvre-chefs essayés. Maryse, n'avait pourtant pas eu d'expérience avec des hommes. Elle était vierge, et Danny ne lui connaissait pas de flirt. De ce quelle en avait raconté à Danny, elle était prête à céder à Monsieur Maxime, si cela était une condition pour garder son emploi. Mais le jeu auquel on exigeait qu'elle se prête, lui faisait peur. Elle ne lui trouvait pas de sens.

Le jeu s'est précisé, quelque temps plus tard. Il lui dit, qu'il allait prendre ses mensurations. Il exhibait un mètre de couturier, un petit carnet et un crayon. Maryse dû se prêter, à ce qu'elle prit pour une variante du jeu. Avant de repartir, il lui mit un billet de cinquante francs dans la main, et lui dit qu'elle devrait aller se faire faire une coupe de cheveu. Il lui remit une photo d'un mannequin des années vingt, avec une coupe à la garçonne, et lui dit qu'il voulait ça ! Maryse avait des cheveux longs dont elle faisait un chignon, qui augmentait son aspect altier. Elle aimait cette attitude tendue vers le haut, que rehaussaient la coiffure et évidemment les chapeaux ! Elle n'avait même pas eu la force de protester, d'autant qu'il lui avait pris le rendez-vous chez le coiffeur : - C'est dans une heure ! On t'attend. Tu files maintenant. Je reste au magasin. Repasse après, que je voie.

Elle ne le revit pas, pendant une semaine. Elle espéra un moment, qu'il s'était lassé du jeu, ou en avait trouvé un autre, et la vie lui parut plus légère. Même madame Roudier lui paraissait supportable, lorsqu'elle passait au magasin.

Lorsqu'il revint, il portait trois gros paquets. Des sacs de magasins d'habillement, qu'il posa sur le comptoir.

– Je voudrais que tu essayes ces vêtements. S'ils te vont, tu les garderas. Comme, interloquée, elle ne bougeait pas, il lui dit :

– Maintenant ! Tu te changes dans la cabine derrière. Je ferme le magasin.

Les mots que Danny avait employés, avec une certaine véhémence, reflétaient une incompréhension, de la situation dans laquelle son amie s'était laissé embarquer. Elle avait haussé la voix, en citant les paroles de Maxime.

Les regards s'étaient détournés de la télévision, éveillés par la curiosité d'une interférence dérangeante, et inhabituelle, du sanctuaire vocal consacré, à la voix, de la boîte à images qui parlent. Je lui fis signe de baisser un peu le ton.

Danny s'interrompit, regarda l'assemblée groupée sous le téléviseur, fit un petit geste d'agacement, et repris le fil de son histoire.

Il y avait trois costumes d'hommes, taillés sur les mesures de Maryse. Un costume noir de serveur de brasserie, un bleu de travail à bretelles, un maillot et un pantalon de jockey plus une paire de bottes de cheval, et une cravache. Il avait fermé la porte de la boutique, descendus les rideaux. À chaque changement de tenue, il lui faisait prendre des poses théâtrales, mimant une attitude, attendue d'un professionnel. L'après-midi entière passa.

Puis, satisfait, il lui fit remettre les costumes dans leurs paquets respectifs. Maryse était tétanisée, se demandant à quoi rimaient ces mises en scènes. Une perversion inconnue d'elle, un jeu d'amateur de théâtre, une folie cachée ? Les pensées s'enchainaient dans une panique intime qu'elle contrôlait de son mieux. Elle avait peur, mais paradoxalement, elle acceptait par avance une soumission dont elle ne connaissait pas encore la nature, mais qui se précisait.

Il lui a demandé :

– Ils te plaisent ? Bon, de toute façon, je les emmène chez moi. On verra plus tard. Bonsoir.

Le samedi suivant, il entra bruyamment dans la boutique en début d'après-midi. Il affichait un grand sourire et Maryse ressenti l'état de jubilation dans lequel il était, comme si le feuilleton reprenait en l'état où il s'était arrêté, le jour où il était reparti, avec les trois paquets de vêtements. Et l'angoisse qui revenait, semblait la même, juste interrompue d'une parenthèse déjà effacée, comme si le répit n'avait pas eu lieu.

Il lui dit en forçant l'autorité de sa voix :

– Tu t'habilles et tu fermes le magasin. Ma mère va venir bientôt faire les comptes et l'inventaire. De toute façon, maintenant on fermera le magasin le samedi à dix-sept heures. Ça ne sert à rien de rester ouvert jusqu'à huit heures ! Et aujourd'hui, j'ai besoin de toi chez moi. Allez, dépêche-toi, je t'expliquerais.

De nouveau Danny avait monté les intonations de sa voix ! Mais cette fois, personne n'y fit attention : *Thierry La Fronde* mobilisait les esprits !

– Tu te rends compte ! C'est exactement ce qu'elle m'a dit. En fait, d'après ce que j'ai compris, il l'avait mise en état de soumission, à un point où elle ne posait plus de question, et ne s'en posait plus. Elle faisait ce qu'il lui demandait, c'est tout.

La suite de l'histoire ne fit que confirmer ce que j'avais commencé à pressentir. Le but ultime avait été d'installer Maryse dans un jeu, destiné à satisfaire, certains des fantasmes de ce monsieur. Danny ne m'en donna que les grandes lignes, par pudeur sans doute. Et Maryse n'avait peut-être pas tout dit.

Maxime a emmené Maryse en voiture jusqu'à un petit appartement qu'il possédait en centre ville.

Il lui a demandé de revêtir la tenue de jockey puis, comme il le lui avait montré, à se dessiner une moustache avec un crayon de maquillage. Un paravent était installé dans la chambre. La tenue était accrochée par un cintre, à une patère. Il était resté, droit comme un I, planté à l'entrée de la chambre, l'œil fixé sur le paravent. Lorsque la tête de Maryse en dépassait et qu'elle croisait son regard, elle accumulait des sentiments de crainte, les indices d'un piège, qui par petites touches, se précise, s'en pour autant qu'elle puisse en deviner les buts, et les contraintes.

Il lui a ensuite fait nouer sur ses yeux, un foulard de soie noir. – Tu attendras que je t'appelle pour l'enlever. Les mains tremblantes, secouée de frissons, Maryse ne répondait plus, ne posait pas de question. Terrorisée sans connaître les raisons de sa peur, elle s'était soumise par avance, sans condition, à une volonté, dont elle n'avait pas identifié les buts.

Plus tard, lorsqu'elle a dénoué le tissu, ses genoux se dérobèrent sous elle. Maxime, était nu, à quatre pattes sur le parquet, devant une grande glace ovale sur pieds.

Danny termina son récit précipitamment, d'une voix saccadée. Maryse s'était confiée à elle dans un état de nervosité extrême. Elle avait du mal à mettre des mots sur les actes. Ce que Danny en avait retenu, c'est que le jeu consistait à chevaucher Maxime et à le cravacher jusqu'à ce qu'il hurle de douleur et finisse par se dérober.

Finalement, il avait semblé satisfait de sa partenaire, l'avait emmenée dans un restaurant chic en dehors de la ville, avec une grande gentillesse, et les attentions tendres d'un homme amoureux. Et pour finir la soirée, il lui avait fait découvrir le Club du Casino. Cela datait d'environs une année. Depuis, presque chaque samedi, le scénario était le même, avec des scènes différentes, selon les tenues choisies par le metteur en scène.

Lorsque tout se terminait, il redevenait l'homme froid et distant, qui intimidait, impressionnait tant Maryse. Et jamais ils ne reparlaient de leurs gestes passés. La semaine suivante, il lui expliquait pendant le trajet entre le magasin et l'appartement, dans le détail, le scénario de la soirée. Et tout était minutieusement préparé, lorsqu'ils entraient sur le lieu du jeu.

Maryse avait dit à Danny, qu'elle se promettait régulièrement de refuser de continuer avec Maxime. Mais, lorsqu'il entrait dans le magasin, elle retombait dans un état d'anxiété, et de soumission silencieuse.

Le jeu terminé, il y avait ce temps où il lui fallait ôter son déguisement, se rhabiller. Cachée derrière le paravent, elle affrontait le silence, attendant un signe de Maxime. Lorsqu'il était prêt, il se grattait bruyamment la gorge, et ouvrait la porte d'entrée. Ce qu'elle appréhendait le plus était de le frôler, lorsqu'il s'effaçait pour la laisser sortir de l'appartement.

Le restaurant, le Club, le champagne, étaient devenus des rituels, qui effaçaient la honte, les regrets.

Maryse n'avait pas répondu à Danny, lorsque celle-ci lui avait demandé ce qu'elle ferait le samedi soir, lorsque tout serait terminé.

Gérard qui installait lourdement sa carcasse sur la banquette en moleskine qui bordait la table en face de moi, me sortit de mes réflexions sur ce que m'avait raconté Danny.

Je ne sais comment c'est venu, mais nous parlions de tout et de rien, et une opportunité s'est ouverte, et la conversation est devenue mon monologue. Toute la charge contenue depuis quelques semaines se déversait sans pudeur sur un homme, que je connaissais à peine.

Gérard me regardait, avec un drôle d'air gêné. J'avais beaucoup parlé de moi, de moi et de Jeannette, de mes frustrations, de ce qu'il qualifia lui-même en m'interrompant, de jalousie. Mais, il m'avait écouté avec une attention qui me fit plaisir. De fil en aiguille, la conversation revint sur notre soirée de la veille. Il était curieux de savoir ce qui s'était passé avec Danny. Ma réponse ne parut pas le surprendre. Il ne m'en dit rien, mais je compris qu'il avait aussi tenté sa chance, sans succès.

Je n'aurai peut-être pas dû le faire, mais je lui racontais ce que je savais sur Max et Maryse.

– Tu devrais garder ça pour toi, me dit-il. Ce type n'est pas net pour d'autres raisons ; La politique ! précisa-t-il. Je croyais qu'il baisait Maryse. C'est tout ! Mais ce que tu me dis ne correspond pas à l'image que l'on se fait de lui. Il jouerait plutôt dans la catégorie vieille France, honneur et patrie ! Genre retraité para, si tu vois ce que je veux dire. Je n'en reviens pas de ce que tu viens de me raconter ! En tout cas, le Max, avec ses airs d'aristo, son parapluie dans le cul et son chapeau, tu me l'as fait tomber de son tabouret.

Il m'a regardé, son visage avait un drôle d'air, entre l'inquiétude et un sourire goguenard :

– Tu t'imagines, le grand chef qui se fait fouetter le cul, par une gamine déguisée en jockey. Il n'a pas peur, quand même. J'ai toujours pensé qu'il était un peu givré, mais à ce point là !

– C'est quoi son parti ?

– Je ne sais pas si c'est vraiment un parti politique, enfin un parti officiel ! Plutôt un mouvement, du genre anti-coco à fond, Algérie française et le reste qui va avec. Tu sais, mon patron en est aussi. J'y pense, s'il savait ça pour Monsieur Maxime, il en tomberait sur son gros cul. De toute façon, d'après ce que j'ai compris, Roudier n'est pas le chef de tout ça ! Plutôt un faire-valoir.

De temps en temps ils font des réunions au club du Casino. Il y a même des grands chefs qui descendent de Paris parfois.

– Et Max, dans tout ça ?

– Je te l'ai dit, il est traité par ces gens-là avec beaucoup de courbettes, mais il n'intervient que très rarement dans les discussions. Le plus souvent, c'est pour organiser la réunion. Comme quelqu'un qui reçoit des amis. Au fond, je crois que ce type n'est intéressé que par lui-même. Il n'écoute pas. Il s'écoute ! C'est valable pour ses amis de la bande. Il ne bouge plus, les yeux fixés dans le vague. On pourrait penser qu'il est concentré, mais moi je suis certain qu'il est ailleurs.

J'ai observé ça, parce-que la plupart du temps, je fais le service à ces messieurs quand il y a des réunions. Je dois faire partie du décor ! Ils font comme si j'étais sourd et aveugle ! Comme quand le patron fait des réflexions politiques en s'adressant à moi, je suis toujours muet et d'accord !

– Ils parlent de quoi ?

– En fait, ils ont raison. Je n'écoute pas trop ce qu'ils disent. Quand je ne les sers pas, je reste derrière mon bar, je lis le journal. Remarque, quand même il y a des drôles de loulous dans le tas. Cranes rasés, gros bras, pas style voyous mais des têtes et des allures de distributeurs de baffes ! Les autres, comme Max, c'est plutôt bon chic, bon genre, certains officiers, d'autres intellos. Il y a bien deux boutiquiers qui font un peu tâche, grandes gueules. Max, tu as vu, le samedi soir, il n'arrête pas de parler. Il nous bassine avec ses histoires. Même mon patron s'en fatigue, mais comme il dit : c'est son truc ! Et souvent il ajoute : et puis c'est un bon client. Tu parles deux bouteilles de champ toutes les semaines, plus les réunions ! C'est toujours lui qui raque et comme c'est « open bar » pour ces messieurs ! Je ne sais pas d'où il tient ça, mais il est plein de pognon, ce type.

– C'est quoi, ses histoires ?

– Son épopée avec les Canadiens pendant la guerre, des histoires dans les pays où il a été. L'Indochine, des histoires de militaire. Il a fini lieutenant dans les paras, je crois. Grand blessé, médaille militaire de je ne sais trop quoi, et tout le toutim que trimballe ce genre de gars ! Il raconte, il parle comme une machine, il fume il boit, tout le monde l'écoute ou fait semblant. À un moment, il s'arrête. Après, c'est comme un mur. Tu as l'impression de ne plus exister. C'est un peu dingue, mais ça me fait le même effet à chaque fois, tu sais, c'est comme un arrêt sur image, au ciné, quand le projecteur se coince. Il se tait, tout le monde reste figé à le regarder, en attendant je ne sais quoi. Si tu es dans l'axe de son regard, c'est comme s'il regardait derrière toi, à travers toi. Après, tu as vu, il se lève, nous salue, prend son chapeau, et s'en va !

C'est pour ça que Maryse, et Danny quand elle est là, font la fermeture avec moi. Très souvent on passe par chez moi, boire un verre et bavarder un peu. Moi tu comprends, toute la soirée au club, je ne bois pas, et je ne parle pour ainsi dire, pas. Maryse, elle ne parle pas, mais elle écoute bien, ou elle fait semblant ! Je comprends pourquoi je n'ai jamais rien pu lui faire dire sur ses relations avec Max. Rien d'autre que, bah, c'est mon patron, c'est tout. J'ai bien essayé avec elle, mais je n'ai pas recommencé. Elle m'a traité de tous les noms, elle était hystérique.

– Tu crois qu'elle est malheureuse de cette situation ?

– De toute façon, même s'il lui a foutu la trouille au départ, maintenant elle doit y trouver son compte. Mais si elle l'a raconté à Danny, c'est peut-être que consciemment ou non, elle voudrait que quelqu'un prenne la responsabilité de faire péter le truc ! Danny, enfin tu t'en es surement aperçu, si tu la laisses tenir le crachoir, elle le lâche plus, mais il n'y a que ça qu'elle tient bien !'

Il riait de sa blague.

– Pour revenir à Max, c'est mon patron qui m'a résumé son histoire, un soir, en faisant sa caisse. Max avait quatorze ou quinze ans en juin 1944, quand les alliées ont débarqués en Normandie. Il était, depuis l'été 1940, chez le frère de sa mère, qui exploitait une ferme dans la région de Caen, en Normandie.

– Où étaient ses parents ?

– Ici surement, parce que le commerce de chapeaux existait déjà, avant la guerre. Mais je n'en suis pas certain. Je n'ai pas posé la question. Pas plus pour ce qui est de sa présence, chez son oncle en Normandie. Bref, il a passé la guerre là-bas à braconner le lapin, pour vendre les peaux, et aider à la ferme. Il n'y avait rien de trop pour faire un peu de sous, sans doute. Quand les alliés ont débarqué, il s'est retrouvé un jour, nez à nez, avec une patrouille de canadiens. Il leur aurait indiqué la position d'une batterie allemande, qui bloquait l'avancée de leurs blindés dans le bocage. Puis il est resté avec eux jusqu'à Rouen. Finalement, ils l'ont gardé, officiellement comme guide traducteur. Il leur a menti sur son âge, et il a fait le voyage avec eux jusqu'à Berlin. Après, ils lui ont proposé la double nationalité, et l'incorporation dans l'armée canadienne. Il a refusé, mais ils l'ont quand même décoré, et le commandant de son unité lui a fait une feuille de ses états de service, destinée au commandement français. Après, école de sous-off, l'Indochine, blessé, et éjecté de l'armée, pensionné ou la retraite, on ne sait pas trop.

Et retour au pays. Plus de père à la maison, mais il n'en parle jamais. Par contre, maman semble avoir suffisamment d'argent pour permettre à son fils de vivre très à l'aise sans rien faire. Un jour, le patron m'a dit qu'ils possédaient la moitié de la ville. Mais ça, c'est sa façon de parler. Ça veut dire qu'ils doivent avoir pas mal d'immeubles en location.

Voilà tout ce que je sais sur lui.

– Plus ce que tu m'as dit tout à l'heure, murmura-t-il, d'un air soucieux.

– À propos, ta Jeannette, il me semble que tu m'as dit qu'elle travaille dans l'usine en grève ?

– Oui, c'est ça. Pour tout te dire, elle fait même partie de leur syndicat, enfin du comité de grève. Ils s'appellent comme ça, ceux qui dirigent le mouvement.

Il avait l'air embêté.

– Écoute, maintenant, ça me revient. La semaine dernière, justement ils ont eu une réunion, avec des gens de Paris je crois. Je n'ai pas tout entendu, mais ils ont parlé de jeunes qui manifestent devant l'usine pour aider les grévistes. Je ne rappelle plus comment ils les ont désignés : rouges, ça j'en suis sur, mais ce n'était pas communiste ! Ça me revient, des gauchistes, ils ont dit !

– Ah oui, je les ai vus, des lycéens, une dizaine tout au plus. Cheveux longs et barbe encore maigre, ils n'ont pas vraiment la carrure pour monter la garde. Et puis, ils ne sont pas devant la porte de l'usine mais de l'autre côté de la rue.

– Et seulement après la sortie des classes, ai-je ajouté, un tantinet railleur.

– … Ceux qui font grève et qui occupent l'usine et eux, ce n'est pas tout à fait le même monde ! Mais en quoi ça les regarde tes mecs ?

– Je n'en suis pas certain, mais je crois avoir compris qu'ils cherchaient à réunir du monde, pour les virer de là.

– Les virer de Là ?

– Enfin, bon, disons le clairement, alors. Ils veulent casser du rouge ! Tu comprends, une bonne bagarre devant l'usine, le commissariat prévenu qui s'amène, les pancartes des mômes et avec un peu de chance, il y en aura bien un qui mettra un marron à un flic, de quoi encourager la préfecture à envoyer les CRS pour éviter le désordre et par la même occasion, ouvrir l'usine de force à ceux qui veulent bosser. En gros c'est ce que j'ai entendu. J'ai entendu ces paroles !

– Oui mais, les autres, c'est bien eux qui seront responsables !

– Tu rigoles. Quand le car de police arrivera, il n'y en aura plus un sur place. C'est des durs avec des ficelles de voyous. Et puis les gamins, ils seront tous là, avec les filles, les tracts, les banderoles et tout le tintouin. Les flics, ils ne chercheront pas plus loin.

Il me regardait d'un drôle d'air, comme s'il attendait une réaction à ses paroles, mais j'étais bloqué dans mes réflexions.

Il reprit :

– Ce que je t'ai dit à propos des réunions au Casino, je préfère que tu n'en dises rien. Mon patron pourrait me virer ou pire, quoiqu'il ne me fasse pas peur. Remarque, finalement je m'en moque un peu. J'ai trouvé du boulot ailleurs. Dans six mois, je lui file ma démission.

– Tu vas faire quoi ?

– C'est super ! Je vais être responsable du bar d'une grande discothèque, sur la côte. Tu viendras me voir ?

J'ai acquiescé, sans conviction visible. Cela fit sourire mon compagnon.

– Je suis certain que tu viendras. On a déjà quelques souvenirs en commun. Le jeu c'est de les nourrir. Si on ne le fait pas, il faut reconstruire autre chose. C'est fatiguant non ?

– Tu dis n'importe quoi ! Mais je m'en fous, tu me fais plaisir. Avec tout ce bordel, je déprime. Alors quand un type comme toi, toujours tranquille, sans problème, et qui en fait deux comme moi, me dit qu'il m'aime bien, ça redonne un peu de valeur à ma petite personne.

Nous avons ri, avec une bonne humeur qui m'a redonné un peu de courage, pour affronter la suite.

Gérard se tut soudain, et un nuage s'est inscrit sur son visage.

– Tu sais, j'essaye d'être comme tu dis mais ça ne veut pas dire que c'est sans mal. Moi aussi, j'ai eu ma dose. Tu vois, je ne suis pas d'ici. Je suis du nord. La banlieue de Lille. J'ai fait des études après mon bac, à Bruxelles, une école d'infirmier. C'est ce que je voulais faire. J'avais une copine. On était presque fiancés, pas officiellement, mais elle venait parfois chez mes parents, le week-end. Ils l'appréciaient, pour sa vivacité d'esprit, et sa bonne tenue ! Je crois qu'ils pensaient que nous étions faits, l'un pour l'autre. Mais hors de question, de partager la même chambre. D'ailleurs je n'aurais pas osé, et elle non plus, faire ça, dans la maison de mes parents.

Il se tut un instant pensif.

– Je l'aimais beaucoup, mais en fait je ne le savais pas encore. Je l'ai su lorsque je l'ai perdue. Je ne sais pas si tu te rappelles, il y a deux ans, l'incendie du grand magasin de Bruxelles ? Plus de cent morts. Elle était dedans.

Il avait enfoui sa tête à l'intérieur de ses deux grosses mains, et je vis l'eau d'un pleur, qui s'infiltrait entre les doigts serrés.

Je ne savais quoi faire, mais j'étais sous le coup d'une émotion intense, qui bloquait ma gorge. J'aurais voulu dire quelque chose, mais les sons ne sortaient pas.

J'ai posé ma main sur son épaule.

Il s'est dégagé doucement.

– Laisse tomber, ce n'est pas grave, me dit-il, j'ai tourné la page, mais parfois ça revient.

– Je comprends ! Mais comment as-tu atterri ici, et ton boulot, comment tu as décroché ça ?

– Le hasard, dans ma dérive, je me suis enfui. Tout ce que je voyais autour de moi me la rappelait. Je devenais fou ! J'avais une vielle caisse, une *Renault 4cv*, que mon père m'avait acheté, pour mes déplacements entre Lille et Bruxelles. Je suis parti vers le sud de la France, sans but ni projet. J'ai mis trois mois pour arriver ici. Lorsque je voyais un panneau H, et que je commençais à manquer d'argent, je m'arrêtais. Partout, où je pouvais trouver un petit boulot, souvent un travail d'aide-soignant, en remplacement, dans les cliniques où les hôpitaux. Ça a fonctionné, pas toujours, quelques fois.

Vu ma carrure aussi, on me donnait assez facilement des boulots de manutention. Le hasard a fait que, lorsque je suis arrivé ici, il faisait nuit. J'étais fatigué, déprimé, et complètement fauché. Je n'avais presque plus d'essence. J'ai décidé de me garer sur la place, et de dormir dans la voiture. Au petit matin, j'ai fouillé dans mes poches, et j'ai constaté qu'il me restait quelques dizaines de francs à dépenser. J'étais mort de faim et ma première décision a été de trouver un troquet pour boire un café, et manger quelque chose.'

– Tu as vu la bête ? me dit-il, souriant. C'est comme la bagnole, sans carburant, ça ne bouge plus !

– Tu as trouvé quelque chose d'ouvert ?

– Bien oui, le bar du marché. Tu connais ! Comme j'en avais l'habitude, j'ai engagé la conversation avec le gars qui servait au bar. Je lui ai demandé s'il ne connaissait pas le moyen de trouver un petit boulot pour me faire un peu d'argent. N'importe quoi, lui ai-je précisé, pourvu que ce soit dans les environs. Les camelots commençaient à monter leur étal. Il m'a dit d'aller faire le tour. Il y a des camions à décharger, m'a-t-il dit, tu en trouveras bien un qui est à la bourre, sinon, après le marché, au remballage aussi, ils prennent parfois des gars pour aider. Mais dépêche-toi, il y a des habitués !

Il est sympa ce type. D'ailleurs c'est grâce à lui que j'ai trouvé mon appartement plus tard, c'est tout près de chez lui, et il connaissait le proprio.

Mais en fait, ça été le coup de pot ! Celui qui trempait son croissant dans le café, à côté de moi, au comptoir, je te le donne en mille, c'était Monsieur Derrien !

– Monsieur Derrien ?

– Bien oui, le « aussi large que haut, la boule à zéro », mon patron, tu connais, Robert Derrien, dit Bob ! En fait, le

Casino était sur le point de rouvrir, après quelques semaines de travaux. Il fallait faire un gros ménage, remettre la salle en place. Plusieurs centaines de chaises, de table, enfin une bonne semaine de boulot. Il m'a un peu interrogé sur ma situation. Mais juste un peu, sans insister.

Si tu veux, m'a-t-il dit, tu pourras dormir dans une remise qui jouxte la salle. C'est chauffé, et il y a un vieux divan dedans. Pour manger, ne t'en fait pas. Tu te serviras dans ce qu'il y a au bar. Il y a toujours de quoi faire des sandwichs !

Bref, ça s'est bien passé. Le travail physique me convenait parfaitement. Ça m'aidait à faire le vide, dans ma tête ! Le patron était on ne peut plus content. Et puis, le personnel habituel m'avait adopté, et ces petits liens m'ont sortis de l'isolement dont je m'étais fait une carapace.

La réouverture du Casino était prévue pour le lendemain. Le patron m'a remis ma paye, avec un petit bonus, au coin du bar, devant une bière.

On a parlé, de ce qui s'était bien ou mal passé au cours de cette semaine, de ce que l'on aurait pu ou dû faire plutôt que, etc. Puis les questions sont venues, tu viens d'où, tu vas où ? J'étais en confiance. J'ai laissé les mots venir pour la première fois, et ça a été comme une délivrance. Il m'a écouté sans m'interrompre. J'ai cru voir chez ce bouledogue, un peu de compréhension, peut-être même de l'émotion, et je lui en suis encore reconnaissant. Ce qui ne m'empêche pas de penser que c'est un drôle de type.

– Tu fais bien de m'en parler, m'a-t-il dit. Je me demandais si tu n'étais pas en cavale.

Il m'a fait une proposition que j'ai acceptée. Une employée, Charlotte, martiniquaise bâtie comme un pilier de rugby, s'était fait mettre enceinte, contre toute attente, par un gars de passage. Elle allait bientôt s'absenter pour plusieurs semaines. Robert me dit qu'il n'en croyait pas ses oreilles lorsqu'elle l'a mis au courant de la situation. Mais le fait étant là, il lui fallait la remplacer.

Voilà, c'est comme ça que je suis devenu l'homme à tout faire, la lingerie, la propreté, les réapprovisionnements des stocks, et de temps en temps, j'aidais au service du bar, lorsque la foule débordait les deux employées qui le tenait.

Le temps est passé, Charlotte est revenue. Les hasards s'enchaînent parfois, le barman du club est parti précipitamment, Robert m'a proposé de le remplacer. Tu imagines que je n'ai pas refusé !

***

Je repensais à ce que Gérard m'avait dit à propos des intentions des gros bras de Max. Lorsque je l'ai laissé, il avait réussi à intégrer une partie de billard français. Mes pensées valsaient à l'envers. Au fond, je me foutais complètement de ce qui pouvait arriver aux gamins. La possibilité que tout cela se termine vite, que la grève cesse, et que Jeannette redevienne Isis, Roxane, me paraissait être plutôt une bonne opportunité. Mais je me disais aussi, que rien n'était certain. Peut-être qu'une agression policière, rendrait Jeannette encore plus investie dans son combat. Peut-être qu'elle perdrait sa place, et alors sans doute, aurait-elle d'autres sujets de préoccupation que ma petite personne.

Chez moi, j'ai retrouvé mon blues à l'identique, avec les mêmes questions, interrogations, remords, colères, désespoirs, et le requiem de Mozart, relancé machinalement, et qui creusait lentement le puits sans fond, où se perd toute résistance, où tout espoir est balayé, immédiatement né, où le mal devient physique, enserre le cœur, le souffle, les épaules, d'un étau invisible. Et je n'avais pas une goutte d'alcool sous la main !

Chez Les deux sœurs, il n'y avait pas le téléphone.

–Trop cher, m'avait dit Jeannette. Et puis tu sais, de toute façon, personne ne nous appellerait, même pas toi, tu ne l'as pas non plus !

Il était trop tard pour me rendre chez elles. D'autre part, je n'étais pas certain que Jeannette y soit. Peut-être était-elle à l'usine ? J'ai décidé de me rendre sur place. Le lundi, c'est probable, elle serait dans les ateliers. Décidé à l'informer ce qui se tramait, j'ai eu la pensée naïve que je reprendrais du crédit à ses yeux, que ses camarades me regarderaient avec reconnaissance et respect, et que rien ne pourrait se faire dans mon dos.

Je pensais à ces hommes, mes camarades, disait-elle, que j'avais aperçu, ces regards, analysés dans l'immédiat, avec elle, vers moi. Que se passait-il derrière ces murs d'enceinte, en briques rouges. Comment croire que ces hommes soient insensibles, à la beauté brute et guerrière de mon Isis. Cette communauté de pensée, trouvait-elle un exutoire physique, dans ces jours et ces nuits partagées. Ces pensées défilaient, et se croisaient avec celles qui les méprisaient. Mais bientôt, la logique des perdants, revenait me démontrer que j'avais perdu le contrôle du lien. Mon empreinte s'effaçait, derrière ces murs, cette porte d'usine. J'étais exclu d'un des mondes de Jeannette. J'avais déshabillé Jeannette de ses oripeaux d'ouvrière, j'étais devenu le partenaire d'Isis, je l'avais faite Roxane, et alors j'étais Cyrano. J'étais persuadé être le maître de ses jeux, et qu'ils lui étaient l'indispensable recours aux médiocrités, que lui offrait la vie. Cette grève m'avait délogé de cette priorité, et je n'arrivais pas à en mesurer les conséquences. Gérard, m'avait dit, moqueur, que ça s'appelait la jalousie! Je ne consentais pas à cette définition ; ce mal qui m'habitait était d'une nature différente. Elle cachait une réalité que je n'arrivais pas à nommer. Elle me privait d'une relation dans laquelle tout m'était donné, sans autre contrepartie de ma part, que mon consentement à ces jeux de corps. Ceci n'est qu'une frustration, pensais-je. Mais restait ce dilemme qui me martyrisait : Isis évanouie comme le rêve au réveil, Jeannette disparaitrait-elle de mes désirs ?

– J'irai, me dis-je.

Je ne me sentais solidaire de rien. Ni de cette grève qui ne m'aurait pas concerné, si Jeannette n'en avait pas été, ni de ces jeunes qui me renvoyaient à des libertés, qui ne m'avaient pas été données.

Pour ce qui concernait les individus, dont Gérard m'avait exposé les projets, je ne comprenais pas ce qui pouvait être le moteur de leurs haines gratuites. Je me les imaginais comme des hommes imbibés de rancœurs, installés dans un sentiment de supériorité dérisoire.

Ils étaient sans doute semblables à ceux que j'avais parfois côtoyés, dont l'armée avait formaté l'esprit et le corps, avec des illusions.

Je les avais rencontrés, et méprisés, plus par instinct que par analyse, ces grands malades d'une reconnaissance promise qu'ils n'obtenaient pas, si ce n'est dans le petit cercle au sein duquel, ils pouvaient fêter des évènements de défaites comme des victoires, rabâcher les trahisons politiques, et parfois dire tout le mal qu'ils pensent, le pire des paradoxes, de leur pays.

Les guerres coloniales les avaient nourris matériellement, et formatés à la haine raciale.

La population s'était détournée d'eux et le mépris qu'ils lui portaient les poussait à se rassurer, dans le secret, le complot, et parfois la violence.

– Au fond, je m'en fous ! dis-je à voix haute, pour faire un bruit rassurant, dans la solitude de ma chambre.

***

Fin d'après-midi, le lendemain, je me suis posté au coin de la rue, attendant que la porte de l'usine s'ouvre. Il faisait chaud, le trottoir flottait dans la brume chaude de l'asphalte. La sueur collait ma chemise, à ma peau. J'avais l'intention, si je ne voyais pas Jeannette, de demander à la voir, à une, ou un de ses collègues. Dans l'hypothèse où elle n'y serait pas, j'étais décidé à me rendre chez elle. Tout le monde ne pouvait pas être présent, ici, en même temps. Il y avait certainement une rotation dans leur piquet de grève, et je finirais bien par voir cette porte s'ouvrir.

En face, le groupe lycéen de soutien, installait ses banderoles. Le garçon barbu que j'avais aperçu quelques jours auparavant réglait son porte-voix avec des phrases à lui, qui faisaient rigoler et brailler d'approbation toute sa petite bande :

– Les bourgeois c'est trop con, les patrons, ce n'est pas bon, ah, ah, ah, on les aura...

La porte de l'usine s'était ouverte et quelques grévistes, curieux, inquiets, amusés, sortaient sur le trottoir, immédiatement applaudis par les jeunes qui changèrent de slogans : *lycéens, ouvriers, même combat…*

C'est à ce moment que j'ai aperçu Jeannette. Il y avait une discussion, assez véhémente, dans le petit groupe des grévistes. Sans entendre, je devinais que celui que je reconnaissais, comme étant le responsable du syndicat, semblait ne pas apprécier la présence bruyante des lycéens. Jeannette, écoutait, sans prendre part à la discussion. Son regard croisa le mien, elle s'écarta, et me fit un grand sourire, et un signe de la main, pour m'inviter à la rejoindre.

Ce que j'ai ressenti, je ne pourrai pas l'exprimer clairement. Quelque chose m'avait frappé dans la poitrine, et comme pour une montre, que l'on débloque avec une pichenette, mon cœur battait avec une énergie nouvelle. Ou peut-être était-ce mon cerveau, qui me faisait entendre ce à quoi on ne fait habituellement pas attention, le bruit de l'émotion ?

J'étais à quelques mètres de Jeannette. Le syndicaliste traversait la rue, sans doute pour parler avec le leader des jeunes, lui demander de partir, ou de changer de slogans. L'idée m'en traversa la tête avec l'arrière-pensée que je pourrai profiter de cette diversion, pour convaincre Jeannette de m'accompagner boire un verre, au bistrot voisin.

Le, « j'ai quelque chose à te dire de très important », était déjà inscrit sur mes lèvres.

C'est à ce moment que quelque chose se passa dont je n'ai pas saisi tout de suite le sens, tant j'étais concentré sur Jeannette. Ce n'est que lorsque je vis sa tête tourner et son regard se détacher du mien, que soudainement les sons affluèrent. Cris et hurlements déferlaient sur la rue.

Le trottoir d'en face, était soudainement devenu le lieu d'une bataille à sens unique. Je distinguais dans la mêlée, des individus le visage dissimulé par des foulards ou des passe-montagnes, armés de ce qui ressemblait à des manches de pioches. Plusieurs jeunes étaient à terre, d'autres essayaient de se protéger de leurs en mains, en s'enfuyant. Seul, leur jeune leader barbu résistait en faisant tournoyer son porte-voix. Le syndicaliste était resté au milieu de la rue, comme tétanisé. Je vis Jeannette le rejoindre en courant, et le tirer en arrière, pour qu'il revienne à la porte de l'usine, où déjà les ouvriers restés à l'intérieur se massaient. Certains, avaient des outils, ou des barres de fer, à la main.

Jeannette avait ramené son bonhomme sur le trottoir. Elle criait en s'avançant dans la rue, elle demandait vainement aux assaillants d'arrêter, de partir, elle était seule et la peur que j'eus pour elle déferla sur moi en une colère haineuse. Pourquoi avait-elle été au secours de ce type ? Et pourquoi se mettait-elle en danger, quand elle savait que j'étais là, et que j'aurais aimé qu'elle se rapproche de moi !

Le jeune était maintenant à terre. Une déferlante de coups de pieds le faisait hurler de douleur et de désespoir.

– Vous ne faites rien ?

Je m'adressais au syndicaliste.

– Bon ça va, toi ; tu n'as rien à faire là.

Et se retournant vers ses compagnons qui commençaient à manifester leur dégoût, leur envie de bouger.

– On ne bouge pas, c'est de la provoc, pour casser le mouvement.

– Donne-moi ça !

J'avais posé la main sur une barre de fer, que tenait un gréviste. Il m'a regardé, les sourcils relevés d'étonnement, la bouche ouverte d'une réponse qui n'est jamais sortie. Il a simplement ouvert la main. J'ai traversé la rue. J'ai donné des coups. Je me souviens, d'avoir fait céder celui qui s'acharnait sur le jeune homme. Et le monde m'est tombé dessus. Je me rappelle, emporté par un tourbillon, être tombé la face contre terre. J'ai entendu une sirène de police.

***

Je me souviens avoir résisté au coma, et être tombé dans la conscience comateuse dont il m'est resté, des mots imprimés à jamais, dans une mémoire lointaine. La conscience est étrange, lorsque l'on sort d'un sommeil peuplé, de ce que l'on appelle des rêves. On ouvre les yeux, et dans un espace contracté, ces images, ces mots s'impriment et s'effacent simultanément, à la vitesse de la lumière, pour laisser place à la vraie vie. Mais mon cerveau a choisi d'y graver, d'une encre indélébile, quelques pages de ces heures, où il se trouvait, seul maître à mon bord.

***

Un médecin m'a visité, au matin du deuxième jour. On avait probablement diminué la dose des tranquillisants, distillés au goutte à goutte dans la perfusion dont j'étais prisonnier, car j'avais l'esprit presque clair. Les souvenirs affluaient, comme l'eau d'une vanne libérée. Le médecin avait l'air tranquille. Il souriait en me prenant le pouls, sans conviction me semblait-il ! Sa voix était calme, compétente :

– Bien, tout va bien ! Rien de cassé. On vous a fait des radios, mais vous êtes resté inconscient presque huit heures, pas à cause de votre évanouissement, mais on vous a drogué, pour vous éviter la douleur, et pouvoir vous faire les premiers soins ! Il souriait doucement. Par contre, on a craint une hémorragie interne. C'est la raison pour laquelle on vous a maintenu aux urgences, en surveillance. On va vous transférer dans un autre service, pour vous faire quelques soins complémentaires. Vous avez des ecchymoses importantes, un peu partout sur les bras, le ventre et le dos.

Il faudra surveiller ça. Vous risquez d'en garder des traces, pendant plusieurs semaines. Il faudra prendre des antalgiques, aspirine ou autre, parce que les douleurs vont revenir, dès que les effets de la morphine qu'on vous a fait passer par là, (il secouait légèrement le tuyau !), vont s'arrêter ; En fait, dans une heure où deux. Une infirmière va venir vous débrancher dans quelques minutes. Le service prendra le relai le temps que vous resterez. Vous verrez ça avec eux.

Il ajouta :

– Ici c'est interdit, mais dans l'autre service, vous pourrez recevoir des visites. On se préoccupe pas mal de vous, semble-t-il ! Il y a des jeunes gens qui sont venus prendre de vos nouvelles. Ah, j'oubliais, compte tenu des circonstances, nous sommes dans l'obligation de répondre à la demande de la police, de vous entendre. Nous allons les prévenir que vous êtes en capacité de l'être. Mais rien à craindre ! Vous êtes la victime, non ?

Je restais silencieux. Les informations s'inscrivaient en clair. J'essayais de les remettre dans l'ordre, avec mes souvenirs, qui affluaient sur le même circuit, ainsi que les projections approximatives de mon futur proche.

Il me regardait et je décelais une certaine sympathie pour moi dans son regard.

– Je ne suis pas policier, mais je suis quand même curieux de savoir pourquoi on s'est acharné sur vous de cette façon. On aurait pu vous tuer, ou vous créer un handicap grave. Vous avez eu beaucoup de chance. Il y a un article sur ce qui s'est passé, dans le journal.

Il sortit le journal de sa poche et le posa sur la table de chevet.

– Vous pouvez le garder. Ça vous remettra les idées en place si nécessaire. Cela peut être utile, quand le policier viendra vous parler. À votre place, je porterais plainte !

Faites attention aux journalistes. Je suis certain qu'il y aura quelqu'un ici pour informer le journal que vous êtes sorti d'affaire.

Je vais vous laisser, mais avant, on a un petit travail à faire tous les deux pour compléter mon rapport.

Il me posa des questions, ma date de naissance, le nom de famille de mon père et de ma mère, mon adresse et quelques autres, et rassuré sur le bon état de mes capacités neurologiques, il rangea son stéthoscope et me tapota la main d'un geste amical.

Il se décidait à partir et se ravisa :

– Ah, j'allais oublier ! Il y a une lettre pour vous.

Et il sortit de la poche de sa blouse, une enveloppe pliée en deux.

Le journal ne disait pas grand-chose de l'évènement. Ou ce qu'il en disait restait prudemment évasif quant aux responsabilités des violences. Les agresseurs étaient hors d'atteinte lorsque la police était arrivée sur place. Il était précisé, qu'ils n'avaient pas été identifiés. Une enquête était en cours. On suggérait qu'elle s'orientait, entre autres pistes, sur un règlement de comptes, entre groupuscules d'extrême gauche.

Il y avait eu deux blessés légers chez les jeunes, ramenés chez leurs parents, après un passage aux urgences. Les parents étaient convoqués pour y être entendus, avec les enfants identifiés, tous mineurs, était-il souligné. De possibles inculpations, pour trouble à l'ordre public faisaient partie d'éventuelles suites qui pourraient être données, mais de source sure, le journaliste indiquait, que les sanctions se borneraient certainement à une mise en garde, aux parents et aux enfants. Le parquet étant plutôt orienté, vers une solution d'apaisement. On parlait, aussi d'un passant qui avait tenté de s'interposer, et qui était hospitalisé avec des blessures sérieuses. C'était moi !

J'avais presque oublié ce qui aurait dû d'abord éveiller mon attention, la lettre. Elle provenait de Simon. Je ne l'avais pas encore ouverte. Elle n'était encore que le signe d'un ami. Une amitié, née de ce temps où nous nous étions liés de nos différences. Lui, appelé au service militaire, intellectuel, portant avec un calme affiché, ce qu'il appelait ses stigmates, de juif et d'homosexuel. Et moi, engagé dans la marine nationale, sans autre raison, que celle de n'avoir trouvé d'autres routes ouvertes.

Ceci n'était pas pour me surprendre. Il n'y avait guère que lui, qui m'écrivait. Nous avions été séparés, débarqués l'un et l'autre, de notre porte-avions. Lui, retournant à la vie civile, à Paris, moi, affecté ailleurs. Comme nous en étions convenus, nous n'avions pas cessé ce contact épistolaire, qui pour des raisons diverses, convenait à l'un et à l'autre.

Ces lettres étaient pour moi, le remède qui se déclenchait presque automatiquement, lorsque la dépression pointait, avec la complicité de l'alcool, et du désœuvrement.

Puis il y avait eu le récit qu'il avait compacté, de mes longs monologues, et des quelques dizaines de lettres, que je lui avais adressées pendant un peu plus d'un an. Cette attention de Simon m'avait dérouté. Il avait fait une histoire, de mes sentiments avortés, et de mes grognements de chien peureux. Le rappel à notre pacte m'avait paru dérisoire. J'avais éludé la réponse à sa question :

– On continue ?

Je lui avais répondu, en faisant bien attention à ne lui révéler que des banalités, sur ma santé, la couleur du ciel, et la température ambiante. J'avais pris le risque de casser ce lien, pour ne pas accepter cette implication dans le système qu'il me proposait. Sans doute, comprit-il mes doutes et mon refus. Il continua à m'écrire, sur le même ton badin et affectueux, sans plus aucune allusion à son projet.

Le paradoxe de tout ça, est que j'avais pris l'habitude de noter mes pensées, mes récits vécus ou fantasmés. J'avais lu et relu *Le Récit*, et mon désir d'écrire, s'était inscrit dans une pratique, quasi quotidienne. Mais alors que son récit était un exutoire organisé, destiné à être lu, la feuille, n'était pour moi, qu'un récipiendaire, exclusif et secret.

Ceci avait un sens ; un sens qui s'était matérialisé, dans l'achat d'une machine à écrire d'occasion.

Je recevais et lisais ses lettres, comme une routine pérenne. Mais lorsqu'il laissait un laps de temps, sans se manifester, il me manquait cette évasion, que me donnaient ses longues dissertations sur la vie, sa vie aussi, parfois agrémentées de récits factuels, où son monde détonnait du mien. Je devais être aussi pour lui, un récipient épistolaire, de ce qu'il ne pouvait traduire à ses proches, tout comme il m'avait permis une oralité débridée, dans laquelle je m'étais en quelque sorte, purifié, de ce que je nommais, mes animalités. Il m'avait accompagné jusqu'au niveau qui lui autorisait de tout dire, de laisser couler le trop plein de ce que l'on enfouit, dans les espaces cachés de l'apparence, des actes et de la parole. Je crois que pour un temps, mutuellement, nous avions chassé de notre pensée, les remords, peut-être même le dégoût, qui peut s'insinuer en réponses aux interrogations, sur le sens de nos actes.

De ces abandons échangés, il avait gagné un espace de liberté d'expression, dont il n'avait pas l'intention d'être expulsé. Dès sa mutation à Paris, et ensuite lorsqu'il fut enfin, (c'est lui qui le disait de cette façon), libéré de ses « obligations militaro-futiles », il m'écrivit beaucoup, parfois, plusieurs fois par semaine. À cause d'obligations professionnelles m'expliquait-il, plus tard, en guise d'excuse, la fréquence tombait soudain comme une pierre. Je devinais que la réalité de cet abandon, était d'une autre nature. Les lettres, qui revenaient plus tard, sevrées de cette abstinence épistolaire, se faisaient prolixes de petits évènements intimes. Elles racontaient des rencontres, parfois amoureuses, parfois uniquement sexuelles. À la lecture de certains de ces récits, je souriais en repensant, à ce que j'avais cru être une énorme outrance de langage, lorsque je lui avais asséné, sans presque respirer entre les phrases, me semblait-il, pour qu'il ne se sauve pas, le détail de mes désespérantes contorsions sexuelles , d'homme mal abouti.

Je dois l'avouer, une curiosité inavouable m'habitait, de ces amours physiques entre hommes. J'avais compris, que Simon aimait les hommes comme un hétérosexuel aime les femmes, à l'infini d'une curiosité jamais satisfaite. Je me souvenais de ce qu'il m'avait dit un soir, où l'ivresse de l'alcool nous berçait, au rythme imposé, des vagues au combat. Je n'en avais pas conservé les termes exacts, mais il m'avait souligné, que même les corps possédés vénalement, valaient que l'on s'en souvienne.

Il en décrivait beaucoup de ces corps possédés, jeunes ou moins, de ces amours, en termes parfois graveleux, avec délectation, parfois empreints d'un esthétisme précieux, mais qui agissaient finalement, comme un exhausteur de fantasmes érotiques. Il écrivait fort bien, et sans retenue. Il me semblait parfois sentir des odeurs s'échapper des mots, des images d'hommes flotter dans l'air, et des corps nus, velus, ou pubères se présenter, offerts, ou conquérants. Simon y décrivait, en termes crus, les amours physiques, de Verlaine et de Rimbaud. Il citait des correspondances qui finirent par ne plus me paraître crédibles, tant elles me paraissaient trop nombreuses pour le sujet. Je n'avais pas beaucoup de souvenirs des poèmes de ces deux-là, mais il me restait, quelque part dans une mémoire incertaine, *Le dormeur du lac*, les vers planants du *bateau ivre*, et *les sanglots de l'automne*, et j'imaginais mal Rimbaud enculant Verlaine ! À cette question, Simon me répondit que de toute façon, Rimbaud était un hétérosexuel, et que comme pour tout hétéro, la sodomie ne faisait guère de différence entre le cul d'une femme, et celui d'un homme. Mais me précisa-t-il, il devait tellement aimer celui-ci, qu'il fit de réelles déclarations d'amour épistolaires à Verlaine, qui par ailleurs, était marié !

– Tu n'as qu'à lire *le sonnet du trou du cul* !

Je lui ai demandé de me l'envoyer, mais il ne l'a jamais fait ! Je m'étais rendu dans une librairie du centre ville, mais le libraire n'avait rien dans ses rayons concernant Rimbaud ou Verlaine.

– On en vend très peu, alors, vous comprenez ? Vous cherchez quoi exactement ? Je peux vous le commander. Si vous êtes enseignant, l'éditeur fera une remise.

Il m'a semblé impossible d'expliquer à ce brave homme, le contenu de ma démarche, et mon intérêt pour les amours hétérodoxes. Je lui ai raconté une histoire à dormir debout, l'ai remercié et suis reparti dans la hâte en faisant sonner un peu trop brutalement la clochette, qui signalait l'ouverture de la porte du magasin.

***

Qui avait apporté cette lettre à l'hôpital ?

Jeannette, avait une clef de la porte de la rue qui permettait l'accès à mon appartement. Ma boîte aux lettres était à l'intérieur. Cette pensée m'avait réconforté. Elle s'inquiétait pour moi, me soulignait son attachement, elle m'envoyait un signal de bienvenue, pour un retour dans notre monde intime. Ce courrier déposé, sentait ses mains.

J'espérais à nouveau revivre la satiété de la possession absolue du désir accepté sans résistance, sans contrainte, par désir, ou peut-être par amour ?

J'ai eu cette pensée, qu'il n'y avait eu peut-être rien d'autre que ma jalousie, dans ma peur de la perdre. Au fond j'étais faible et inquiet, devant la force de sa révolte, de sa haine aussi sans doute, dédiée à ceux qui lui dénient le droit au rêve, l'humilient, la condamnent au ravaudage de ses robes de bal.

Cette Cendrillon ne m'appartenait pas. Elle menait des combats pour exister, telle que son corps et son esprit le revendiquaient. Ils avaient pour un temps, adopté l'expression de la solidarité ouvrière, mais au fond, j'étais persuadé que ses refus étaient plus vastes. C'était les stigmates que la société voulait lui voir porter, auxquels elle faisait un doigt d'honneur. Elle avait hérité d'un don, sans en avoir conscience. La capacité à imposer sa liberté à ceux qui lui destinaient, au mieux, un rôle de paillasson sexuel, et de poule pondeuse. Elle puisait de l'énergie, dans chaque humiliation subie.

Ma part de sa liberté, n'y avait été que dans nos jeux de rôle. J'en prenais maintenant conscience.

Le courrier de Simon était succin. Trois mots sur la rentrée scolaire, ce qui était assez inhabituel chez lui, mais entre les lignes, je devinais quelques tourments amoureux. Il m'informait qu'il avait l'intention de rompre avec son compagnon, mais qu'il ne savait pas comment s'y prendre ! Ma bonne humeur remonta d'un degré. Sans doute attendait-il quelques suggestions de ma part ? L'idée de lui procurer les clefs d'une sortie honorable, de sa relation avec un homme, me paraissait bouffonne. Au point que l'infirmière qui entrait dans la chambre avec l'intention de débrancher ma perfusion, me surpris, en prise d'un fou rire étouffé, irrépressiblement nerveux, entrecoupé d'expressions douloureuses. Mon corps maltraité protestait !

Il revenait, dans son courrier sur mes questionnements, concernant les rapports d'équité entre les individus, hommes ou femmes, que j'avais séparé en deux groupes, ce qui est un peu réducteur, mais ménageait un reste de pudeur : les pénétrés et les pénétrants, dans l'acte sexuel.

J'avais trouvé sa réponse un peu prétentieuse, sans doute logique pour un prof de philo, mais très prudente pour un homosexuel. Malgré l'amitié qui nous liait, je sentais une réserve, sur les détails des pratiques sexuelles, des hommes homosexuels. Pudeur ou piège incitatif à venir voir ? Je n'en savais trop rien, bien que Simon ne m'ait jamais, autrement que sur le ton de la plaisanterie, proposé cette expérience.

Le rapport de forces entre les humains a souvent été traduit gentiment par le mot autorité. C'est le fondement même des pratiques sociales de l'animal humain, et plus généralement peut-être, des mammifères. Presque tous les philosophes en ont disserté ! Pour Diderot, je m'en réfère, car la synthèse me semble simple et logique, la reconnaissance de l'autorité trouve son acceptation dans trois vecteurs, la nature, la force, le consentement !

Dans l'acte sexuel, il me semble que lorsque ce rapport de pénétration, d'intrusion d'un corps dans l'autre, unit ces trois éléments, il est vrai que s'exerce un acte d'autorité, mais accepté. S'il est désiré, exercé et consenti, il est dans la normalité, qu'il s'agisse d'acteurs homos ou hétéros...

J'ai décidé de ne pas laisser trainer cette lettre, je l'ai pliée soigneusement et enfoncée dans mon portefeuille.

***

Comme prévu, on m'a transféré dans un service de soins, spécialisé dans les traumatismes. J'ai réalisé les dégâts occasionnés par la bastonnade, lorsque je me suis retrouvé nu sur le lit. Ils avaient mobilisé deux aides soignantes, une infirmière et un médecin, probablement l'interne de service, pour inspecter l'évolution, changer mes pansements, et effectuer quelques tests de mobilité sur mes membres.

J'ai protesté, lorsque deux convoyeurs de corps (vivants) m'ont indiqué, qu'ils allaient me porter, pour me déposer sur la chaise roulante, dont ils disposaient pour moi. Et passant à l'acte d'indépendance qui me semblait possible, j'avais esquissé un redressement du corps, en le basculant sur le côté, dans l'intention de me retrouver en position assise, sur le bord du lit. L'ensemble des muscles et du squelette, avait protesté vivement en retombant lourdement, contre mon gré, dans la position allongée. Le cri de douleur qui s'évada de ma bouche, me confirma la situation ! Les deux costauds avaient du métier. Le transfert dans la chaise, et le transport dans les couloirs, se firent uniquement ponctués de quelques grimaces, concédées lors des manipulations.

J'avais des plaies ouvertes sur les épaules et sur le coude droit, une cuisse avec un énorme hématome et le genou de la même jambe avait doublé de volume. Le dos avait reçu plusieurs coups, qui auraient pu produire des fractures et des lésions de la colonne vertébrale, me précisa le docteur.

– Les radios n'ont rien révélé, mais on vous garde encore trois ou quatre jours. D'abord pour que vous retrouviez de la mobilité. Ça va vite revenir je pense ! Et ensuite, et surtout, pour vérifier qu'il n'y a pas d'hémorragie interne. Vous avez été frappé en travers de l'estomac, assez violemment pour qu'il y ait un doute.

Il posait les doigts sur mon ventre pour me désigner ce qui devait être un hématome, mais je me suis bien gardé de faire l'effort de relever le menton pour en constater la réalité.

***

J'étais seul dans une chambre à deux lits. Comme le médecin sortait, une infirmière entra, et s'installa sur la chaise qui était à côté de la table de chevet. Elle tenait sur ses genoux quelques feuillets pincés sur une planchette de bois.

Elle avait un sourire agréable et sa première question me plut :

– Bonjour, jeune homme ! Comment allez-vous aujourd'hui ?

Avant d'avoir eu le temps de répondre, d'ailleurs, qu'aurais-je répondu ? Elle enchaîna :

– Je suis la responsable administrative. D'habitude, on fait les papiers au bureau, mais compte-tenu de votre état, je me déplace !

Elle ponctuait chaque ensemble de mots, de petits gloussements sympathiques, qui me mirent en confiance, d'autant que la blouse blanche, tiraillée par la position assise, dévoilait assez largement une cuisse blanche, qui ainsi, me paraissait sans défaut. Le contraste avec l'austérité fatiguée de l'environnement, en accentuait sans doute l'effet.

Bien que j'aie su tout de suite, qu'elle avait identifié l'orientation de mon regard, et la raison de ça, elle continuait à babiller professionnellement, sur un rythme soutenu. J'en retins que le formulaire qu'elle souhaitait remplir avec moi, était destiné à la prise en charge de mon hospitalisation, et que probablement je n'aurai rien à payer, mais aussi que dans l'après-midi, un fonctionnaire de police devait me rendre visite, également pour le dossier administratif, de l'enquête, me précisa-t-elle.

Le travail expédié, elle me prit la main, entre les deux siennes, et me dit :

– Si vous avez besoin de renseignements complémentaires, surtout, n'hésitez pas à me faire appeler.

Le contact me plut tellement que lorsqu'elle voulut se retirer, instinctivement, ma paume se referma doucement. Elle m'autorisa quelques secondes, avant de glisser sa main hors de la mienne. Elle me posa furtivement un baiser sur le front, et sortit vite en m'adressant un grand sourire. J'ai fermé les yeux, et j'ai laissé le sommeil m'envahir. Sa main était douce dans mon demi-rêve.

Lorsque je me suis réveillé, la nuit était venue envahir la chambre La porte était restée entre-ouverte, et la lumière du couloir pénétrait en triangle jusqu'à moi. J'avais faim, et un besoin physiologique pressant, m'incitait à vouloir me lever. Il y avait bien le truc biscornu adéquat, posé sur la table de chevet, mais j'y répugnais. C'est avec quelques grimaces et gémissements, et dans des contorsions et rires nerveux, qui se succédaient au gré de la réussite ou des échecs des mouvements, que j'ai réussi à poser les pieds par terre.

J'avais enfin atteint la position assise au bord du lit, lorsque un homme en blouse blanche, passa la tête dans l'entrebâillement, et considérant que la situation le méritait, entra, avec sur le visage cette expression d'urgence sérieuse, et de désapprobation, qui caractérise le personnel soignant dans les hôpitaux. Mais je regrettais vite cette pensée péjorative, subjective, que l'agacement fait venir, chez ceux, qui sont soudainement privé d'un usage habituel. J'étais empêtré dans la sorte de blouse courte de l'hôpital, qui complètement remontée en haut du dos bloquait mon coude. À part ça, il ne me restait que mon slip, qui lui aussi, dans mes contorsions, s'était enroulé autour de mes fesses et ne couvrait plus grand chose de mon anatomie.

Manuel, c'est ainsi qu'il se présenta, était l'homme de service de l'étage, occupé à passer la serpillère dans le couloir !

– Ye fais aussi l'homme soignant, quand on me le demande, me déclara-t-il.

– Qu'est-ce qui vous arrive ? Attendez, ye vais vous aider ! Il avait un air sérieux et compétent, et je le laissais remettre en ordre les quelques bouts de tissu qui me couvraient.

Il m'a soutenu par un bras et m'a accompagné jusqu'aux toilettes, en me promettant un plateau avec du café et quelques biscuits, à mon retour dans la chambre. Encouragé par sa gentillesse, je lui ai demandé s'il ne pourrait pas me trouver aussi, quelques feuilles de papier et un crayon :

– Pour écrire une lettre à mon amie, qui doit s'inquiéter !

J'eus tout cela, inondé en prime des questions et des commentaires de Manuel, débités à la vitesse hispanique, qui s'était fait mon ami, mon détective privé, mon avocat et mon médecin, en un même tour de main. Me sentant débiteur, je n'osais le presser de me laisser le champ libre. C'est l'infirmière de nuit et une aide soignante, qui commençaient leur ronde et babillaient doucement à chaque chambre, qui le décidèrent à reprendre sa tâche :

– T'ou m'excouses ? Y'essaierais revenir, si y'ou peut !

J'étais assis au bord du lit.

– Bonsoir, tout va bien monsieur ? Vous vous êtes levé tout seul ? C'est du café ça ! dit-elle en désignant le plateau garni qui était sur la petite table calée au mur de la chambre.

Se retournant vers sa collègue qui poussait et garait le chariot de soins devant ma porte, elle lui dit :

– Je parie que c'est encore Manuel qui a joué au bon samaritain.

J'avais craint un moment pour celui-ci, mais le sourire amusé de l'infirmière me rassura.

– Vous auriez pu sonner si vous aviez besoin de quelque chose. On serait venu, vous savez. Bien, je passe à l'autre chambre. On vous laisse finir de manger. On reviendra dans quelques minutes. Lorsque vous aurez terminé, j'ai besoin que vous retourniez au lit. Ma collègue va vous faire une petite toilette, et après je regarderai vos blessures et je vous ferai les soins. Bon, donnez-moi votre bras.

Tout en parlant, elle m'avait pris le poignet, comptait mes pulsations, et me collait un thermomètre dans la bouche.

Dans ma tête, les mots sifflaient comme un signal de panique. L'infirmière avait les yeux collés sur sa montre.

Elle tendit la main.

– Bien, vous pouvez me le rendre. À tout à l'heure !

Elle partait, déjà ailleurs, affairée, et je suis resté muet. J'aurai voulu lui dire, que je pouvais faire ma toilette tout seul, que…

Aux retours de l'infirmière et de son aide-soignante, j'ai bien essayé de plaider ma capacité, à faire moi-même ma toilette. Mais elle m'a tout de suite coupé la parole, comme si elle avait déjà entendu des milliers de fois ce plaidoyer d'homme forcé de retomber dans les gestes de l'enfance, prodigués par une mère intraitable.

– Non, ce n'est pas possible ce soir. C'est pour préparer les soins.

Chaque samedi, toute la famille prenait un bain, jamais plus, sauf lors des grandes fêtes de famille. La toilette normale, c'était le gant, le savon et le robinet. Il me semble me rappeler que ce jeune enfant mâle que j'étais, debout, nu exposé au regard prospectif de sa mère, parfois sous les yeux intrusifs de mes sœurs, à être ainsi frotté, fesses et zizi, était humilié. Ces souvenirs, en cet instant, me revenaient en images précisent, qui absorbaient le temps. Et l'éponge coulait déjà avec expertise sur ma peau. Je dérobais mes yeux aux regards, et me concentrais à écouter et exécuter les demandes :

– Levez la jambe, tournez-vous sur le côté…

C'est étrange comme il est facile de s'abandonner, dans certaines circonstances. Mettre à disposition, son corps, sa pudeur, à une personne que l'on ne connaît pas, mais qui est investie de ce droit. À fortiori, lorsqu'elle est du sexe opposé, et que l'objet de cet abandon n'est qu'utilitaire.

C'est cette pensée qui m'envahissait, et qui doucement effaçait la crainte du regard, du toucher, par le sentiment de n'être qu'un sujet de travail, un corps évalué comme une machine, pour sa capacité à fonctionner. D'ailleurs les gestes n'étaient que professionnels, rodés à une procédure précise. Les yeux semblaient ne s'attarder que sur les lieux du corps, à laver, à réparer, à soigner. L'image, de la voiture et du mécanicien, m'avait traversé l'esprit ! L'infirmière leva les yeux, et croisa le sourire que m'avait provoqué cette l'illustration de mon état.

– Ça va ? On ne vous a pas fait trop souffrir ? Essayez de garder la poche de glace sur votre ventre. On viendra la changer cette nuit. C'est bon pour la douleur et l'hématome. Demain matin, mes collègues repasseront pour les soins. Cette fois, pour la toilette, je pense que vous pourrez vous débrouiller tout seul.

Elle souriait d'un air entendu.

– On finit notre service à six heures.

Se tournant vers sa collègue, elle lui dit :

– Avant de partir demain matin, pense à apporter à ce jeune homme, une bassine d'eau chaude et une serviette.

S'adressant à moi, -

– Tout va bien. Prenez ça !

Elle me tendait un verre d'eau et un comprimé.

– C'est pour dormir et pour la douleur. Vous verrez le docteur demain. Bonne nuit !

J'ai dû m'endormir immédiatement car lorsque l'on me réveilla en me touchant légèrement l'épaule, j'eus l'impression que seules quelques minutes s'étaient écoulées.

– Il est six heures. Je vous ai apporté de quoi faire votre toilette. L'infirmière de jour passera vers sept heures avec le médecin. Vous pourrez vous rendormir après si vous voulez.

Tout en parlant, elle relevait le drap, la chemisette courte censée me couvrir, regardait mon ventre, et récupérait la poche de glace qui gisait entre mes jambes.

– C'est bien mieux qu'hier soir !

– Vous allez vous en sortir, ajouta-telle en souriant.

Je levais les yeux vers elle, celle qui m'avait lavé, touché dans mon intimité, regardé. Etait-il possible qu'elle m'ait regardé et touché avec d'autres yeux, d'autres sensations que celles d'une jeune femme ? Hier soir, j'avais tout fait avant, pendant et après son travail, pour ne pas croiser son regard. J'avais baissé, fermé, détourné mes yeux de son visage, de ses seins, de sa croupe, de ses jambes. Je l'avais effacée, rendue irréelle, pour n'être pas humilié de cet abandon indispensable, et maintenant elle existait et je ressentais pour elle quelque chose qui ressemblait à un sentiment de douce complicité.

– Ah, merci pour hier soir.'

J'ai regretté immédiatement ces paroles, comme si malgré moi, le mâle n'avait pu s'empêcher d'induire quelque chose de plus, un secret de plaisirs partagés, inavoués.

– C'est mon métier. Bonne journée.

Elle sortait déjà, indifférente, peut-être pressée de rentrer chez elle, de se blottir dans le lit chaud de son mari ou de son amant. Peut-être aussi, referait-elle avec lui les mêmes gestes avec la tendresse en plus, et ferait l'amour en fermant les yeux sur mon image. Mes yeux se fermèrent sur ses seins, sa croupe, sa bouche.

On m'a dit que je pourrais peut-être sortir samedi matin.

– On est mercredi. S'il n'y a pas de complications ; il n'y a pas de sortie le dimanche.

L'interne était sympa, virevoltant. Il était accompagné d'une infirmière et de deux jeunes aides-soignantes. On ne me les a pas présentées, mais j'en ai déduit leurs fonctions respectives, par leur activité, et plus particulièrement pour ces dernières, leur soumission, plus que respectueuse, attentive, au maître de manœuvre, au médecin. À cet instant, je dois avouer que je l'ai envié, il n'avait qu'à exister, tel qu'il était, dans sa blouse blanche, sa compétence officielle, pour être le centre d'intérêt de ces deux jeunes filles. J'étais ignoré, réduit moi aussi à la soumission d'un savoir, d'une position professionnelle et sociale, condamné à l'inexistence devant cet homme, qui dans d'autres circonstances, dans d'autres lieux, aurait peut-être été effacé par ma simple présence.

Ce n'était pas la première foi que je ressentais cette frustration. J'avais une disposition naturelle à oublier, et ces moments s'oubliaient vite. Ma vie, avait été faite de rencontres avec l'autorité. L'école, la famille, l'armée, partout j'avais été soumis à des recommandations, des directives, des ordres, même si ce n'était parfois qu'implicite, mais cela ne m'avait pas semblé insupportable. Je m'y étais plié, la plupart du temps, comme l'exercice d'une routine sans intérêt, qui ne me touchait pas. J'avais compris par expérience, que la révolte ne faisait qu'accentuer la dépendance à l'autorité. Lorsqu'elle est contestée, elle se durcit ! Je n'étais pas dans la disposition à m'inscrire dans un rapport de force. J'avais d'ailleurs remarqué, que l'autorité, les règles qui l'affirment, ont parfois des failles, qui permettent d'en retirer des avantages inattendus.

Bien sur, certaines situations touchaient mon amour-propre. J'avais appris à m'en protéger, par le mépris, envers celui qui l'exerçait, où ceux qui l'institutionnalisaient, par la haine, lorsque l'inutilité de la contrainte dévoilait une volonté de m'humilier, de me soumettre. J'avais aussi appris à ne pas exprimer ces sentiments. J'avais observé que cette attitude me permettait parfois de constater, et de tirer profit des faiblesses, de ceux- là mêmes qui se posaient en maîtres.

Tout, dans ces relations calquées sur des pratiques, des statuts, des modèles sociaux, qui du bas en haut de la société étaient ancrés profondément dans la conservation, me paraissait inopportun, imbécile. Je me délectais parfois à en regarder les acteurs s'enfler d'une importance puérile, dérisoire à mes yeux, mais je n'en prenais jamais les contrepieds. J'observais, j'encourageais parfois, j'acquiesçais, j'exécutais. J'y gagnais la certitude d'être libre, car inconnu dans le large espace qui me restait, un espace où les choses venaient sans que je les désire, sans que je les demande, et où dans cette abondance secrète de liberté que la société s'efforce d'ignorer, j'avais le privilège de me sentir, non le premier, mais le seul. J'avais la croyance que cette multitude s'interdisait ce qu'elle désirait au plus profond d'elle-même, les désirs impérieux que nous dictent nos corps, et les mauvaises raisons qu'elle se donne pour les assouvir, par un pauvre consensus comportemental, qui exclut la liberté parfaite, celle qui ne se berce pas d'illusions.

Ce jour-là, j'ai ressenti à travers ce médecin, tout le poids de la société sur les faibles, les pauvres, les malades, et les asociaux par volonté, lorsque leur armure se fendille. Cette angoisse triste qui désuni les certitudes, incruste les doutes sur leur chemin. Et sa sollicitude affichée pour moi, devenait arrogance. Il me réduisait au plus petit dénominateur.

***

Un peu avant midi, j'ai entendu dans le couloir le brouhaha du service des déjeuners qui se rapprochait. C'est Manuel qui déposa le plateau sur une petite table qui tenait le coin de la chambre.

– Salut, t'ou va bien ? T'ou peut te lever ?

J'étais vraiment content de le voir. Je sentais qu'il était autre que l'image qu'il donnait de lui-même. Il avait lui aussi ses secrets. Nous étions complices, mais ni lui ni moi ne savions de quoi !

– J'arrive. C'est bon ?

– Bah, y'ai mangé la même chose tout à l'heure. Ça va !

Il ya un oune jeune homme dans le couloir, avé la barbe. Il te cherche ! Yé loui dit d'entrer ?

En fait, Manuel n'a rien eu à dire. Deux coups frappés à la porte entrebâillée et la tête barbue et juvénile du jeune leader des manifestants venus soutenir la grève, qui me regarde :

– Excusez-moi, monsieur, je ne vous dérange pas ? Je voulais vous parler, mais je repasserai si vous voulez ?

– Non, non, entre. Merci Manuel. Je crois que je vais pouvoir avaler ça.

J'eus, en voyant sa moue de déception, l'impression que Manuel aurait bien voulu rester, mais il avait sans doute d'autres plateaux à servir, et un chef qui traînait quelque part. Et puis il avait bien vu qu'il y avait quelque chose de particulier, entre le jeune homme et moi. Il sortit, après m'avoir fait une petite tape amicale dans le dos.

– Vous vous rappelez de moi ?

Je le regardais. C'était bien lui. Mais à vrai dire je ne l'avais vu que dans une sorte de fulgurance, tant les choses s'étaient déroulées sans prévenir, dans l'incohérence d'une action brutale et imprévisible, dont par ailleurs, si j'en avais prévu l'issue, je n'aurais jamais envisagé de me mêler.

L'objet de mon attention, c'était Jeannette. Le reste était une scène dont je m'étais fait l'acteur, le reste était le décor avec des personnages pour lesquels je n'avais aucun intérêt

Je fis semblant d'hésiter, quelques instants.

– Ah oui, le gars au mégaphone ! Bonjour, qu'est-ce qui me vaut ta visite ? Tu n'as pas l'air d'être trop mal en point ?

– Non, quelques gros bleus, mais ça va. J'ai réussi à esquiver et amortir quelques coups. Apparemment vous en avez pris plus que moi !

Il ajouta, l'air rigolard, en faisant de grands tourbillons avec son bras :

– Avec mon mégaphone ! Mais lui, il est foutu. Et puis, ils s'en sont pris à vous. J'ai cru qu'ils voulaient vous tuer.

Il s'assit sur le bord du lit. Il n'avait pas juste l'intention de me serrer la main et de repartir. Je sentais une lassitude profonde venir à l'idée qu'il allait falloir m'expliquer, répondre à ses questions et probablement détruire ses illusions sur mon engagement ou ma sympathie pour sa cause.

– Bien, avec les copains, on voudrait savoir qui vous êtes. On a d'abord cru que vous étiez un gars de l'usine, mais renseignements pris, ce n'est pas le cas. Dans la presse, on a parlé d'un passant qui avait été pris dans la bagarre, mais nous on sait bien que ce n'est pas tout à fait la réalité.

Il s'arrêta de parler. Il semblait attendre une réponse de ma part, mais j'étais bien décidé à ne pas entrer dans le dialogue. Ce que l'on avait dit dans la presse me convenait parfaitement, mais je ne pouvais ni confirmer, ni démentir sans prendre le risque d'être immédiatement confronté à ce qu'il en savait, de ce qu'il en avait vu. Je choisis une réponse gestuelle discrète, de la tête et de la main, suffisamment évasive pour que mon interlocuteur comprenne que je n'avais pas l'intention de l'éclairer sur le sujet. Je ne lui interdisais pas non plus d'en penser ce qu'il voulait.

– Tu es au lycée ?

– Oui, en terminale. Philo !

– Tu as quel âge ?

– Dix-neuf ! J'ai redoublé la seconde. J'ai rencontré les filles et la politique en même temps, dit-il en s'esclaffant bruyamment.

– Je n'ai que deux ans de plus que toi. Si tu veux encore me parler, tu me dis, tu !

– Comme tu veux ! Mais je ne veux pas te déranger. D'ailleurs j'ai cours dans deux heures. J'ai quelque chose à te dire et à t'expliquer. Ça ne prendra pas beaucoup de temps.

– D'accord, je mange et je t'écoute. Tu as mangé ? Tu veux la pomme, je crois que je ne la mangerai pas.

Il l'a pris sans répondre. Quelques minutes passèrent. J'avais la tête penchée sur mon assiette. Assis sur le lit, derrière moi, je l'entendais croquer ma pomme.

Je vis sa main s'avancer et déposer le trognon sur le bord de mon plateau.

Il tira une chaise, et s'assit à côté de moi.

– Voilà, je sais à peu près pourquoi tu te trouvais là quand ces salops nous sont tombés dessus, mais pourquoi tu t'en es mêlé, ça c'est ton affaire. Tu le dis ou tu ne le dis pas, c'est comme tu veux. Mais tu nous as évité le pire. Ils se sont barrés dès que tu es tombé par terre.

Je m'étais arrêté de manger.

– Tu sais pourquoi j'étais là ?

Il tapotait nerveusement le cartable qu'il avait posé sur ses genoux.

– Je t'explique. Je milite dans une organisation trotskiste, l'OCI. Les autres copains, aussi, mais pas vraiment, par intermittence. On n'était pas là par hasard. Dans la boîte en grève, il y a un responsable local du parti qui milite au syndicat. Normal, hein ? L'objectif c'est petit à petit de noyauter les syndicats réformistes pour faire du syndicalisme révolutionnaire. Tu comprends, on discute plus, on prend !

– Ça veut dire quoi, OCI ?

– Ah oui, excuse-moi. Organisation communiste internationaliste, le but c'est de reprendre la révolution mondiale en construisant la quatrième internationale ouvrière.

– Bon d'accord, mais moi tu sais, la politique ce n'est pas trop mon truc. C'est qui ton copain qui bosse à l'usine. Ce n'est pas le grand brun qui a tenté de traverser la rue, mais qu'une fille a sauvé ?

L'ironie volontairement marquée de ma question est tombée à plat. J'ai immédiatement évalué ma bourde et il ne m'a pas laissé respirer. Il me regardait maintenant, un peu désarçonné par l'évidence caustique de ma question, mais maintenant définitivement éclairé sur les raisons de ma présence ce jour-là, devant l'usine.

– Je ne peux pas te dire qui c'est. On est plus ou moins interdit, en tout cas salement fliqués ! Il te connaît de vue. Ta copine travaille à l'usine et milite au syndicat. Ce qu'il n'a pas pigé, c'est ce qui t'as piqué !

Il soupira et compléta :

– Mais moi je commence à comprendre.

Je commençais à être fatigué de cet entretien qui ne menait à rien, et somme toute, je préférais qu'il s'en tienne à ce qu'il croyait. Une dernière précision me sembla pourtant utile pour que l'ensemble soit cohérent.

– Bon d'accord, tu vas éviter de me remercier et tu penses ce que tu veux. Pour ma part, j'aime bien les occasions d'une bonne castagne, et je n'ai pas l'habitude de renforcer les troupes les plus fortes. Finalement, je me suis bien amusé, j'ai rien de cassé et je suis logé, soigné et nourri comme un « coq en pâte ». Bien, tu ne m'as pas dit qu'on t'attendait à l'école ?

Je savais qu'il savait que mon histoire ne tenait pas la route, mais j'étais certain, qu'il ne prendrait pas la peine de me faire part de ses doutes. Je pensais, que l'agressivité à peine voilée de mes propos, allait déclencher une retraite rapide vers la porte de ma chambre. Mais il ne bougeait pas. Il semblait réfléchir, sur l'issue qu'il allait donner à sa visite.

– C'est les flics qui t'ont amenés à l'hosto ; après, on s'est retrouvés au commissariat. En fait, trois, les autres étaient déjà partis en courant. Moi, j'étais empêtré dans ma banderole et mon mégaphone, et les deux autres étaient préoccupés par ton état. C'est un inspecteur en civil qui nous a interrogés et a pris notre déposition. D'après ce que l'on en a déduit, tu n'avais pas de papiers sur toi. Evidemment il nous a demandé si on te connaissait, ce que tu faisais là, pourquoi les autres t'avaient matraqué, enfin, on a compris qu'il avait bien une petite idée sur la bande de cagoulés mais pourquoi ils s'en sont pris à toi, ça, il ne le savait pas. Et je crois qu'il aimerait bien le savoir. Comme on n'a été que trois à ne s'être pas tiré avant que les flics n'arrivent, on a eu le temps de se mettre d'accord : On ne sait rien, on n'a rien vu, on ne sait pas qui tu es, d'où tu viens, on ne connaît pas les mecs qui nous sont tombés dessus ! Du côté des camarades grévistes, ils ont eu la même réflexion.

– J'en ai été informé par notre copain, ajouta-t-il !

Il avait la tête d'un conspirateur juvénile investi d'une responsabilité de militant aguerri, qui me fit sourire. Il s'arrêta de parler et me regarda comme s'il attendait de ma part une attitude plus mature. Il s'efforçait d'inscrire cette histoire dans un contexte dramatique, et ne provoquait chez moi qu'un silence narquois.

Il y eut un silence. Il me regardait, attentif, me laissant le temps de penser. J'avais pris le parti de le laisser continuer. Le silence appelle la parole, presque toujours.

Il avait quelque chose à dire qui le gênait. Je voyais bien qu'il avait préparé cette suite, mais qu'il hésitait.

– Bien on a réfléchi que tu n'étais pas là tout à fait par hasard et que peut-être, si c'est le cas, cela veut dire que tu as des informations sur ces salopards. Et nous, on aimerait bien savoir à qui on a eu affaire. Certains ont pensé aux communistes. Vieil antagonisme ! Je sais qu'ils nous considèrent comme des irresponsables, mais ce n'est pas leur genre de mettre une cagoule et de taper sur des jeunes. Non, on est certain que c'est des fachos qui ont fait le coup. Ils avaient un côté pro pour la bagarre, genre para, tu vois ?

Je ne comprenais pas grand-chose à son jargon dont les aspects m'échappaient. Je n'étais pas décidé à me laisser emmener dans ces considérations qui m'éloignaient trop du souci que j'avais à faire oublier à tout le monde mon implication dans cette affaire. Il était temps que je le réaffirme et que je mette fin à cet entretien.

– Ecoute, je t'ai déjà dit le pourquoi des choses. Je vous remercie, toi et tes copains d'avoir voulu me protéger vis-à-vis de la police, mais de toute façon, ce que vous avez dit correspond complètement à la réalité. C'est ce que je leur confirmerai, s'ils veulent m'entendre. Mais ça m'étonnerait. Ils ont certainement d'autres chats à fouetter ! Je crois que le médecin va passer bientôt. Il va falloir que tu t'en ailles ! Ça m'a fait plaisir de te revoir. À un de ces jours, peut-être ?

Il se leva, posa son cartable sur la table, devant moi, et plongea la main à l'intérieur de la sacoche :

– D'accord, on va se quitter. Mais tu oublies un petit détail. Nous et les gars de l'usine, on va t'oublier sans peine. Mais les autres, certainement pas !

Son ton était sec, son visage crispé laissait deviner que la petite note d'estime qu'il m'accordait avant cet entretien, était complètement disparue. J'ai compris que je l'avais déçu, mais j'en étais presque soulagé.

– Bon, c'est quoi le détail ?

– On a un copain au lycée qui est un fou de la photo. Il a du super matériel, et il développe lui-même ses clichés. Tu as peut-être oublié, mais tu en as laissé un sur le carreau avec ta barre de fer. Je dois t'avouer que je n'ai pas eu trop de peine pour lui. C'est lui qui me tabassait ! Tu l'as pris par derrière dans le haut des cuisses. Il est tombé comme une masse. Tu lui as peut-être pété un fémur, peut-être même les deux ? C'est pour ça qu'ils sont partis. Ils s'y sont mis à deux pour l'évacuer ! D'ailleurs, il est peut-être dans le même hôpital que toi.

Je ne savais plus trop quoi dire. J'avais oublié que la barre de fer n'était pas juste un détail. L'allusion au copain photographe m'intriguait aussi.

– Quel est le rapport avec ton pote photographe ?

Il sortit sa main de son cartable. Elle tenait une grande enveloppe qu'il ouvrit. Se tournant vers mon lit il laissa glisser son contenu sur les couvertures.

– Voilà ! Une dizaine de photos ; il en a fait trois fois plus. On a trié ce qui t'intéresse. On l'avait posté à l'autre coin de la rue, avec son téléobjectif. On fait ça à chaque fois que l'on fait une sortie. Dans l'idée, c'est de tirer des leçons de notre manif, pour améliorer si nécessaire, mais aussi, de regarder s'il n'y a pas toujours les mêmes têtes dans les environs, à jouer les badauds. On pense aux flics ! Regarde, c'est presque un film ! Il nous a expliqué, que son appareil, peut prendre des photos en rafale, une par seconde, je crois ! Il fait beaucoup de photos sportives. Pour le coup, c'était un peu sportif !

– Bon regarde.

Il éparpilla du doigt deux ou trois photos.

Avec un soupir appuyé, je me suis levé de ma chaise et sans les toucher, je me suis penché sur les photos éparpillées sur le lit.

On me voyait bien, appuyé au coin de la rue, observant leur manif.

– Ce qui l'a intrigué, c'est ta posture. D'habitude, les gens s'arrêtent, regardent, et repartent. Toi, tu étais installé là, pour attendre quelque chose. C'est en tout cas, ce qu'il a pensé ! Et toi, t'en penses quoi ?

Il souriait avec une grimace !

– Tu peux les garder, on a les négatifs, dit-il.

– À ta place, je réfléchirais. Tu dois bien te douter, que si toi tu ne les connais pas, eux t'ont vus. La ville n'est pas si grande pour que tu n'en croises pas un sans le savoir, et n'oublie pas que tu en as salement amoché un ! De plus, si comme je le pense, tu n'étais pas là juste à attendre le bus, ah, excuse-moi, plutôt ta petite amie. Il se peut que tu aies eu quelques raisons de te poster au coin de la rue pour vérifier une information, sur ce qui allait se dérouler. Ce que tu comptais faire, et pourquoi tu l'as fait, ça, je n'en ai aucune idée ! Bon salut, maintenant, il faut que j'y aille ! Dommage que tu ne puisses rien nous dire sur ces types. Ce n'est pas que l'on veuille leur rendre la pareille. La vengeance, ce n'est pas notre truc. On fait de la politique.

Ce qui leur fait le plus mal à ces bandes de voyous fascistes, c'est d'être démasqués. Leur vraie force, c'est l'intimidation et la manipulation. Dès qu'ils sont au grand jour, le soleil leur grille la peau !

Il referma son cartable, se tourna vers moi, et me tendit la main, sans conviction, juste pour la forme.

C'est à cet instant précisément, qu'il me devint évident, que je ne pouvais pas le laisser partir aussi simplement. Il avait ouvert la boîte de Pandore, m'avait accablé de faits, que j'avais enfouis dans ma nonchalance habituelle, dans la confiance irraisonnée que j'avais de demeurer transparent, et sans intérêt aux regards des passionnés, des militants, des croyants, et de tous ceux qui ne prennent en considération, que ce qui leur convient, ou ce qui les dérange. Je n'étais d'aucun de ces camps, naturellement, sans préméditation, et je n'étais ni absorbé, ni rejeté.

J'ai gardé une fraction de seconde, sa main serrée dans la mienne. Il m'a regardé, surpris, interrogateur.

– Moi c'est Romain ! Et toi ?

– Oh excuse-moi ! J'ai oublié de me présenter : Patrice.

Patrice était parti. On avait convenu de se revoir le dimanche suivant, en début d'après-midi, au *Parisien*. À ma proposition, j'avais vu l'hésitation s'incruster, l'espace d'un instant sur le visage du garçon.

Il resta la bouche entrouverte, une fraction de seconde, hésitant sans doute entre la question, « pourquoi ? », et l'assentiment. C'est un oui un peu pâle qui confirma notre rendez-vous. En fait, à sa question, je n'aurai pu répondre précisément. Je n'avais aucune intention. Peut-être était-ce la crainte de perdre un des liens d'une aventure, dont je pressentais qu'il me fallait en préserver la cohésion, de tout ce qui s'y rapportait.

***

L'après-midi était engagé depuis longtemps, me semblait-il. J'étais allongé sur le lit, plongé dans un demi-sommeil, où défilaient les images compressées, des évènements incroyables, qui s'étaient invités brutalement dans ma vie prudente.

Un léger toc-toc, sur la porte entrebâillée, le visage interrogatif de Danny, et l'intrusion froufroutante de celle-ci, suivi de Maryse, grande classe, tailleur noir, petit chapeau voilette, sac à main, assorti, visage sérieux.

Durant quelques minutes, les questions bondirent à mes oreilles, ponctuées d'évaluations diverses sur les salopards qui m'avaient faits ça, la gravité probable de mes blessures, etc.

Des évènements qui m'avaient amené là, je ne leur dis rien de plus que ce qu'elles en déduisaient toutes seules. Le hasard seul m'avait mis au mauvais moment, au mauvais endroit !

Maryse n'avait pas dit un mot. Danny finit par conclure par :

– Bon, comment tu te sens ? Tu sors quand ?

Si de prime abord, mon regard avait été essentiellement mobilisé par Maryse, et son accoutrement de femme mariée de bonne condition, mon intérêt se portait maintenant sur Danny. Jupe plissée écossaise très courte, bottes de cuir noir, montantes, pull de mohair rose largement échancré, qui moulait ses seins, elle explosait de santé et de sensualité. Le tout était éclairé par sa peau de bébé, ses boucles blondes et ses yeux bleus. Une poupée parfumée, chaleureuse dont j'aurai volontiers à nouveau goûté le jus sucré des lèvres.

Maryse s'installa derechef sur une chaise de la chambre. Je la regardais mieux. Elle avait les lèvres peintes d'un rouge écarlate, vif, qui mettait en exergue la peau blanche, satinée, de son visage et les yeux foncés, presque noirs. Elle portait sur elle la beauté de la tragédie acceptée, maitrisée. Les femmes sont perverses lorsqu'il s'agit de leur apparence. Elles sont souvent en représentation. Je ne pouvais m'empêcher de penser que Maryse se mettait en scène, dans le rôle qu'elle imaginait devoir être le sien. Mais je regrettais aussi cette pensée. Qu'elle était la part de cette évaluation, influencée par ce que Danny m'avait exposé de sa situation ?

Danny s'était installée sur le bord du lit. Elle tenait sa main posée sur la mienne. J'avais conservé la mémoire de la chaleur enveloppante de son corps, et de la tentation fruitée de sa bouche. Le geste à peine esquissé de la faire glisser contre moi, fut instantanément abandonné. L'instant ne s'y prêtait pas, et je fis un effort considérable pour me dégager de cette émotion.

– C'est sympa de venir me voir les filles. Vous voyez, je ne suis pas mort, et si ça vous intéresse, disponible pour un câlin.

Elles rirent. Danny gloussait en faisant des commentaires. Maryse riait sans bruit. Elle retira son chapeau et secoua sa tête, pour libérer ses cheveux.

Nous avons parlé, longtemps, de tout et de rien. Ma situation et les faits qui y étaient liés en avait, à ma grande satisfaction, été expulsés. En fait, je n'étais pas très bavard. Les filles parlaient entre elles, de ce qui concerne la vie des filles, de la considération qu'elles ont des autres, un badinage qui me ravissait, tant par sa légèreté que par son contenu, qui me ramenait à un concret paisible. Je ressentais pour elles, cette émotion de l'amitié forte et sensuelle, qui parfois existe entre hommes et femmes. Le sexe, son idée n'en est pas absente, mais demeure entre parenthèses, pour un temps parfois. Il s'exprime sans désir formel de possession, un peu comme les désirs incestueux, cachés. En cet instant, je les aimais toutes deux, pour ça, comme ça.

Je les écoutais, tournant la tête de l'une vers l'autre, saisissant opportunément une œillade qui semblait vérifier mon intérêt, m'arrêtant parfois sur un genou reflétant la lumière, un mouvement que je voyais lascif, une tendresse perceptible du corps et du regard. Ces deux jeunes femmes m'étaient un tout féminin, si précieux, que j'en dégustais le temps passé, en espérant qu'il ne se lasserait pas de perdurer.

Danny tapota ma main :

– Ah, Maryse et moi, on a quelque chose à te demander. Tu sais, (elle me regardait d'un air entendu !), on a besoin de parler entre filles et de passer un peu de temps ensemble. Comme on bosse dans la journée, c'est compliqué. Maryse n'a pas envie de rentrer chez elle et moi ça me ferait du bien de passer quelques jours sans dormir chez mon papa !

Maryse baissait les yeux comme si elle ne voulait pas rencontrer mon regard. Je ne comprenais pas encore le sens de ce que Danny venait de me dire, et encore moins pourquoi je pouvais être concerné par leur projet. En fait, je n'aurais pas dû chercher bien loin.

– Qu'est-ce que je peux faire pour vous les filles ?

La réponse à ma question se faisait jour dans ma tête, dans le même temps qu'elle était formulée. Danny confirma.

– Est-ce qu'on pourrait utiliser quelques jours la chambre inoccupée de ton appartement ? Tu ne rentres que samedi. En plus, on te fera le ménage, ça ne doit pas être du luxe, et on te préparera une super bouffe pour le déjeuner de samedi. Histoire de te remonter le moral.

Cette question fit ressurgir ce que j'espérais peut-être maintenir en suspens, masqué par des émotions, des évènements qui s'enchaînaient, se bousculaient, qui m'entrainaient comme les vagues sur la plage dérobent le sable sous les pieds du baigneur. Il se défend du déséquilibre, crie et rit de peur et de joie. Il mobilise en cet instant toute la force de son corps et l'attention de ses pensées, à ce combat. Il n'est rien d'autre que cela !

Danny venait de me renvoyer à ce qui m'avait amené là, à mes angoisses, à mes questions, à Jeannette !

– Il y a un problème ?

Danny me regardait, surprise. L'émotion qui venait de me submerger m'avait frappé physiquement, comme un coup de poing au plexus. Jeannette revenait sur la scène comme le personnage d'une pièce de théâtre dont l'auteur, après l'avoir fait oublier, le remet avec violence dans le jeu. Le spectateur après s'être laissé aller au bien être, est de nouveau plongé dans le drame d'un dénouement incertain. Il lui faut se remettre en tension, en attention.

Jeannette était le personnage principal, le moteur de ce que je vivais en cet instant. Blessé, dans un hôpital, avec deux filles dont soudain la présence me semblait importune, tant l'urgence que je ressentais de mobiliser toutes mes pensées, de répondre aux questions qui maintenant, soudainement me faisaient mal.

Pourquoi n'est-elle pas venue, viendra-t-elle ? Mon geste lui est-il apparu si dérisoire, incongru, qu'elle n'ose m'en parler de peur que son désarroi ne transparaisse ? Est-elle tant dans son action, pour que je ne sois désormais qu'en second plan, un épisode en perdition ?

– Non pas vraiment. Je repense à une amie qui travaille à l'usine en grève. Je n'ai pas de nouvelles d'elle. Elle était là quand il y a eu cette bagarre. En fait je passais la voir.

Danny m'interrompit avec sa manière qu'elle avait parfois, de ponctuer ses paroles, de gestes larges des bras. On devinait tout de suite, qu'elle était en possession de la clef qui manque à ceux qui abordent un sujet dont ils ne possèdent pas tous les éléments.

– Ah oui, attend, j'oubliais de t'en parler. C'est de Jeannette dont tu parles ?

– Oui ! Tu la connais ?

– Non, enfin si, un peu. Je te raconte.

Maryse ne paraissait pas s'intéresser à la conversation. Elle regardait dans son sac, semblant chercher quelque chose. La phrase qui me traversa l'esprit fut, en contemplant le mouvement de ses mains.

– Mais qu'est-ce qu'elle tripote ?

J'en déduisis que c'était une contenance. Elle n'attendait pas de surprises de ce que Danny allait me dire. Danny s'était interrompu. Je reportais mon attention sur elle. Elle me regardait, attendant un encouragement ; un signe d'intérêt de ma part. J'en ressentis une irritation proche de la colère. Je sentais dans son attitude, une part de provocation, de jeu, mais si cela était, ce jeu n'était pas à la hauteur de mes inquiétudes. En avait-elle conscience ?

Je m'entendis lui dire d'une voix cassée, blanche :

– Bien oui, raconte !

– Tu sais, le jour où tu t'es retrouvé à l'hôpital, à la sortie du bureau, je t'attendais au bar d'en face, chez Olivier et Jacqueline. J'avais décidé d'aller au cinéma en ville avec Maryse, et justement, je voulais te demander si on pouvait dormir chez toi. Et puis, Gérard est arrivé peu de temps après. Il voulait te voir. On est resté là à t'attendre, en gardant un œil sur ta porte. On a vu quelqu'un arriver, en vélo, une fille, ouvrir avec une clef, et pénétrer dans le couloir. J'ai pensé qu'elle allait voir ta propriétaire. Ça faisait bien une heure qu'on était là. Gérard m'a dit que ce n'était pas la peine de t'attendre. Il nous proposa de nous héberger. Il bossait au Casino ce soir là. On a décidé de retourner chez lui prendre un double de ses clefs.

Il faisait presque nuit quand nous sommes sortis du bar. On s'est quand même approché de chez toi pour voir s'il n'y avait pas de lumière allumée à l'étage. C'est à ce moment qu'elle est ressortie. On s'est trouvé nez à nez. Elle avait une lettre à la main, et refermait à clef ta boîte aux lettres. C'est Gérard qui a compris qui elle était. Tu lui avais parlé d'elle ! On s'est présenté.

Bref, on s'est retrouvé tous les trois au bar ; elle nous a expliqué ce qui s'était passé. On n'en revenait pas ! Elle est passée pour voir si tu avais pu rentrer chez toi. Elle était très inquiète. Gérard nous a emmenées à l'hôpital avec sa *4cv*. C'est là qu'on a eu de tes nouvelles par l'interne de service. Il nous a un peu rassurés sur ton état, mais il nous a dit qu'on ne pourrait pas te voir avant deux jours. Elle lui a laissé le courrier qu'elle avait trouvé dans ta boîte. Ils te l'ont donné ?

– Oui. Elle vous a dit si elle repasserait me voir ?

– Non, on n'a plus beaucoup parlé. Elle avait l'air complètement épuisée. La nuit était tombée. Gérard l'a reconduite jusque chez elle. Elle habite loin du centre, près du pont transbordeur. Et puis elle n'a pas de lumière sur son vélo. Elle l'a laissé chez Olivier. Ce qu'il est gentil, celui-là ! Ah, aussi, à propos de Gérard, il nous a demandé de te dire qu'il passera te voir demain après midi. On le voit ce soir pour récupérer nos petites affaires. Si on peut aller chez toi, bien sur !

Ma tête bouillonnait et j'avais hâte de me retrouver seul.

– Il n'y a pas de problème pour la chambre. Au contraire, mais pour les clefs, je garde les miennes. J'ai déposé un deuxième double au bar d'Olivier. Tu lui expliqueras, il te les donnera sans problème. Pour la suite, on verra quand je serai rentré chez moi. En attendant, si vous croisez la propriétaire, n'attendez pas qu'elle vous pose des questions. Donnez-lui quelques mots d'explications sur la raison de votre présence. Et puis, pas de copains, n'est-ce pas ?

– Tu n'as pas besoin de nous dire ça !

Danny prit un air outré qui déclencha mon rire.

– Je plaisante. Ne cherchez pas. Il n'y a pas de drap dans le lit. Je ne vous propose pas de dormir dans le mien. Ça fait un bout de temps que je n'ai pas changé et lavé les draps, et je n'en ai qu'une seule paire. Il n'y a que des couvertures sur le lit. Vous ferez avec, mais ça risque de gratter un peu !

– On a tout prévu. On a nos affaires. Et puis pour ce qui est de ton lit, je connais ! C'est vrai que j'ai cru que tu dormais parfois avec un sanglier !

Maryse poussa un petit cri de colère. Elle venait de renverser tout le contenu de son sac sur le sol. Elle disparut quelques instants sous mon lit et se releva.

– Ça va, dit-elle, j'ai tout récupéré.

Et se tournant vers Danny.

– Tu viens ? Il fait presque nuit.

Elle se pencha sur moi, posa rapidement ses lèvres sur mes lèvres, et se recula, attendant que Danny la rejoigne. J'ai résisté au désir de passer ma langue sur mes lèvres, pour en retenir le goût, de ce baiser léger. Danny me regardait, un petit sourire narquois en coin. Elle me fit un signe d'adieu de la main, et s'éloigna. Maryse était déjà partie. C'est quelques minutes plus tard, que j'ai trouvé dans les plis de ma couverture, ce petit carnet qui a changé le cours de ma vie.

V

Tagada, tagada-da, Jacques se berçait au rythme du train de Paris, lancé à pleine vitesse, dans le matin glacé de ce mois de janvier 1968. C'était un temps décompté, sans impératif de faire autre chose, que de se laisser emmener vers la destination, dans un demi-sommeil, que n'interrompaient pas les percussions. Le rythme suspend le temps comateux du voyageur, qu'il ne réveille qu'en se diluant, pour s'interrompre finalement sur le quai d'une gare. Le jour émergeait maintenant. Jacques était seul dans son compartiment. Il sortait doucement de la torpeur, entrecoupée des escales ferroviaires du train de nuit. Il frissonna, et releva le col de son caban de marine, dont il avait minutieusement décousu tous les signes de son origine militaire. Le nez collé à la vitre, il regardait défiler la vie des autres, de celui qui empreinte cette route, mitoyenne du rail, et, furtivement accompagne le train du regard, de l'autre, qui de sa maison, lève le rideau de sa fenêtre, voit, entend, vibre à son passage et se repère avec lui dans le temps, à cet autre encore, qui s'arrête, lève les yeux et rêve de voyage, d'absence sur cette terre qui colle à ses semelles, à ses habitudes, à des routines, qui font que la vie passe, sans qu'on le sache.

Il lui faut, de temps en temps, passer sa main sur la vitre qui s'embue à son souffle, et l'isole de cette campagne, de ces gares dépeuplées, transpercées par la machine et son convoi, parfois sous le regard désemparé de ceux, qui sur ces quais, attendent on ne sait quoi, on ne sait qui, ou de ceux des trains que l'on croise, déformés par la vitesse, voyageurs de l'autre sens, dans le hurlement des wagons, qui se saluent ainsi, orgueilleux de leur vitesse.

La densité des bâtiments s'épaississait à l'approche de la capitale. Hangars, maisons, les petites, les tristes, les pauvres, celles qui acceptent la mitoyenneté du rail, ateliers, les maisons de maître, surprises, violées un jour par un tracé de chemin de fer, abandonnées, délaissées, peut-être parfois, toujours habitées, par défaut de fortune, par des héritiers malchanceux et contraints, se substituaient petit à petit aux champs mornes, dénudés de l'hiver.

C'est à ça que Jacques pensait, concentré sur ces lieux qui défilaient sous ses yeux.

***

Gérard, l'avait accompagné jusqu'à la gare, la veille. Il avait toujours sa *4cv Renault.* L'embrayage était un peu sur sa fin de vie, les vitesses craquaient, et meublaient le silence des deux amis. L'un et l'autre, avaient partagé des moments où la vérité de l'amitié, ne supporte aucune défaillance, où la confiance, ne se vérifie plus, elle est accordée définitivement. Ils avaient le sentiment d'avoir ensemble, conquis de l'espace dans une société, qui semblait ne leur en avoir dédié, que la portion congrue. Mais ils avaient aussi l'intuition, que ce jour-là, était une fin. Cette amitié, mais ce mot est-il juste, s'était forgée autour d'évènements qui ne se reproduiraient plus, et qu'aucun des deux, n'avait imaginé qu'ils y auraient été réunis, et confrontés ensemble. Ils s'étaient pourtant promis de se revoir, de s'écrire, mais les projets étaient vagues et dépourvus de conviction. Ils avaient fait un chemin désormais disparu de la carte, dont seules leurs mémoires, garderaient une trace. Ils ne le referaient plus, et confusément, ils savaient que la matière de leur lien, empreinte de gravité, ne pourrait se dissoudre dans une amitié joyeuse, insouciante.

Gérard avait stoppé son véhicule devant la gare.

Il coupa le moteur et tourna la tête vers Jacques.

– Voilà, mec, on est arrivé.

– Merci Gérard ; Inutile de m'accompagner, mon train part dans une demi-heure. Juste le temps de prendre un sandwich au buffet, et de trouver un compartiment tranquille. Pour l'instant, tu peux m'écrire chez mon pote Simon. Il est d'accord, pour que je domicilie mon adresse postale chez lui, en attendant que j'en aie une. Nous avons convenu de nous revoir, quand je serai à Paris. Tu sais, je t'en ai parlé. Le gars que j'ai connu sur le Clem ! Bon tu connais l'histoire. Il m'a proposé de m'héberger, mais on ne s'est pas vu depuis trois ans. Et puis, je m'en fous complètement, qu'il soit homosexuel, mais d'après ce que j'en ai conclu à travers ses courriers, il a une vie amoureuse assez agitée. Alors, tu comprends, je ne suis pas certain de bien vivre cette situation. Je vais loger, chez Christiane, elle me l'a proposé pour me dépanner jusqu'à ce que je trouve quelque chose.'

– Christiane ?

– Tu ne t'en rappelles pas ? C'est la nièce d'Olivier et de Jacqueline. Tu sais, les patrons du bistrot, en face de chez moi. Elle est venue passer deux semaines chez eux le printemps dernier. On a joué aux cartes avec elle et son oncle, Olivier !

– Ah oui, mais je ne me rappelais pas qu'elle s'appelait Christiane !

– Je lui ai parlé de mon projet de m'installer à Paris et je lui ai demandé des informations sur les logements, les prix, les quartiers, etc. Tu sais, moi Paris je n'en connais rien ! Elle m'a tout de suite proposé de m'héberger le temps que je trouve quelque chose.

Gérard le regardait en souriant, d'un regard qui suffisait à exprimer ce qu'il pensait.

– Je sais à quoi tu penses. Je ne crois pas à ça. Enfin, je verrais bien. Et puis j'ai l'intuition qu'elle n'est pas vraiment en appétence pour le sexe masculin ! De toute façon, cette fille est vraiment gentille et sympa, et puis c'est une vraie chance pour moi. Je vais pouvoir chercher un logement et du boulot en même temps. Christiane m'a dit que si je ne suis pas difficile, je trouverais tout ça en quelques jours. Quitte à trouver mieux lorsque je serai installé. Mais il me faut du boulot aussi. J'ai fait les petites annonces. J'ai déjà un rendez-vous certain. La « débrouille » à Paris, il doit y avoir de la concurrence ! Et puis, mon projet c'est de reprendre des études. Pour ça, il faut un peu de tunes et dormir la nuit ! C'est un peu compliqué. Enfin, on verra.

Bon, il faut que j'y aille. N'oublie pas de faire une bise aux copines de ma part. Elles n'étaient pas rentrées du travail lorsque je suis parti. Tu sais, Danny et Maryse vont rester quelque temps ensemble chez moi. Enfin de ce qui était chez moi. C'est ce qu'elles m'ont dit. Danny a signé le bail avec la caution de son père. Tu passeras les voir ?

Tu pars quand pour ton nouveau boulot ?

– Dans un mois. Mais, je ne travaille plus au Casino. Le patron s'est débarrassé de moi avec deux mois de salaire et un mot de recommandation pour trouver un nouvel employeur. Je ne sais pas ce que Maxime Roudier lui a dit, avant ce que tu sais, mais certainement quelque chose. Il m'a demandé ma parole d'honneur de ne jamais parler des réunions qu'il laissait faire au Club du Casino. De toute façon, m'a-t-il dit, il a décidé de prendre de la distance avec ça. D'après lui, au début, c'était une organisation gaulliste. Mais depuis quelque temps, il voit des types s'y incruster, qui sentent le voyou, plutôt que le militant politique. Et, comme il m'a dit, les voyous, il les reconnaît sans qu'ils se présentent ! Quand il faisait du catch professionnel, il y en avait sur les quatre coins du ring ! Enfin, c'est son affaire.

Et puis, l'histoire Maxime Roudier, ça a dû changer pas mal de choses. Il m'a seulement dit que c'était triste ! J'ai bien vu qu'il fallait en rester là !

Et puis je crois aussi, qu'il m'aime bien. De mon côté, je lui suis quand même reconnaissant de m'avoir sorti d'affaire, dans une période ou j'avais vraiment besoin que quelqu'un me donne un coup de main. Bien oui, c'est comme ça que je pense !

Une étrange émotion avait saisi Jacques lorsque Gérard l'avait pris, serré contre lui, enlacé. Ils demeurèrent ainsi quelques secondes.

La voix de Jacques était rauque.

– Salut mon pote ! Merci pour tout. Tu vas me manquer. Tu peux écrire à mon attention chez Simon. Tu me donneras ta nouvelle adresse.

Gérard ouvrit les bras.

***

Le train s'insinuait maintenant dans la ville, parfois frôlant dans un souffle des murs de briques, puis laissant découvrir aux voyageurs chantiers et terrains vagues. La sensation de vitesse était alors différente, au vacarme compressé, assourdissant du convoi sur les parois proches, succédait dans les espaces ouverts, le rythme apaisé du roulement, sur les intervalles des rails. Le train traversait les banlieues, moins vite, sérieusement, tranquillement. La gare se pressentait.

Jacques repensa à cet instant, où il avait tourné le dos à son ami, qui le regardait, silencieux, les bras ballants. Il n'avait pas eu, sur le moment, conscience de la cause de cette émotion. Gérard l'avait partagée. Son visage était souligné d'une tension inhabituelle, chez ce grand détendu.

Il pensa que sans doute, son départ leur était apparu à tous deux, comme le point d'orgue mis à ce qu'ils avaient cru n'être qu'une aventure partagée. Mais ils n'avaient pas su, ou pas voulu, mettre des mots sur une inquiétude, un questionnement, qu'ils ne pouvaient expulser d'eux, qui resterait inaudible.

Leurs chemins se séparaient. Ce qu'ils n'avaient pas pu se dire, ne se dirait jamais. Ils n'en partageraient pas le poids !

– Bah, pensa Jacques, c'est sans doute mieux comme ça ! Nous sommes venus dans cette histoire pour des raisons différentes, ou plutôt par des enchaînements de circonstances et de hasards, sans réelles cohérences entre nous. En parler, n'aurait fait que révéler ces incohérences, et fait naître en chacun de nous, un désir de justifications qui dans les faits n'existent pas. Ceci s'est fait, ceci s'est conclu. Les actions se sont enchaînées, empilées, sans que nous ayons eu vraiment conscience de la finalité de ces engrenages. Je crois que nous avions des intentions sans vraie raison. Peut-être le désir de déranger ce qui n'était pas destiné à l'être. L'aurions nous fait si nous en avions mesuré tous les effets ?

***

Simon l'attendait sur le quai de la gare Montparnasse. Jacques lui avait, à tout hasard, envoyé un télégramme pour l'informer de la date et de l'heure de son arrivée à Paris, sans autre préambule. Il n'était pas certain que son ami serait là, à l'attendre. Cela faisait plus de trois mois, que Jacques n'avait pas écrit à Simon. Il avait reçu trois courriers de celui-ci. Le dernier laissait percevoir une irritation et une déception, qui menaçait d'être définitive. Mais il était là.

Le wagon glissait encore lentement le long du quai. Il croisa au travers de la vitre, le regard d'un homme barbu, enveloppé dans une gabardine au col remonté sur les oreilles, sur laquelle retombait une longue tignasse. Malgré sa stature, qui se dégageait du flot de la foule amassée sur le quai, il n'aurait pas identifié Simon, si celui-ci ne s'était pas manifesté en agitant les bras, et en sautant sur place comme un cabri. Lorsque le train s'arrêta, il laissa le flot de voyageur descendre. Il voyageait, avec toute sa vie entassée dans une grosse valise, sa petite valise en fer, noire, et son sac de marin. Au fonds du sac, sa vielle machine à écrire dessinait ses contours, menaçant le tissu. Tout était entassé, dans le coin à bagage du wagon. Lorsque la voie fut libre, il franchit la porte, chargé comme un baudet. Simon le laissa déposer le tout sur le quai.

– Je n'étais pas certain de te voir, dit Jacques. C'est sympa !

Ils se serrèrent la main, comme pour se saluer, dans la routine quotidienne de ceux qui apprécient de se croiser, chaque jour.

Simon regarda ostensiblement sa montre :

– Tu as vu l'heure ? Sept heures moins le quart ! On va prendre un chariot pour tes bagages, et boire un caoua. J'habite tout près d'ici. Après je t'emmène chez moi. Tu as un point de chute ? Je peux t'héberger quelque temps si tu veux. Mais j'aimerais bien qu'on parle un peu, dans un lieu neutre, comme avant.

– Comme avant ?

– Eh bien oui. Il n'y avait rien de toi, ni de moi, dans la ferraille sur laquelle on posait notre cul ! Allez viens.

Jacques était fatigué, intrigué, inquiet. Le tourbillon de gestes et de paroles dont Simon le submergeait, le décontenançait. Il se souvenait maintenant de l'impression qu'il avait eue, lors de leur première entrevue dans une coursive du porte-avion. Une masse sombre, aux formes agitées par le souffle du vent, qui s'interposait entre lui, et la lumière glacée de la nuit, sur l'océan. Jusqu'à la voix, qui s'imposait aux brouhahas mêlés des vagues, du vent, et de la respiration du navire, dont Jacques nourrissait sa torpeur rêveuse. Il s'était senti enveloppé d'une présence inopportune. Cette intrusion, dans un espace qu'il n'avait pas encore libéré, l'avait d'abord irrité.

Sur ce quai où les lieus, les bruits, étaient autres, il ressentait cette même gêne, ce même désir de se secouer comme un chien mouillé.

En cet instant, il regretta de ne pas être seul dans cette gare. Il était venu ici pour évacuer les pesanteurs d'un monde étroit, dans lequel il s'était inséré par défaut. Paris ouvrait sa monstruosité, à une aventure qu'il rêvait sans limites, sans contraintes. Il lui faudrait remettre à plus tard, cet instant de vie, dont la présence de Simon l'avait privé. Cette petite frustration, s'évanouit comme elle était venue. Simon s'était épaissi, ses vêtements ne ressemblaient en rien à ceux qu'il portait sur le Clem, mais il y avait ce que Jacques avait rêvé de retrouver chez cet homme. S'il en avait douté parfois, le fait est, qu'il ressentait de nouveau cet accord intime, cette certitude de reprendre ce lien qu'ils avaient rompu, un jour, à Brest, qui n'avait pas de nom.

– Pour la piaule, merci, ça va ; J'ai ce qu'il faut. Allons boire quelque chose de chaud. Il fait un froid de canard ici.

Simon et Jacques sirotaient leur café en silence. Ils ressentaient la difficulté d'engager une conversation, qui en cet instant, cette circonstance, ne pouvait se nourrir que de mots de tous les jours. Ils s'étaient partagé les mots, les idées, dans des circonstances rares et difficiles. La caisse d'acier qui les encerclait semblait de jour en jour, de nuit en nuit, immobile, sur l'immensité de l'océan. Seul le sillage du navire suggérait un déplacement. Les routines de la vie à bord, saccadaient le temps, sans qu'il s'enrichisse pour autant. Ils ne croisaient pas de gens dissemblables, inconnus. Ils ne pouvaient pas meubler le temps de leurs rencontres des banalités de ces routines. Ils avaient inventé une relation difficile, où la parole devait être précieuse, pour marquer le temps, enrichir leur vécu.

Plus de trois années étaient passées. Mais c'est hier qu'ils s'étaient quittés. Ils se retrouvaient ici comme dans n'importe quel autre lieu. Le décor n'avait aucune importance. Ils ne ressentaient pas d'émotion particulière. Ils se retrouvaient sans surprise, ni joie particulière, comme la réception d'un dû de la vie. Il n'y avait pas de mots pour définir ça. Amitié, amour, intérêt, rien ne collait. Ils ne partageaient rien, ils se partageaient. Et ils ne s'en étonnaient pas !

Ils se regardaient, s'évaluaient, recherchaient dans l'autre une raison de penser que ce lien maintenu, n'était que l'effet d'un fantasme romantique, qui allait se dissoudre dans la réalité.

Ils ne se le dirent pas. Mais les deux amis avaient compris, qu'ils ne pourraient retrouver ce qui les liait, que dans la rareté et la densité. La continuité s'était installée jusqu'ici, par une relation épistolaire qui laissait peu d'espace à la description de la pluie et du beau temps. Lorsque l'un d'eux y dérogeait un peu, l'autre se posait des questions sur le sens caché de ces banalités. Ils s'étaient jusqu'ici nourris des évaluations complexes qu'ils s'échangeaient, de l'autre et d'eux-mêmes, dont ils avaient un besoin, proche de l'addiction.

Le chantier de démolition de l'ancienne gare du Maine était en pleine activité. D'énormes charges de béton, arrimées au filin d'une grue, venaient se jeter sur les murs de pierre jusqu'à ce qu'ils s'effondrent, épuisés, accablés de ces assauts incessants.

– Ils démolissent tout dans le quartier ? interrogea Jacques ?

– C'est l'enfer ! Depuis presque deux ans.

– Pourquoi ? Qu'est-ce qu'ils font ?

– Je n'ai pas le détail, mais ils construisent une nouvelle gare à l'emplacement de la gare annexe, et ils vont complètement raser la gare Montparnasse pour construire une tour de je ne sais plus combien d'étage, et un grand centre commercial. Juste en face ma fenêtre ! Enfin, ce n'est pas encore fait.

Simon s'interrompit pour capter l'attention du garçon et réclamer l'addition.

Cela faisait bien une heure qu'ils étaient installés dans le bar tabac qui fait le coin de l'avenue du Maine et de la rue de l'Arrivée. Ils ne s'étaient rien dit de fondamental, comme s'ils se réservaient, se préparaient, dans la peur d'apparaître en dessous des exigences qu'ils avaient l'un pour l'autre. Simon meublait le temps en gavant Jacques de cafés, et de croissants parisiens, juteux de beurre. Celui-ci s'était réveillé à la sensation de faim, à la vue du panier de viennoiseries, déposé sur la table de bistrot. Il se sentait maintenant, paresseux, démobilisé.

Le nez collé contre la vitre, les deux hommes contemplaient les déchets d'une construction où s'étalaient, par terre, les belles pierres autrefois taillées dans les carrières, éparpillées dans la boue, parmi les fatras. La face qu'elles avaient offerte aux passants, aux passagers, en devanture, grise, comme marquée de fatigue, contrastait avec la blancheur douce de celle, déjointe, virginales, intimes, préservées du monde ravageur de la rue.

– Qu'est-ce que tu vas y faire ? Tu dragues les gamins ?

– Toi, répondit Simon, l'air mi-figue, mi-raisin, tu t'es payé le dictionnaire du vocabulaire homophobe.

Il soupira fortement :

– Pour les minets, accessoirement ! Sérieusement, d'après ce que l'on m'a dit, la mairie de Paris a autorisé des sculpteurs bénéficiant de commandes publiques à récupérer ces pierres. Evidemment, tu penses bien qu'il y a eu tout un monde qui s'y est précipité, et installé. Les vrais ou faux sculpteurs, suivis des vrais ou faux poètes, musiciens, vrais ou faux etc., philosophes, militants anarchistes, gauchistes et autre curieux, comprenant quelques habitants du quartier, qui profitent de l'occasion pour s'extraire de leur appartement. Le coin, c'est plutôt « bretonnisant ». Ici, ce bistrot, le soir, c'est tous supporters du club de foot de Rennes, dans la fumée et les hoquets qui rotent des odeurs de bière, avec les ivrognes, impécunieux et opportunistes habituels. Ils n'ont qu'à traverser la rue. Il y a quelques célébrités qui viennent faire un tour. Il parait que Ferré est venu avec son accordéoniste la semaine dernière ! C'est un peu le « Central Park » Montparnassien ; Sans la verdure et l'espace, mais avec un mélange, un melting-pot ou tout s'exprime, bon médiocre et mauvais, sans grande controverse. L'alcool, la fumée, et quelques autres produits euphorisants, portent à la tolérance et à la convivialité. C'est « cool », quoi !

– Qu'est-ce que c'est « cool » ?

– Tu ne sais pas ? C'est un mot d'origine anglaise. Traduc, c'est un mélange de, calme, détendu, sympa, décomplexé, tolérant. Ça vient des « States ». Le retour à la nature est à la mode ! Enfin surtout chez les mômes de bourgeois. Rien à voir avec toi ! Tu préfères la ville à la campagne, la nuit au jour, et tu respires mieux dans la fumée des tripots ou de ta piaule, comme moi.

– J'ai l'impression que tu es un peu déconnecté Jacques, ajouta Simon en gloussant.

Jacques ne répondait pas. Ces mots appelaient quelques vagues notions dans sa mémoire, de ce qu'ils portaient de sens. Il en avait perçu les clichés, mais c'était pour lui quelque chose de lointain, d'un autre univers que celui de sa vie. Il n'avait pas de radio, ne lisait presque jamais les journaux, n'allait pas au cinéma, ne lisait que de la littérature, qui le plus souvent n'avait rien de contemporaine. Cette culture en émergence, qui bousculait le vocabulaire, la musique, les mœurs, lui était étrangère. Il réalisa qu'il avait sans doute occulté, ignoré, ce qui en avait imprégné, sans qu'il y prête attention, la musique et la façon de danser, la forme et la couleur de vêtements. Rien de tout cela n'avait de sens pour lui, autre que celui d'une mode, pas d'un mode de vie.

Il pensa demander à Simon des explications sur sa comparaison avec Central Park, mais il y renonça.

– J'ai un service à te demander. Est-ce que tu peux garder chez toi quelques jours le plus gros de mes affaires. J'ai quelqu'un à aller voir pour mon logement aujourd'hui. Avec mon barda sur le dos, dans le métro, ce n'est pas très pratique.'

– Pas de problèmes, tu vas où ?

– Rue Bouchardon : Dans le 10ème arrondissement. J'ai regardé sur le plan. C'est métro Château-d'eau.

– Tu as un rendez-vous ? À quelle heure ?

Jacques hésita. Il n'avait pas envie d'entrer dans des explications compliquées avec Simon. D'autre part l'offre de Christiane datait d'un mois. C'était dans le contexte des fêtes. Peut-être avait-elle oublié, ou n'était-ce qu'une promesse sans conviction ?

Christiane est standardiste dans un grand centre téléphonique des PTT. Elle lui avait laissé un numéro de téléphone :

– Tu tomberas sur ma chef de service. C'est une copine. Tu n'as qu'à lui dire que tu es mon cousin, et que tu souhaites me parler. Je n'aurai pas beaucoup de temps, mais juste pour que tu passes quand je suis chez moi.

C'était assez précis pour être crédible.

Simon attendait.

– Oui, enfin non, il faut que je téléphone.

– J'ai le téléphone chez moi. Viens on y va.

Jacques regarda sa montre. Il était neuf heures passé.

– Merci, je vais appeler d'ici.

Il se leva simultanément, et se dirigea vers le bar. Le patron lui passa le téléphone.

– C'est pour Paris ?

Jacques déplia le bout de papier sur lequel Christiane avait noté son adresse et son numéro. Il le lui tendit.

Le patron tourna le téléphone vers lui, composa le numéro, et lui tendit le combiné.

Sa conversation était terminée.

Il sentit une petite tape dans le dos. Simon était derrière lui. Il posa les affaires de Jacques par terre.

– Tu as eu la personne ?

– Oui, c'est comme convenu. Il faut que je passe après dix-huit heures.

– Je n'ai pas de cours aujourd'hui. Tu viens chez moi. Combien je vous dois ? Avec le téléphone, précisa-t-il au patron en lui serrant la main.

Jacques s'apprêtait à protester, mais il y renonça. Il cala son sac de marin sur son épaule, coinça sa petite valise noire sous son bras, et sa grosse valise dans l'autre main. La charge l'accablait.

– Donne moi-ça !. Simon lui prit le sac de marin, le posa sur ses deux épaules à la façon des charbonniers.

– Ça me rappelle le mauvais temps, dit-il avec un large sourire à Jacques.

Ils n'eurent qu'une centaine de mètres à faire. Simon habite au quatrième étage avec ascenseur, d'un immeuble qui doit dater de l'époque Haussmann. La vieille gare, en face agonise.

L'appartement traversant, est composé d'une chambre avec une vue dégagée, sur les immeubles environnants, d'une petite cuisine, d'une salle de bain et d'une grande pièce à vivre, donnant sur la rue de l'Arrivée.

Jacques s'y senti tout de suite mal à l'aise. Son regard se posait sur des choses qu'il ne connaissait pas. Chaque meuble semblait avoir cédé son rôle utilitaire, à celui de la décoration, n'existant que pour le regard, le toucher ! Simon regardait Jacques qui restait planté sur la moquette épaisse, comme s'il ne concevait pas que l'on puisse y planter ses godasses. Il suivait son regard, qui s'était stoppé sur une petite coiffeuse, coincée à l'angle de l'entrée. Simon venait d'y déposer négligemment son trousseau de clef.

– C'est une coiffeuse Louis XV. Expertisée ! Regarde ce travail. Il caressait la marqueterie en bois de rose.

– Ça sert à quoi ?

Simon s'esclaffa :

– Bien, tu vois ! À mettre mes clefs. On s'y recoiffe aussi. Plié en deux, il se passait la main dans les cheveux.

– C'est un beau meuble, non ? Entre.

Jacques fit un signe d'approbation de la tête, posa ses bagages par terre, pénétra dans la pièce et s'affala dans un fauteuil. Il était un peu bancal. Jacques regarda les pieds, fit un petit test pour mesurer les problèmes.

– Il manque une roulette, dit Simon. En fait, c'est des meubles que j'ai récupérés de la maison en Normandie. Mes parents l'ont vendue pour acheter cet appartement. Alors j'ai pris, pêle-mêle, ce qui m'était nécessaire pour meubler, et ce qui me rappelait de bons souvenirs. C'est ma maman qui est dingue des vieux meubles. Elle passait son temps, quand on allait en Normandie, à chiner chez les brocanteurs. J'adorais l'accompagner. Et quand on rentrait à la maison exhiber une belle trouvaille à mon père, elle lui disait toujours, en passant son bras autour de ma tête, - regarde, ce qu'on a trouvé !- C'est le « on » qui me flattait au plus haut point. Il y avait un peu de moi dans chacun de ces meubles. Parfois avec un peu d'ironie, mon père me demandait : « C'est toi le découvreur ? »

– Tiens viens, je vais te montrer d'autres choses, dit-il à Jacques.

Ces « choses », refaçonnèrent Simon aux yeux de Jacques. Ou plutôt Simon dans le monde auquel il appartenait, avant et après ! L'avant et l'après de ce lieu, où ils s'étaient trouvés, presque complètement dépouillés des signes de leur appartenance sociale. C'est en quelque sorte mis à nus, qu'ils s'étaient rencontrés dans un univers, où une nouvelle hiérarchie des valeurs et des usages, s'était substituée à celles de leur héritage, de leur « marqueur » !

Jacques, contemplait, comme l'on découvre, Simon, qui semblait prendre plaisir à lui faire partager son intérêt, pour des objets, des meubles.

– Juste des choses, pensait-il, un bric-à-brac déclaré précieux par une convention qu'il a intégrée !

La description qu'avait faite Simon, de ce qui semblait être la structure fondatrice de la tendresse, et de l'amour filial, l'avait touché, blessé, et frustré en même temps. Ce qu'il en avait expérimenté, n'était en rien comparable. Il ne s'était d'ailleurs jamais vraiment posé de questions sur ce sujet. Bien sur, il connaissait le souci qu'avaient eu ses parents, de sa santé, de ses plaisirs parfois. Mais ni lui ni eux, ne quémandaient, n'exprimaient la tendresse ou l'affection. Pour être plus clair, on ne se touchait que dans de rares occasions. Des questions sans réponses lui trottaient dans la tête, nourries d'agressivité, de frustrations mises à nues. À partir de quelle culture, de quel niveau de vie, de quels héritages, l'amour des enfants et des parents, est-il montré, avoué, joué et même sur-joué, comme un modèle de famille idéal. L'amour, cet amour-là, n'est pas naturel. Peut-on grandir sans occuper, petit à petit, l'espace de ceux qui nous ont fait naître ? Désirs de ceux-ci, rancœur et craintes de ceux-là, peuvent-ils se camoufler dans ce qui ressemble aux scénarios du théâtre. Quels sentiments profonds se cachent sous les mots de Simon. Est-il dupe de ce « Lui » qu'il illustre devant moi, comme s'il avait effacé l'homme que j'ai connu ? L'homme qui portait le même vêtement que moi, mangeait les mêmes aliments dans les mêmes gamelles, partageait le même lieu et parfois, les mêmes emportements de l'âme confrontée aux excès des éléments. Nous étions nus, nus comme des vers, libérés de nos oripeaux décoratifs, libérés de nos différences, et forts de nos indifférences, à tout autre sujet que celui de nos intimités, de notre intérieur.

Simon lui faisait visiter ses « extérieurs », ses « extrémités ».

Inconsciemment certainement, il lui montrait ce que Jacques ne possédait pas, et ne posséderait jamais, par cette continuité patrimoniale, qui semble naturelle et juste, à ceux qui en bénéficient.

Il savait bien sur, que Simon était le fils unique de parents très aisés. Père chirurgien et mère antiquaire à ses heures, était la description succincte que celui-ci avait fait, de son contexte familial. Cela ne répondait que succinctement aux questionnements de Jacques. Il s'en contenta pourtant.

Ce qui les avait réunis, leur avait autorisé l'intrusion de leur intimité, l'un par l'autre, était cet environnement neutre, rustique, où seule l'expression produisait de la valeur. Leur échange épistolaire s'était reproduit dans la même continuité.

Et en ce jour que chacun d'eux semblait avoir tant attendu, Simon faisait visiter son « bien être » à Jacques ! Celui-ci n'avait pas d'apriori sur l'héritage au sens large du mot. Il n'en connaissait d'ailleurs pas grand-chose. Ce à quoi il s'était heurté jusqu'ici était l'usage qu'en faisait certains, pour mettre de la valeur à leur existence, aux yeux de ceux qui veulent bien la reconnaître. Ces héritiers, qui revendiquent ce qu'ils n'ont pas produits, que ce soit des valeurs morales, idéologiques, ou matérielles. Ils peuvent dire merci en silence, et profiter de ces bienfaits, mais quelle fatuité se révèle, lorsqu'ils prétendent en attendre un droit, un respect, de l'admiration, une reconnaissance, et pire, le désigner comme un modèle pour tous ! Lorsqu'ils les avaient croisés, Jacques les avaient contemplés en silence, avec une dose de mépris définitive, sans appel. C'est ce à quoi il pensait en cet instant. Mais par instinct, il débusquait dans le comportement de Simon, un jeu de cache-cache, une mise en scène qui meublait une attente si forte, qu'il n'avait pu, encore, l'exprimer.

Jacques ne bougeait pas de son fauteuil. Simon qui tentait nerveusement d'ouvrir la porte vitrée d'un meuble ancien, se retourna vers Jacques qui affalé dans son fauteuil, le visage fermé, regardait ses pieds.

– Tu as l'air fatigué. Et moi qui voulais te faire visiter mes précieux soixante dix mètres carrés !

Jacques releva la tête. Il avait compris l'humour contenu dans les dernières paroles de Simon, mais il était décidé à l'ignorer.

– Tu fais ça aussi avec les minets que tu ramènes chez toi ? Et après tu leur fais visiter la chambre ?

Le visage de Simon laissait comprendre son exaspération. Il hésitait sur le sens qu'il devait donner aux paroles de Jacques. Il se décida pour la provocation amicale, dont il se souvenait que celui-ci poussait parfois le réalisme assez loin, pour toucher au cœur l'objet de son acharnement. Le drame déclenché, Jacques affichait une satisfaction silencieuse, et attendait.

– Tu n'as pas changé, bien dans ta peau lorsque tu rentres dedans ! lui répondit-il. Toujours dans la provocation ! Je sais bien que tu te moques complètement de mes pratiques sexuelles. Mais fais quand même attention, je pourrais bien un jour te prendre au sérieux !

Il s'engagea dans la porte de la cuisine :

– Je fais du thé. Au jasmin, ça te va ?

L'ironie satisfaite se lisait sur le visage de Jacques.

– Je ne connais pas. Mais pas de problème, je suis prêt à goûter à tout !

Jacques souriait.

– Dis-moi, j'ai passé la nuit dans le train et je me sens crasseux. Je peux utiliser ta salle de bain en attendant le thé ?

Simon haussa les épaules.

– Tu as le temps de prendre un bain si tu veux. Il y a des serviettes dans l'armoire. Ah, mets le verrou ! On ne sait jamais. Serais-tu intéressé par une petite balade à pied ? Dès que tu seras propre.

***

Jacques et Simon avait à peine parcourus deux cents mètres pour s'installer sur une banquette en moleskine, chez *Roger La Frite*. Jacques avait tout d'abord craint que son ami l'emmène dans un lieu hors de ses moyens. Le décor, style brasseries de début du siècle, l'impressionnait. Les murs chargés de faïences vertes, jaunes et bleues, l'éclairage, les banquettes, les miroirs, les garçons habillés de tabliers et de vestes noirs, la vaste salle séparée de paravents de verre dépoli cadrés en bois, tout lui semblait luxueux. Son ami le rassura :

– Incroyable hein ! C'est le restaurant le moins cher de Paris. D'ailleurs ça me donne les moyens de t'inviter. Une strasbourg et des frites, vite fait, et après je t'emmène boire un café ailleurs.

Jacques mangeait, regardait, écoutait le brouhaha de la brasserie tout en essayant de suivre la conversation de son ami. Simon semblait s'être investi d'une mission, parler de Paris, de ce qui était à voir, ou pas, du prix du ticket de métro, il enchainait sur les magasins, des allusions aux faits politiques du moment, des anecdotes sur des moments vécus dans des lieux qu'il aimait fréquenter, *La Coupole*, *Le Flore*.

– C'est là que je t'emmène boire un café. Tu sais, on peut y voir des écrivains, des journalistes connus. La semaine dernière, j'y ai vu Sartre qui lisait son journal.

Comme Jacques ne répondait pas, Simon l'interrogea.

– Sartre, tu connais ?

– Vaguement, je connais le nom, je sais que c'est un écrivain, mais je ne pourrais pas t'en dire beaucoup plus !

Simon ne commenta pas. - Il en rajoute. Je l'agace, et il me le fait savoir, pensa-t-il. L'érudition de Jacques ; une question qu'il ne s'était jamais posée tant celui-ci avait cette facilité à capter l'attention, en mettant au centre de sa communication, un mode « conteur », qui même spontané, semblait surgir d'une longue attente de la mémoire, et de la réflexion. Il venait de comprendre que Jacques s'était construit seul, sans guide, intuitivement, emmené par ses questionnements, ses interrogations propres, dans une démarche d'autodidacte isolé. Il comprenait mieux ce qui l'avait souvent étonné, tant dans les longs monologues que

Jacques dévidait parfois dans ces nuits, ou l'océan et le ciel se confondent, dans les lettres dont les mots partaient parfois à la dérive, dans des univers où la part du réel s'habillait d'effets hypnotiques. Ceci lui vint de la mémoire qu'il en avait, lorsque sa tête piquait, au fil des longues phrases qui s'enchaînaient sur le papier quadrillé, que Jacques utilisait pour écrire son courrier. C'était aussi une des raisons, pour lesquelles il aimait ces lettres. Ce qu'il ressentait, lorsqu'il stoppait sa lecture, dans l'anfractuosité d'une phrase où il tombait, et construisait dans un rêve éveillé un épisode inédit, avant d'y revenir.

Simon comprenait qu'il était dans l'attente de renouer, avec ces temps où la présence physique ou épistolaire de son ami, lui donnait ce plaisir innommable de vivre le conte, qui au fil des mots entrouvre, au choix, des portes où s'arrêter, alors que le conteur continue le chemin. Il pressentait que Jacques avait compris cette attente, et qu'il la partageait. Mais que par jeu, ou par crainte, ou toute autre raison qui lui appartenait, il ne ferait pas le premier pas. Ce lien, s'était construit d'une relation, où ils se partageaient un plaisir de même intensité. Pour l'un qui se vidait dans un réceptacle attentif et réactif, pour l'autre qui faisait le mur de son égocentrisme, pour s'associer à ce qui se bâtissait. Peu de chose, simplement un récit en devenir, né d'une paternité partagée, bien qu'elle ne soit pas de même nature. Jacques souffrait d'une dualité, qu'il souhaitait tuer en s'évadant de lui-même, mais son héros lui collait à la peau.

Simon s'était imposé comme témoin dans cette démarche, s'y était immiscé et Jacques ne l'avait pas rejeté. Il l'avait avalée ! Le besoin impérieux qu'ils avaient tous les deux de la reproduction de ce lien, pouvait se briser sous les coups des rites, de ce que l'on appelle complaisamment l'amitié. Ils n'étaient pas amis au sens usuel du mot. Que dire d'autre ? Ce lien n'avait d'autre nom que « lien ». Il était en suspens, fragile, et Simon en prenait conscience.

– Au fait, tu en es où, de ton écriture ?

Jacques releva la tête, regarda Simon. La question semblait l'avoir pris à l'improviste.

– Ah, oui, on en reparle tout à l'heure, chez toi ?

Il s'essuya les mains avec sa serviette en papier, se rejeta en arrière sur le dos de la banquette, l'air du garçon repus mais qui attend la suite.

– On y va ? C'est loin ton bistrot où l'on boit le même café que Sartre ?

Il faisait froid mais il faisait beau. Ils descendirent la rue de Rennes en parlant de tout et de rien.

Ils entrèrent. Le café de Flore était bondé, bruyant, enfumé. À défaut d'écrivains qu'ils auraient pu reconnaître, la salle était emplie de jeunes chevelus et barbus qui s'apostrophaient bruyamment. Jacques tira Simon par la manche.

– Si on allait boire le café autre part ? Je me sens un peu vieux avec mes cheveux courts ! Il va falloir que je laisse pousser tout ça.

– Tu as raison, abonda bruyamment Simon comme il aimait le faire et l'accompagner d'un rire gratté au fond de sa gorge ! Tu sais en ce moment c'est un peu chaud dans les facultés. Il y en a pas mal qui passent plus de temps à refaire le monde, plutôt que d'être dans l'amphi ! C'est vrai, j'oubliai, tu ne lis pas les journaux, et tu n'écoutes pas la radio. Je t'en parlerai plus tard, si tu veux. Finalement, si on rentrait chez moi ? Il fait un peu froid pour aller en terrasse. Je fais du café, et tu me dis où tu en es de tes écrits !

Ils marchaient en se pressant. Jacques repensait à ce que Simon lui avait dit. Il le stoppa de son bras.

– Ce n'est pas que je me désintéresse de tout. Mais, je ne sais pas grand-chose de la politique. J'ai cru comprendre que tu penses que la morale y est élastique. Tu as peut-être même parlé de cynisme ?

Simon le poussa fermement vers le trottoir.

– Tu vas nous faire écraser !

Ils reprirent leur marche. Simon fit quelques pas, avant de répondre à Jacques.

– Je ne me souviens pas avoir dit ça ! Mais il y a du vrai.

Tu vois, la politique, c'est proposer au peuple d'une communauté, généralement nationale, mais pas toujours, un projet de pouvoir, et parfois l'exercer.

En démocratie, par définition, il y a plusieurs projets de proposés. C'est en général, les partis politiques qui en sont porteurs. Le peuple choisit ! La politique, c'est ça !

– Alors c'est la bagarre perpétuelle ?

– C'est la règle du jeu ! La France, est un pays démocratique. Ce n'est pas parfait. Ça fonctionne très mal, mais on a rien inventé de mieux. Il faut simplement rester vigilant. La frustration des hommes politiques, menacés d'être éjectés du pouvoir, les pousse parfois, à mettre en place des lois qui, de fait, réduisent l'exercice démocratique de la politique.

– Tu penses à De Gaulle ?

– Je ne sais pas. Mais on entend de plus en plus de gens le dire. Ce qui est certain, c'est qu'il a fait des déclarations, au moment des élections législatives de l'année dernière, en mars, qui ont provoqué un tollé général dans la presse et dans l'opposition de gauche.

– Lesquelles ?

– Dans le détail, je ne m'en souviens pas, mais pour résumer, il remettait en cause le pouvoir de l'assemblée nationale. En fait, en cas de victoire de la gauche, il n'aurait pas nommé de premier ministre venant de la nouvelle majorité.

– Et alors ?

– Bah, rien, le parti gaulliste a obtenu la majorité, mais d'un poil !

Simon s'arrêta, posa la main sur l'épaule de Jacques :

– Je présume que tu n'as pas voté ?

– Non, d'ailleurs, je n'étais pas inscrit sur les listes électorales. En fait, je crois que je n'aime pas ceux qui sont au pouvoir, mais aussi, que je n'ai aucun intérêt pour ceux qui veulent les remplacer. Je ne suis rien pour eux, et ils ne sont rien pour moi.

Simon le pointa du doigt en simulant la colère :

– Ma parole, tu es un dangereux marginal libertaire !

– Je ressemble peut-être un peu à ça ! En réalité, je n'ai pas conscience d'avoir une étiquette. Je suis dans ma nature, et c'est là que j'y trouve mon équilibre. Je ne sais pas à quoi je ressemblerai demain. Je suis jeune, et je me sens vivre dans un monde de vieux.

– C'est vrai que la société en place ne laisse pas beaucoup de place à l'imagination, au rêve. De Gaulle est vieux, très vieux même. Son principal atout politique, c'est la commémoration ! La vérité c'est que les pouvoirs, tous les pouvoirs, politique, économique, familial, religieux, etc., sont entre les mains d'une génération, qui a vécu durant cinq ans, entre parenthèses, dans un monde où les libertés individuelles ne pouvaient plus s'exercer, ni même se revendiquer.

Cette génération efface ce temps de malheur, la guerre, l'occupation. Un coup de gomme magique qui référence le bonheur, à ce qui l'a précédé.
On peut comprendre ça ! Mais, qu'est-ce que c'est ennuyeux !

***

La journée était déjà bien engagée lorsqu'ils se retrouvèrent chez Simon. Jacques regarda sa montre.

– Simon, je vais partir tout de suite. As-tu un plan de métro ?

Celui-ci le regarda, l'air un peu décontenancé.

– Oui, j'ai ça. On se revoie ?

– Bien sûr. Mais j'ai des choses urgentes à faire. D'abord me loger provisoirement chez la personne dont je t'ai parlé. Je crois qu'elle me tolèrera au moins une semaine. Peut-être deux ! Si je ne trouve pas de travail, d'ici là, je vais me rapatrier chez mes parents. Mon père me l'a proposé. Mais je devrais pouvoir éviter ça. J'ai deux rendez-vous cette semaine suite aux réponses aux petites annonces que j'ai faites avant de partir. Avec un peu de chance, il y en a une qui marchera.

– Qu'elle sorte de travail comptes-tu faire ?

– Il y a une compagnie d'assurance, un travail de bureau. Je ne sais pas trop quoi. Et aussi, un travail de rédacteur dans une revue mensuelle. À l'entrepôt, j'avais sympathisé avec un appelé. Un type cultivé. On aimait bien parler ensemble. Je lui ai rendu pas mal de petits services. Les perms, les sorties en civil, des petites choses comme ça. Quand j'ai été démobilisé, il lui restait deux mois à faire. Il m'a laissé son adresse et son téléphone. Quelques jours avant de partir pour Paris, je lui ai téléphoné. Son père est propriétaire d'un mensuel. Une revue spécialisée dans les placements financiers. C'est lui qui m'a dit qu'il verrait s'il pouvait m'obtenir quelque chose au journal. Mais il n'y a rien de certain.

– Journaliste ?

– Non, je n'ai pas le niveau pour ça. En fait, si j'ai bien compris, il s'agit de mettre en forme des textes de publicité rédactionnelle, pré-rédigés par les annonceurs. Et puis aussi faire les corrections chez l'imprimeur. Peut-être que je pourrais évoluer après, vers un job de rédacteur, ou de journaliste. De toute façon, il me faut quelque chose qui me permette de me loger, et me nourrir, tout en me permettant de reprendre mes études.

– De quel genre d'études parles-tu ?

– Enfin ce n'est qu'un projet, un peu utopique. Je ne peux pas compter sur mes parents pour financer des études.

– Effectivement, ça me parait compliqué de travailler et de faire des études en même temps. Mais j'ai des amis qui l'ont fait !

Simon ne commenta pas plus. Il découvrait un Jacques qu'il ne connaissait pas. Il réalisa qu'il n'avait même jamais pensé que celui-ci puisse avoir d'autres projets que de se laisser dériver au gré de ses envies, de ses besoins, de ses paresses.

Il lui tendit un plan de Paris.

– Tiens, je te le donne. Ça pourra te servir. Je vais t'accompagner jusqu'au métro et te mettre sur la bonne ligne. Ta station, c'est bien Château d'Eau ?

Jacques prit le plan, et confirma.

– C'est ça. Je te laisse mon sac de marin. Il y a ma machine à écrire dedans. Et puis ça aussi.

Il déboucla le cordon qui fermait son sac. Posé à plat, sur le dessus, il y avait un paquet dans une grande enveloppe de papier Kraft. Il le sortit et le tendit à Simon.

Simon regardait, surpris l'enveloppe qui portait le nom et l'adresse de Jacques.

Jacques souriait.

– Tu reconnais ton écriture sur cette enveloppe ? Mais ce n'est pas ton récit qui est dedans. Je le garde pour moi, là ! Il montrait sa valise.

– Tu as terminé ?

– Pas exactement. Mais on en reparlera lorsque tu l'auras lu. Je t'appelle pour te dire quand on peut se voir. Pas avant quinze jours, je crois.

***

Christiane habite au cinquième, et dernier étage, d'un immeuble ancien, sous les toits. Le logement se compose d'une assez grande pièce qui fait office de chambre à coucher, et d'un petit coin, avec un réchaud à gaz, un évier, et une petite armoire, suspendue au-dessus. Une table et trois chaises, complètent le mobilier. Un grand lit, est appuyé sur l'angle des murs, dans l'autre coin de la pièce. Un rideau en plastique, suspendu, ferme un espace, faisant office de cabinet de toilettes.

– Les WC sont sur le palier. On les partage avec un autre locataire. Pour le papier, chacun amène les feuilles des vieux journaux qu'il trouve, déchirées en quatre. Faut penser à en remettre de temps en temps ! Je n'ai pas l'eau chaude. Si tu veux pour ta toilette, tu en fais chauffer une casserole sur le réchaud.

Jacques se sentait idiot, planté au milieu de la pièce. Lorsque Christiane lui avait ouvert la porte, il avait quelques instants hésité. En fait, lorsqu'il l'avait rencontrée chez son oncle, il ne l'avait pas vraiment regardée. Il avait le souvenir d'une jeune femme coquettement habillée, heureuse d'être là ! Celle qui l'accueillait, portait encore sa blouse grise de travail.

– Je viens de rentrer, lui dit-elle.

Elle souriait, mais Jacques plus que le sourire, vit la fatigue qui marquait son visage.

– Tu vois, ce n'est pas un palace. Mais pour moi, ça va. Le loyer n'est pas cher et je suis à cinq minutes à pied de mon travail. Tu as dû passer devant ; Le centre téléphonique des PTT.

Il y eut un instant de silence. Jacques ne savait pas quoi faire de son corps. Sans doute Christiane perçut-elle le malaise de celui-ci.

– Pose tes affaires. Bon, j'ai des choses à te dire. Assois-toi.

Elle lui désignait une des deux chaises qui entouraient la table.

– Tu veux un café ? Il est fait de ce matin. J'en prends un tous les soirs en rentrant. Ça me décontracte !

Sans attendre sa réponse, elle mit la cafetière sur le réchaud qu'elle alluma.

Durant le temps où ils burent doucement le café brûlant, ils ne se dirent rien. Jacques avait compris que pour Christiane, ces instants obéissaient à un rituel précieux. Le temps d'une liberté, du droit au silence, à la rêverie, quelle sacrifiait, huit heures par jour, à des numéros de téléphones, des transferts de lignes, sans jamais une seconde d'évasion, dans la tension d'une tâche, dont on ne peut pas contrôler les flux, où à l'opération faite, en succède une autre à faire.

Elle se leva, ramassa les tasses vides, les mit dans l'évier et les passa rapidement sous l'eau.

– Tiens, tu veux être gentil, tu peux les essuyer ?

Elle lui tendait un torchon.

Lorsqu'elle rangea les tasses dans le petit placard qui surplombait l'évier, sur la pointe des pieds, Jacques ne put empêcher son regard de s'attarder sur la cambrure, qu'épousait parfaitement le tissu souple de la blouse. Lorsqu'elle se retourna, elle comprit. Jacques détourna les yeux, maladroitement, trop vite.

Il était troublé, soudain envahit de questions qu'il ne pouvait poser, intimidé aussi par cette femme, dont en fait il ne savait rien, et qui l'accueillait sans peut-être l'avoir réellement désiré.

– Tu sais combien de temps tu restes ? lui demanda-t-elle.
– Tu peux rester tant que tu en auras besoin. D'ailleurs, tu sais, le matin je me lève à six heures, et le soir je rentre vers dix-neuf heures. Je finis plus tôt, mais je me promène un peu, je fais des petites courses. Parfois je travaille jusqu'à vingt-deux heures, mais c'est rare. Ça me fait des heures supplémentaires !

Jacques ne savait quoi répondre. Il se sentait intrus chez plus pauvre que lui. Il se sentait intrus, dans l'intimité de cette femme.

– Merci, C'est vraiment gentil de ta part. Je crois que je partirai demain matin. J'ai un rendez-vous pour du boulot demain après-midi. Après je verrais. J'irai peut-être passer quelques jours chez mes parents en Normandie.

Elle le regarda dans les yeux.

– Tu es sur ? Tu ne m'embêtes pas. Au contraire, on pourra causer un peu. En dehors des copines de travail, je n'en ai pas souvent l'occasion. Voilà, je te demande seulement deux choses. Je n'ai qu'un lit. Alors, tu dors à côté de moi, mais pas touche ! Et d'autre part, tu te laves les pieds avant de te coucher.

Elle avait ponctué ces deux dernières phrases de petits gestes, avec un sourire complice, qui adoucissait gentiment l'impératif de la consigne.

Jacques en comprit tout le sens. Le contenu d'une simple générosité qui se dévoilait sans artifice. Il avait la gorge serrée. Une émotion qu'il n'avait pas vu venir. Il se gratta la gorge, et ne put exprimer son agrément, que par un geste approbateur de la tête.

– Ah ! ajoutait-elle comme pour signifier que tout était désormais clair. Samedi et dimanche prochain je ne travaille pas. Je vais passer les deux jours chez mes parents, à Conflans. Mais tu peux rester. Simplement, si tu sors, n'oublie pas de fermer la porte. Je n'ai qu'une clef. Alors tu sors, et tu la planques sous le paillasson. Si j'arrive entre temps, je ne serais pas obligé de t'attendre assise sur les marches du palier.

Elle accompagnait ces dernières paroles en gloussant légèrement.

Ce premier soir, comme l'heure approchait où il lui faudrait s'insérer dans le lit, il se concentrait sur une émission de radio, tandis que Christiane faisait sa toilette dans le cabinet de toilette. Elle en est ressortie, couverte d'une chemise de nuit, qui descendait jusqu'aux genoux.

– Tu peux y aller, lui dit-elle. Il reste un peu d'eau chaude dans la cuvette. Tu dors de quel côté ?

Il bégaya :

– Je ne sais pas, où tu veux !

Lorsqu'il eut fini de se laver les pieds, il se montra à Christiane, un peu gêné, en slip et maillot de corps.

– Je n'ai pas de pyjama !

Christiane lisait. Elle leva les yeux au-dessus de ses lunettes, et le regarda en souriant.

– Ça ne fait rien. Viens, mais sage, hein ?

La fatigue qui s'était accumulée depuis deux jours, lui facilita ce baptême d'une cohabitation qu'il aurait jugée compliquée, en d'autres circonstances.

Lorsqu'il se réveilla, Christiane était déjà partie.

Sur la table, il y avait sur un bout de papier, quelques lignes à son attention : *Le café est prêt. Tu dors comme une marmotte en hiver. À ce soir. Bises.*

Christiane fit un soir un accroc au « no man's land » corporel. Elle était revenue de son travail, trempée. Une grosse averse imprévisible l'avait surprise. Elle tremblait de froid. Ce soir-là, à peine couchée, elle posa sa main sur celle de Jacques. Elle était glacée.

– Les pieds, c'est encore pire, lui dit-elle. Si je peux les poser sur les tiens ?

– Mais sans que ça te donne des idées, précisa-t-elle, interrogative.

Jacques la regarda en souriant, attendrit, heureux de pouvoir offrir cette petite compensation à celle qu'il s'était décidé à aimer comme un frère. Sa chaleur offerte, c'était la protection, l'attention, peu de chose. Mais il en ressentit de la fierté, qu'il qualifia en lui-même, pour lui-même, de puérile.

Sans attendre, Il glissa ses pieds dessus, et dessous, ceux de Christiane, et reprit sa lecture, sans un mot.

***

Jacques regarda autour de lui. Il vérifia qu'il laissait les lieux dans un état qui ferait plaisir à Christiane. En ce dimanche matin, il avait acheté à son attention au marché tout proche, un petit bouquet de fleurs, un paquet de café chez l'épicier du coin de la rue. Le petit mot qu'il lui laissait ne pouvait exprimer ce qu'il ressentait.

Il ne sut écrire que : *Merci pour tout. À bientôt, je t'embrasse.*

Son train partait dans deux heures. Il avait largement le temps de rejoindre la gare Saint-Lazare. Il se sentait bien. Il avait tout de suite adopté cette ville. Il s'était glissé dans son cœur. Il marchait, regardait, au rythme de son pouls. Il s'était mêlé à cette multitude, ou chacun se croise, indifférent au chemin de l'autre. Il sentait une profonde détermination dans cette foule. Quelque part, on les attendait, et ils répondaient tous à ce besoin. Leur but n'était pas incertain, le hasard semblait n'y avoir pas sa place. Jacques s'était imbriqué dans la fourmilière, comme l'on s'intègre discrètement dans un rang, pour ne pas se faire remarquer, au pas des autres. Il pensait qu'il y avait puisé de la force.

La réussite de ses démarches, lui procurait un sentiment de plénitude tel qu'il ne l'avait jamais ressenti. Lui qui jusqu'ici, avait craint qu'on le reconnaisse pour l'image qu'il avait de lui-même, un inutile, avait été reconnu, supposé utile ! Et il en ressentait une satisfaction étonnée. L'entretien prévu pour le poste qu'il sollicitait dans la compagnie d'assurance, s'était bien passé. Le chef du service du personnel lui avait donné confiance. Cela lui serait confirmé par courrier, dans les huit jours. Il avait donné l'adresse de ses parents. Il avait aussi trouvé une chambre, de bonne, à louer. Tout près de la place Pigalle, au sixième étage sans ascendeur, l'eau sur le palier, un petit chauffage au fioul. Mais Jacques était heureux de tout, euphorique ! Il lui fallait donner huit cents francs de garantie, somme dont il ne disposait pas. Le logement n'étant libre qu'à la fin de ce mois, il prit le risque de le réserver en donnant cinquante francs au propriétaire. Il espérait que ses parents l'aideraient pour compléter la caution.

Avec Christiane, tout s'était passé comme cela le devait. La semaine s'était écoulée sans heurts, dans une harmonie tendre, ou chacun avait trouvé son équilibre. Jacques s'était efforcé d'apporter, comme il le pouvait, sa contribution aux petites tâches indispensables, que comportent les routines d'une vie confinée dans trente mètres carrés. Lorsque Christiane rentrait du travail, elle retrouvait un lieu propre, du café chaud, quelques courses qui leur permettaient de grignoter en écoutant la radio et en bavardant. Ils se couchaient tôt. Christiane aimait bien lire et avait quelques livres dans lesquels Jacques put piocher. Ils lisaient tous deux, échangeant quelquefois leurs impressions de lecture. Il était clair, qu'ils trouvaient en ces instants un grand plaisir. Pour Jacques c'était une découverte. À aucun moment, il ne ressentit le désir de rompre le pacte que Christiane avait posé comme préalable. Elle avait pourtant du charme, un visage un peu marqué, souligné par des yeux dont la douceur s'exprimait d'autant mieux, qu'ils ne portaient aucun fard. Bien qu'il n'ait rien eu d'ostentatoire, son corps était bien fait, équilibré. Dès le deuxième jour, elle prit moins d'attention à se protéger des regards de Jacques. Il l'observait parfois, à la dérobée, et la trouvait belle.

Il n'avait jamais osé lui demander, ce qui lui brûlait les lèvres. Avait-elle un ami, de quoi étaient faites ses intimités ?

Il pressentait chez elle un passé assez lourd, pour ancrer sa vie dans les routines quotidiennes, concentrer ses émotions sur l'amour qu'elle portait, de toute évidence, à ses parents, et laisser le temps passer, sans autre désir, que de le reproduire, de jour en jour.

Il se remémora ce que Simon lui avait dit un jour sur la définition de la pauvreté. Il avait à la faculté, suivi un cours de sociologie, avec un prof qui avait écrit un bouquin sur ce sujet. Il trimballait une partie de ses cours avec lui :

– J'avais peur de me décerveler au contact des militaires ! lui expliqua-t-il.

Comme ils avaient abordé le sujet, Simon vint un soir à leur rendez-vous avec une page de notes prises lors d'un de ces cours. Il la lui lut lentement, en appuyant sa voix sur les mots dont il voulait souligner l'importance.

– C'est une approche de la définition de la pauvreté, qu'il m'avait paru nécessaire de noter : *Le pauvre est celui qui, de façon permanente, ou temporairement, est faible, dépendant, physiquement et intellectuellement, sans influences sur son environnement, etc. Il subit ! Il vit au jour le jour, ou à très court terme, situation dont il ne peut sortir qu'avec une aide, par ailleurs, le plus souvent improbable..*

Jacques à défaut du texte complet, en avait retenu le sens. Il était objectivement pauvre, mais il ne le vivait pas comme une dépendance, plutôt comme un espace de liberté ! Christiane vivait dans la conscience qu'elle était pauvre. Elle s'était installée dans les contraintes de cet état. Lorsqu'il mettait du temps à s'endormir, Jacques revenait sur cette pensée. Elle est pauvre, et s'est organisée à pérenniser sa pauvreté, car elle n'a pas d'autre choix ! L'essentiel de son temps de vie est dans la dépense et la reconstitution des forces et des moyens nécessaires à sa survie. Elle existe dans un équilibre fragile qu'elle doit préserver. Travail et logement sont les deux piliers de cet équilibre (*). De l'un, elle doit accepter les astreintes, les fatigues, peut-être les humiliations, de l'autre la tristesse, l'inconfort, la solitude. Elle n'a plus la main sur son destin. Comment pourrait-elle y insérer un temps pour l'amour ou la révolte. Il se dit aussi, que même le sexe était pour elle chargé de menaces. Il repensait à Jeannette, à sa sœur. Il y a des vies de femmes qui basculent pour quelques instants d'abandon, consentis ou non, par amour, ou par désir.

Elle parla avec lui, un soir de son métier. Il l'avait interrogée :

– Au fait, ça consiste en quoi ton travail ?

– Tu sais comment on téléphone ?

– Pas vraiment, dit Jacques, embarrassé. En fait, je n'ai jamais eu de téléphone chez moi. Le peu de fois où j'ai téléphoné, c'était dans des bistrots ou des bureaux de poste. Le numéro, on le fait pour moi.

– En gros, quand un abonné appelle, il tombe sur nous, demande son numéro, et nous transférons sa fiche dans celle de son correspondant.

– Tu dois finir par les connaître tes clients ?

Jacques affichait un regard curieux.

Christiane ressentit l'allusion. Son regard se figea, elle semblait reprendre sa respiration.

– Oui, quelques-uns, mais on fait tout pour nous empêcher de copiner avec eux. On nous change de secteur régulièrement. Et puis, de toute façon, on n'a pas le temps ! Sais-tu comment on nous appelle ?

– Non !

– On est, *les demoiselles du téléphone*. À part les chefs, on est toutes célibataires. Si on se marie, on peut se faire virer.

Mais évidemment ce n'est pas officiel. En fait, parfois, il y a de la drague. C'est vrai qu'il a eu quelques cas de copinage avec des clients, voire plus. C'est un peu le poulailler pour le renard, ajouta-t-elle en gloussant. En réalité, ça permet à la direction d'avoir une majorité de filles jeunes, costaudes au boulot. Moi, je m'en fou. Mais j'ai des copines qui voudraient bien se marier et qui ont besoin de leur salaire. Et puis ça devient de plus en plus dur. Dernièrement, ils ont mis des concours de rapidité, avec des primes. Alors, il y en a qui jouent le jeu, pour l'argent. Tu vois ?

– Ça consiste en quoi ces concours ?

– Le dernier record, c'est dans un autre central que le mien, une fille a réalisé quatre cents mises en communication en une heure ! Ça fait plus d'une toutes les dix secondes. Maintenant, c'est affiché partout : record à battre, etc.…Tu imagines qu'il n'est pas question d'aller pisser !

Il y eut un silence.

– Sans parler des filles qui ont leurs « ragnagnas », ajouta-t-elle.

Christiane s'était animée. La colère débordait de ses yeux.

– On s'est plaint aux syndicats. Pour une fois, je crois qu'ils sont d'accord. Il y a un préavis de grève de déposé. J'espère que la direction va faire un geste. La grève, je n'ai pas trop les moyens de la faire. En plus, il n'y a pas trop d'avenir pour moi. Ils sont en train d'automatiser les centraux téléphoniques. Qu'est-ce qu'ils vont faire de nous ?

Jacques vit un peu d'eau perler au coin de son œil. Il n'insista pas.

– Il y a un film que je voudrais voir. C'est à la salle du boulevard, à côté ; Je t'invite. On y va ?

Jacques l'avait emmenée au cinéma, voir un western italien. Après la séance ils ont bu une bière dans une brasserie bruyante, bondée de monde. Elle restait silencieuse et regardait.

– Le film t'a plu ? Lui avait-il demandé.

– Oui…On rentre ? Tu sais, moi je me lève tôt ! dit-elle d'un air un peu contraint.

Jacques perçu la tristesse dans son regard. Il se demanda plus tard, s'il avait bien fait d'organiser cette soirée. Christiane avait été rappelée à la conscience de ce dont sa vie la privait.

VI

Dimanche 17 mars 1968, il était 10 heures 45, lorsque Jacques sonna à la porte de Simon.

– Tu vas bien ?

Sans attendre de réponse, Simon posa sa main sur l'épaule de Jacques, et s'effaça pour le laisser entrer.

Jacques en passant, lui fit une petite tape affectueuse sur le bras.

– Je peux m'assoir ?

Il désignait le voltaire de velours rouge sur lequel était empilé un tas de magazines. Joignant le geste à la parole, il déménagea la pile et la déposa sur le petit bureau qui faisait face au fauteuil. Il affichait une bonne humeur communicative qui détendit Simon. Cela faisait deux jours que Jacques lui avait téléphoné. Après lui avoir succinctement demandé de ses nouvelles, il lui avait proposé de lui rendre visite en fin de matinée ce dimanche. – Je sais que tu bosses le dimanche après-midi, si tu veux on remet ça à plus tard ?

Simon l'avait rassuré. Il préparerait ses cours le samedi.

Plus de deux mois s'était écoulés depuis qu'ils s'étaient revus et quittés dans la même journée. Ces retrouvailles n'avaient pas été neutres pour lui. Empreintes d'une émotion profonde, il s'était efforcé de n'en rien laisser paraître. Malgré cela, dupe ou non, Jacques lui était apparu conforme à ce qu'il en connaissait. Un nonchalant, intelligent, cynique, facilement agressif, désarmant. Ou simplement un homme trop sensible pour traverser à visage découvert, sans trouble, les conventions et les incohérences de la société. Simon opta pour l'un, et l'autre.

Simon avait été renforcé dans ce sentiment à la lecture du texte que Jacques lui avait laissé. Il l'avait lu et relu, décryptant comme il le pouvait le message qui s'y inscrivait en filigrane, d'une suite que Jacques n'avait pas pu, ou voulu, assumer.

Il ne comprenait pas les causes qui l'avaient amené à s'impliquer autant émotionnellement dans la vie de Jacques, et dans cette histoire où la vérité s'habillait de leurres : Pour déguiser un vécu en fiction, ou proposer un vécu imaginaire ? Il s'était posé la question.

– Installe-toi. Si on buvait un verre ?

Jacques tourna la tête dans sa direction. Simon s'inscrivait dans le contre-jour ensoleillé de la fenêtre.

Sa nervosité ne transparaissait pas vraiment dans sa voix, son attitude. Mais il y avait comme un arrêt sur image. Le corps de Simon, figé sur le dernier mot prononcé.

Elle transpirait. Jacques la devina, surpris, sans en comprendre la raison.

Il avait éliminé depuis longtemps, les arrière-pensées que Simon aurait pu avoir à son encontre. Bien que l'un et l'autre y aient faits quelquefois allusions, ce n'était pour lui qu'un jeu et il avait compris qu'il en était de même pour son ami.

Il supposa finalement que Simon était dans l'attente ; la même que la sienne. Ils avaient un chemin à reprendre. Celui qui donnait du sens à ce qui les liait.

– D'accord ! lui dit-il d'un ton enjoué, en se frottant ostensiblement les mains. On boit quoi ?

– Tu as le choix ! J'ai du vin rouge, et du whisky. Comme je n'ai pas trop envie de sortir, j'ai préparé de quoi nous faire des sandwichs : saucisson, fromage, ça te rappellera quelque chose, non ?

***

Les deux hommes se regardaient, silencieusement. Ils avaient la même attitude. Affalés dans leur fauteuil respectif, une moue souriante soulignait le sentiment de plénitude qui les comblait. Depuis deux heures, ils mangeaient, buvaient, se gavaient des anecdotes et petites histoires de leur passé commun, de l'un et de l'autre, de l'un à l'autre. Ils avaient mangé plus que nécessaire, comme si cette nourriture comblait le manque, un vide, qui demeurait en suspens. L'alcool aidant, ils avaient choisi le rire et la dérision, comme pour en imprégner l'impudeur, l'abandon, la gravité, du bâti de leur amitié : des mots échangés en résistance aux banalités.

Ils avaient évacué ce sur quoi ils ne voulaient pas revenir. Ils n'étaient plus ces êtres bousculés, physiquement et moralement. Ces années passées, leur avaient donné une autre consistance. Ils s'étaient nourris intellectuellement l'un de l'autre, et il fallait maintenant conclure ce cycle. Jacques et Simon en étaient conscients. Ils hésitaient pourtant. Ils ne se le dirent pas, mais ce qu'ils avaient partagé, échangé, débattu, avait et était toujours, un socle. Chagrins, désespoirs, doutes, et toutes autres atteintes communes, qui percutent la sérénité, l'équilibre, n'avaient pu l'entamer, ou, pas vraiment.

– Tu as lu ?

Jacques s'était décidé à rompre ce statut de copains de chambrée. Il était venu dans cette intention. Aurait-il fait la démarche de revoir Simon si leur relation avait été réduite à cela ?

Simon opina rapidement de la tête, se leva du fauteuil, s'étira en grimaçant, fit le tour de son bureau, en ouvrit un tiroir.

– C'est là ! dit-il en extrayant le manuscrit de Jacques. Il s'assit sur la chaise de son bureau.

– Tourne ton fauteuil vers moi, je reste ici avec le texte sous les yeux. C'est plus pratique si j'ai quelques notes à prendre.

– Tu ne m'as pas répondu. Tu l'as lu ?

– Evidemment ! Bon, on travaille ?

– Et alors ?

– Çà ne ressemble à rien.

Jacques releva les yeux, intrigué, inquiet.

– Qu'est-ce que ça veut dire, ça ne ressemble à rien ?

Simon marqua un temps, se fendit d'un large sourire :

– Je constate que l'écrivain est plus sensible aux piqures que le bonhomme ? C'est une petite provocation qui vient de fonctionner.

Jacques demeurait figé, silencieux.

– Tu vois, reprit Simon, j'arrive aussi à manier l'ambiguïté ! Un mot de plus, et le sens fait un tour à trois cent soixante degrés ! Il faut entendre, *ne ressemble à rien, d'autre*. Ce que tu as écrit t'appartient complètement. On n'y voit rien qui ressemble à la façon de. Ton texte est original dans sa forme, personnel sur l'histoire. On sent bien qu'il oscille continuellement entre la fiction et le vécu, mais le lecteur n'en discerne pas les signes. Moi qui te connais assez bien, je me pose ces questions, sans avoir vraiment de réponses. D'ailleurs, tu t'es déjà exprimé dans un de tes courriers sur ça. Et je n'ai pas l'intention de te questionner. Pour revenir à ta question, c'est un compliment. Dommage que tu te sois arrêté !

– Ne te moque pas de moi. Impossible de continuer. Trop imbriquée en moi, cette histoire ! J'ai essayé, mais en vain.

– Pourquoi en es-tu si certain ? Laisse passer un peu de temps.

– Non, écoute-moi. On pourrait terminer, cet *objet* que nous avons commencé à deux mains. Comment pourrait-on appeler ça ? Le récit de quelques tribulations hétérodoxes ? Peu importe. Mais je te propose une autre démarche. Cette dernière partie sera certainement la dernière carte de ce jeu. Je ne peux l'écrire car les mots ne sortent pas. Les mots qui accrochent comme une gaffe, les sentiments, les faits, les idées, m'ont déserté. Ceux qui viennent, sont ceux des actes, dénués de sens. Cette fin là, est la fin brutale d'une période de ma vie, que je ne peux pas habiller, ne serait-ce qu'un peu, de la dose de fiction, nécessaire à l'écriture. Toi, tu pourras y mettre ce que tu veux.

Jacques s'arrêta de parler. Son émotion s'entendait, se voyait ! Simon s'étonnait. Il n'avait pas imaginé son ami tel qu'il se présentait à lui, ce jour là. Ce Jacques qu'il connaissait, était de ceux qui placés devant une impasse, ne cherchent pas un autre chemin. Ils changent de destination.

– Bon, qu'est-ce que tu proposes ?

– Si je ne peux pas l'écrire. Je peux t'en parler, te raconter. Après, à toi de voir si tu en fais quelque chose. Je te demande juste de me dire oui ou non. Maintenant !

Simon hésitait. Il n'évaluait pas le niveau réel de conviction des propos de Jacques. Il ne trouva rien à dire. Il fit le petit geste de la main qui démontrait son indécision.

Jacques enchaîna.

– Il y a autre chose que tu dois comprendre. Tu sais, je bosse et j'ai une piaule !

Curieux, Simon l'interrogea.

– Bravo, raconte !

– Bon pour le logement, ce n'est pas le Pérou ! Huit mètres carrés au sixième étage sans ascenseur, sous les toits, petit chauffage au fioul, l'eau et les toilettes sur le palier. Tout ça pour quatre cents francs par mois. Mais c'est tout ce que j'ai trouvé. J'étais trop pressé. Il faudra que je cherche autre chose.

– C'est où ?

– Pas loin de la Place Pigalle. Rue Alfred Stevens, tu connais ?

– Non, mais c'est plutôt un quartier chaud. Tu peux monter à pied sur la Butte ! C'est sympa. Pour ton travail, tu n'es pas trop loin ?

– Rue de Prony. Je prends le métro jusqu'à Monceau. Après, dix minutes à pied ! La compagnie d'assurance dont je t'ai parlé. Ce n'est pas intéressant, c'est mal payé, huit cent soixante francs nets.

– Tu fais quoi exactement ?

Jacques releva les yeux sur Simon. Il ouvrit les mains, comme pour souligner une impuissance.

– À vrai dire, je n'en sais trop rien. Le premier jour, on m'a fait asseoir autour d'une table rectangulaire, avec sept autres personnes. Une dame en blouse nous a distribué un crayon mine et une pile de feuilles imprimées. J'ai regardé autour de moi. On était dans une salle qui m'a semblé immense. Au fur et à mesure que les gens s'asseyaient, je découvrais que le même scénario se déroulait sur des dizaines de tables. Au milieu de la salle, en surplomb, une sorte d'estrade avec un bureau entièrement vitré. Une fois tout ce monde assis, un type a traversé la salle et a rejoint la cage en question. J'ai supposé que c'était le chef ! La dame nous a expliqué ce qu'il fallait faire. Pour résumer, il faut vérifier que chaque formulaire est complété correctement, l'annoter au crayon avec des lettres correspondant à un des quatre critères dont je te passe les détails. Le travail terminé, trier, rassembler et remettre à la dame. En fait, c'est la neuvième personne de la table, assise au bout, une chef de table, quoi ! Après, elle nous remet une nouvelle pile à traiter. Bref, je ne sais pas qui a rempli ces formulaires, et pour quelle raison, et je n'en sais pas plus ce que l'on en fait après mon travail. Sauf, que la dame, lorsque sa corbeille est pleine, se lève, sort de la salle, et porte le fruit de notre boulot vers une destination mystérieuse.

Simon souriait :

– Sans vouloir te vexer, je comprends pourquoi tu es payé si peu !

– D'accord !

Jacques adressa un doigt d'honneur à son ami.

– Mais moi aussi j'ai compris pourquoi il n'y avait dans cette salle, que des femmes, hormis moi, un autre jeune type assis à la même table, et le grand chef de la cage en verre. Attends, je ne t'ai pas tout dit ! Ma table n'était composée que de nouveaux embauchés. On entendait juste le brouhaha feutré généré par ce travail de fourmi. La fille qui était en face de moi, a levé le doigt en s'adressant à la dame. Elle demandait où se trouvaient les toilettes. L'autre a levé la tête, en lui désignant du doigt une grosse horloge suspendue, à la verticale de la cage du grand chef : Il faudra prendre vos précautions à l'avenir mademoiselle. Ici, pour ça, c'est toléré juste une heure après le début du travail, et terminé une heure avant la débauche, et en tout une fois le matin, une fois l'après-midi. La fille était rouge vif !

– Tout le monde supporte ça ?

Simon laissait apparaître un étonnement horrifié.

– Je ne sais pas. Avec l'autre garçon de ma table, Raymond, dans la semaine, on s'est arrêté dans un bistro pour faire connaissance. On a tout de suite sympathisé. Il m'a avoué qu'il n'était là que pour quelques mois. Pour se faire un peu de fric. Il milite aux jeunesses communistes. Ses parents sont coco. Il m'a dit qu'il y avait un syndicat dans la boîte. Le délégué s'est installé un jour à côté de lui, à la cafet. Ils ont discuté. Il y a quatre-vingt-dix pour cent de femmes, et presque toutes sont à des postes subalternes. Les cadres et la maîtrise sont pour l'essentiel des hommes. D'après lui, cette boîte n'a jamais connu de grève depuis la guerre. Tu penses bien, les femmes qui bossent là ont tellement peur de perdre leur boulot. Mais ce que ce gars de FO lui a dit, c'est que depuis deux ans, il y a eu beaucoup de recrutement, et essentiellement des jeunes. Ça commence à râler dans certains services. De toute façon, je n'y ai pas d'objectifs. Simplement subsister, le temps d'avoir une autre opportunité. Je suis un vrai béotien pour tout ce qui concerne la vie en société. C'est normal, tu sais comme je me sens mal, dès que des circonstances m'obligent à flirter avec. Et puis, jusqu'à maintenant, il m'a semblé que tout ce que j'en voyais, y était en perdition.

– Je crois que c'est une image de toi que tu aimes bien mettre en avant, une façon de te protéger.

– Tu te trompes. Je traîne ça depuis l'enfance. J'ai toujours eu le sentiment d'être sous pression, d'avoir le couvercle d'une marmite sur la tête. On m'a invité à vivre dans une société où le présent et le futur ne seront éternellement que le recyclage du passé. Je n'aimais pas, mais au moins, l'armée m'a permis de ne pas exister. Comme militaire, on ne discute pas. Personne ne te demande ce que tu penses. Tu es un objet parmi d'autres. C'est une forme de liberté.

Jacques ne parlait plus.

– Je comprends ce que tu dis. Je n'en suis pas certain, mais je pense que la plupart des jeunes vivent plus ou moins ce que tu ressens. Les parents, les hommes politiques, les acteurs de cinéma, les musiciens, les intellectuels, sans parler des curés de toutes religions, ont pour la plupart déjà fait leur route et leurs convictions avant, ou pendant la guerre. Le reste, le nouveau, est toléré, au mieux, avec un sourire condescendant, pour le réduire à un fait de mode, sans avenir.

Simon écarta les bras, théâtral :

– Bon, c'est comme ça !

Jacques acquiesça.

– J'ai eu un choc, en arrivant ici, à Paris. Ça me parait différent. Toute cette activité, qui ne s'arrête jamais ! Je crois que je peux peut-être me mêler à ça.

– Je ne te suis pas très bien !

– Tu as raison, c'est un peu confus. Ce que je veux te dire, c'est qu'il faut que j'investisse du temps.

– Du temps ? Dans quoi ?

– Je ne sais pas, découvrir, m'insérer là-dedans ! Et puis, il faut compter avec le temps perdu, le travail, le trajet, me nourrir etc., j'ai fait les comptes : Il n'y a rien pour l'écriture.

Plus tard, peut-être ? Comme je te l'ai dit, sur ce dont nous parlons, j'en suis complètement incapable. Et puis, tu sais, pour le boulot de rédacteur. Je n'ai pas encore pu voir le garçon dont je t'ai parlé. Il m'a donné rendez-vous samedi prochain, au journal. Au téléphone, il m'a dit que, à titre d'essai, il me donnera un article de publicité rédactionnelle à faire. C'est sur l'histoire de la forêt en France. J'ai deux mois pour le faire. C'est payé à la ligne, de la pige, s'il est accepté par le directeur de la publicité.

– Qu'est-ce que ça à voir avec la finance ?

– J'ai cru comprendre qu'il s'agit d'illustrer une campagne de pub pour les placements dans des sociétés civiles d'investissement forestier. Ils appellent ça, le placement dot ! Un enfant nait, vingt ans après les arbres sont prêts à être coupés ! C'est encore un peu touffu pour moi, ajouta-t-il en riant. Tu vois, tout ça ne me laisse pas de temps pour écrire !

Simon ne répondait pas. Il était plongé dans une réflexion sur ce que venait de lui exposer Jacques, de sa situation, de sa vie. Il devinait le combat que menait Jacques avec lui-même. Il ressentait à nouveau ce sentiment de tendresse, d'amitié, que provoquaient leurs échanges passés. S'y ajoutait l'étonnement, admiratif, de la ténacité de Jacques, de sa capacité à s'adapter sans se laisser happer.

Jacques se leva de son fauteuil, fit le tour du bureau, saisit le manuscrit, et le claqua sans brutalité sur la tête de Simon.

– Tu dors ? On s'y met ?

– D'accord, on essaye. Mais j'ai l'impression de te voler quelque chose. Je ne peux pas noter tout ce que tu as à raconter. Le mieux c'est qu'on enregistre.

– Tu as ce qu'il faut ?

– Oui, un magnétophone. J'ai deux rouleaux de bande vierge. C'est environs pour trois heures d'enregistrement.

Jacques acquiesça de la tête.

Simon resta quelques secondes sur place, et poursuivit :

– J'installe le magnéto, et je me prends quinze minutes pour me remettre le canevas de ton texte en tête.

J'ai une suggestion sur la manière de procéder : Je te pose quelques questions pour ouvrir. Et, je recommencerai lorsqu'il y aura des faits à éclaircir ou à préciser. Ressers-toi un verre pendant ce temps.

***

Simon referma le manuscrit.

– On en parle ?

– D'accord.

– À mon sens, il n'y a pas qu'une fin pour conclure ton histoire, mais deux. La première, puisqu'elle est le personnage conducteur de cette histoire, c'est Jeannette : Au moment où tu t'arrêtes, tu ne l'as pas revue !

Simon se tut, dans l'attente d'un commentaire de Jacques.

– Continue, lui dit-il.

– La deuxième est simplement suggérée. En fait, j'ai eu le sentiment que de l'histoire en naissait une autre. Un peu comme si, te rendant chez quelqu'un, rencontrant une autre personne sur ton chemin, tu modifiais ton itinéraire pour l'accompagner un temps. Et on ne sait, si tu reprendras ta route initiale !

– C'est un peu ça. La difficulté, est que, je ne peux t'en dire, que ce que j'en ai vécu, modifié du souvenir et de l'évaluation que j'en ai faits. Je suppose que la troisième fin, est la conclusion de cette histoire. Je crois qu'elle existe. Enfin, tu en jugeras !

Ça confirme ce que je pense de toi ! Tu n'es pas simple !

Jacques ouvrit ses deux mains, pour signifier, (peut-être ?) : *Je ne sais pas !*

Simon souriait. Il balança la tête d'un air faussement exaspéré.

– Tu as un plan, ou tu te lances comme ça ?

Jacques fouillait dans sa sacoche. Il en sortit un dossier cartonné contenant un bloc de papier à lettres.

– Je suis resté une dizaine de jours chez mes parents. J'ai eu le temps de prendre des notes. La chronologie, des phrases échangées, ou du moins, le souvenir que j'en ai. Ça m'a fait un support, un fil conducteur. J'essaierai de les insérer. Tu te débrouilleras avec ça.

– Je vois que tu avais prévu le dénouement de notre conversation, dit Simon, goguenard. Le magnéto est prêt. Tu peux commencer ?

***

Jacques parlait lentement. Chaque phrase était découpée de silences. Il donnait l'impression de choisir les mots, d'essayer de leur donner le poids nécessaire à leur rôle. Son regard était vide, ne semblant rien rencontrer de visible, en lecture intérieure. Simon se surprenait à demeurer en apnée, dans l'attente d'un mot, d'une expression, en suspension aux lèvres de Jacques.

Il s'interrompit. Il semblait fatigué. Il cherchait quelque chose dans les feuillets éparpillés devant lui, sur la moquette du salon.

– Tu l'aimes encore ?

Simon cherchait le regard de Jacques.

Celui-ci pris quelques instants, releva la tête.

– Jeannette ? Ne ris pas, je n'ai pas d'autres mots pour parler de ça : Je l'ai dans le cœur, mais j'ai baissé pavillon. J'accepte ! Je sais qu'elle a fait un choix de vie où je n'ai pas ma place. Je ne me reproche rien ! J'ai compris que je n'étais pas la cause, mais juste, qu'elle prenait une autre route que moi. Peut-être aurais-je pu bifurquer, et m'attacher à ses basques ? Pour ça, il faudrait que je devienne un autre que moi-même. Cela n'aurait pas de sens. Ce que je ressens, c'est comme dans le poème de Baudelaire dont tu me rabâchais les premiers vers, quand tu n'étais pas bien : *Quand le ciel bas et lourd pèse comme un couvercle*...etc. Je ne me souviens que de ça !

– Le Spleen !

Simon siffla et ajouta :

– Quelle mémoire !

– Il faut dire que notre ciel se prêtait souvent à la plainte de ces mots ! Voilà ce mal qui sans excès, où que j'aille, quoi que je fasse, m'accompagne.

Jacques marqua une pose.

Il regardait Simon qui ouvrait la bouche, sans qu'un son en sorte, oubliant de la refermer.

– Ne cherche pas, lui dit-il. C'est de moi, c'est venu comme ça ! Pour revenir à Jeannette, je crois que notre parenthèse l'a aidée à rencontrer ses fantasmes, et à secouer des carcans qui s'installaient petit à petit, dans son corps et son esprit. Mais elle ne me doit rien d'autre, que le hasard de notre rencontre. Pour le reste, je pense qu'elle a été le maître de nos jeux.

Au fond, en se libérant de moi, elle ne m'a pas détruit. Elle m'a rendu à moi-même, enrichi d'elle. J'ai toujours respecté les femmes, naturellement, sans que cela ne me pose de problèmes.

Mais peut-être n'ai-je pas su voir dans ses yeux, autre chose que le plaisir de recevoir, et de donner. Les quelques mots d'amour qui m'atteignaient parfois, n'étaient reçus de moi que comme une récompense. Je n'en ai pas rendu d'écho !

Sa voix était rauque, brisée. Simon se retint. Il aurait voulu lui dire quelque chose, mais il n'avait pas les mots.

Jacques se leva, prit la bouteille de whisky sur le bureau, et remplit son verre. Il regarda Simon, qui se contenta de faire non, de la tête.

Il s'éclaircit la voix.

– Je continue.

***

Jacques parlait maintenant depuis plusieurs heures. Simon, concentré, prenait parfois quelques notes, parfois l'interrompait d'une question, demandait une précision. Il y avait de longs silences que les deux amis partageaient, sans se soucier du temps, sans que l'un ou l'autre ne montre une quelconque impatience.

Ils reformaient le duo qu'ils avaient été, passionnés de se raconter, de s'expliquer, de démontrer parfois. À travers les mots jetés au vent, dans ce jeu de double, où la réalité vécue n'avait d'autre importance, que de poser le décor, ils s'étaient projeté l'un sur l'autre, comme l'image, vient se coller sur la toile du cinéma. La vérité n'a que les mots pour exprimer sa réalité. Ils portent l'idée que l'on se fait, de la chose. Celui qui les reçoit, en a la plupart du temps, la même empreinte, mais avec une complexité différente. Il y a toujours une part de fiction, dans la réalité du message, que l'on reçoit de l'autre. Elle n'est jamais, que ce que l'on bâtit, sur le socle de ce que l'on connaît.

Jacques s'était fait à cette idée, de la relativité de la réalité exprimée pour celui qui la reçoit. Mais ce jour-là, son socle à lui, son vécu, était trop fort, prégnant. Il butait souvent, coupant ses phrases de silences, les reformulant parfois plus tard, insatisfait du sens qu'il percevait en avoir donné, lorsque le récit revenait sur le sujet évoqué.

Lorsque Jacques s'arrêta, le signifiant d'un geste las à Simon, celui-ci ne protesta pas. Ils ressentaient, également, ce temps passé comme une épreuve, où la tête et le corps s'y étaient épuisés.

Puis il y eut ce temps, où les nerfs de Jacques cédèrent. Simon était ébranlé, ne sachant comment donner du sens à ce, qu'il n'avait pas vu venir. Il s'éloigna, et donna du temps à son ami.

Plus tard, la nuit tombait. Simon se leva et alluma une lampe sur pieds.

Jacques le regarda longuement.

– Qu'est-ce que tu comptes faire de tout ça ?

Il désignait le magnétophone et les notes que Simon relisaient.

Simon ne répondit pas tout de suite. Il prit un calendrier.

– Je pense que je peux réécrire, mettre en forme, ce que tu viens de raconter.

– Ce n'est pas une obligation. D'ailleurs, est-ce que cette histoire mérite d'être écrite ?

Jacques n'avait pu dissimuler la note d'agressivité, contenue dans ses paroles.

– Bien sûr ! Je ne me pose même pas la question. En tout cas, pour ce qui nous concerne, il faut la terminer. Pour ce que l'on fera de l'objet, c'est une autre question.

Jacques acquiesça de la tête.

Simon se détendit, en tirant les bras en arrière. Il avait l'intuition que Jacques ne supporterait pas d'entendre les questions, qui pourtant, lui brûlaient les lèvres.

– Dommage que l'on bosse tous les deux, demain. J'aurai bien fait une virée alcoolisée, avec toi ce soir. Voilà ce que je te propose. Les vacances de Pâques commencent le quatre avril, et se terminent le vingt et un. Ça me donne le temps de réécouter, et d'écrire. Je vais m'y consacrer pendant ces deux semaines. Tu viens ici le vingt. C'est un samedi. On passe la journée ensemble, on termine, et si on est content du résultat, on passe la nuit dehors, à boire, écouter du jazz, et draguer. Il rajouta : On ne se fera pas concurrence, tous les deux. Enfin, on verra bien !

De toute façon, tu resteras jusqu'à dimanche, si tu n'as rien d'autre à faire. On fêtera ça ! À côté de Roger La Frite, il y un restaurant chinois, le Dragon d'Argent. Je t'invite. Tu verras, la cuisine et les meubles…

Tu peux me laisser les notes que tu as gardées, sous le nez ?

***

Jacques enfilait son manteau. Il se sentait déprimé à l'idée de rejoindre ce qu'il avait décidé de nommer « ma cage du sixième ». Il se retourna vers Simon.

– Ah, j'oubliais ! J'ai presque terminé le bouquin que tu m'as envoyé. Je te le rendrais la prochaine fois que l'on se voit.

– Je suis content que tu l'aies lu ; « Les célibataires ». Qu'est-ce que tu en penses ? Tu avais déjà lu quelque chose de Montherlant ?

– Non ; ce que j'en pense ? L'écriture est trop parfaite, trop belle, pas assez rugueuse. Elle sent le dilettante professionnel. Pour ce qui concerne l'histoire, je suis né trop loin du milieu ou vivent les personnages, et de leurs préoccupations, pour voir autre chose que des caricatures.

Simon l'interrompit :

– Pourquoi veux-tu le finir alors ?

– Tout ça m'étonne ! Je découvre. Je ne sais pas comment te dire. Chaque mot en entraine un autre, chaque phrase aussi. Je lis, je reviens en arrière, j'imprime sur mes yeux, des lieux, des décors, des hommes et des femmes en habit et en chair, je les vois, je les entends.

– En fait, c'est contradictoire. Tu n'aimes pas, mais tu es entré en plein dedans !

– C'est ça ! C'est déprimant, mais ça accroche. Il y a une idée que je me suis faite de la vie, au fur et à mesure, que ces personnages viennent titiller mes neurones.

– Ah oui, c'est quoi ?

– Les pauvres ont le désir de l'être moins, et les riches craignent de ne pas l'être plus ! Et moi je pense que le plaisir nait du désir de gagner, et l'angoisse de la crainte de perdre. Donc, heureux ceux qui n'ont rien à perdre.

– Tu vois, les mêmes mots n'ont pas le même sens, pour ceux qui sont nés dans la nécessité, et ceux qui peuvent s'en échapper.

– Tu peux donner des exemples ?

– C'est assez facile. La première des nécessités est celle qui est en relation avec la survie. La faim en est une ; la plus importante ! Pour ceux qui en dépendent, le mot pâtes alimentaires signifie, nourriture. Pour les autres, la notion de plaisir vient s'y ajouter, pâtes au beurre, avec du fromage râpé, en sauce bolognaise, etc. S'ils ont été en vacances en Italie, ça leur rappelle de bons souvenirs.

– D'accord, mais ce que tu dis est un peu réducteur. On peut être pauvre, et en même temps, surmonter intellectuellement cette pauvreté, même quand la satisfaction des premiers besoins est un impératif quotidien.

– C'est vrai. Mais c'est l'exception. Ou alors, ta remarque est exacte, lorsqu'il existe une solidarité, dans un groupe. Parce que le mot solidaire, est déjà une idée, qui a surmonté la réponse individuelle. Alors, appelons ça, culture de groupe, sociale, professionnelle, géographique, syndicale, politique, artistique, etc. Je pense aux ouvriers, aux paysans, et bien sur, aux artistes.

Mais ceux dont je parle se situent en dehors, pauvres et isolés, submergés par les nécessités.

– Toi et tes grandes démonstrations !

Jacques levait les bras au ciel.

– Regarde, moi, je suis en dessous du seuil de pauvreté, je n'appartiens à aucun des groupes dont tu parlais, mais j'ai un ami qui satisfait mes besoins primaires !

Simon un peu décontenancé par la dérision, ne put s'empêcher de poser la question :

– De quel besoin parles-tu ?

– Le whisky mon ami, le whisky !

– Tu peux toujours croire à ça !

Simon, riait maintenant franchement, devant le sourire narquois qui accompagnait les paroles de Jacques. Il l'attira contre lui, dans une accolade spontanée.

Jacques ressentit l'amitié, et l'émotion que son ami, mettait dans son étreinte. Il le repoussa doucement, et, posant ses deux mains sur ses épaules :

– Arrêtes ! Je déconne. Je lis simplement ce bouquin pour m'endormir, lui dit-il en souriant.

– Ou faire des cauchemars, répondit Simon du tac au tac.

VII

Samedi 20 avril 1968, en matinée. Jacques descendait à pied, de chez lui, jusqu'aux quais. Il avait décidé d'y faire une halte. Il avait pris goût à plonger des yeux et des mains dans les bacs des bouquinistes. Il achetait quelquefois, lorsqu'il ne pouvait résister à la surprise d'un titre, ou à la patine d'une belle reliure. Mais là, il était complètement fauché ! Il n'achèterait rien.

Son rendez-vous avec Simon, avait vaguement été prévu pour la fin de matinée. Il était tôt encore. Il aurait pu s'accorder une heure, ou deux, à flemmasser. C'est la chaleur qui l'avait chassé du réduit, qualifié de chambre, par le couple de jeunes bourgeois, qui le lui louait quatre cents francs par mois. La première semaine, il était allé frapper à leur porte, au quatrième étage, et demander où était sa boîte aux lettres. Une petite fille, avait entrebâillé la lourde porte de chêne clair. La maman, était apparue, jeune femme d'une trentaine d'année, visage souriant, intelligent. Elle ne l'a pas fait entrer.

– Excusez-moi, je suis en plein ménage. Elle lui montrait son tablier. Elle était désolée. Non, ce n'était pas prévu. Mais il pouvait se faire adresser son courrier, en précisant aux bons soins de…S'il en recevait, elle irait lui glisser sous sa porte. Il partait, lorsqu'elle le rappela.

– S'il vous plait, j'ai oublié de vous le dire, prenez l'escalier. La Concierge m'a fait une remarque, pour l'ascenseur ! Je lui ai dit que j'avais oublié de vous informer. C'est prévu comme ça, pour les logements de service.

Elle souriait, désolée.

– Vous savez, les gens de l'immeuble sont un peu coincés. Des vieux bourgeois, ajouta-t-elle, malicieuse, comme si elle suggérait que ce statut, leur valait une dose de compréhension.

Il pensa à son premier salaire. Encore une semaine avant la paye : huit cent soixante dix-huit francs, lui avait dit la secrétaire du personnel, qu'il était venu interroger. Soupçonneuse, elle lui avait précisé qu'il lui faudrait trois mois d'ancienneté, avant d'avoir la possibilité d'une avance sur salaire.

La veille encore, avant de se coucher, il avait froid. Il avait hésité à allumer le petit chauffage au fioul, qui était censé maintenir la température à un niveau acceptable. Il l'éteignait avant de s'endormir. Il y avait deux raisons à ça. L'odeur de pétrole qui l'écœurait, et la chaleur qui rendait vite intenable la température des quelques petits mètres cube d'air, qui stagnaient. Il est vrai, qu'elle s'évanouissait aussi vite, qu'elle était venue. Mais en général, Jacques avait eu le temps de s'enrouler dans les couvertures. Jusqu'à ce jour, c'était plutôt le froid qui le réveillait.

En ouvrant les yeux ce matin, il s'était pris de plein fouet le rayon brûlant du soleil, qui s'invitait, à son sixième étage, au travers de la vitre du chien assis, dépourvue de rideau.

À sa grande surprise, sortant de l'immeuble, il avait été saisi par la moiteur, qui s'installe grassement dans les petites rues des villes, en été. Ce n'était qu'un avant-goût printanier, mais il en avait la saveur. Depuis qu'il était à Paris, le froid et la pluie se succédaient, comme s'ils constituaient les deux seules alternatives climatiques de cette ville. Jacques s'y était fait, sans joie, avec résignation. En quelques heures seulement, le printemps avait jeté dehors nuages et ère glaciaire, et surprise, il avait invité, au passage, la chaleur. Les dos recroquevillés des passants se libéraient, dans le brouhaha d'une foule qui s'ébroue. Dans le froid ou sous la pluie, on rentre le cou dans son manteau et l'on n'entend plus que le frottement du col sur les oreilles. Et on se hâte. Les rues lui semblaient maintenant plus joyeuses, leurs usagers moins affairés, moins déterminés à ne se déplacer que dans la rationalité d'une fourmilière.

C'est ce que pensait Jacques, en marchant avec la fureur d'un évadé de prison. Déjà, il semblait que chacun se soit préparé à cet évènement, les jupes étaient courtes, les chemises ouvertes, comme par défit. Les garçons de café installaient à la hâte leurs terrasses. Jacques s'étonnait, de la capacité de ce peuple de Paris, à s'adapter, à se faufiler, dans toutes les opportunités que la nature, ou la ville, leur offraient, au hasard. Il regretta de s'être encombré de son duffle-coat, mais il était trop tard. Il le retira, et le jeta sur son épaule comme une cape. Il frissonna de plaisir à la caresse de l'air tiède qui venait goûter sa peau.

***

Simon n'était pas seul. Jacques, l'espace d'un instant, ressentit une frustration coléreuse qu'il se reprocha immédiatement. L'optimisme printanier qui lui gonflait les poumons et la tête depuis le matin, se trouvait contrarié.

– Je me conduis comme un gamin, murmura-t-il, les lèvres serrées, en émettant un son proche du borborygme.

– Qu'est-ce que tu dis ? lui demanda Simon en lui posant sa grosse patte sur l'épaule.

La main était fraternelle.

– Non rien, je pensais à quelque chose. Je te dérange ? C'est bien aujourd'hui que l'on devait se voir ?

– Mais non, il vous attendait. Je suis passé sans le prévenir. Mais je vais vous laisser.

Jacques n'avait qu'entraperçu le jeune homme, qui s'encadrait maintenant dans la porte du salon.

Simon poussa un peu Jacques et ferma la porte derrière lui.

– Je te présente Georges, un copain de lycée. Mes parents et les siens étaient amis, et de plus, on habitait dans le même quartier.

Et s'adressant au jeune homme qui avec un énorme sourire tendait la main à Jacques :

– C'est mon pire ami, celui dont je te parlais tout à l'heure.

Le garçon qui serrait la main de Jacques sans la lâcher, lui parut tout de suite sympathique. Grand, presque dégingandé, il avait le crâne tondu de près. Mais c'est surtout son regard et sa bouche qui frappèrent Jacques. Ses lèvres s'écartaient presque jusqu'au milieu du visage, et ses yeux bruns, allumés, presque noirs, dévoilaient une capacité naturelle à l'empathie, et à la bonne humeur.

– Simon m'a raconté votre histoire. Il m'a dit que tu as la personnalité la plus compliquée qu'il ait eu à supporter depuis qu'il est né. Mais il exagère toujours !

Jacques affichait un sourire un peu contraint, ne sachant trop quoi dire. Simon le sauva de son embarras. Il entoura fortement les épaules de Georges et le tira en arrière.

– Il est hors de question que tu te sauves comme ça ! Ça fait plus d'un an que l'on ne s'est pas vu. À part une carte postale d'Athènes lorsque tu es arrivé en Grèce, après plus rien. Et je n'avais pas ton adresse. L'année dernière je me suis fait un sang d'encre après le coup d'état.

Puis s'adressant à Jacques :

– Bon qu'est-ce que tu attends ? Entre ! Je te présente Georges. Sa principale caractéristique ? Porté sur l'alcool, et fou de musique. Il se destine à enseigner ça !

Georges l'interrompit :

– Pour ce qui est d'enseigner la musique, je crois bien que c'est fortement compromis, pour le moment, en tout cas !

Je ne peux pas rester trop longtemps. J'ai un rendez-vous avec un ami Grec. Yanis, un ex des Jeunesses démocratiques Lambrakis. Il essaye d'organiser quelque chose pour structurer une opposition à la dictature des colonels, ici. Tu sais, il y a beaucoup de Grecs qui arrivent en France, pour éviter d'être arrêtés, ou tout simplement parce que le régime les pousse dehors, en les privant de travail, en les menaçant de tout ce que peut craindre un être humain, normalement constitué. Et malheureusement, les Grecs savent que ce ne sont pas des menaces en l'air !

Simon, soudain sérieux, lui dit :

– On peut t'aider, faire quelque chose ?

Georges le regarda. Il semblait hésiter :

– Non, merci. Je te connais et j'ai complètement confiance en toi. Mais je n'ai pour l'instant aucune information sur ce qui se met en place. Moi, je ne crois pas vraiment que ce soit le moment de faire un mouvement politique, avec des gens qui ont pour la plupart, le souci immédiat de leur sécurité, et de leur vie de tous les jours. Beaucoup ont des difficultés avec la langue française. ! Les rassembler dans un mouvement politique reviendrait à les exposer. Pour l'instant, l'urgence, c'est de mettre ces gens en sureté, et leur permettre de faire face à leurs besoins quotidiens. À priori ils sont là pour longtemps, il faut qu'ils s'intègrent. C'est de ça dont je veux parler avec Yanis. Je pense qu'il faut commencer par organiser l'aide, et surtout des cours de français, la base pour faire face à un minimum d'obligations.

Le problème aussi, c'est que le régime des colonels infiltre des hommes à eux dans la diaspora. Les conséquences pour les familles, les amis, qui restent là-bas, sont terribles. La police se sert d'eux comme otage. La moindre erreur, peut signifier la prison, la torture, ou même l'assassinat de proches. On n'a pas trop de problèmes pour les loger ou leur trouver du travail. Il y a beaucoup d'intellectuels, des ingénieurs, des artistes.

Pour l'instant le gouvernement Français est bienveillant. Il donne les permis de travail et de séjour, sans trop de difficultés. Je ne suis pas dans le secret des dieux, mais je sais que l'argent commence à arriver, d'Amérique, mais aussi du Liban, d'Angleterre. Tu sais, il y a des grecs partout dans le monde où on peut faire du commerce. Le problème, c'est que ce sont ceux qui ont des contacts avec la diaspora grecque installée, qui en profitent le mieux. Certains redistribuent, aident les autres. Mais malheureusement, c'est une minorité !

– Et ton père ?

– Tu sais, papa est grec et maman française. Moi j'ai gardé la nationalité française. Papa n'a plus de travail. Il a été mis en disponibilité, sans explications. Maman travaille à l'Ecole Française d'Athènes. Un poste à la bibliothèque. Mais les budgets sont serrés. Pour l'instant elle est payée sur des crédits de recherche, en attendant qu'en France le ministère crée le poste.

Simon se tourna vers Jacques :

– Le père de Georges faisait partie du corps diplomatique de l'ambassade de Grèce à Paris. Après le putsch, l'année dernière, il a été rappelé par les nouvelles autorités.

S'adressant à Georges :

– Pourquoi, tes parents ne reviennent-ils pas en France ?

– Tu sais, papa, il n'a jamais fait de politique. Les Grecs on vu tellement de gouvernements et de partis venir au pouvoir et en repartir, sans que rien ne change, qu'ils se sont désintéressés de la politique. Mon père y compris ! C'est une de raisons qui ont permis aux colonels de prendre le pouvoir, pratiquement, sans rencontrer de résistance.

Il ne comprend pas bien ce qui lui arrive. Mais surtout, il n'a pas vraiment conscience de ce qui se passe dans le pays. Il croit que ça va s'arranger. Et puis, dans la famille, de son côté, ce n'est pas très clair.

En fait, je ne le comprends plus. C'était des disputes sans arrêt. Et ma mère, elle a peur pour lui, et pour moi. C'est elle qui m'a poussé à partir. De toute façon, je ne faisais plus rien ; je n'ai pas repris mes études à Athènes, et pas de travail. Je n'ai pas cherché, à vrai dire.

– Qu'est-ce que tu comptes faire ?

– Je ne sais pas. Tu sais j'ai mes grands-parents ici, enfin en banlieue, à Saint-Maur des Fossés. Il est prévu que je me rende chez eux. Ils m'attendent. J'aimerais bien reprendre mes études de musique, pour décrocher un niveau qui me permette de donner des cours...

À propos, tu te rappelles de Mikis Theodorakis ? En fait, c'est lui qui a créé le parti des jeunesses démocratiques Lambrakis ! Je t'en parlais souvent ; la musique du film Zorba le Grec, je crois que c'est la plus connue de ses compositions ? Je ne sais pas si je te l'avais dit, mais il a fait ses études au conservatoire de Paris, dans les années 50, je crois. En 1963, il est venu nous rendre visite, dans ma classe du conservatoire. Il nous a parlé du rôle de la musique dans l'histoire de son pays. Il parle français comme toi et moi. Il m'avait beaucoup impressionné. La police grecque l'a arrêté, avec sa femme. J'ai appris ça par un étudiant, que j'ai rencontré dans une école de musique, ou je trainais mes savates, pour voir. D'après ce qu'il m'a dit, ils l'ont tellement maltraité et torturé, qu'il a failli mourir. Finalement, ils l'ont déporté dans un village, en résidence surveillée. Il parait qu'il a attrapé la tuberculose. De savoir ça, ça me fout dans une colère !

Il se tut. Simon et Jacques comprirent. Georges avait pâli sous le coup de l'émotion d'une colère contenue. Ses lèvres tremblaient légèrement. On voyait ses maxillaires saillir.

Jacques voyait avec surprise ce jeune homme, soudain accablé d'une haine dont la seule source semblait être le mal fait à un artiste, avec lequel il n'avait eu d'autre lien, qu'une rencontre éphémère, et une passion commune pour la musique.

Lorsque Georges avait parlé de la situation de ses parents, et de la situation de la Grèce, Jacques avait entendu le rejet de la dictature. Il l'exprimait avec détermination, mais avec le calme nécessaire à un engagement au long terme.

La tempête, la fureur était venue d'ailleurs. Ce Theodorakis représentait autre chose que lui-même. Quelque chose de plus vaste, de plus fondamental, un lien essentiel qui, rompu, viendrait dévaster ce qui constituait le moteur de vie de Georges, la musique.

Jacques pensa que personne n'est à l'abri d'être submergé un jour par les conséquences de ce que notre corps et notre conscience, nous disent être insupportables, sans prévenir, et réclament brutalement la destruction de la cause.

Qui peut imaginer, connaître, avant de la vivre, cette brèche en soi ?

L'émotion était communicative, ambiante. Jacques gêné, se dégagea du vestibule et entra dans le salon. Au passage il ne put s'empêcher de serrer l'épaule de ce garçon dont il ne connaissait même pas l'existence, cinq minutes plus tôt.

Simon semblait réfléchir :

– Bien sur, que je m'en souviens. Tu te rappelles, quand tu passais à la maison, tu t'amenais souvent avec un disque sous le bras ; tu en as oublié quelques-uns, lorsque vous êtes partis ! Il faut que je regarde, mais il me semble que tu m'as laissé quelque chose de lui.

Georges et Jacques étaient assis, côte à côte, sur le lit à une place, garni de coussins appuyés le long du mur, qui faisait office, de canapé. Jacques écoutait, fasciné, ce que Georges lui livrait en vrac de la Grèce. Ses habitants, la mer, les îles, les péripéties politiques d'un pays malmené depuis toujours, la présence encore, de l'héritage culturel de la Grèce antique, mais aussi le poids idéologique et économique de l'église orthodoxe. Georges en faisait vivre les douceurs et les aspérités, les yeux perdus, avec des mots doucement ajustés de sons, de couleurs, parfois de gravité. Il restait parfois bloqué sur un mot, sans finir la phrase, lorsque ses idées glissaient sur la situation actuelle du pays.

Simon, revint, triomphant. Il agita une pochette de disque devant les yeux de Georges, qui releva la tête, comme sorti d'un nuage.

– Je savais bien ! *Les Amants de Teruel*, ça te rappelle quelque chose ?

– La musique du film ?

– Exact ! On le met ?

Georges hésita, puis en souriant :

– Une autre fois si tu veux. Mais en ce moment j'ai plutôt envie de me changer les idées. C'est un peu grave et triste pout moi.

– Et puis, il faut vraiment que je parte, maintenant. Il se levait.

– Bon d'accord, mais promets-moi de revenir aussi tôt que tu le pourras.

– Evidemment, on ira se faire un resto Grec. Tu te rappelles celui de la rue de la Harpe ? On emmènera ton copain.

Il se tournait vers Jacques :

– On testera ta résistance à l'ouzo !

Simon dit à Jacques en souriant :

– Je t'expliquerai.

***

Georges était parti depuis quelques minutes. Jacques était impressionné par la personnalité de l'ami de Simon.

Ils passèrent de longues minutes, à parler de lui. Simon racontait leur amitié de jeunes gens, mais aussi les soirées tarot, ciné, théâtre, concerts, dîners en villes, que leurs parents aimaient partager. Ils avaient en point commun, le fait qu'ils n'avaient qu'un enfant. C'était les deux garçons, qui étaient à l'origine de la relation amicale, qui liait les deux couples. Les enfants venaient souvent, l'un chez l'autre. C'est dans une conversation au pas du lycée, par hasard, que les deux femmes firent connaissance, et se découvrirent une passion commune pour la chine, les objets ou meubles anciens, parfois dérisoires, mais habités d'une histoire mystérieuse.

Simon se souvenait avoir entendu les deux femmes noyer l'intérêt d'une partie de tarot, dans une conversation débridée sur l'usage matinal supposé, qu'un quidam, contemporain de Jean Jaurès, devait faire d'un plat à barbe, déniché dans l'après-midi, abandonné par sa mère sur le buffet.

– Je ne te décris pas l'énervement de mon père et de celui de Georges. Mais les deux mères continuaient, prenant un malin plaisir à imaginer à tour de rôle, la tenue, l'aspect, des ablutions matinales du bonhomme. Je te passe les détails grivois dont elles faisaient surenchères, en éclatant de rires.

Simon s'était mis à rire, avec de gros hoquets, à ce souvenir.

Jacques l'interrompit :

– Tu lui as dit que tu es homo ? Il le sait ?

– Je ne sais plus pourquoi, à quelle occasion, mais ce que je sais, c'est que c'était la première fois que je le disais à quelqu'un, avant même d'en informer mes parents.

À l'époque Georges sortait avec une des plus belles nanas du lycée. Cette fille m'aimait bien aussi, mais comme les filles aiment bien copiner, avec les amis proches du gars avec lequel elles sortent.

Il m'a répondu. Ça alors ! Moi qui pensais que tu draguais ma copine. Tant mieux, a-t-il ajouté, je pourrais te la laisser pour faire mon « baby » tranquillement, sans lever les yeux sur vous toutes les trente secondes. Georges était, et doit toujours l'être, un mordu de babyfoot. Après, on en parlait librement.

Tu sais, Georges je n'y ai jamais pensé autrement que, comme j'imagine, on pense à un frère, lorsqu'on est homosexuel, ou pas.

– Et pour moi ? Jacques guettait Simon, en souriant.

– Toi tu sais, c'est encore différent. Mais on s'est déjà tout dit, ou tout avoué, c'est selon ! L'important, c'est ce qui nous lie, ce que l'on partage. On en parlera peut-être un jour, mais pas aujourd'hui. On parle souvent d'une histoire lorsqu'elle se termine, ou lorsqu'elle est finie. On n'en est pas là ! Qu'est-ce que tu en penses ?

– Laisse tomber, répondit Jacques,

– ... Ça marche toujours avec toi, tu démarres au quart de tour !

– Oui c'est vrai. Je ne prends pas toujours ça à la légère. Depuis 1960, les homosexuels sont considérés officiellement comme un fléau social, et je viens d'apprendre que l'on envisage d'inscrire dans les textes, l'homosexualité comme étant l'expression d'une maladie mentale. Tu vois, tu as devant toi un prof de philo qui est un fléau social et un malade mental ! C'est encore le moyen-âge. Il va bien falloir un jour que ça s'arrête, ces conneries.

Simon arrêta de parler. Son visage s'était crispé.

– Bon, ça va !

Simon regarda sa montre.

– Il est presque midi. Tu te rappelles ce que l'on a à faire ? Je te propose d'aller manger rapidement une saucisse frite chez Roger. Et puis on voit ce que j'ai fait.

Les propos de Simon l'avaient frappé comme un coup de poing au plexus. Jacques ne sut rien dire d'autre que :

– Tu as terminé ? Je veux dire, le récit.

– Oui, enfin, je ne sais pas. On en parlera ?

Le ciel confirmait les sensations printanières que Jacques avait prises à pleines goulées dans la matinée. Les deux hommes avaient été bavards, se bousculant d'anecdotes bruyantes, tout en marchant vivement sur les trottoirs encombrés de passants. Chez Roger La Frite, l'atmosphère était à la fumée, aux cris de serveurs qui transmettaient les commandes. Les clients semblaient touchés par la grâce d'un renouveau, la conversation était au beau temps. Jacques et Simon étaient dans la note !

***

Simon s'affala sur son fauteuil en se frottant le ventre.

– Je crois que je n'aurai pas dû prendre une deuxième assiette de frite !

– Ni un deuxième pichet de rouge, renchérit Jacques.

– Ah, j'oubliais, dit Simon. Tiens, c'est arrivé pour toi cette semaine.

Il lui tendait une lettre.

– Je crois que c'est de ton copain Gérard.

Il lui montrait le verso du courrier.

Jacques s'empressa de prendre la lettre. C'était bien un courrier de Gérard.

– Ça ne te dérange pas. Je voudrais lire ce courrier.

– Pas de problème, prends ton temps ! Voilà le résultat de ce que j'ai tiré de tes élucubrations.

Simon lui tendit une liasse de feuilles serrée par une pince à papier.

– Je te propose de lire tout ça tranquillement. Pour ma part, j'ai des tas de copies à corriger. Je vais faire ça dans ma chambre. Quand tu auras fini, tu m'appelles. Tu peux t'installer à mon bureau.

Jacques obtempéra. Il ouvrit le dossier sur la première page.

– C'est ça le titre ?

***

Tribulations hétérodoxes (3ème partie)

Le petit carnet égaré sur mon lit, a été le début d'un chemin de traverse où pour un temps, s'est perdue la ligne d'horizon qui me guidait.

C'était un petit agenda de l'année. Chaque jour portait des annotations faites avec un crayon miniature, enfilé sur la couverture en cuir. J'en ai identifié rapidement la propriétaire. Je me rappelai maintenant l'avoir vu entre les mains de Maryse, au *Casino des fleurs*. Je me souvenais parfaitement de ce petit fermoir en cuivre, qui brillait par intermittence au creux de sa main, dans la pénombre du bar. Et cela était corrélé par la présence de Maryse, quelques instants auparavant, et le fait qu'elle avait renversé le contenu de son sac. J'allais le refermer dans l'intention de le lui rendre, le jour de ma sortie de l'hôpital. Mais j'ai cédé à la curiosité.

La plupart des annotations étaient écrites en abrégé, quatre ou cinq lettres au maximum. Elles concernaient les ventes du magasin réalisées par Maryse dans la journée, mais aussi des choses plus personnelles. Elle utilisait les abréviations pour économiser de l'espace, et son écriture serrée et parfaitement régulière, lui en autorisait un grand nombre sur chaque page. J'ai hésité à poursuivre ma lecture, lorsque j'ai compris le sens d'une note, *règles, déjà !* Et quelques jours plus tard, *r.fin.*. Mais il était trop tard. Je me demandais quel regard j'aurai à supporter, lorsque je rendrai son agenda à Maryse. À ma première lecture, j'étais passé sur les abréviations auxquelles je ne pouvais attribuer un sens évident. J'allais refermer le carnet. Allongé sur mon lit, je sentais un demi-sommeil m'envahir. Les images des pages flottaient dans ma tête, les mots suggérés et pour certains, cadencés par les semaines, s'inscrivaient petit à petit dans une histoire. Celle que Danny m'avait racontée, des relations de Maryse avec Maxime Roudier. Je repris le carnet. Certaines abréviations devenaient claires. Les faits, les lieux et les jours concordaient ; j'étais plongé dans un état de stupéfaction. Les questions s'enchaînaient sans réponses : Qu'est-ce que je devais faire de ce carnet, Maryse avait-elle choisi de le perdre, et pourquoi ? J'ai eu la compréhension de tout ça quelques jours plus tard. Lorsque j'ai tendu le carnet à Maryse, elle l'a regardé, a fait un petit pas en arrière, les bras collés au corps, et m'a dit :

– Ah non, ce truc n'est pas à moi !

Je n'ai pas eu le courage de lui dire qu'elle avait inscrit ses initiales, au revers de la couverture ! Elle sait que je sais, et que je ne lui dirais pas qu'elle ment. J'ai ressenti la colère de l'impuissance. Jeannette était et devait demeurer l'objet unique de mes préoccupations. J'étais fatigué, proche d'une rupture, d'un abandon dont je rejetais encore, de toutes mes forces, l'issue. Et cette histoire s'incrustait dans ma vie comme un abcès.

***

La veille de ma sortie de l'hôpital, Jeannette m'a rendu la visite que j'attendais, que j'espérais. Mon aventure devant l'usine, mon réveil à l'hôpital, et ses péripéties médicales, la visite du jeune au porte-voix, Patrice, et pour finir Danny, et surtout Maryse et son agenda (oublié ?), s'étaient plus où moins substitués, à cette douleur indéfinissable, dont Jeannette était la cause. Il m'était impossible de la qualifier. Certains me diront que j'étais amoureux. Mais j'avais identifié, la dualité de mes sentiments pour Jeannette. Passion pour son corps et nos jeux amoureux, tendresse pour son âme de femme forte, et ses détresses de petite fille. Pas de quoi construire une vie ! Nous avions vécu comme des démiurges, de l'usage et de l'esprit de nos corps. Cela pouvait-il durer ? La raison commandait de répondre non. Jeannette l'avait-elle pressenti avant moi ! Comment aurions-nous pu nous satisfaire d'un quotidien encastré dans un mur d'obligations ? Sans doute, y aspirait-elle ! Mais elle savait, que ce ne pourrait pas être avec moi.

***

Lorsque Jeannette pénétra dans ma chambre, elle n'était pas seule. Un homme l'accompagnait. Je l'avais déjà vu. Il travaillait à l'usine. Il tenait ses deux mains serrées sur son ventre, l'air de n'en pas savoir quoi faire. Je n'ai pas répondu au salut timide qu'il m'adressait. Jeannette, en arborant un petit sourire, s'est avancée vers moi, avec un :

– Comment vas-tu ?, qui m'a frappé en pleine poitrine. Semblant avoir oublié quelque chose, elle s'est retournée, le doigt pointé vers l'homme, en forme de présentation.

Ses mots se bousculaient sur ses lèvres, à grand débit, comme si elle voulait s'en débarrasser le plus vite possible. J'ai compris qu'il s'appelle René, qu'il bosse avec elle à l'usine, habite pas loin de chez elle. Depuis quelques jours, il l'emmène avec son automobile, et la ramène de l'usine lorsque leurs horaires correspondent. Mais c'est juste quand leurs horaires correspondent. Sinon, c'est ses pieds qui la portent. Il a bien voulu l'accompagner ce soir à l'hôpital. C'est juste à cause du vélo !

Elle s'est tue, un instant. Puis :

– Je n'ai pas eu le temps de récupérer mon vélo. Il est resté au bar en face de chez toi. Tes copines ont dû te le dire ?

Elle s'est penchée sur moi et a posé ses lèvres sur les miennes.

Elle a dit à René de prendre une chaise et de s'asseoir.

Elle a retiré son manteau. Elle était encore en blouse de travail dessous.

Elle s'est assise au bord du lit.

S'adressant de nouveau à son compagnon, elle lui a dit qu'après, elle aimerait aller au bar, reprendre sa bicyclette. Elle s'inquiétait aussi de savoir si elle pourrait la faire entrer dans le coffre. Sinon, elle rentrerait à vélo. Elle espérait qu'il ne ferait pas encore nuit…

Je sentais une mauvaise colère m'envahir. Je faisais ce que je pouvais pour la contenir. Les mots se bloquaient dans ma bouche. Je crois qu'a cet instant, elle a compris ce qui se passait en moi. Elle a posé sa main sur la mienne, en serrant fortement mes doigts. J'ai senti mon corps s'effondrer, la chaleur envahir mes tempes. Un flot de larmes jaillissait de mes yeux. Jeannette s'est laissée aller contre moi, embrassant mon visage. Je sentais les sanglots monter dans son corps.

– Jeannette, je t'attends en bas. Je vais boire un café et lire mon *Canard*.

J'entendis la porte se refermer. Mon regard se posa sur la chaise vide de René.

Nous sommes restés longtemps collés l'un contre l'autre. Nous n'osions rompre le calme qui nous avait envahis, la chaleur de nos corps se partageait, nous enveloppait.

Je crois que Jeannette et moi, avons en ces instants évacués ce qui nous faisait mal. Nous nous sommes délivrés l'un de l'autre, et paradoxalement, ce soir-là, j'ai été envahi par un sentiment dont j'ignorai l'existence, la plénitude d'un amour sans passion, avec une infinie tendresse qui me rendait heureux. Par comparaison, amoureux comme Cyrano aime Roxane, trop pour la prendre, assez pour la donner, mélancolique, mais heureux ainsi. J'en suis toujours là avec elle. Elle m'a écrit, me raconte sa nouvelle vie. Je crains quelle ne m'informe un jour de ses fiançailles. Mais j'ai admis par avance que c'est écrit dans le scénario. Lorsque j'y pense, cela me pince. Finalement, je crois que j'en serai heureux, pour elle, avec de la peine, pour moi.

Elle m'a raconté, ce qui la comblait, ce qui l'éloignait définitivement de moi. C'est ce que je pense. Mais on ne se l'est pas dit. Elle et ses camarades de travail ont gagné un peu, de leur grève. Ils ont obtenu, en partie, ce qu'ils voulaient. Une petite augmentation de salaire, et des toilettes séparées pour les femmes, et d'autres choses dont je ne me souviens pas.

Mais la vraie nouvelle pour Jeannette est qu'elle va quitter l'usine. Le syndicat a besoin de se renforcer sur la ville. Ils lui ont proposé de les rejoindre comme permanente. Elle a le même salaire que dans sa boîte. Ils vont l'envoyer faire un stage de formation. Elle m'écrit qu'elle se sent bien. Elle mérite ça ! Je suis fier d'avoir partagé quelque temps de sa vie. Elle est belle, c'est une femme de courage et d'humanité.

***

Je me suis sauvé de l'hôpital le vendredi soir ! Je n'avais pas envie de supporter une nouvelle séance durant laquelle je serais exposé à, la suffisance du jeune interne, témoin désigné de la dévotion que lui portaient ses petites infirmières stagiaires. Et puis, cette chambre était le témoin du lien avec lequel Jeannette avait joué, comme d'un élastique que l'on tend. Elle m'avait laissé sous la tension d'une rupture qu'elle n'avait pu exprimer. Elle m'en soumettait la compréhension. Elle me demandait de ne pas me battre, d'accepter son choix implicite. Elle me déléguait la charge de ne pas déclarer la fin, mais de la laisser vivre et s'estomper.

J'ai compris.

Cette chambre était encore imprégnée de sa présence. Il me semblait, que fuir d'ici me permettrait de laisser sur place, un peu du poids qui m'oppressait, depuis que la porte s'était refermée derrière elle.

On m'avait dit que je n'aurai rien à payer. Ils avaient probablement besoin de quelques signatures, sur quelques documents administratifs. J'ai choisi de filer à l'anglaise, plutôt que de m'exposer à devoir supporter la multitude d'arguments, que l'infirmière de service n'aurait pas manqué de me donner, pour me convaincre de respecter les procédures de l'hôpital. Cela s'est fait sans problème. Personne dans les couloirs ; la dame de l'accueil n'a même pas relevé la tête lorsque j'ai traversé le hall. En marchant, je me suis souvenu que le toubib des urgences m'avait informé que la police viendrait m'interroger sur les circonstances de mon passage à tabac. J'en concluais qu'ils avaient oublié ou qu'ils ne voulaient pas vraiment en savoir plus. Ça ne me tracassait pas plus que ça, d'ailleurs.

Il était un peu plus de vingt heures lorsque j'ai ouvert la porte de mon appartement. Maryse et Danny étaient installées sur mon vieux canapé. La pièce qui faisait à la fois office de cuisine, de salon et de salle à manger n'avait jamais été aussi propre. Rien ne traînait, l'air était parfumé. Un objet, un brûle-parfum, en porcelaine, posé par terre, suait un petit filet de fumée. Elles lisaicnt des magazines.

J'avais presque oublié qu'elles s'étaient installées chez moi.

Danny s'est levée et s'est jetée dans mes bras. Elle faisait des petits bruits avec sa bouche, que je n'arrivais pas à déchiffrer complètement. Mais il y avait de la joie et de la surprise, dans tout ça ! Ma tête partait dans les nuages, mes jambes ne m'ont pas tenu...

Je n'ai pas perdu conscience. Quelques minutes plus tard, j'allais assez bien pour me relever, et me traîner jusqu'au canapé. Les deux filles semblaient paralysées. Maryse m'a demandé si je voulais manger quelque chose. La question m'a rappelé, que je n'avais pas touché à la nourriture de l'hôpital, depuis la veille au soir. Depuis deux jours, je ne dormais plus la nuit, sans doute à cause de l'inaction du jour, et de l'angoisse qui m'envahissait dès que la nuit s'installait pour quelques heures. Je m'en étais plaint à l'infirmière de service, qui m'avait donné deux comprimés, un à prendre par jour.

– Deux ça suffira pour deux nuits. Vous sortez bien samedi ? m'a-t-elle dit.

J'ai avalé les deux, et j'ai sauté trois repas.

– On ne t'attendait que demain ! Tu sais nous, on grignote le soir.

Danny paraissait embêtée. Maryse s'est dirigée vers le frigo, l'a ouvert et a fait un geste désespéré en notre direction.

Elles se sont décidées à aller au bar, chez Olivier, voir s'il pouvait me faire un sandwich, ou quelque chose. C'est

Danny qui s'en est chargée. Quelques minutes plus tard, elle est revenue avec de quoi me rassasier.

– Tu sais, m'a t-elle-dit, Jacqueline et Olivier, ils sont drôlement contents que tu ailles mieux. Maryse et moi, on a pris l'habitude d'y aller boire un petit café le soir ! On bavarde un peu avec eux, c'est bien.

Dans le sac, il y avait du jambon, du pain et une bouteille de vin.

Danny me regardait manger.

– Tu sais, ils sont gentils ces deux-là.

Danny parlait d'Olivier et de Jacqueline.

– … Ils n'ont pas voulu prendre mon argent. Ils m'ont dit, *on verra plus tard.*

Je songeais à ce que m'avait répondu Maryse, lorsque je lui avais proposé de lui rendre son carnet. C'était en l'absence de Danny. Que m'aurait-elle répondu en sa présence ? S'étaient-elles mises d'accord sur cette attitude ? Dans cette hypothèse, la logique voulait que Maryse, peut-être avec la complicité de Danny, ait volontairement mis en scène le truc du sac renversé. Mais pourquoi ? Je me suis promis d'interroger Danny, plus tard.

J'étais épuisé, dans un état comateux. En y réfléchissant maintenant, je crois que les deux comprimés de somnifère, que j'avais ingurgité la veille, continuaient leur effet. J'avais parcouru à pied, les quelques milliers de mètres qui séparaient l'hôpital de mon logement. La position allongée avait été ma principale activité, durant ma semaine de repos forcé, mais les restes douloureux de ma tabassée, étaient encore bien présents

– On a fait réparer la chaudière. Un petit gars, copain d'Olivier. Il bosse pour le gaz. Il fait des petits boulots en plus, comme ça, pour arrondir ses fins de mois. Tu veux qu'on te fasse couler un bain ?

Je me rappelle avoir grogné,

– Ça va me coûter combien ce petit dépannage ?

– Rien, Maryse et moi, on s'est partagé la note. D'ailleurs, il a été sympa, il nous a demandé à peine de quoi se payer une bière et un sandwich chez Olivier.

– Presque trop sympa ! On a eu un peu de mal à s'en débarrasser, renchérit Maryse.

– Je te fais couler ton bain. Je crois que tu en as besoin.

Danny avait été péremptoire. Je n'avais, ni la force, ni l'envie de protester.

Recroquevillé dans la minuscule baignoire sabot, de la non moins minuscule salle de bain, j'avais l'impression d'entendre, mes muscles, mes ligaments, céder à la brûlure de l'eau, se détendre, craquer comme un bois d'escalier, dans la nuit, lorsque l'oreille est attentive.

Mon esprit embrouillé commençait à mettre en place une hypothèse que je n'avais pas encore envisagée. Maryse et Danny n'avaient pas l'intention de faire leur bagage. Elles s'installaient ! Pourquoi, et pour combien de temps, devenaient un sujet de réflexion. La suite vint renforcer cette idée.

Sur le tabouret, à côté de moi, Danny avait empilé du linge propre.

– On a tout emmené, tes fringues et tes draps, à la blanchisserie, m'avait expliqué Danny.

– Fallait pas !

– Tu rigoles ! Ça sentait jusque dans notre chambre, ajouta Maryse, d'une voix trop calme, pour qu'elle me paraisse naturelle.

Les filles avaient, malgré mes recommandations, nettoyé ma chambre, les draps étaient propres, sentaient bon. Je jetais un coup d'œil à la petite table qui me faisait fonction de bureau. Je fus soulagé. L'empilement de papiers, les livres qui trainaient par terre, mon petit dictionnaire, et même une feuille engagée sur ma machine à écrire. Tout était comme je l'avais laissé.

Je me suis assis, j'ai caressé le clavier. Une phrase était en suspens sur la feuille engagée. Mais rien ne vint. J'ai battu en retraite sur mon lit. J'ai dû sombrer dans un sommeil profond, par le chemin d'une léthargie rêveuse.

Je ne trouve pas les mots pour exprimer ce qu'est, cet état de veille, dont la conscience n'est qu'une illusion, découverte au réveil. Images et sensations s'y percutent en désordre. Que viennent faire dans nos nuits l'intrusion de vies parallèles que nous n'avons pas convoquées, et dont notre vécu réel s'exonère. Nous en connaissons tous, les peurs, les fuites, les bonheurs et les jouissances inconnues.

Cette nuit-là, je me souviens qu'endormi, la volonté de m'enfoncer dans les profondeurs du sommeil, qui efface le temps et la conscience, luttait. Mon corps était évanoui. Un plaisir naissant, s'insinuait, me retenait.

Je crois avoir hurlé. Ce qui était en devenir, latent, se concentrait dans mon ventre. C'est en cet instant précis, que je me suis réveillé. Cambré, dévasté par une jouissance douloureuse, je sentais mon sexe se vider par spasmes.

Une main qui n'était pas la mienne, continuait doucement à faire vivre mon plaisir.

Epuisé, le cœur en chamade, j'ai ouvert les yeux. Le visage de Danny était au-dessus de moi. Je distinguais son sourire dans la pénombre. Sa main parcourait mon corps de caresses légères.

– Ça va mon petit chéri ? me chuchotât-elle à l'oreille. Ça t'a fait plaisir ? J'ai pensé que tu en avais besoin.

Je ne répondis pas. Je l'attirais dans le creux de mon bras. Elle s'y blottit.

Lorsque je me suis réveillé, j'étais seul. Le jour pointait à ma fenêtre. J'entendais du bruit dans la cuisine.

Maryse déjeunait.

– Bonjour, me dit-elle. Tu veux du café ? J'en ai fait une pleine cafetière. Danny dort encore. Moi, tu sais, je travaille le samedi matin.

Je n'ai grogné que « oui ». J'ai pris un bol, me suis servi le café bouillant. J'ai gardé la première gorgée dans ma bouche, quelques instants.

– Il est bon ?

Je fis un signe positif de la tête avant d'avaler.

– Non, non, ce n'est pas le mien, m'avait-elle répondu la veille, lorsque j'ai sorti le petit carnet de ma poche, et lui ai tendu.

Je n'ai pas eu le courage d'insister.

Trop de questions me brûlaient les lèvres, pour engager avec Maryse une conversation, sur les petits évènements d'un début de journée. Je la regardais à la dérobée. Elle montrait comme à son habitude, un visage peu expressif, ou plutôt calme, sérieux. On n'y lisait pas d'intérêt pour autre chose, que les petits gestes qui peuplaient cet instant. Rincer sa tasse, passer un coup de chiffon sur la toile cirée, entrer et sortir plusieurs fois de la salle de bain, à petits pas, qui claquaient sèchement sur le balatum du sol, sans doute pour y ajuster sa coiffure et son maquillage…Rien qui aurait pu me laisser penser qu'elle souhaitait me parler, s'expliquer.

– Bon salut ! Je ne sais pas si on se verra ce soir. Tu en parleras avec Danny ?

Elle s'arrêta un instant devant la glace de la porte d'entrée, décrocha un petit chapeau avec voilette, et le coiffa avec précision. Elle se retourna vers moi avec une petite pirouette et fit tourner la jupe plissée en tissu écossais, qui soulignait la minceur de sa taille :

– C'est joli, hein ?

Son sourire gentiment satisfait, contribua à me désarçonner davantage. J'ai baissé les yeux. J'ai entendu la porte se fermer.

***

La porte de la chambre des filles était entrouverte. Je l'ai poussée doucement.

Danny lisait une revue. Ses genoux repliés lui servaient de support, elle était adossée au mur.

– Viens, me dit-elle, avec un petit geste de la main.

Elle releva la couverture à côté d'elle, et me dit en riant :

– Tiens installe-toi ici, au chaud. De toute façon, je crois que l'on a des choses à se dire ?

– Le café est encore chaud. Veux-tu que je t'en apporte une tasse ?

– Ce que tu es gentil ! Oui, avec un peu de lait s'il te plait. Il y en a dans le frigo.

Danny buvait doucement son café, par petites lampées. Nous étions côte à côte, épaule contre épaule. Danny avait laissé retomber sa cuisse contre la mienne. Je n'ai pu m'empêcher de laisser ma main s'y étendre.

Elle a reposé sa tasse, m'a regardé dans les yeux.

– Tu sais, pour cette nuit, je suis venue parce que je t'aime bien. J'ai aussi trouvé du plaisir à t'en procurer. Mais j'aurai pu faire ça à mon frère. Je ne sais pas, il m'est passé dans la tête que je devais faire ça pour toi. J'en ai un peu parlé avec Maryse. Avoir deux filles à côté, et dormir tout seul, pour un garçon, ça doit être un peu frustrant. C'est en tout cas, ce que l'on s'est dit, toute les deux.

– Tu as un frère ?

– Non, mais j'imagine. C'est une image.

Je me suis senti stupide. Elle dégageait doucement sa jambe. Je crois que j'ai eu la bonne réaction. Je lui ai posé un baiser sur le front, vite, comme un voleur.

– Tu as bien fait. Tu es un ange. J'ai compris ce que tu me dis : on ne fait pas n'importe quoi avec son frère !

Elle éclata de rire.

– Vous les garçons vous donnez, nous les filles on reçoit ! Après, c'est en nous que les graines poussent. Mais j'ai l'impression que vous ne pensez jamais à ça. Tiens, je suis certaine que tu n'as jamais acheté de capotes !

J'allais répondre. Elle posa sa main sur ma bouche :

– Bon, on ne parle plus de ça pour le moment. Bien sur, ce n'est pas l'envie qui me manque.

Elle retira sa main, et resta un moment silencieuse, semblant chercher ses mots.

– De toute façon tu t'en apercevras bien. Autant te le dire maintenant. Maryse et moi, pour ce qui est de ce dont on parle, on s'arrange ensemble. Tu comprends ?

Elle était rouge jusqu'aux oreilles.

– Oui, j'ai compris !

J'attendis un peu. J'avais observé lors de leur visite à l'hôpital, ce qui m'était apparu comme quelque chose de tendre, de complice, établi entre les deux filles. La précision que m'apportait Danny ne me choquait pas. Elle m'apportait par contre, une information sur la sexualité féminine, dont on ne parlait jamais. J'aimais tellement la présence, le corps des femmes, qu'il me semblait presque naturel, qu'elles-mêmes partagent cette attirance.

– Et, c'est bien ?

Danny levait les yeux en l'air, les mains ouvertes vers le ciel, comme si ma question n'avait pas de sens. Elle s'écarta un peu de moi, se mit sur le côté, la tête appuyée sur ses mains.

– Et toi, tu m'as parlé de ton ami homosexuel. Tu as couché avec lui ? C'est bien ?

– Non, pas par rejet ou par principe. Aucune attirance ! Simon, c'est un peu mieux qu'un frère. Nous n'avons rien à envier de l'autre. C'est compliqué à t'expliquer. J'essaierai un jour si tu veux.

Mais ce n'est pas lui spécialement. Je ne sais pas comment te le dire exactement, c'est un peu idiot. Je trouve que le corps des hommes n'est pas esthétique, pas beau, pas attirant, le mien y compris.

Elle me regardait, étonnée.

– Je ne devrais pas te faire cette confidence, lui dis-je. Je m'étonne de l'intérêt que des femmes portent parfois à ma carcasse, à celle des hommes en général.

– Bah, je ne peux rien te dire à ce sujet pour te rassurer. Tu serais capable d'en abuser à l'avenir. Pour ce qui me concerne, ce n'est que les circonstances qui font que cette relation s'est établie avec Maryse. Je ne suis pas attirée par les filles. Je trouve du plaisir à jouer de mon corps avec celui de Maryse, mais ce n'est qu'une expérience, et elle n'a put se faire, que parce que nous avons partagé de la tendresse, de l'amitié, et puis, grâce à toi, le même lit. Ça s'est fait comme ça !

– Et pour Maryse ?

– Je crois, qu'elle est plus engagée que moi ; et puis, son expérience avec Maxime Roudier, doit l'avoir un peu dégoutée des hommes.

Elle rajouta :

– Tu sais, c'est bizarre, mais avec moi, elle est joyeuse, libérée, sans aucune pudeur, curieuse de tout. En fait, je la laisse faire.

Elle comprit que j'allais encore poser des questions. La curiosité devait se lire sur mon visage.

– Je n'ai plus envie d'en parler.

Elle souriait, me montrant toutes ses dents, provocatrice.

– Tu es chez toi. Tu n'auras qu'à venir voir. Tu pousses la porte, mais pas plus. Tant pis pour toi !

Nous sommes restés longtemps, Danny et moi, dans ce lit. Nous avions beaucoup à nous dire. À mon premier questionnement, qui concernait Maryse et son carnet, elle ne répondit pas. Ou plutôt, elle commença à me parler d'elle et de Maryse, comme l'exposé d'un préalable à la réponse que j'attendais.

Je l'ai laissée faire. Je pressentais, que ce qu'elle allait me dire n'était pas spontané. Il y avait un scénario. J'en ai eu immédiatement la confirmation. Elle m'a d'abord expliqué, que Maryse et elle, avaient décidé de me demander des choses. Je l'ai interrompue, en lui demandant lesquelles, et pourquoi Maryse étant concernée, cette conversation se tenait-elle sans elle. Pour ce qui concernait Maryse, elle me répondit simplement que cela la gênait. Je n'ai pas insisté. J'ai pensé que j'aurai la bonne raison ultérieurement.

Danny m'indiqua pourtant, qu'elles avaient trois demandes à me soumettre, et quelques informations à me donner.

C'est à partir de là, que tout a commencé. C'est aussi à cet instant que j'ai soupçonné qu'une logique, une cohérence, émergeaient de ces enchaînement d'évènements, qui convergeaient sans que je puisse contrôler quoi que ce soit. Ce n'était qu'une hypothèse, qui s'insinuait dans ma tête. L'impression qu'à mon corps défendant, le récit me désignait comme l'acteur principal d'une histoire que je n'avais pas imaginée, ni souhaitée.

***

La première question qui me vint à l'esprit concernait Maryse.

– Est-ce que ça continue, les rendez-vous de ta copine avec ce monsieur Max ?

Danny acquiesça.

– Justement je voudrais en parler avec toi. Maryse et moi, on aimerait bien s'installer chez toi. Pour moi, ça m'évite de prendre le car, matin et soir. Et puis, mon papa, je crois qu'il a trouvé quelqu'un pour refaire sa vie. Alors, c'est mieux que pour l'instant, je le laisse tranquille. Pour Maryse, c'est différent. Tu sais sa mère fait le ménage chez madame Roudier. Le soir devant la soupe, la conversation tourne autour de ce que sa patronne lui raconte de sa vie, de celle de son fils. Tu comprends le problème pour Maryse. Elle ne peut rien dire. Elle ne supporte plus.

– Pourquoi est-ce qu'elle continue à supporter les caprices de ce type ?

– Elle a peur. Tu sais la passion délirante qu'elle a pour son travail. Elle craint qu'il ne la vire, et elle craint aussi pour le travail de sa mère. Et puis tu sais, elle est au courant d'autres choses en ce qui le concerne. Elle ne m'a pas vraiment expliqué, mais j'ai cru comprendre qu'il avait des relations dans des drôles de milieu !

Cette dernière phrase consolidait lc sentiment, que j'étais le jouet d'une succession d'évènements, et de hasards. Ma lutte inutile pour maintenir Jeannette dans mon aire de jeu, ma nuit au Casino, les acteurs d'une scène au bar, les filles, Gérard et ce qu'il m'avait dit de Maxime Roudier, et des soudards en retraite dont celui-ci semblait apprécier la compagnie, la grève à l'usine et ce qui en avait découlé pour moi, mon passage à tabac, l'hôpital et la suite. Cela constituait une histoire cohérente sur laquelle je croyais avoir mis le mot « Fin ».

Danny, sans le savoir, faisait ce qu'il fallait pour inscrire mon personnage dans un nouvel acte.

L'idée m'est venue, de ne pas accepter ce continuum, de rompre le consensus. Rien ne m'obligeait à continuer le chemin, que l'on me désignait. J'aurai pu choisir, brutalement et explicitement, de refuser toutc implication, tout ce qui pouvait constituer une suite à cette histoire. En vérité, cela m'était complètement impossible. Sans vraiment y réfléchir, j'ai essayé une voie secondaire.

– D'abord, je ne sais pas si ma propriétaire acceptera que je sous-loue l'appartement. Et puis, je n'ai pas l'intention de rester longtemps encore dans ce bled. J'ai décidé de partir vivre à Paris. Dès que je le pourrais.

Danny m'interrompit.

– J'ai complètement oublié de te dire. On a rencontré ta propriétaire à la boîte aux lettres, il y a deux jours. On s'est présenté et on a expliqué ce que l'on faisait chez toi, et ce qui t'était arrivé. Du coup, elle nous a invitées à venir boire une tasse de thé chez elle. On a parlé de tout et de rien, de notre travail, de toi. Elle t'aime bien tu sais ! De fil en aiguille, on en venu à lui dire que pour quelque temps, on pourrait rester dans la chambre inoccupée, avec ton accord bien sûr. Elle nous a dit, qu'elle n'y voyait aucun inconvénient, pourvu que tu lui confirmes. Elle nous a demandé aussi de lui faire un papier avec nos noms, notre date de naissance et l'adresse de nos parents. On avait nos cartes d'identité sur nous. On les lui a montrées. Elle a tout noté. Voilà, si tu es d'accord, c'est réglé. Pour le loyer, Maryse et moi, on a décidé de te proposer d'en payer un tiers chacun. On te donnera l'argent, et tu payeras le loyer à ta propriétaire comme d'habitude. Si tu t'en vas, je pense que Maryse et moi, on prendra ta suite. Ça va comme ça ? Pour les courses, on s'arrangera.

Je pris le temps de réfléchir quelques secondes. J'étais partagé entre deux sentiments. Tous ces enchaînements venaient me bousculer, s'imposer, et comme toujours, dans ces situations, je ressentais un malaise, une insatisfaction, une irritation, une révolte sourde. Je mets tous ces mots dans un amalgame, que je ne peux définir en un seul terme. La présence de Danny et Maryse n'était pas en cause. C'était autre chose. Comme toujours, lorsque une situation s'imposait à moi, une contrainte.

– Bon d'accord pour tout ça ! Mais je ne vois pas très bien ce que je peux faire pour Maryse. Cette histoire de carnet, c'est un peu rocambolesque. Bien sur, j'ai compris que ses rendez-vous avec ce type y sont inscrits. Mais je ne suis pas flic, ni détective privé. En plus, j'ai horreur de me mêler de la vie des autres ! Et puis, en fait, même si elle est mineure, elle est consentante. Qu'est-ce que je viendrais faire dans cette histoire ? Ça ne me concerne pas !

– On a pensé que tu pourrais peut-être faire quelque chose, mais on ne sait pas quoi !

– Mais pourquoi moi ?

– Bien quand même, ce Maxime, il n'est pas pour rien dans ce qui s'est passé devant l'usinc. On en a parlé avec Maryse et Gérard. Je sais que tu es au courant.

– Qu'est-ce qui te fait dire ça ? Et puis même, tu sais, je n'ai pas trop envie d'aller lui dire, les yeux dans les yeux, que c'est moi qui ai défoncé un type de sa bande. De toute façon, rien ne dit que ce soit lui, qui est à l'origine de ce qu'a fait cette bande de fêlés.

Danny ne me répondit pas. Elle se leva brusquement et sortit de la chambre. Lorsque je la rejoignis, elle rangeait nerveusement ce qui trainait sur la table du déjeuner.

– Tu veux que je t'aide ?

Elle s'est tournée vers moi, s'est assise sur la chaise.

– J'ai encore un truc à te dire. Je ne sais pas trop comment. Je n'ai pas pu aborder le sujet lorsqu'on t'a rendu visite à l'hôpital. Maryse ne voulait pas. Voilà, tu sais on a passé une soirée avec Gérard. Maryse et lui ont discuté. C'était à ton sujet. Samedi dernier, Max et Maryse était au bar du Casino. Max a parlé avec le patron. Maryse faisait semblant de lire le journal, mais elle a entendu la conversation. Elle n'entendait pas distinctement, mais elle a compris par quelques bribes de mots, qu'il s'agissait du type qui s'était interposé devant l'usine.

– Quel type ?

– De toi, je suppose, répondit-elle en haussant les épaules.

– Tu crois qu'ils connaissent mon nom ?

– Ça, je ne peux pas te dire. Mais Gérard nous a dit que de temps en temps, Max venait boire un verre avec un type du même âge que lui, mais toujours avant l'ouverture du bar.

Apparemment, d'après leurs conversations, il s'agissait d'un ancien camarade de l'armée.

– Et alors ?

– Une fois, le type a ouvert son portefeuille et en a tiré une photo qu'il a montrée à Max. Gérard est à peu près certain avoir vu une carte tricolore. Il a supposé que le gars était flic.

J'ai deviné ce que Danny suggérait. J'ai repensé à ce que m'avait dit le médecin des urgences à propos de la police. Le commissariat avait appelé l'hôpital pour savoir si j'étais en état d'être entendus. En fait, je n'ai vu personne. Mais ce qui est certain, c'est que l'hôpital leur a fourni mon nom et mes coordonnées. Si l'ami flic de Max est au commissariat de la ville, il est évident qu'il a eu la possibilité de les lui communiquer. Mais cela supposerait aussi que ce policier connaisse les activités politiques de Max, et son implication, dans l'action des barbouzes auxquels je me suis frotté.

Tout ça ne pouvait rester en l'état. Pour l'instant, ils ne savent pas ce que je sais sur eux. Logiquement ils devraient continuer à m'ignorer, et moi à faire le mort.

– Tu seras ce soir au Casino ce soir, avec Maryse et Max ?

Danny hésita un instant.

– C'est prévu. Et toi ?

– Je crois que je n'ai pas le choix. Il faut que je mette les choses au point avec ce type. Moi, je me fous complètement de ses activités. Il y a eu une bagarre, un point c'est tout. Il faut que j'évalue ce qu'il a dans la tête. Je ne veux pas passer mon temps à attendre que l'on me tombe dessus. Quant à Maryse, ce n'est pas mon problème. Je n'ai pas les moyens de faire ce qu'elle attend de moi. Zorro, ce n'est pas moi !

– Je te comprends. Maryse et moi on a pensé que tu choisirais de venir ce soir. Une fois que tu y seras, tu verras bien ! Mais nous, on a décidé, qu'on te considérerait ouvertement comme un copain. Je crois que ça calmera le jeu !

– Je ne pense pas que ce soit une bonne idée !

J'ai regardé Danny dans les yeux. Elle n'a pas essayé de soutenir mon regard. Elle visa le cadran de sa montre :

– Tu as vu ? Il est presque deux heures, et il n'y a toujours rien dans le frigidaire. Tu as faim ?

J'étais plongé dans des pensées qui trituraient des questionnements dont la complexité me mobilisait complètement. Je n'ai pas répondu.

– Bon, refait du café. Pendant ce temps, je cours jusqu'à la boulangerie chercher un pain. Il y a du beurre et de la confiture dans le placard. On va faire le déjeuner comme ça. Ça te va ?

Tout en refaisant une cafetière de café, je réfléchissais. J'avais déjà intégré le fait de partager pour un temps, mon espace, avec Maryse et Danny. Leur présence féminine accaparera, meublera un temps que je redoutais. Celui de me retrouver seul avec moi-même, et l'absence de Jeannette. C'est ainsi que je l'ai envisagé.

Et puis sur le plan pratique, partager mon loyer avec elles était un soulagement. Cela faisait trois semaines que je n'avais pas fait une seule vente, espace publicitaire, ou petites annonces. Il me restait quelques économies, stockées dans une boîte de biscuit planquée derrière la trappe de la cheminée condamnée, qui meublait ma chambre. Un peu plus de trois cents francs, et à peu près autant, que me devait encore le journal sur les contrats passés.

Je payais mon loyer, d'avance par trimestre. Il restait deux mois à courir. Je me dis que je pouvais négocier quelque chose là-dessus, avec mes nouvelles colocataires ! De ce point de vue, tout se présentait mieux que je ne l'avais espéré, lors de mon séjour à l'hôpital.

Pour le reste, c'était beaucoup moins clair. Les perspectives pour sortir de la situation où je me sentais englué, étaient incertaines. Je n'arrivais pas non plus à comprendre, ce que les deux amies voulaient obtenir de moi. J'avais bien une hypothèse qui commençait à se dessiner, mais je n'arrivais pas à en mesurer toutes les implications. Les dernières paroles de Danny, n'étaient pas de nature à me rassurer. Je n'avais pas l'intention de m'impliquer dans les relations qui existaient entre Maryse et Maxime Roudier, mais les deux filles, faisaient semblant de ne pas comprendre ça ! Ce qui m'importait avant tout, s'était de vérifier si j'étais reconnu, par ceux que je supposais être les responsables de la bagarre avec les lycéens, comme étant le passant qui s'en était mêlé.

Ignorons-nous mutuellement, c'est que je souhaitais ! Mais pour en avoir la certitude, il me fallait me confronter, à la situation qui me permettrait d'évaluer cette idée. Je ne connaissais ce bonhomme, qu'à travers ce que m'en avaient dit Gérard et Danny. Rien qui puisse me laisser prévoir sa réaction.

Le petit carnet de Maryse ! Que venait-il faire là-dedans ? Danny ne m'avait pas répondu, Maryse niait en être la propriétaire. J'avais beau retourner cette question dans tous les sens, une seule réponse s'imposait. On supposait que je pourrais en faire usage ! Je n'en avais nullement l'intention, mais je n'avais pas eu le courage de le dire clairement.

***

Il était presque minuit lorsque j'ai passé la porte du Casino. Je me suis présenté au guichet, dans l'intention de payer mon entrée. Le type me connaissait un peu, mais suffisamment pour me faire un sourire, et un petit geste de la main pour m'inviter à entrer.

L'organiste d'un petit groupe s'essoufflait, en massacrant *Whiter Shade of Pale*. L'heure était au slow, la salle n'était éclairée que par la boule qui envoyait ses taches de couleur, sur les corps serrés des danseurs. La mélopée tournait en boucle. D'évidence, personne ne souhaitait que ça s'arrête. La guitare basse était au minimum, le batteur faisait chuinter ses balais, en bavardant avec celui qui devait être le chanteur, qui fumait une cigarette, assis en chien de fusil, sur l'estrade.

J'ai regardé l'escalier qui menait au club. Rien de nouveau ne m'apparut depuis ma première expérience. Je ne savais pas vraiment pourquoi j'avais décidé de revenir ici. J'avais conscience de provoquer une aventure dont l'issue était d'autant plus incertaine que je n'avais pas la moindre idée de ce qui allait se passer.

J'ai sonné. La porte s'est ouverte. La silhouette massive du gros Bob s'est encadrée.

– Bonsoir.

Il s'est effacé pour me laisser entrer. Il m'avait à peine regardé.

J'en ai déduit, soulagé, qu'il ne m'avait pas reconnu. Gérard fixait l'entrée. Il eut d'abord un réflexe de sympathie. Un grand sourire s'esquissait sur ses lèvres, une main commençait à se lever en signe de salut ! Il eut la bonne idée de replonger son regard sur le verre qu'il essuyait en faisant grincer le torchon, soulignant ainsi, qu'en cet instant, rien n'avait plus d'importance. Son patron semblait n'avoir rien remarqué.

Le principal était que je sois dans la place ! Je n'étais venu que pour une seule raison. J'avais, toute l'après-midi, réfléchi à la situation. Sauf à faire ma valise immédiatement, et à m'enfuir, je ne pouvais pas demeurer avec le sentiment d'être à tout moment, vulnérable, sous la menace de personnages, appartenant à une organisation, dont je n'avais à vrai dire, que faire. Ce que m'en avait dit Gérard, me paraissait de nature à les prendre au sérieux. Il était plausible, qu'ils aient tourné la page de mon intervention dans leur expédition, mais je n'en avais pas la certitude. Je me rappelais aussi que Gérard m'avait dit, qu'il y avait de l'eau dans le gaz à propos des rapports de Bob, son patron, avec ceux qui venaient de temps en temps de Paris. Il n'avait rien dit, à ce propos, de Maxime Roudier. D'autre part, celui-ci n'avait rien changé à ses habitudes. Il était là, au Casino, avec Maryse, presque tout les samedi soirs. Avait-il lui aussi, prit ses distances avec ce que Gérard désignait sous le nom de *SAC*. J'avais d'abord interprété ce mot dans son sens péjoratif, mais il s'était moqué de mon ignorance, en m'expliquant que c'était le sigle d'une organisation politique : Le Service d'Action Civique. Il n'en savait d'ailleurs pas plus sur celle-ci, que ce qu'il m'en avait dit.

J'avais demandé à Gérard pourquoi il pensait que les réunions du Casino étaient celles de membres de cette organisation. Il m'a répondu qu'il n'en était pas certain. Il avait simplement remarqué à la boutonnière d'un de ces types, un petit badge rond avec les trois lettres sur fond « bleu, blanc, rouge ». D'autre part, un soir, alors que son patron lisait le journal sur le comptoir du bar, il l'avait vu entendu grogner, « qu'il y en avait marre de tout ce bordel ».

Gérard a eu l'occasion en passant de jeter un coup d'œil sur le journal abandonné ouvert sur un article qui titrait : *Trois membres du Service d'Action Civique, interpellés hier pour meurtres…*

Je suis demeuré quelques instants à déchiffrer la pénombre du club. Mon regard s'est porté naturellement sur le coin du bar où se tenaient mes personnages lors de ma première venue. Seul, Maxime était perché sur le tabouret. Il leva les yeux vers moi. Son regard, l'espace d'un instant, flotta sur le mien, sans démontrer le moindre intérêt, et retomba sur la table basse autour de laquelle Maryse et Danny, assises sur des poufs en cuir, les cuisses repliées, lançaient des dés sur le tapis vert d'une piste de jeu.

Bob rejoignit sa place derrière le comptoir. Je le vis poser une question à Max, qui hocha affirmativement la tête. Le gros sortit la bouteille de champagne qui baignait dans un seau, fit le tour, et remplit les coupes de mes deux copines.

C'est ce moment que j'ai choisi pour exister ! Je me suis avancé dans la lumière.

Maryse et Danny étaient absorbées par leur partie de dés. C'est cette dernière qui leva les yeux.

– Regarde Maryse, qui est là !

Celle-ci leva la tête, me regarda un instant, et reporta son attention sur les dés qu'elle venait de faire rouler sur le tapis.

Gérard avec sa serviette et son verre à la main, était figé. Danny m'invitait à m'approcher avec des gestes de la main.

J'ai mis quelque temps à réagir à l'invitation. J'ai compris à cet instant que je n'aurais pas dû venir. Mais le piège fonctionnait déjà.

Je sentais les regards converger vers moi. Danny essayait maladroitement, de décoller du pouf, sur lequel elle était accroupie. Elle prit appui sur la table basse, qui ne résista pas, et bascula en emportant dés, jetons et les deux coupes de champagne. Les deux filles se levèrent, prises d'un fou rire nerveux, qui envahit l'espace sonore du club. Gérard se précipita, dans l'intention de réparer les dégâts. Maxime Roudier et le patron regardaient la scène sans bouger, portant un regard interrogatif, simultanément, sur moi et les filles.

J'ai compris que je ne représentais rien, pour ces deux hommes. Rien encore ! Les choses allaient s'assembler dans leur esprit. Ils devaient déjà être en état de vigilance, même s'ils n'en discernaient pas la cause. Ils ne me lâcheraient plus maintenant. Il fallait que je prenne l'initiative !

Maryse et Danny avaient écrit un scénario idéal, où je pourrais être à la fois, dans la peau de celui qui organise sa vengeance, et libère la belle de la bête. Pourquoi pensaient-elles que j'en avais la volonté, et la capacité ? Elles n'avaient certainement pas évalué, qu'elles pouvaient me mettre dans une situation dangereuse. Il y avait une part évidente d'inconscience, dans leur calcul. Mais je ne leur en tenais pas rigueur. Je crois au contraire, qu'en cet instant, l'envie du combat m'est venue, plus concrète, libérée.

J'ai fait les quelques mètres qui me séparaient du tabouret, sur lequel Max était assis, le dos appuyé, à la rambarde de cuivre du comptoir du bar.

– Bonjour, j'aimerais vous parler.

Il m'a regardé, a détourné son regard en direction de Bob, qui ne me quittait pas des yeux. J'ai vu le geste d'incertitude que celui-ci lui retournait. Gérard, au fond du bar, comme en arrêt sur image, contemplait la scène, la bouche entrouverte.

– Qui êtes-vous ?

– Vous êtes Maxime Roudier. Pour ce qui me concerne, mon nom ne vous dirait rien. Appelez-moi Romain, si vous voulez.

– De quoi voulez-vous me parler, Romain ?

Il avait appuyé fortement sur le mot, Romain. Le ton de sa voix, son attitude désinvolte, exprimaient clairement sa volonté d'afficher un manque d'intérêt, tant à ma question, qu'à ma personne ! J'étais venu avec l'idée, mal définie, il est vrai, de poser quelques mots forts, mais sans grande précision, pour établir un équilibre, l'espoir d'un statu quo, où il serait clair que nous n'aurions l'un pour l'autre, aucun intérêt, bon, ou mauvais.

Mon intention n'a pas résisté au mépris, que j'ai cru discerner dans l'intonation de sa question.

– De ce qui n'intéresse, que vous et moi.

– Que pouvons-nous avoir en commun ?

Il souriait. J'ai cru voir pointer l'inquiétude derrière le masque. Je n'ai pas répondu. Il est resté silencieux. L'orchestre dans la salle devait faire un break. On entendait le silence. J'ai jeté un coup d'œil circulaire. Les filles, Bob, Gérard, et même les quelques clients que l'on devinait affalés dans la pénombre, tout ce petit monde nous observait. Dans l'attente de quelque chose, une issue à la tension qui se dégageait peu à peu de l'immobilité de nos deux silhouettes.

La colère, l'envie de détruire, bandaient mon corps comme un arc. Max me regardait maintenant différemment. Je crois qu'il devinait qu'il était l'objet d'une agressivité, mais sans en comprendre le sens. Il y avait de l'interrogation, de l'incrédulité dans son attitude. Mais c'est son calme et l'évidence qu'il n'avait pas peur, physiquement, qui me désarmèrent. S'exposant volontairement, il pencha légèrement son visage vers moi, et fit de sa main un geste mou, qui signifiait, et bien ?

Je n'avais pas le bon rôle ! Je me sentais bravache, sans puissance. Il y avait dans ce personnage une force qui me dépassait. J'ai compris qu'il portait en lui un vécu qui rendait futile ma posture. J'étais passé sous le contrôle de ma colère, et j'en ai ressenti immédiatement, l'impuissance et le désarroi.

Il m'offrait une sortie que je ne pouvais qu'accepter, mais j'avais le sentiment d'être ridicule, humilié. Les mots qui tombèrent de mes lèvres étaient dérisoires. Mes yeux ne les appuyaient pas.

– Vous avez raison, nous n'avons rien en commun. D'ailleurs c'est ce que je souhaite, n'être rien pour vous. Ma voix tremblait légèrement.

– Nous n'avons donc rien à nous dire, et je souhaite que cela reste en l'état. Désolé pour le dérangement, Monsieur !

Bob grogna :

– Je vais raccompagner ce jeune homme. Sans aucun doute, il venait de me reconnaître, d'assembler quelques réponses à ses interrogations, et chercherait certainement, dans la pénombre de la porte de sortie, à en savoir un peu plus.

Il contournait déjà le bar. Maxime a ouvert la main dans sa direction pour le stopper

J'ai tourné les talons, et je suis sorti.

Ma colère était intacte, renforcée par la conscience de m'être mis dans une situation, où le résultat était à l'inverse de celui que j'en avais espéré.

***

Elles ont fait le moins de bruit possible, mais je les ai entendues rentrer. Mon réveil, à aiguilles phosphorescentes, indiquait deux heures passées. Je n'avais pas fermé l'œil, depuis ma fuite du Casino. L'échec que je ressentais, empoisonnait mon esprit. Un imbroglio de suppositions diverses, sur ce qui pouvait advenir, dorénavant, encombrait ma tête. Plus je tournais autour de cet échec, plus le besoin de n'en pas rester là, s'imposait. J'avais conscience d'un engrenage dangereux, peut-être inutile, *mais il y a des raisons, que la raison ignore*. J'étais dans cet état d'esprit.

Je me rappelais mon rendez-vous, en début d'après-midi de ce dimanche, avec le chevelu. Patrice, le petit gars au mégaphone, qui était venu me rendre visite à l'hôpital. Un scénario brouillon, s'inscrivait dans mon cerveau.

Je me suis mis à espérer qu'il n'avait pas oublié, ou décidé de ne pas donner suite. Ce n'était après tout qu'un gamin. Même si la différence d'âge avec moi, ne justifiait pas ce qualificatif, je ne pouvais m'empêcher de le voir comme ça ! Il y a des années qui comptent double, et c'est les miennes, que je mettais dans mon évaluation. Il avait le luxe de laisser vivre ses passions, ses enthousiasmes. J'avais été formaté à les réfréner, à m'exposer le moins possible. Je n'aurais pas eu à payer, le même prix que lui dans l'exercice de la liberté de pensée, et de paroles. Parfois, je me posais la question, de savoir si je gagnerais un jour ce statut, qui permet à certains, sans crainte, une expression libre, dérangeante, iconoclaste…

C'est seulement dans l'écriture, que je m'étais donné cette liberté. Mais cela demeurait un acte caché, secret. Bien que libéré de toute contrainte hiérarchique, depuis ma sortie de la marine nationale, j'avais conservé de ces expériences du passé, une prudence que j'estimais nécessaire, dans mes relations avec les autres. J'avais conscience d'avoir choisi de vivre dans cette société, comme un intrus, un marginal. *Une forme de rouerie*, m'avait écrit Simon, faisant suite à un courrier où je lui expliquais mes difficultés, à assumer mon désintéressement, pour tout ce qui concerne les règles, écrites ou non, les pratiques, qui régissent la vie en société. Après vérification sur le sens du mot, dans mon dictionnaire, je lui avais immédiatement répondu, qu'il m'en fallait, sans doute un peu.

Les évènements récents, avaient bousculé ce confort. J'ai eu une pensée pour Jeannette. Il était maintenant six heures.

***

Une petite heure plus tard, je tapais à la porte de l'appartement de Gérard.

– Qu'est-ce que c'est ?

– C'est moi.

Il a ouvert la porte. Je n'ai pu m'empêcher de sourire en le voyant. Il était hirsute, en slip, ses joues étaient incrustées des marques laissées par l'oreiller. Je découvrais cette masse de chair et d'os, habituellement dissimulée, sous des vêtements qui en affinaient un peu les contours.

Il me dévisageait, hébété. Il avait dû se coucher aux aurores, après la détente alcoolisée qu'il s'accordait habituellement, chez lui, en rentrant du Casino.

Avant qu'il ne retrouve ses esprits, je me suis avancé. Il s'est effacé par réflexe, et je suis entré.

Gérard était du genre difficile à mettre en colère. Mon intrusion ne déclencha que quelques soupirs. J'attendais qu'il soit prêt à parler. Il alluma la radio, alluma le gaz du réchaud et posa sa cafetière dessus.

– J'en fais d'avance la veille ; Le matin, je sais que je ne peux pas faire grand-chose. Il est bon quand même ! Tu en veux ?

J'acquiesçais. Nous avons siroté chacun un grand bol de café brûlant. Gérard avait sorti de son placard de cuisine une boîte de biscuits bretons.

– Des palets, c'est un peu cher, mais ils sont bons. Ça sent le beurre !

Il affichait fierté et satisfaction, à me faire découvrir ce que de toute évidence, il considérait comme un luxe qui comblait sa gourmandise.

Il m'a rappelé discrètement qu'il attendait une visite, aux environs de neuf heures. Cela nous laissait une bonne heure pour parler de ce qui s'était passé. Il n'a pas attendu que je lui pose des questions.

En fait, il avait peu de choses à me dire. Après mon départ, Max et Bob se sont isolés, dans la réserve qui est derrière le bar. Gérard précisa.

– Tu te rappelles, on sort par là après la fermeture.

Maryse tremblait comme une feuille morte. Elle était proche de la crise de nerf. Danny a ramassé les manteaux, l'a prise par la main, et elles sont sorties comme des folles. Peu de temps après, les deux autres sont revenus ; Max a jeté un regard circulaire dans la pièce, a ramassé son chapeau et sa gabardine, et s'en est allé sans dire un mot.

– Et ton gros Bob, il ne t'a rien dit ?

– Pas grand-chose, mais il avait plus de questions dans les yeux qu'il ne m'en a posé.

– Quel genre de questions ?

Gérard hésita un peu.

– Des banalités qui cachaient certainement des interrogations plus sérieuses que le ton sur lesquelles il les formulait.

Il m'a demandé d'un air détaché,

– Qu'est-ce qui a pris à ton copain ? Est-ce que ça a à voir avec Maryse, ou Danny ?

Il voulait aussi savoir où tu travaillais. Je lui ai répondu que je n'en savais rien. Il a même proposé l'éventualité que tu sois un peu fêlé, il a fait allusion à l'alcool, à la drogue. Mais je le voyais venir. J'ai coupé court, en lui disant que je te connaissais à peine. En plus je lui ai rappelé, que lorsque tu étais venu la première fois, c'est lui qui quelques jours plus tard, m'avait parlé de toi. Il s'en est rappelé. Il te connaissait pour avoir joué une ou deux fois avec toi aux cartes.

– C'est vrai ! Mais en fait, pendant qu'il jouait, je ne faisais que regarder. J'ai joué, mais plus tard. Il était parti.

Gérard me coupa la parole.

– D'accord, mais je suis certain qu'il se pose des questions. Tu te doutes lesquelles ? Il s'est arrêté là ! Plus un mot, mais il avait la tête des mauvais jours. Plus tard, il a fermé la salle en bas, et m'a laissé le club, comme d'habitude, jusqu'à ce que les derniers clients finissent leurs verres. En réalité, j'allais virer gentiment tout le monde quand les musico se sont pointés en râlant. Bob n'avait même pas remarqué, qu'ils étaient encore dans les vestiaires, en train de ranger leur matériel. Ils ont trouvé la porte cadenassée. Il devait avoir vraiment la tête ailleurs le patron. Tout ça m'a emmené jusqu'à près de cinq heures ! Je crois qu'ils ont craqué tout leur cachet, cette nuit. J'ai fini par accepter de boire avec eux. Tu vois dans quel état je suis ?

Effectivement, je voyais bien ce qu'il en était.

Gérard était d'accord avec moi. Pour ce qui me concerne, et aussi pour Maryse, il fallait faire quelque chose.

La première pensée de Max et de Bob, serait d'établir un lien de mon comportement, avec Maryse. C'était plausible. Le rapprochement avec les évènements de l'usine, était à ce stade improbable. Sauf si Max avait des contacts, avec un policier au commissariat de la ville. Encore faudrait-il qu'il connaisse mon nom, et puisse faire le rapprochement.

Gérard me fit remarquer, que ce qui pouvait logiquement inquiéter Max, concernait la nature de mes relations avec Maryse. C'était plutôt une bonne chose. Le gros Bob ne se sentirait pas impliqué dans cette affaire. D'autant que Max, aurait plutôt intérêt, vis-à-vis de lui, à dédramatiser la situation. L'éventualité d'un jeune amoureux, mécontent de la relation de Max et Maryse, ne pouvait que faire sourire.

Nous pensions tous les deux, à l'ambigüité du comportement de Maryse, en ce qui concerne les jeux sexuels qu'elle pratiquait, avec Max Roudier. Il y avait d'une part, la honte, la crainte, le dégout peut-être. La question était, que nous connaissions assez, la force de caractère de Maryse, pour ne pas penser qu'elle était aussi soumise, qu'elle le disait. Ce qu'elle souhaitait voir cesser contenait aussi des phases de satisfactions, de plaisirs. Nous en étions convaincus. La contrainte et les plaisirs faisaient un tout ! Alors, pourquoi m'en mêler ? Mais c'était fait !

Comment et pourquoi avait-elle imaginé se servir de moi ? Gérard me donna son avis. Il me fit remarquer que nos deux copines avaient eu des comportements de manipulatrices. Il s'en disait déçu.

Je n'en étais pas entièrement convaincu.

J'ai expliqué à Gérard que pour ma part, je voyais les choses un peu plus simplement. C'est de leur intimité qu'était né ce scénario improbable, de leurs petits et grands secrets, échangés avec ce sérieux et cette absence de pudeur, qui caractérise les confidences des filles, entre elles. Et dans ce jeu de tendresse sensuelle qu'elles partageaient désormais, Danny, à mon avis, pipelette et prolixe pour tout ce qui concerne les petites choses de l'amour, des sentiments, avait imaginé le squelette de la solution. Ce n'était pas un complot destiné à me faire prendre des risques. Je crois qu'elle me voyait plus fort que je ne l'étais, comme un héros potentiel, qu'il suffisait de mettre sur la voie, pour que je remette les choses dans le bon ordre. Le bon ordre, c'était avant tout, que Maryse garde son magasin sans la contrepartie, ces choses sales imposées par Max. Pour cela, il fallait que quelqu'un s'en charge. Qu'espéraient-elles de moi ? Sans doute rien de plus qu'une conversation entre moi et Max, qui contraindrait celui-ci à cesser de lui-même ces jeux du corps, avec une mineure. Gérard acquiesça. Je crois qu'au fond, il était content de ma façon de voir les choses.

Le temps était passé, sans que Gérard et moi en ayons eu conscience. De toutes les hypothèses, que nous envisagions pour sortir de cet imbroglio, une, improbable, revenait, était abandonnée, puis s'évaluait à nouveau, et finissait par s'imposer parmi d'autres. Nous en avons travaillé, pas à pas, les possibilités, les finalités recherchées, les moyens à mettre en œuvre, les risques pour chacun de nous. Les probabilités d'aboutissement étaient à peu près nulles. Mais nous avons pris le pari, que dans l'action, des solutions que nous n'envisagions pas, pourraient se dévoiler.

Je me levais dans l'intention de partir, lorsque l'on a frappé à la porte.

Nos regards se sont croisés. Il a regardé sa montre. On a compris tous les deux. Le rendez-vous hebdomadaire de mon ami était au rendez-vous. Il avait un petit sourire crispé. La porte s'est entrouverte.

– Je peux entrer ?

Gérard s'est déplacé, a ouvert la porte. Il masquait l'entrée. Je l'ai vu baisser la tête. J'ai compris qu'il déposait un baiser.

– Entre, je te présente mon ami Romain. Il s'apprêtait à partir.

Il s'est dégagé. Une femme sur le pas de la porte me regardait, me qualifiant d'un franc sourire, qui me l'a rendue tout de suite sympathique. Elle s'est avancée, m'a tendu la main.

– Bonjour, moi c'est Josiane.

Le visage rond, rieur, reflétait une bonne santé physique et intellectuelle. Elle avait cette légère corpulence qui souligne les formes, plus qu'elles ne les déforment, des femmes qui embellissent au-delà de la quarantaine. Ce constat fait, c'est sa tenue qui m'étonna. Elle avait fait un chignon de ses cheveux, et portait une salopette bleue à bretelles.

Elle s'est détournée de moi, a mis sa main sur l'épaule de Gérard, en le secouant légèrement. Sa main s'est un peu attardée. J'ai perçu dans ce geste, un mélange de tendresse maternelle et de sensualité.

– Réveille-toi, lui dit-elle joyeusement, on nous attend ! On a du boulot ce matin.

– Oui, oui, j'arrive. Juste un moment s'il te plait.

– Bien je t'attends en bas dans le camion. Je me suis garée en double-file. Alors dépêche-toi.

Et se retournant vers moi en riant, elle m'a dit, en faisant semblant de faire gonfler son biceps :

– Eh oui, c'est moi le chauffeur de poids lourd !

Elle a disparu dans l'escalier.

Je restais sidéré. J'avais cru comprendre que Gérard réservait ses matinées du dimanche à une fausse bigote en mal d'amour. Je n'ai pas eu besoin de lui poser la question.

– J'ai raconté des bobards aux filles. Elles ont du mal à tenir leur langue. J'ai connu Josiane au club. Elle était venue boire un verre avec deux couples d'amis. Ils sont restés au bar, sur les tabourets. Ils riaient beaucoup. Un groupe sympathique, pas comme les petits bourgeois qui viennent parfois s'encanailler. Des gens cultivés, sans trop se montrer. Tu vois ? Josiane s'est désintéressée de ses amis. On a parlé, de tout et de rien. C'est comme ça, que j'ai appris qu'ils étaient tous enseignants. Elle, est prof de maths. Bref, ses amis sont partis, elle, est restée jusqu'à la fermeture. On a passé le reste de la nuit ensemble.

Je l'ai interrompu.

– C'est quoi cette histoire de camion ?

– Tu as entendu parler des compagnons d'Emmaüs ?

– Non, c'est quoi ?

– L'abbé Pierre, tu sais qui c'est ?

– Vaguement, ce n'est pas lui qui s'occupe des gens sans logements ?

– Aussi, il a fondé une communauté où les gens qu'il recueille travaillent pour donner un coup de main, avec des bénévoles. Il y en a une qui vient de se monter dans la région.

– C'est un truc de curés ?

– Pas vraiment, je crois. Il y en un qui a l'air de chapeauter un peu le truc. On dirait un ouvrier ! Il a fallu que Josiane me mette au parfum ! Casquette, brodequins, il a tout du prolo de base. En fait, si on ne le sait pas, il est comme les bonhommes de la communauté. Il dirige un peu, mais en douceur. Il bosse comme les autres. Il ne donne jamais de leçon, pas « préchi-précha », juste une chose : on ne parle ni on ne boit d'alcool. Mais c'est lui qui recrute les bénévoles. Il y a de tout parmi eux. Josiane, elle serait plutôt « coco », tu vois, avec une bonne dose de militante féministe. Bon en fait, elle me réquisitionne de temps en temps. Tu vois les mecs bâtis comme moi, on leur tombe toujours dessus, quand il y a des trucs lourds à bouger ! On débarrasse des greniers, ou des meubles, des objets divers, chez les gens qui n'en veulent plus. On stocke dans un hangar, et quand il y en a assez, ils organisent une vente. Ça permet à la communauté de vivre. Je trouve ça pas mal. Les autres fois, avec Josiane, on se met au lit pour la journée. Elle aime ça, en toute liberté. C'est elle qui me le dit. Elle rajoute, « avec toi mon chéri ! » Mais je ne suis pas dupe, c'est juste pour me faire plaisir. Je la vois bien. Elle a l'œil affuté comme un rasoir, quand elle croise un beau mec ; mais bon, c'est bien comme ça !

– À part ça, tu ne la vois que le dimanche ?

– Bien oui, c'est comme ça. Elle est mariée. Elle m'a expliqué que c'est très libre dans son couple. Mais elle a deux enfants. Alors, on fait comme ça ! C'est bien.

Il s'est avancé vers la porte, a introduit la clef dans la serrure. J'ai compris.

Lorsque l'on s'est quitté, il m'a mis une solide tape dans le dos.

– Bon, tu me racontes, hein, pour la suite.

J'ai eu envie de lui répondre, - Alors c'est bien, on fera comme ça - Mais je me suis retenu.

Josiane était au volant d'un vieux bahut. Elle a mis un coup de klaxon. J'ai vu son grand sourire et ses dents blanches.

– On se voit quand ?

Sans attendre ma réponse, Gérard a sauté à l'arrière du camion bâché où l'attendaient deux autres hommes.

Je me suis dit que c'était un type bien ! Ma pensée m'étonna.

***

Il n'était pas encore dix heures. Mon rendez-vous avec Patrice était prévu pour le début de l'après-midi. Cela me laissait tout le temps pour réfléchir à la façon dont j'allais pouvoir faire avancer cette histoire. De toute façon, il fallait que j'aie au préalable, une conversation avec Maryse et Danny. À cette heure-là, elles étaient encore certainement au lit.

Je me suis arrêté dans une boulangerie et j'ai acheté trois croissants.

Tout en marchant, je me demandais, ce qu'elles pensaient de moi. Certainement, que je m'étais dégonflé ! Mais je savais ce que je leur dirai. Ça ne pouvait pas se passer bien.

Danny en était un peu responsable. En m'accueillant comme elle l'avait fait au club, elle avait scié les barreaux de mon échelle, et je m'étais retrouvé le cul par terre. Le quiproquo était là. Elles attendaient de moi que je fasse gentiment part à Max de l'intention de Maryse de stopper les rendez-vous du samedi. À quel titre ? Et dans quelles conditions ? Une discussion tranquille, dans un coin du bar, à l'abri des oreilles mais à la vue de tout le monde ? En fait, elles attendaient que je fasse chanter calmement Max Roudier. D'où le rôle du petit carnet ! On donne quelques détails sur le calendrier, histoire de mettre un peu de poids dans l'argumentaire. On arrête tout, on oublie tout, et on se serre la main entre garçons bien élevés ! Bien sur, pour la suite, j'avais été loin de satisfaire leurs espérances. À cet état de mon raisonnement, je ressentais un mélange de colère et d'amusement, en pensant à la naïveté du stratagème imaginé par les deux gamines, et aussi à mon inconséquence.

***

Danny était seule. Lorsque je suis entré dans l'appartement, la tête penchée sur sa tasse, elle semblait respirer la vapeur qui s'échappait du café. Mon entrée la fit sursauter.

– Où étais tu ? Maryse et moi, on aurait voulu te parler. Tu sais, à propos d'hier soir.

– Je suis allé bavarder avec Gérard. Vous dormiez. Eh bien voilà, je suis là ! Parlons.

Il y avait de la tension dans ma voix. Je l'ai entendue. Danny l'a perçue également. Il y avait quelque chose de désespéré dans ses gestes, dans son attitude lorsqu'elle m'a répondu. Sa voix aussi, s'était mise dans la tonalité de la mienne.

– Maryse est allée voir sa mère. Elle se demande si elle devrait lui parler. Mais elle a honte, alors elle ne sait pas comment se sortir de cette histoire. Tu comprends, sa mère fait le ménage chez madame Roudier. Si elle se fait virer, ça sera une catastrophe pour elle. J'ai bien essayé de lui dire qu'il n'y avait aucune raison pour que Maxime fasse du bruit sur cette histoire, au contraire. Elle est tellement paniquée que je ne sais vraiment pas ce qu'elle va faire.

***

Il y avait urgence ! Le puzzle se précisait dans ma tête. Ce que nous avions ébauché avec Gérard comme possibilité d'action devenait plus clair. Une hypothèse prenait corps.

Max Roudier avait des faiblesses cachées. Pourrait-il supporter l'idée qu'elles soient révélées ?

Il faisait peut-être partie de ces personnages qui ne soupçonnent même plus, que l'on puisse passer outre, aux convenances qui les protègent de la rumeur, de l'opprobre. Quoi qu'ils fassent, pensent-ils, ce ne sera que peu de choses au regard de ce qu'ils sont, de ce qu'ils ont donné, ou croient avoir donné à la société. Le voile déchiré sur ces certitudes, n'est pas dans leurs craintes. Ils ne l'envisagent plus. Cela leur donne l'illusion d'une force, qu'en vérité ils ne maîtrisent plus.

Telle était la question !

J'étais maintenant décidé à être le maître d'œuvre de la suite. J'en mesurais les risques. Si mon jugement s'avérait exact, il était peu probable que les résultats soient raisonnables, exempts de violences, de quelque nature qu'elles soient. Une petite voix me disait que j'aurai pu, ou dû, en faire l'économie, mais ce temps était passé.

Avec le recul, maintenant, j'ai conscience que ce n'est pas vraiment la nécessité de me protéger d'un danger, qui me poussait dans cette voie. Cette crainte m'avait abandonné. Je ne ressentais pas la colère que provoquent l'agression inattendue, gratuite, humiliante, qui parfois avait déterminé chez moi, l'emploi de la violence. Désirer détruire pour ne plus avoir peur. Cela m'était arrivé aussi !

Ce qui me poussait, là, n'était pas de ce domaine.

***

Patrice était au rendez-vous. Lorsque j'ai pénétré dans le bar, il jouait au billard. Nos regards se sont croisés. Il a laissé sa place à un jeune qui regardait le jeu, et m'a invité à le rejoindre, à une table, isolée au fond de la salle.

La suite ne mérite pas le détail. Les évènements qui concernent la suite de cette histoire se sont déroulés sur une période d'un peu plus de trois mois.

Comment nous en sommes arrivés à faire ce que nous avons fait, je ne suis pas capable de l'expliquer. Une chose en entraîne une autre, et l'objet d'un projet vague, se dilue dans une action qui en entraîne une autre. De Patrice, je n'attendais rien d'autre, qu'une mise en relation. Gérard et moi avions imaginé quelque chose, qui impliquerait son camarade, le photographe. Pour être plus clair, nous avions pensé photographier toutes les pages du carnet de Maryse, et les déposer une par une, chaque jour, dans la boîte aux lettres de Maxime Roudier. Bien que les annotations portées sur les pages du carnet ne soient pas vraiment explicites, la corrélation des dates avec les rendez-vous, seraient forcément remarquées.

Gérard m'avait fait remarquer, que l'orage allait se déchaîner sur Maryse. Roudier connaissait l'existence de ce petit carnet. J'avais pu moi-même voir Maryse, le griffonner au bar du Casino, en sa présence. Elle n'aurait qu'à lui dire qu'elle l'avait perdu, m'avait suggéré Gérard. Fallait-il informer Maryse de ce que nous envisagions de faire ? Il y avait un obstacle à ça. Le fait qu'elle s'obstinait à me dire qu'elle n'était pas propriétaire de ce carnet. Nous avons envisagé d''obtenir la collaboration de Danny. Nous avons écarté cette possibilité. J'étais persuadé que tout deviendrait trop compliqué, si les deux filles étaient impliquées dans notre plan. Plan qui en fait se résumait à l'expression

« secouer le cocotier » ! Ce que j'espérais, était d'abord, que Roudier se focalise sur ce qui ne manquerait pas de l'intriguer, et certainement de l'inquiéter. Qu'il pense ou non, que j'en sois à l'origine, le résultat serait l'obligation pour lui de solder l'incident du Casino avec le patron. Pour Gérard et moi, il était évident, qu'il redouterait en premier lieu, que cette histoire vienne aux oreilles de ses amis. Il serait maintenant seul. Une affaire entre lui et moi, en quelque sorte. Le scénario optimiste, était qu'il cesse ses relations avec Maryse, et tire un trait sur le reste. On a voté pour ça !

Patrice m'a écouté, les yeux écarquillés. Il souriait, incrédule. Il m'avait mitraillé de questions. Pourquoi faire des photos des feuillets d'un carnet, pour qui, pour quoi faire ? J'ai bien essayé de résister, mais je voyais bien qu'il se doutait que l'usage que j'en ferai, n'était pas vraiment orthodoxe. J'ai dû lui préciser, lui jurer même, que ce n'était pas un chantage destiné à obtenir de l'argent. J'ai lui ai exposé les faits réels, sans préciser les noms et les lieux, et le but recherché, soustraire une jeune fille au chantage de son patron. Je crois qu'il m'a cru, en pensant que je ne pouvais pas avoir imaginé une histoire pareille.

Encore un peu soupçonneux, il m'a demandé s'il n'y avait pas un lien avec l'affaire de l'usine, et pourquoi je m'adressais à lui. Ma réponse était simple et empreinte de vérité. C'est lorsqu'il m'a parlé de son copain photographe à l'hôpital, que cette idée m'est venue.

Il m'a demandé pourquoi, je ne faisais tout simplement pas faire des photocopies.

Je me rappelle, que je n'ai pas tout de suite compris le sens de sa question. Le mot « photocopie » ne m'était pas étranger, mais la notion d'usage, où, par qui, comment, quel prix, m'était complètement inconnue. Je n'y avais d'ailleurs pas pensé. Ce n'était pas la première fois, que me sautaient à la figure les conséquences de l'île déserte sociale, où j'avais d'abord été maintenu, et dont j'avais ensuite reproduit le mode, avec un costume civil. Lorsque j'y étais confronté, par hasard car je n'en étais pas curieux, ces changements, ces évolutions, mutations, bousculaient mon confort. Cette fois encore, la remarque ironique de Patrice, m'avait décontenancé.

Je crois qu'il a compris.

Il m'a dit :

– Donne-moi ça, je vais te les faire. Dimanche prochain à la même heure ! Ça ira ? Comme je restais sans réaction, il m'a expliqué. Son père est notaire. L'office est au rez-de-chaussée de la maison familiale. Il y a une photocopieuse Xerox. Il a l'habitude de s'en servir en dehors des heures d'ouverture, pour photocopier des cours ou autre chose. Il n'y en a pas au lycée. Juste une ronéo. Parfois il en fait pour les profs.

Nous avions décidé de faire parvenir deux lettres par semaines à Roudier. Nous aurions pu les déposer dans sa boîte aux lettres, à l'entrée du couloir de l'immeuble. Mais on s'est dit, qu'a un moment ou un autre, on risquait de tomber sur lui.

On a décidé de poster. L'investissement était dans mes possibilités. Moins de un franc par lettre avec les enveloppes. Patrice avait fait cinquante photocopies. Ils ne s'en apercevront même pas à l'étude, m'avait-il dit. Lorsque je lui ai demandé s'il fallait que je lui paye quelque chose, il a rigolé.

– Une bière, ça ira !

Les petits feuillets du carnet avaient été agrandis trois fois. Je ne sais pas comment il avait fait, mais au verso de chaque feuille, il avait imprimé un masque, avec une plume dans l'œil. Gérard m'a dit qu'il avait déjà vu ça sur la couverture d'un bouquin d'Agatha Christie. En fait, j'aurai préféré éviter cette fanfaronnade.

Ensuite tout s'est enchainé assez vite. Et pas comme nous l'avions envisagé.

***

Peu après l'envoi de la première lettre, l'évènement se produisit. Ce samedi-là, Maryse revint à l'appartement, en fin d'après-midi.

Affalé dans le canapé, je lisais le journal. J'ai immédiatement compris qu'elle n'était pas dans son état normal. La tension qui s'imprimait sur son visage semblait être le barrage d'un flot de larmes contenues. Son regard se dérobait. Comme Danny s'étonnait de sa présence, elle posa ses deux mains sur le rebord de la table, semblant s'y retenir, la tête penchée en avant. Elle ouvrait la bouche, sans que le moindre son n'en sorte, bloqué au fond de sa gorge. Le premier qui s'en libéra fut un râle, qui se fondit dans les hoquets d'un sanglot. Danny fit le geste de la prendre dans ses bras, mais Maryse la bouscula, et se précipita dans la chambre.

Danny voulut la suivre mais je la retins. J'étais certain que notre courrier avait provoqué une réaction de Roudier.

J'ai tout expliqué à Danny. Je lui ai demandé de parler et d'informer Maryse, en lui laissant le temps de se calmer. J'ai décidé de les laisser en tête à tête.

Danny restait très calme, pensive.

J'avais encore le temps de voir Gérard avant qu'il ne prenne son service au Casino.

Il était chez lui.

Il lui restait l'après-midi de libre, avant de rejoindre ce soir le Casino, pour préparer son bar.

Nous avons décidé de revenir tous les deux à l'appartement. Nous étions brutalement confrontés à une situation, que nous avions envisagée, sans nous y être préparés. Le Rubicon franchi, nous considérions que le mal, ou le bien, étant fait, il nous fallait assumer, avec tous les acteurs impliqués. Maryse était maintenant, en première ligne. Ce que nous ferions dorénavant, nous ne pouvions le faire qu'avec elle.

Nous avons retrouvé nos deux amies, face à face sur la petite table à manger. Deux tasses de café, vides, repoussées sur le coin de la table, suggéraient une conversation largement engagée, peut-être terminée ? Maryse semblait abattue, les coudes sur la table, la tête appuyée sur les mains. Le regard concentré sur les petits carreaux rouge et blanc de la nappe cirée. Danny, face à nous, nous regarda entrer. Elle avait le visage empourpré, emporté par l'émotion. Elle semblait épuisée. J'ai compris qu'elle avait mis toutes ses forces de conviction, pour détourner son amie de ses angoisses, de ses peurs, et qu'elle-même était sur le point de s'y abandonner.

***

Maryse parlait. Elle s'arrêtait parfois, bloquée par la montée d'un sanglot qu'elle retenait. Danny commentait, confirmait, interrogeait sans attendre de réponse. Nous nous taisions, Gérard et moi.

J'avais vu juste.

En début de ce samedi après-midi, Maxime Roudier, comme il en avait l'habitude, était entré dans le magasin. Maryse, habillée pour sortir, son sac à main, posé sur le comptoir du magasin, l'attendait. Elle vit qu'il était tendu. Elle connaissait la blancheur de ce visage, lorsqu'une rage l'habitait. La plupart du temps, plus tard, il glissait à Maryse quelques mots, en confidence, qui évoquaient la source de sa colère, presque toujours la même. Maxime et sa mère étaient très proches. Trop proche parfois pour lui, lorsqu'elle tentait de s'impliquer dans son mode de vie.

Ce jour-là, pourtant, le masque glacial l'inquiétât. Elle pressentait que rien ne se passerait comme d'habitude.

Arrivé dans l'appartement, il la prit fermement par le coude, et la poussa dans la chambre. Il la fit asseoir sur le bord du lit. Lorsqu'il posa sa main sur sa gorge et la poussa, elle s'allongea sans résister. À cet instant, Maryse pensait qu'il allait la prendre, comme un homme prend une femme. Elle avait envisagé cette éventualité, et avait décidé qu'elle le laisserait faire. Elle connaissait ce besoin de violence qu'il la contraignait à exercer contre lui. Elle craignait maintenant qu'il espère dans sa résistance, les plaisirs du viol.

Il ne lui avait jamais autorisé, un seul mot sur leurs pratiques habituelles. Explicitement, il lui avait dit qu'elle devait se contenter de mettre en œuvre ce qu'il lui indiquait de faire.

Il la maintenait allongée, pesant légèrement sur sa gorge. Cela aurait pu être une caresse. Elle savait qu'il n'en était rien.

Il demeura un long moment, silencieux, les yeux plantés dans ceux de Maryse.

***

– Il veut te voir !

Maryse termina brutalement sur cette phrase.

Elle avait tout dit.

Cette main qui la maintenait doucement, sans violence, devenait, plus présente, menaçante au fur et à mesure que les questions de Max s'enchaînaient, rapides, répétitives. La paume de Max ne faisait qu'effleurer la peau de Maryse, mais elle la sentait, là ! La panique pénétrait dans son corps par cette main, dont elle ne devinait pas les intentions.

Elle s'était débarrassée de tout ce qu'elle pouvait lui dire comme l'on décharge vite ce qui pèse trop. Elle se pressait pour se libérer de la peur qui, petit à petit, nouait sa gorge. Mais elle voulait aussi continuer, pour ne pas affronter le dénouement de cette peur.

Ce n'était pas aussi explicite que ça, mais je crois que Gérard, Danny et moi, avons bien compris ce qu'elle tentait de nous dire. Moins que ses paroles qui se bousculaient en désordre, ce que nous lisions sur son visage en l'écoutant, exprimait la terreur que cet homme lui avait fait subir.

***

– Quand ?

Maryse releva la tête. Il y avait dans ses yeux une lueur de reproche et une attente. Au fond, peut-être que ce qu'elle accordait à Max était un moindre mal. La contrepartie n'était pas négligeable. Un emploi dont elle avait rêvé, l'accès à des plaisirs, autrement inabordables pour elle.

J'ai pensé qu'elle n'avait pas mesuré les conséquences du jeu, qu'elle et Danny, avaient mis en place. Peut-être même, n'avait-elle pas vraiment souhaité que les pièces du jeu bougent, et que les joueurs s'y dévoilent et s'y confrontent.

Que ce serait-il passé si j'avais ignoré cette histoire ? Sans doute rien ! Je réalisais en cet instant que Maryse ne m'en avait jamais parlé directement. Tout ce que j'en savais, je le tenais de Danny.

J'avais aussi entrainé Gérard dans une action qui ne le concernait en rien, mais qui l'impliquait.

Comment avions-nous pu céder à ces enchaînements de pensées agressives qui comme des briques, s'empilaient, se solidifiaient.

De quel droit ? Je me souvenais de ce que m'avait dit Simon un soir, de la méfiance que l'on doit avoir de ce que nous rangeons dans la boîte du mal ou du bien, de l'immoral et du moral. Mais là aussi, je savais que pour ma part, cela n'avait pas été le moteur de mes actes. C'était plus profond. Ce qui s'était construit en moi, insidieusement, était un mur d'un assemblage hétéroclite, de jalousie, de mépris, de haine. Un mur pour que celui que je m'étais un jour, désigné comme ennemi, s'y écrase.

Ce n'était pas moi, nourri de la volonté d'indifférence, celui qui s'engageait dans l'aventure d'un parti pris mal défini.

Maryse posait difficilement ses mots :

– Il m'a dit, aujourd'hui, chez lui. Il ne bougera pas ce soir. Elle hésitait :

– Et puis aussi, sinon, c'est lui qui viendra te voir.

– Il t'a demandé les raisons de tout ça ?

– Je lui ai dit que je ne savais pas !

– Bref, tu lui as fait croire que tu n'étais pas au courant ? Tu lui as dit aussi où j'habite ?

Elle hocha la tête.

***

Gérard tenait à m'accompagner. On est passé prendre sa *4cv*. Le domicile de Max Roudier était à quelques minutes à pied de chez moi.

Gérard m'avait dit :

– Comme ça, je préfère t'attendre en bas, dans ma caisse.

Il ne m'a pas dit pourquoi, et je ne lui en ai pas demandé la raison. Je n'avais pas peur, mais il me semblait que j'aurai besoin de partager mes impressions avec lui, la rencontre terminée. Je pensais que je pourrais peut-être, ne pas dire toute la vérité à Maryse et Danny.

L'appartement était au deuxième et dernier étage, d'un petit immeuble bourgeois. J'ai sonné.

– La porte est ouverte, entrez !

J'ai franchi le petit vestibule qui donnait sur une pièce qui devait être le salon. Il était assis dans un fauteuil, face à une fenêtre. Je ne voyais de lui que son coude.

– Qu'est-ce que vous me voulez ?

Il sortit la tête et répéta :

– Qu'est-ce que vous me voulez ?

Je me suis approché sans répondre, jusqu'à être de trois-quarts à côté de lui. Il a tourné la tête vers moi. Il m'a regardé droit dans les yeux. Il affichait le calme jouisseur et méprisant, qui m'avait déjà désarçonné, lorsque je l'avais abordé au Casino. Mais cette fois, le léger rictus qui tendait son visage, laissait deviner la nervosité d'une colère, peut-être d'une haine naissante, contenue.

Il enleva ses pieds, posés sur une petite chauffeuse. D'un coup de pieds désinvolte il la poussa vers moi en la désignant.

– Asseyez-vous.

Je n'avais pas envie de le laisser jouer avec moi.

– Monsieur Roudier, vous avez demandé à me voir, aujourd'hui. Je suis là !

– J'avais envie de voir la tête du petit voyou qui se sert d'une jeune fille, sans doute pour essayer de me faire chanter. Graine de petit maquereau, non ?

Il avait presque crié ces derniers mots.

Il y avait une table ronde et quatre chaises au milieu de la pièce.

– Si on allait là ? Pour parler, lui ai-je dis.

Moins d'une demi-heure plus tard, j'ai traversé la rue pour rejoindre la voiture. Lorsque j'ai ouvert la portière, j'ai levé la tête. Maxime Roudier me regardait, le front pressé contre la vitre de sa fenêtre.

Le regard de Gérard m'interrogeait. Je n'avais pas envie de m'éterniser en cet endroit.

– Allons boire un verre. Je t'expliquerai.

***

Gérard conduisait lentement, comme s'il voulait me laisser le temps, de digérer les effets d'une confrontation difficile.

Les secousses de la rudesse des suspensions de la petite voiture, ne m'empêchaient pas de me détacher des évènements du trajet. La rue, les bruits, la présence de Gérard à mon côté, s'enfonçaient, assourdis dans un brouillard dominé par les pensées, qui valsaient, et se bousculaient dans ma tête.

L'incohérence de mon implication, dans la vie de ces personnages d'un roman de quatre sous, était la plus prégnante. Ce moi, n'était pas de moi ! Une urgence me pressait de solder cette histoire.

Ma conversation avec Roudier avait été limitée. J'avais choisi de tout lui dire, Maryse lui en avait d'ailleurs, dévoilé l'essentiel.

Ce que je savais, de ses relations avec le commando de l'usine, comment je m'étais impliqué dans cette affaire, et le hasard, qui s'en était de nouveau mêlé, lorsque j'avais été informé de ses relations avec Maryse, parurent pourtant, le laisser perplexe. Mais, il ne fit pas de commentaires.

Il n'avait lui-même, pas dit grand-chose, si ce n'est quelques questions brèves, me demandant une précision, sur telle ou telle circonstance de ces évènements. Je n'avais pas répondu à toutes. Il y avait eu beaucoup de silences, incrustés dans cet entretien.

Je ne ressentais pas de mépris pour lui, et je ne portais pas vraiment de jugements, sur ce qu'il imposait à cette pauvre Maryse ; juste de la curiosité. Comment expliquer ces pratiques ? Evidemment, je n'avais pas de réponses, et j'avais beau tenter d'évaluer les fantasmes qui pouvaient les expliquer, je n'arrivais pas à provoquer en moi, le moindre commencement, d'une découverte érotique. Sans doute, le personnage officiel de ce baroudeur viril, était-il antinomique, avec ces images !

Maryse était-elle contrainte, ou sa soumission n'était-elle que le chemin d'une autre ambition, sa passion pour le commerce de chapeaux ! Etait-ce à ce point dérisoire ? Au fond, peut-être n'accordait-elle aucun intérêt, ou plutôt aucune valeur, à l'usage qui lui était demandé de son corps. Cette idée me convenait mieux. Roudier devenait l'instrument de son projet, et le rapport de force était inversé. Le ridicule des situations devenait clownesque, sans importance. Le prix qu'il lui fallait consentir n'était qu'un jeu de dupe, et si mon hypothèse était juste, c'est à Roudier que l'enfer était promis, sur cette terre.

***

Olivier déposa devant Gérard et moi, les deux cafés que nous lui avions commandés.

– Ça va ?, me dit-il, en me regardant d'un drôle d'air.

– Oui, Pourquoi ?

– Non, non, pour rien, comme ça !

Lorsqu'il fut reparti, Gérard précisa :

– Tu fais une gueule d'enterrement !

– J'en ai marre de cette affaire. Finalement, tous les deux, on s'est embringué dans un truc de fous.

Il me regardait, les yeux écarquillés, la bouche entre-ouverte. J'ai compris qu'il était temps de lui raconter ce qui s'était passé entre Roudier et moi. J'ai décidé d'aller à l'essentiel. La parenthèse de l'accueil que m'avait réservé Roudier, ne ferait que compliquer la suite.

Pour le reste, j'ai résumé la situation en quelques mots, à Gérard qui buvait mes paroles.

– Je crois que ce type se fout de tout. Sauf peut-être, de ce que pourrait penser sa mère.

– Il t'en a parlé ?

– Non, c'est intuitif, enfin c'est aussi par déduction ! On a mis de côté tout ce qui me concerne. Il a balayé d'un geste de la main, sans me laisser terminer, mon histoire de l'usine. Peut-être savait-il ? J'ai enchaîné sur Maryse. Je lui ai simplement dit qu'elle avait un ami. Il m'a demandé si c'était moi. J'ai dit non. Je ne sais pas s'il m'a cru.

Il m'a dit :

– Alors pourquoi tout ça ? Qu'est-ce qu'elle veut ?

– Elle a peur de vous, c'est ce qu'elle m'a dit.

Comme il se taisait, j'ai enchaîné ; Maryse, son ami, sa passion pour son boulot, sa peur de se faire virer.

C'est paradoxal, mais je crois qu'il a été rassuré, et moi aussi ! Bref, il n'a pas beaucoup réfléchi. Il m'a dit qu'il souhaitait discuter de tout ça, en tête à tête avec Maryse. Il m'a assuré qu'il n'y aurait aucune violence, verbale ou physique, de sa part. Il voulait juste s'assurer, que ce qu'il envisageait comme solution, lui convenait.

– Tu l'as cru ?

– Oui, il m'a donné sa parole d'officier. Tu sais comme je m'en bats, de ces trucs là. Mais lui, il y croit ! Alors, je n'allais pas chercher midi à quatorze heures. De toute façon, j'ai décidé de foutre le camp d'ici.

– Tu veux partir où ?

– Paris de préférence, mais on en reparlera. Ce n'est pas pour tout de suite. Bon, je rentre à l'appartement. J'aimerai bien que tu viennes avec moi. Les filles vont me mettre sous pression, et comme je sens que j'ai les nerfs à vif, je préfère que tu sois là.

Il a regardé sa montre :

– D'accord, j'ai le temps. Tu as quelque chose de fort à boire chez toi ?

– Bien, non, juste un fond de vin !

Gérard a décidé de passer chez lui prendre quelque chose. Je l'attendais dans la voiture. Il a exhibé une bouteille de Cognac toute neuve, en remontant dans sa voiture :

– Prise de guerre, me dit-il l'air triomphant. Je connaissais son champ de bataille !

***

J'ai tout redit aux filles. Gérard confirmait, commentait, plaisantait. Elles nous écoutaient, se regardant de temps en temps pour évaluer leur niveau de compréhension respectif. Lorsque j'ai précisé à Maryse qu'il voulait la voir, elle a fait un geste de négation. J'ai été un peu au-delà de ce que Roudier m'avait dit de ses intentions, pour la rassurer. Mais je n'étais plus certain de la juste cause de Maryse. Comme elle persistait, j'ai haussé le ton.

De toute façon, elle ne pourrait éviter une explication. L'instrument du chantage était bien l'objet qui lui appartenait. Elle a relevé la tête, ouvert la bouche. Elle allait continuer à nier la propriété du petit carnet. La paume de ma main, tendue vers son visage, l'a stoppée. Elle a dû lire la colère sur mon visage.

J'avais encore une chose à dire. J'ai laissé le silence s'établir quelques secondes.

– À propos de ce carnet, en partant, je l'ai sorti de ma poche, et je l'ai lancé sur la table. Il m'a regardé, l'a ramassé, ouvert, et a feuilleté quelques pages. Il a compris ! Il a hoché la tête.

Je ne crois pas, qu'il le rendra au propriétaire.

Je n'ai pas entendu Gérard partir. Nous avions bu, moi, Gérard, Maryse et Danny, une bonne moitié de la bouteille de Cognac. C'est ce que mon œil a découvert, en s'ouvrant.

Gérard avait dit en arrivant :

– C'est pour se détendre !

La pièce était vide. Ma tête reposait sur mes bras, repliés sur la table. Je ne savais pas depuis combien de temps, je m'étais assoupi.

Mes oreilles se remettaient à vivre. Un léger brouhaha naissait, du côté de la salle de bain. Lorsque j'ai poussé la porte, Les deux filles tournèrent la tête vers moi. Elles me contemplaient, hilares. Elles étaient face à face, les genoux repliés, les joues enluminées, encastrées dans la chaleur de la baignoire sabot, luisantes d'eau et de savon.

– Tu vas nous frotter le dos, dit Danny en se levant et en m'envoyant une grande claque d'eau. Maryse l'imita en criant je ne sais quoi, et en me jetant un gant de toilette, gorgé d'eau savonneuse, que j'ai bloqué contre mon ventre.

***

Le camion poubelle passait bruyamment, au bas de la rue. J'ai ouvert les yeux. J'étais au milieu du lit, recroquevillé, dans la position du fœtus. Maryse, étendue, découverte du drap, nue, me regardait en souriant. J'ai senti le corps bouillant de Danny, encastré dans mon dos.

Je crois m'être rendormi.

J'ai été réveillé par les secousses du drap, que l'on tentait de faire glisser sous moi. Maryse tirait dessus, en riant. Elle était habillée, et moi nu. J'ai essayé machinalement, de me recouvrir.

– Laisse, me dit-elle. Il faut bien que je change ce drap. Regarde !

Elle passa sa main sous un coin du drap, pour mettre en évidence une tache de sang.

– Il fallait bien que ça m'arrive. Voilà ! Tu as été gentil tu sais.

Elle se pencha sur moi et déposa un baiser rapide sur mes lèvres.

Les souvenirs ont déboulé.

***

Maxime Roudier s'était très vite décidé, à donner une suite, qui convenait à tous. Quelques jours après il avait rencontré Maryse. Nous n'avons pas réussi à lui faire dire ce qui s'était passé entre eux. Mais elle paraissait calme. En ce qui me concerne, elle m'a dit que Maxime ne m'accordait aucune importance. Sans doute voulait-elle me rassurer, plus que me blesser.

Deux semaines sont passées. Maryse et Danny ne fréquentaient plus le Casino. Par Gérard, nous avons appris que Max n'y était pas réapparu.

– Aucun écho du patron sur tout ça, non plus, m'avait-il précisé.

Gérard partageait ses loisirs entre le temps dédié à son amie, et nous trois. La *4cv* acceptait notre charge jusqu'aux plages de l'atlantique, distantes de quelques dizaines de kilomètres.

L'épisode du lit à trois ne s'était pas répété. Danny vint une fois, une nuit, me rejoindre.

Je dois dire que tout allait bien pour moi. Danny et Maryse étaient, ce qu'un célibataire pouvait rêver de mieux, comme compagnes de vie. Mais, il y avait, de plus, une amitié amoureuse qui nous procurait du plaisir, lorsque nous étions ensemble. Une harmonie qui ne peut durer que le temps de la jeunesse, et lorsque le hasard fait que les égos des protagonistes, ne sont pas faits pour se confronter.

Nous n'en parlions pas, mais je crois que nous avions tous conscience, que ce temps était destiné à se défaire.

Pour Maryse, le dénouement vint vite. Elle rentra un samedi soir, cambrée sur ses reins, le visage outrageusement sérieux, comme investie d'une mission à laquelle elle aurait voulu donner une dimension exceptionnelle. Danny et moi, avons tous les deux perçus qu'elle avait quelque chose d'important à nous communiquer.

– Dimanche midi, demain, je vous invite à déjeuner, j'ai quelque chose à vous dire. Chez Olivier, précisa-t-elle.

– Tu peux voir avec Gérard, pour qu'il soit avec nous ?, me dit-elle.

Nous avons bien essayé d'en savoir plus, mais peine perdue !

Le lendemain, nous sommes arrivés tous les quatre chez Olivier. La salle était pleine, la télévision se mêlait au brouhaha des conversations. Olivier nous a dégagé un coin au fond du bar.

Il s'apprêtait à ouvrir la bouche, mais Maryse prit les devant :

– L'apéro pour nous tous. Martini pour Danny et moi, et deux jaunes pour les mecs.

Elle se tourna vers nous : ça ira ?

Et à Olivier, - Tu mettras quelques rondelles de saucisson pour aller avec, et sans lui laisser le temps, - Après ça, quatre hamburgers, bien juteux et tout, comme d'habitude, hein ! Tu prends un verre avec nous ? Elle précisa :

– C'est tout pour moi, j'invite !

Olivier lui montra la salle pleine :

– Merci, mais tu vois ? J'ai cru qu'il allait lui demander : « Tu fêtes quoi » ? Mais il ne le fit pas.

– Je vais dire à Jacqueline qu'elle s'occupe de vous pour l'apéro. Pour les hamburgers, on verra après. Ah, la patronne a encore quelques parts de sa tarte au citron. Dites-lui de vous en mettre de côté, si vous en voulez.

Lorsque Jacqueline posa la question, les quatre bras se levèrent en même temps.

Nous étions soudains heureux, sans raison, et menions un chahut dont l'intensité arrivait à distraire des clients de leur assiette. Ils tournaient curieux, la tête en arrière, compréhensifs. Nous étions déterminés à n'entendre de Maryse, que ce qui justifierait cette joie de gamin, qui nous libérait. Pourtant, aucun de nous ne lui posait la question.

Gérard avait tenu à faire un bis à l'apéro. Il chantait maintenant *la Madelon* en s'accompagnant d'une fourchette et d'un couteau qu'il claquait en rythme sur le formica de la table. Et nous reprenions en cœur. C'est ce moment que Maryse a choisi.

Elle se leva les bras en l'air, en hurlant :

– Stop, j'ai des choses à vous dire.

Nous eûmes quelques secondes d'un silence général, durant lesquelles, seule la voix du journal télévisé se fit distincte.

Olivier leva les bras, en termes de protestation.

La salle nous oubliait déjà, les conversations recouvraient à nouveau la télévision.

Nous attendions.

Mais Jacqueline qui arrivait avec les hamburgers fumant sur une feuille de laitue, nous prévint :

– Faut manger pendant que c'est chaud !

Elle se retourna, attrapa la carafe remplie de vin déposée sur le bar et la déposa sur notre table.

– Pour faire passer, dit-elle en riant.

Je crois que nous avons pensé tous les quatre, en cet instant, que nous aimions bien Olivier et Jacqueline.

Maryse se rassit.

– Bon, bah tans pis, je vous parlerai après ça !

Personne n'a protesté.

***

Nous étions gavés, nous avions trop bu, ri, chanté. Nous nous étions disputés sur des sujets sans importance, réconciliés par de grandes démonstrations d'amitié, nous avons défait le monde qui ne nous convenait pas, sans en imaginer un autre, nous avons promu nos inconséquences, au rang d'un mode de vie, nous avons appelé ça, nos libertés, et nous avons juré ne jamais nous dissocier de cet idéal. Comme cet engagement était futile ! Mais pourquoi renoncer à la communion de ce moment, qui nous remplissait de bonheur ? C'est ce que je me disais en donnant, et recevant, ces accolades fraternelles.

Olivier et Jacqueline, un moment libérés des contraintes de la salle de restaurant, se sont approchés de nous. Tout cela n'avait aucun sens pour eux, et sans doute en étaient-ils étonnés. Ils voulaient un instant contempler de près, partager notre joie, notre insouciance. Nous nous sommes tous levés. Nous les enveloppions de nos bras, les chahutant de baisers et de caresses.

J'ai vu les yeux d'Olivier se mouiller, Jacqueline s'en apercevant, en rire et l'attirer, le cacher dans ses bras.

– Patron, l'addition, s'il vous plait.

Un client qui terminait son café, rompit la sarabande.

***

Nous étions revenus à l'appartement. Assis autour de la table, chacun semblait concentré sur la meilleure façon d'absorber son café brulant, en le suçant sur le bord de la tasse. Seuls ces bruits et le ronronnement du réfrigérateur habillaient la pièce.

Maryse était maintenant calme. Terminée la griserie qui la tenait, ainsi que nous tous, dominés et emportés dans des excès libérateurs. Les incertitudes accumulées depuis quelques semaines s'estompaient.

Elle semblait fatiguée. Nous l'étions !

Ce que Maxime Roudier lui avait dit qu'il ferait, était au-delà de ce quelle avait jamais espéré obtenir. Il n'avait exigé aucune contrepartie. L'entretien n'avait duré que quelques minutes. Maxime n'avait laissé paraître aucune émotion. Aucun reproche, aucune allusion à leurs relations ne s'était interposée dans son exposé. Il s'en était strictement tenu à l'essentiel.

Maryse n'avait pas dit un mot. Il n'avait d'ailleurs pas sollicité son avis ou un commentaire.

Lorsqu'il s'est levé, elle a compris que l'entretien était terminé. Il y avait un paquet, déposé à côté de la porte d'entrée. En ouvrant la porte, il lui dit de le prendre.

Dans l'escalier, elle en a regardé le contenu. Les trois costumes, y étaient soigneusement pliés.

Dans la rue, y avait la poubelle de l'immeuble. Elle a levé la tête. Max la regardait, de sa fenêtre. Elle a ouvert la poubelle, et y a déposé le paquet.

Le rideau est retombé.

***

Deux semaines plus tard, nous avons, Gérard et moi, accompagné Maryse au rendez-vous fixé par Maxime Roudier. Elle y tenait.

Gérard a garé sa *4cv*, à quelques mètres de la plaque d'un office notarial. La salle d'attente était au rez-de-chaussée.

Quelques minutes plus tard, une secrétaire a poussé une porte.

Elle s'est adressée à Maryse :

– Maître Duboc va vous recevoir. Voulez-vous me suivre ?

Lorsque Maryse est passée, la porte grande ouverte sur le bureau du notaire, j'ai entrevu Maxime Roudier. Assis sur une chaise, il était plongé dans la lecture d'un document. Il a levé la tête. Nos regards se sont croisés. J'ai cru voir un sourire s'esquisser sur ses lèvres.

***

Maryse nous avait donné les grandes lignes de ce que Roudier lui avait proposé. Il tenait de sa mère, propriétaire des murs de l'immeuble, où se trouvait le magasin, un mandat de gestion qui l'autorisait à faire en son nom, toutes les transactions qu'il jugeait bon de faire. C'est ce que nous avions compris, Gérard et moi, des explications un peu confuses de Maryse. Il avait décidé de lui faire un bail commercial. Elle n'avait pas osé lui demander d'explications complémentaires.

Aucun d'entre nous, n'avait les connaissances nécessaires pour comprendre ce que cela signifiait pour elle. Nous avions décidé de retourner voir Olivier. Il avait un commerce, et saurait certainement nous éclairer, sur les conséquences de cet acte. De plus, sans lui donner de plus amples explications, nous pouvions lui faire confiance.

Olivier ne nous avait pas caché son étonnement. Lorsqu'on lui avait soumis nos questionnements, il avait commencé par poser des questions à Maryse.

– Il te le vend le fonds de commerce ? Tu lui as demandé le montant du loyer ? Et le stock de marchandises ?

Maryse n'avait répondu à aucune de ces questions. Elle semblait désemparée.

Olivier réfléchissait.

– Bon je n'ai pas de conseil à te donner, sauf à demander à ton propriétaire des précisions sur ces questions. D'autre part, je crois que tu es salariée ?

Maryse confirma.

– Tu as conscience que tu n'auras plus de paye ? Tu as un peu d'argent d'avance, pour supporter deux ou trois mois de charges ?

Elle le regardait, les yeux grands ouverts.

– Les charges, c'est l'électricité, l'eau, le loyer, etc. !

Lorsque nous sommes remontés à l'appartement, il s'est bien passé un quart d'heure, avant que l'un de nous n'ose aborder le sujet ? C'est Maryse qui a rompu la digue qui retenait nos pensées.

Elle avait les larmes aux yeux.

– Bon, alors, je fais quoi ?

Les reproches s'accumulaient dans ses yeux. Je voyais bien que, ébranlée par les problèmes soulevés par Olivier, elle nous tenait à nouveau pour responsable, d'une situation qui lui apparaissait catastrophique.

Nous nous sommes épuisés, dans de longues supputations.

Notre avis s'est enfin dégagé, comme un aveu d'impuissance. C'est moi qui l'ai résumé à Maryse :

– Tu devrais aller revoir Roudier, et lui demander des explications sur tous ces points.'

– Ça ne va pas, non ! Tu n'as qu'à y aller toi.

C'est finalement Maryse qui a mis le point final.

– De toute façon, je serai propriétaire de quelque chose ! Je verrai bien après.

***

Cela faisait bien une demi-heure, que Maryse était dans le bureau du notaire. Seules, quelques bribes de conversation bourdonnaient dans la salle d'attente.

La porte s'est ouverte. Maryse est venue vers nous, la main tendue.

– Est-ce qu'il y en a un, qui peut me donner un franc ?

Je n'avais rien sur moi. Gérard, réussi à extraire un porte-monnaie de sa poche. Il lui tendit la pièce.

Maryse la pris précipitamment, et réintégra sans un mot, le bureau du notaire.

Nous avions décidé d'attendre Maryse dans la voiture.

Maryse apparu dans la rue, un peu ébouriffée, un dossier de carton rouge sous le bras. Elle jeta un regard circulaire. La vue de la *4cv* déclencha un sourire. Elle vint nous rejoindre.

– Je n'ai pas tout compris, mais je crois que c'est bien ! Je ne m'attendais pas à ça !

Elle était assise derrière moi.

– Il y a encore un truc. Maxime veut me voir chez lui dans une heure.

Gérard et moi, nous nous sommes retournés, d'un seul mouvement, vers elle.

– Avec toi, Romain. C'est lui qui me l'a dit. Pour que tu sois témoin ! Il a insisté.

***

Nous avons eu le temps de discuter, en sirotant un café. Olivier nous tournait autour. Il attendait certainement de nous, le signe qui lui permettrait de s'insérer dans ce qu'il pressentait être lié aux questions que nous lui avions posées, à propos du projet de Maryse.

Mais nous n'y avons pas pensé !

Gérard tenait à rester avec nous. Une nouvelle fois, il a garé sa voiture à quelques mètres de l'entrée de l'immeuble où habitait Roudier.

– Je vous attends.

Maxime Roudier nous avait certainement vus, de sa fenêtre, descendre de la voiture. Sa porte était ouverte. Maryse est entrée, je l'ai suivie.

Il était affalé, dans son fauteuil, le long du mur, proche de la fenêtre. De cette position, il avait pu nous voir arriver. Il avait disposé devant lui, deux chauffeuses, et une petite table basse. Il nous attendait.

Il nous désignait les deux sièges.

– Maryse a dû te dire pourquoi, je souhaitais ta présence.

Il continuait à me tutoyer. L'envie de lui rendre la monnaie de sa pièce, de l'insulter, de le rappeler à ses plaisirs malsains, m'envahissait. J'ai eu peur de céder. Sans doute, en guettait-il les signes. J'ai serré les dents.

Je me suis assis dans une des deux chauffeuses, j'ai croisé les jambes, et j'ai planté mes yeux dans les siens, en silence. Il n'a pas cillé.

Maryse m'imita.

Ses mains, posées sur les bras du fauteuil, tremblaient.

Max les regardait aussi.

Nous sommes restés silencieux, quelques secondes.

Maxime s'est adressé directement à Maryse, lui rappelant quel était le contenu des documents contenus dans son dossier. Il avait un ton monocorde, didactique, soulignant quelques points, qu'il considérait importants.

– Ce que nous avons signé ce matin, c'est un bail commercial, à durée indéterminée. Tu pourras le rompre à ta guise, avec un préavis de trois mois, mais pour ce qui me concerne, ou ma mère, nous ne pourrons le résilier, que si tu ne tiens pas les engagements qui y figurent. Tu les liras. Rien de bien contraignant.

Nous te cédons le stock de marchandise, pour un Franc. Tu l'as payé au notaire. Il a été évalué au dernier inventaire à 1695 francs, valeur d'achat. Tu as de quoi te constituer un fonds de roulement, une trésorerie, pour démarrer.

À la date de signature, toutes les factures des fournisseurs, et l'eau et l'électricité sont soldées. Durant les trois premières années, on te concède une franchise de loyer. Après cette date, le loyer sera fait en fonction de la pratique de loyer de la rue. Le notaire s'en occupera. Ton salaire du mois te sera versé entièrement à la fin de ce mois, bien que nous ne soyons que le douze. Le notaire a bien voulu te préparer tous les documents nécessaires, à ton inscription à la chambre du commerce, et aux petites démarches administratives des commerçants. Tu as le temps, puisque tu es sous le statut de salarié jusqu'à la fin du mois. Tu passeras à l'étude. Demande à voir la clerc du notaire. Elle remplira les dossiers avec toi. Tout est payé avec eux. Il faudra aussi que tu ouvres un compte bancaire.

Voilà ce que je fais, pour solder ce que je te dois, ou plutôt, ce que tu crois que je te dois. N'attends rien d'autre de moi, et surtout, ne me remercie pas.

Une dernière chose. Pour tout ce qui concerne la suite de ce que l'on vient de conclure, tu verras avec ma mère. Elle est au courant de tout !

Pour ce qui concerne l'emploi de ta mère, maman a décidé de la garder à son service, à la seule condition qu'elle n'ait jamais connaissance de ce que tu sais.

Au moindre doute, ma mère l'enverra chercher du travail ailleurs.

Sa voix s'était faite dure.

– Voilà c'est terminé pour moi, avec toi. Tu peux partir.

Nous nous levions.

– Romain, c'est bien ton nom ? J'ai à te parler. Tu peux rester ?

J'ai fait signe à Maryse de partir.

– Dis à Gérard de ne pas m'attendre.

Il me regardait, comme l'on regarde un mur de près, sans se soucier de ce qu'il y a derrière. Je ne sais pas ce qu'il cherchait. Je percevais une interrogation, un étonnement.

– Bien que tu aies tenté de m'expliquer comment tu t'étais fourré dans ce bazar, je crois que je n'ai pas tout compris. Au fond, ça n'a aucune importance. Je crois finalement, que tu te fous complètement de ce que je suis, de ce que j'ai fait. Je pense que tu n'as qu'une envie, passer à autre chose, te sortir d'une histoire dans laquelle tu n'aurais jamais voulu être. Mais je n'en suis pas certain.

Son bras droit sortit de l'ombre. Sa main qui reposait maintenant sur l'accoudoir de son fauteuil, dans ma direction, tenait un pistolet. L'arme n'était pas vraiment pointée vers moi. Elle était présente. Max me donnait volontairement, une information incomplète, sur ses intentions.

– Dis-moi quelque chose qui me rassure.

J'étais tétanisé. Je vis son visage se détendre, un sourire s'esquisser. Il retrouvait son domaine.

– Tu as peur ?

Je n'ai pas répondu. Mes yeux, rivés sur l'arme, ne pouvaient s'en détacher. Mon cœur bousculait violemment ma poitrine. La boule qui me bloquait la gorge, n'aurait de toute façon, laissé aucun son en sortir.

– Je vais te rassurer avant que tu ne te pisses dessus, et salisse mes tapis ! Je n'ai jamais tué que des soldats, des combattants. Ils voulaient me tuer aussi. Ce n'est pas maintenant que je vais me salir les mains, en abattant un minable traîne savate.

Il y eut un instant de silence. Il semblait réfléchir. Il prit l'arme par le canon et me la tendit.

– Tu connais ? MAC 50, calibre 9, semi-automatique. Je l'ai récupéré sur le corps d'un officier Viet. Comment il l'avait eue, sans doute comme moi, sur le corps d'un de mes camarades. Mais je ne l'ai pas déclarée. À quoi bon, c'était mon cadeau souvenir ! Deux semaines après, j'ai sauté sur une mine. Mes camarades ont rangé ça dans mes bagages, quand j'étais à l'hôpital. C'était l'arme de poing de la plupart d'entre nous. Prends-le, n'aie pas peur, ça ne mord pas !

Il devenait arrogant. Je ne saurais expliquer comment ni pourquoi, la terreur qui s'était incrustée en moi, s'évacuait comme la vapeur est libérée par la soupape. Je donne cette image, car c'est celle qui s'est présentée à moi, telle que je la ressentais.

J'ai pris l'arme par la crosse. Je l'ai armée. J'ai mis l'œil sur la ligne de mire, vers un point inconnu, au travers de la fenêtre. J'ai repoussé doucement le chien, et lui ai tendu son pistolet. Il l'a pris avec lenteur, en me regardant.

Je me suis levé. Il ne m'a pas suivi du regard. Avant d'entrer dans le vestibule, je me suis arrêté. J'avais envie de lui dire quelque chose. Il n'avait pas bougé. Je suis sorti.

J'allais sortir dans la rue lorsque j'ai entendu le bruit. J'ai d'abord cru qu'il m'avait suivi et tiré dessus. Je me suis retourné.

J'ai remonté les escaliers en courant. Arrivé sur le palier, j'ai hésité un instant.

Dans l'appartement, je l'ai vu tout de suite, dans le fauteuil. Sa tête pendait en arrière du dossier, son bras dans le prolongement.

Je me suis approché. Mes jambes me portaient à peine. Sa poitrine était noyée dans le sang. Quelques goutes commençaient, longeant le bras, la main, à tomber sur le tapis. Sa main droite, plaquée sur sa poitrine, tenait encore son pistolet, enroulé dans les plis de sa veste d'intérieur.

J'ai dévalé les escaliers. Je n'ai vu personne.

VIII

Deux lectures consécutives, avaient convaincu Jacques, que l'écriture de Simon était celle qui convenait, dans la forme et le fond.

C'est, en résumé, ce qu'il venait de dire, sans conviction, à Simon.

***

Simon ressentait la lassitude, le manque d'intérêt, qui transpirait des propos, et de l'attitude de Jacques.

Simon fit le lien avec ce qui s'était passé, quelques semaines auparavant, lorsque Jacques, arrivé au terme de son récit, s'était perdu dans une longue prostration.

Son ami, la tête baissée, encastrée entre ses mains, s'efforçait de ne rien laissait deviner de ce que pourtant Simon pressentait. Il attendait. Malgré lui, inconsciemment, il avait bloqué sa respiration. Doucement les épaules de Jacques tressautèrent. Une détresse contenue, retrouvait son chemin. Elle s'était sans doute, un temps perdue, évaporée comme un fantôme à la naissance du jour, par volonté, par nécessité

Jacques avait mal. Les mots enfin s'échappèrent dans un flux sans contrôle. Ça lui mordait les tripes, comme parfois une photo retrouvée, d'une image oubliée, cachée, par surprise, fouette le cœur. Il disait à Simon cette fatigue dont il ne dominait plus les conséquences. Puis, il se tut. Il s'essuya les larmes du revers de sa main, haussa les épaules.

– Excuse-moi, Simon, je ne sais pas ce qui m'arrive. Ça ira. Il sourit.

Simon, dans une pensée fugitive, se dit que parfois le corps s'associe aux blessures de l'esprit, peut-être pour le dégager, d'un trop-plein dont on ne sait rien.

***

Ils relurent, tous les deux, des parties du texte où Simon avait des doutes. Jacques acquiesçait à toutes ses propositions, sans enthousiasme, comme s'il ne se sentait plus vraiment concerné.

Jacques posa sa main sur la pile de feuilles.

– Et maintenant, qu'est-ce que tu comptes faire de ça ?

– Attends, lui dit Simon.

Il ouvrit le tiroir de son bureau, et en sortit deux chemises contenant des feuilles .Il disposa les trois piles, en prenant garde à respecter un ordre, qu'il avait préétabli.

– Voilà, trois paquets qui font le récit des tribulations de Romain ! J'empile à partir de la fin et j'en fais un tout. Qu'en penses-tu ?

– Oui mais, tu ne m'as pas répondu, que comptes-tu en faire ?

– Je ne sais pas ! Mais nous devions terminer cet objet en commun. C'est presque fait.

– Comment ça, presque fait ?

Simon ne répondit pas.

Jacques leva la tête et planta son regard dans les yeux de Simon. Ils demeurèrent quelques instants les yeux dans les yeux, sans que l'un ou l'autre veuille ou puisse en dire plus.

Devant le magnétophone, Jacques avait buté sur une réalité : La mort de Maxime Roudier était un fait. Il n'avait pu en faire abstraction. Il lui fallait dire cet évènement, le planter là, en conclusion. Mais, même le masque de Romain, ne lui avait pas permis de se départir de l'émotion qui lui bloquait la gorge lorsqu'il l'évoquait. C'est lui de corps et d'esprit, qui avait vécu ce drame, dont la présence récurrente, l'accompagnait.

Il soupira bruyamment, comme s'il subissait la nécessité impérative de vider ses poumons. Il prit conscience que Simon ne se contentait pas de cette fin lapidaire.

Sa pensée s'évada, barbare, par une dérision imprévue, vers ces mots, dont l'image l'envahit, dédicace anonyme gravée sur la pierre du tombeau de Max : *« J'ai dévalé les escaliers, je n'ai vu personne. »*

– Je comprends ! Pose, les questions. Elles seront dans le fil de ce que tu as écrit. Je te donne la main.

Jacques ajouta, mi-figue, mi-raisin :

– Je vais essayer de répondre. Mais ne compte pas trop sur la réalité factuelle du contenu. Je ne la sais plus très bien moi-même.

Il se leva, se dirigea vers la fenêtre de la pièce.

– Je peux ouvrir ?

Il le fit sans attendre de réponse.

La jubilation qui l'avait envahi ce matin, dès que le premier rayon de soleil eut heurté ses pupilles, s'était effondrée comme un château de cartes. Il voulait, de nouveau, avaler les vapeurs du printemps qui cognaient à la vitre, chasser le poids, revenu bloquer sa respiration.

Simon l'observait. Il hésitait. Il ne savait pas s'il devait vraiment poursuivre. Il devinait que Jacques continuerait à se prêter au jeu. Mais à contrecœur, dans le désir de ne rien casser, des liens qui les rassemblait autour de ce projet.

Lorsqu'il avait entendu, écouté, réécouté, sur le magnétophone, le récit que Jacques avait fait des circonstances de la mort de Roudier, il avait douté de la réalité des faits. Il s'était retenu de poser la question. Il était, depuis le début, convenu, que la part de fiction ne serait jamais évaluée, par l'un ou l'autre. Le jeu n'était possible, qu'a cette condition.

Mais ni lui, ni Jacques, n'avaient envisagé la mort violente d'un personnage du récit. Simon ne pouvait le croire capable, dans cette circonstance, de maintenir l'ambigüité de la fiction, ou de la réalité,

Il se disait que continuer pouvait mettre son ami en danger. Ce qu'il savait maintenant, pouvait être oublié, mais cette décision avait une conséquence obligatoire. L'objet littéraire, le récit, ce travail d'artisan, partagé, devrait être détruit, jeté, sans plus d'intérêt. Jacques s'en était déjà détaché. Simon l'avait vu, avec inquiétude, s'en lasser, ce matin, au cours des lectures. La fiction l'avait rattrapé, trop proche de ses doutes, de ses angoisses. Jacques s'écrasait dans un passé dont il s'était défaussé sur un double, par le jeu de l'écriture. Mais il n'avait pas pris la distance suffisante pour le laisser vivre, s'échapper. Les mauvais hasards qui s'étaient enchaînés, avaient incrusté sa pensée, son écriture.

Simon se demanda s'il n'était pas, en partie, responsable de ça. L'évidence, répondit immédiatement : Il l'était, par la passion qu'il avait eue pour ce projet. Sans que l'un ou l'autre s'en rende compte, il avait petit à petit, suggéré, la construction d'un récit, autour d'un personnage, Romain, qu'il avait, en réalité, toujours identifié à Jacques. Il avait réservé le jeu de la fiction, pour remplir les blancs qui demeuraient.

Il réalisa, que le vrai moteur de ce travail, n'avait été pour lui, que la nature prégnante de ses sentiments pour Jacques.

– D'accord, que s'est-il passé après ? Tu as vu tes amis ?

– En fait, je ne me rappelle plus. Mes souvenirs commencent au lendemain de ce jour-là. Dans mon lit, j'ai été réveillé par un rêve. Mais ce n'était pas un rêve. Juste le film de la veille, qui repassait en boucle. Je n'allais jamais plus loin que le porche de l'immeuble. Je n'osais pas me lever, me frotter aux regards, aux questions. Il s'interrompit :

– Dis-moi, je pense que tu as déjà compris, que tout ça est une vraie réalité. Ça s'est passé !

Simon hocha de la tête.

– Danny et Gérard sont entrés brutalement dans ma chambre. Ils venaient d'apprendre la mort de Roudier. Sa mère était passée au magasin, pour en informer Maryse.

Lorsque je les ai rejoints, Maryse, assise sur une chaise, était livide. Je suis resté silencieux. Lorsqu'elle m'a vu, elle a dit, que ce qui était arrivé était de sa faute, et de la nôtre aussi. Gérard et Danny ignoraient encore les causes de la mort. Elle nous a tout lâché. Madame Roudier lui avait donné les détails du suicide de son fils. Maryse s'est effondrée dans ses bras. Madame Roudier, ne l'avait pas repoussée. Elle savait tout, des relations que son fils entretenait avec Maryse.

– Il m'a raconté, il y a deux semaines. Lorsque nous avons faits les papiers pour vous. Il avait honte, mais il n'y a qu'à sa mère qu'il pouvait l'avouer. Il faut lui pardonner. Il n'était plus un homme, depuis qu'il avait été déchiqueté, en faisant son devoir. J'aurai tant voulu qu'il se pardonne à lui-même. Il a réparé maintenant. Je respecterai ses volontés.

Elle l'a aussi suppliée de protéger sa mémoire d'officier.

S'adressant solennellement à nous, Maryse a rajouté, qu'elle ferait tout pour aider cette pauvre dame.

– Elle sera un peu, ma seconde mère. Je m'occuperai d'elle.

J'étais écœuré, en colère. Les mots sont partis vite, trop vite.

– Bla, bla ; Bon, c'est bien tout ça ! Mais entre nous, ça fait cher payé, le magasin de chapeau.

– Tu lui as dit ça ? Comment a-t-elle réagi ?

– Elle s'est jetée sur moi, m'a giflée, griffée. Je n'ai même pas essayé de me protéger. C'est Danny qui s'est interposée.

Après un moment, je lui ai demandé pardon en chialant comme un môme ; Elle m'a pris dans ses bras. Je crois qu'on a tous pleuré.

Tu dois penser qu'on est tous des gros cons, immatures, dégueulasses ? Quand je pense que je me suis permis de m'insérer dans le parcours d'une vie, jusqu'à ce qu'elle disparaisse ! Je me dégoûte. Et pourquoi ? Au fond, c'est bien pour un magasin de chapeau ! J'aurai dû me souvenir de ce que tu m'avais dit à propos de la morale. D'y réfléchir, avant d'y adhérer ! Je me demande encore, presque chaque jour, de quel droit j'ai éprouvé du mépris pour ce pauvre gars.

– Tu as des nouvelles de tes amis ?

– À part le courrier de Gérard que tu m'as remis tout à l'heure, rien. Je n'ai pas trop envie d'en parler. Tu sais, entre amis, lorsqu'il y a quelque chose de trop dur pour qu'on puisse le partager, on tourne autour, on l'entoure de banalités. J'ai horreur de ça. Gérard a fait un effort pour m'écrire. Mais tous les deux on sait depuis le début, que l'on ne pourra plus jamais se regarder dans les yeux sans revivre ce que nous voudrions effacer de nos mémoires. Alors, il vaut mieux s'éloigner.

– Tu ne vas pas lui répondre ?

Jacques fit non, de la tête.

– Tu sais, je ne leur ai jamais dit ce qui s'était passé, lorsque Roudier s'est mis une balle dans la poitrine. Mais Ils savent, qu'en tout cas, je ne pouvais pas être très loin. Ils ne m'ont pas posé une seule question ! J'en ai conclu, que cette question, ils l'ont dans leur tête.

Pendant les semaines qui ont suivi, nous n'avons pratiquement jamais pu parler de ça, mettre tout sur la table, un peu pour vérifier que nous pouvions digérer. J'ai été tenté de le faire. Danny et Maryse évitaient de se retrouver seules avec moi. Mais, c'est paradoxal, je crois qu'en cette période, nous n'aurions pas pu nous séparer. Je n'ai pas d'explications à ça !

Maryse, quelques jours après, nous a dit qu'elle allait à son enterrement. Comme si, cela allait de soi ! Lorsque je l'ai vue ajuster devant la glace son bibi noir et cacher ses yeux sous la voilette, j'ai serré les dents.

Simon tourna autour de son bureau, ouvrit un tiroir.

– J'ai quelque chose à te montrer. Avant, il faut que je t'explique. Lorsque tu as terminé ton récit sur la mort de ce type, j'ai eu un choc ! Comme tu t'es arrêté là, comme pour mettre un point final à un évènement dont les conséquences ne pouvaient pas se conclure comme ça.

Fiction ou réalité, tu m'avais presque précisé ce qu'il en était. Mais une mort par suicide, ça ne se termine pas comme ça !

– Et alors ?

– J'ai téléphoné au journal local. Au service des faits divers, ils m'ont tout de suite répondu ; ils m'ont passé le journaliste qui avait suivi l'affaire. Le gars était sympa, bavard. Il m'a demandé ce qui m'intéressait dans cette histoire.

Je lui ai dit que j'étais enseignant, que je faisais un travail universitaire avec un collectif, sur les militaires de carrière qui ont fait l'Indochine. Que sont-ils devenus, après ? J'ai brodé un peu en lui disant qu'un de mes collègues a toute sa famille dans la ville. Lorsque je lui ai parlé du travail du collectif, il m'a tout de suite mis sur cette piste. La famille Roudier semble être bien connue dans la ville.

Ce gros bobard ne lui a pas posé de questions. Le gars m'a cru, ou a fait semblant ! Il m'a dit quelques mots de ce suicide, d'un officier blessé et démobilisé. Il s'est empressé de me proposer de m'envoyer son article.

– En fait, il y en a eu deux, m'a-t-il précisé. Lorsque je lui ai demandé combien je devais envoyer au journal, il a rigolé. - Juste deux microfiches à copier. Si vous publiez quelque chose sur ce sujet, vous n'aurez qu'à citer le journal, et mon nom. Donnez-moi votre adresse. Deux jours plus tard, j'ai reçu les articles, les voila.

Jacques restait silencieux.

– En fait, ils ne font que confirmer ce que le journaliste m'a dit de cette affaire. Je te l'ai dit, c'est un bavard. Tu sais qu'il y a eu une enquête de police ?

Jacques haussa les épaules.

– Je pense qu'il y en eu une. Mais tu sais que je ne lis pas la presse. D'autre part, jusqu'à mon départ pour Paris, je n'ai jamais abordé ce sujet avec quelqu'un. En tout cas, personne n'est venu me poser de questions. Ils n'ont pas dû aller trop loin. Je devais avoir mes empreintes sur l'arme.

Il regarda Simon.

– Ça aussi, c'est vrai.

– D'après ce que m'a dit le journaliste, ils l'on fait. Ils avaient une bonne raison pour ça.

– Une bonne raison ? Laquelle ?

– Pour ce qui est des empreintes, ils n'ont rien trouvé. Juste quelques traces, celles correspondant à Roudier. L'arme baignait dans le sang. Ça peut expliquer la disparition des tiennes. Mais j'ai pensé à une autre explication. C'est peut-être Roudier, qui les aurait effacées, avant d'utiliser l'arme contre lui.

Jacques devint livide. Il ouvrit la bouche, mais aucun son n'en sorti. Il poussa un profond soupir, se leva pour aller jusqu'à la fenêtre ouverte. Il resta quelques instants, appuyé sur la rambarde.

– Alors, quelle bonne raison ?

– Il y a eu une autopsie. Ils ont découvert qu'il y avait eu deux balles de tirées, à bout portant.

Jacques semblait ahuri.

– Deux balles ! Tu te moques de moi, ce n'est pas possible !

– Attends, ne t'affole pas ! Voilà les conclusions de l'enquête de police, telles que le journaliste a pu les obtenir de ses contacts. Maxime Roudier était membre du club de tir du patelin. Il avait la réputation d'avoir le meilleur rapport rapidité de tir, précision, du club. Le journaliste a interrogé le président du club, et quelques uns des types qui côtoyaient Roudier au stand. D'après eux, il avait ajusté la sensibilité de la détente pour maximiser la rapidité du tir. Il y en a un, qui lui a précisé, que c'était une habitude, dans les unités appelées à faire du combat rapproché.

La police, a conclu à un deuxième tir réflexe. Dans la poitrine, il parait que c'est possible. L'avis du journaliste, c'est que la police ne pouvait pas ou plutôt ne voulait pas envisager autre chose. Dans le deuxième article, il était fait référence à l'engagement patriotique de Roudier, dans une association d'anciens d'Indochine d'obédience Gaulliste. À titre confidentiel, le journaliste m'a laissé entendre, que son rédacteur en chef, lui avait demandé de laisser tomber cette histoire. Qu'est-ce que tu en penses ?

– Pas grand-chose. J'étais en bas de l'escalier quand j'ai en entendu la, ou les détonations. S'ils disent qu'il y a eu deux balles de tirées, c'est que c'est vrai.

En tout cas, ce dont je suis certain, c'est de n'avoir croisé personne dans les escaliers, et que l'appartement était vide lorsque j'y suis retourné. Et puis, je vois mal Roudier se faire prendre son arme sans se défendre. Il était assis dans son fauteuil, comme lorsque je l'ai quitté.

Simon semblait réfléchir. Il parla lentement, détachant les mots, comme s'il hésitait :

– Mais à toi, il t'a bien tendu son arme ?

Jacques s'approcha de Simon. Un masque de stupéfaction recouvrait son visage.

– Tu n'insinues pas que j'aie tué ce type ?

– Mais non, calme-toi. Est-ce que tu crois que je te conserverais mon amitié, si j'étais persuadé que tu es un assassin ? Quoi que, je ne sais pas, ajouta t'il, en mettant une grande tape dans le dos de Jacques.

– Mais au fond, au niveau de l'histoire, je trouve que ça serait plus captivant. Tu ne crois pas ?

– Tu ne manques pas de culot !

– Mais non, oublie-toi un peu. Prends de la distance, pense aux personnages. Ils n'intéressent personne, s'ils sont comme tout le monde, s'ils acceptent l'insulte, ou le mépris, sans répondre par la haine, si leurs désirs ou leurs amours, ne s'assouvissent que sous contrat, s'ils sont gentils, tolérants, soucieux de la loi, s'ils respectent leurs adversaires.

– Tien, écoute.

Il prit un livre, qu'il avait laissé trainer sur une chaise. Il l'ouvrit sur le signet qui débordait.

– Tu connais Isidore Ducasse ? Alias comte de Lautréamont. Non ? Ce qu'il a écrit de plus connu, bien que cela ne le soit pas trop, et qu'à ma connaissance, il n'ait rien publié d'autre, c'est, *Les chants de Maldoror.* Pour Ducasse, le monde est une fiction cruelle, la réalité telle qu'on l'entend, n'existe pas.

Ecoute, tout ce passage dans le chant deuxième. :

– Si un de tes camarades t'offensait, serais-tu heureux de le tuer ?

– Mais c'est défendu !

– Ce n'est pas si défendu que tu le crois. Il s'agit simplement de ne pas se faire attraper. La justice qu'apportent les lois ne vaut rien ; c'est la jurisprudence de l'offensé qui compte.

Simon se tut un instant, les yeux fixés sur Jacques, comme s'il en attendait une réaction.

– Tu veux que je répète ?

Jacques fit un geste de dénégation.

– C'est la jurisprudence de l'offensé qui compte ! C'est celle qui attire l'attention, l'admiration. Beaucoup peuvent s'y reconnaître, dans le secret de fantasmes et de frustrations cachés.

Tu me diras, qu'est-ce que l'offense ? Tu as raison. En l'occurrence, dans ce contexte, je dirais, que l'offense est le ressenti d'une injustice qui ne peut pas être réparée par la justice. La réparation en est confiée à l'offensé ! C'est le sens que je donne, à cette jurisprudence de l'offensé.

Chaque individu, je crois, a dans sa vie, dans telle ou telle circonstance, partagé ce sentiment.

Lorsque l'offense est partagée par d'autres, qui se sentent concernés, la rancœur s'installe en silence, à l'affut de celui, ou de celle qui la prendra en charge, et l'exprimera au nom de tous. Si pour cela, la loi est violée, tout lui sera pardonné par cette communauté, regroupée autour d'un mépris, d'une haine, d'un désir de revanche, ou de tout autre sentiment de compréhension, d'adhésion.

Mais, en littérature, pour prendre du corps, de l'épaisseur, exister, le personnage, le héros, doit être confronté à des obstacles qu'il ne sera pas en capacité de surmonter, sans transgresser les règles établies, quelles qu'elles soient. Il faut que le lecteur puisse le juger, et l'évaluer, en toute liberté, selon ses propres critères. J'aimerais, que l'on puisse terminer notre histoire, avec un personnage de cette dimension.

Simon avait débité son laïus, le sourire aux lèvres. Sans doute pour permettre à Jacques d'évacuer la tension qui le tenait.

Jacques ignora le sens que Simon lui suggérait de mettre à ses propos. Il était ulcéré de la dérision dont celui-ci entourait ce qui constituait encore un drame pour lui.

– Tu me fatigues un peu avec tes théories fumeuses. Tu ne me demandes pas par hasard, de me mettre en scène, comme étant l'assassin de Maxime Roudier ? Et celui-ci pouvant être reconnu comme un immonde salop par une communauté vertueuse, celle-ci exprimera de la compréhension pour cet assassinat qu'elle jugera légitime. Peut-être même la portera-t-elle en exemple ? Mais les juges enverraient l'assassin à la guillotine ! Et as-tu envisagé l'hypothèse que pour eux, Romain et Moi, ne fassent pas deux !

Et puis, ta théorie de la jurisprudence de l'offensé n'est pas très éloignée de la loi du Talion !

Simon éclata de rire.

– Pas vraiment ! Je te rappelle que la loi du Talion consiste à faire subir au coupable la même offense que celle qu'il a infligée

Jacques, se laissa tomber lourdement dans son fauteuil, l'air décontenancé. Il sourit brièvement.

– D'accord, mais je t'avoue que j'ai du mal à t'entendre parler de ces évènements, comme s'il ne s'agissait que d'organiser la chute de ce récit. Malheureusement, pour moi, cet épilogue est lourd de sens. Je t'ai déjà tout dit sur ça. Est-ce que tu me comprends ?

Simon se leva, posa sa main sur l'épaule de Jacques.

– Oui, je te comprends ! J'ai peur que tu ne prennes mal ce que je vais te dire, mais nous ne sommes là, ensemble, que pour conclure un objet littéraire, pas pour faire le compte-rendu d'un évènement. Je crois que pour toi, c'est peut-être une façon de t'éloigner un peu de la responsabilité que tu t'attribues, dans la mort de cet homme. Tu m'as demandé, dans un de tes courriers, si le personnage du récit pouvait influencer les pensées, voir les actes, de son créateur. Pose-toi la question ! Ton sentiment de culpabilité, ou celui de Romain si tu préfères, est-il objectif ? Ou est-ce une construction utile à la cohérence de l'histoire que l'on raconte ? Après tout, ce Maxime Roudier n'est pas la copie conforme de l'homme que tu as rencontré, c'est aussi un personnage de fiction. L'homme, le vrai, de mon point de vue, ne pouvait être qu'un type profondément frustré, dépressif, au bout de son envie de vie. Ce qu'il faisait avec ton amie n'était qu'un placebo dont il savait qu'il aurait un terme. Il a choisi d'y mettre fin, avec l'aide du compagnon dont il semblait le plus proche.

Jacques l'interrompit, surpris.

– De qui parles-tu ?

– De « Quoi », je parle ? De son pistolet !

Ils restèrent en suspension, dans le silence.

– Pour le titre, *Les tribulations hétérodoxes d'un jeune homme,* comment trouves-tu ça ? lui demanda Simon.

– C'est assez explicite. Mais, en fait, nous sommes trois. Toi, Moi, et mon Double.

Simon le regardait, perplexe.

Jacques précisa. – disons deux ! Moi et Romain. En ce qui te concerne, tu es témoin et narrateur. Je pense à un titre qui le précise : *Tribulations hétérodoxes d'un double et de son original.* Qu'en penses-tu ?

Et au sujet du texte et de sa conclusion, tu ne m'as pas dit ce que tu avais en tête.

Simon pris deux verres dans la vitrine, et une bouteille de whisky.

– D'accord pour le titre, tu as raison. Pour le reste, voilà ce que l'on va faire. On va boire, à notre personnage, à notre héros. S'il est l'assassin de Max Roudier, nous lui accorderons l'impunité. Les jurés, c'est nous ! Bien qu'il n'ait pas été lui-même, la victime de l'offense. Il a été le bras de l'offensée. Nous lui rendrons cette justice, en vertu, de la jurisprudence de l'offensé.

Jacques le regardait, les lèvres soudainement fendues d'un large sourire. Il leva son verre.

– J'ai compris Monsieur le philosophe. Tu as vraiment l'esprit tordu ! Mais j'accepte ta version de l'histoire. De toute façon, je te lègue ma part de ces écritures. Tu feras ce que tu voudras du tout. Tout ce qui est posé sur ces feuilles, tout ce que nous nous sommes dit. Cette expérience m'a éveillé. J'ai formulé, mis en scène, ce qui dormait en moi, ce que je ne comprenais pas du sens de mes actes, d'un itinéraire que je n'avais pas choisi, qui semblait s'imposer à moi. Je suis revenu dans le ventre de ma mère, et j'en suis sorti à vingt ans, maintenant, avec l'envie de vivre. Je te dois beaucoup pour ça !

Il resta un instant silencieux.

– Je crois savoir pourquoi tu essaies de me vendre ce subterfuge, sous prétexte de donner une fin romanesque à ce récit. Tu aurais dû être avocat, un bavard. Il pointait son doigt sur la poitrine de Simon…

– Tu veux me détourner de la violence de cette confrontation, avec le sentiment de culpabilité, que m'a imposée la mort de ce type ! Ce n'est après tout peut-être pas aussi grave que je le crois. C'est comme ces vagues, qui venaient de loin, nous frapper, nous couper la respiration, et comme fatiguées, s'éloignaient, et laissaient du temps au calme. J'en suis là ! Je sais que ces abordages s'estomperont. Sans doute laisseront-ils des traces. Mais à quoi bon chercher de bonnes ou mauvaises raisons à ce qui s'est passé. Mauvaise cause, bonne cause, qui peut en juger, si ce n'est ceux-là même qui s'y sont impliqués. J'en suis, et ma foi, je m'appliquerai à moi-même, mon intime conviction ; plus tard !

Finalement cette aventure de l'écriture c'est comme une grande lessive d'un temps passé. J'arrive à aimer le mot demain !

Et puis ton baratin sur la « jurisprudence de l'offensé », c'est loufoque, mais ça te permet d'écrire le mot fin. N'est-ce pas ?

Simon, la bouche entre-ouverte, sa bouteille à la main, ne trouva rien à dire.

Jacques se rapprocha de lui, posa sa main sur son épaule.

– D'accord, jouons ce jeu. On va boire à la santé du Double ! Cul-sec ?

Ils portèrent leurs verres en même temps, et l'avalèrent d'un trait.

– À Romain, crièrent-ils, libérés, écarlates, d'une seule voix.

***

Ils étaient calmes, débarrassés d'une tension qui venait de loin. Ils avaient nourri tout ce temps, de la liberté de ne pas être avalé, par la passivité d'une société contractée dans un statu quo, tenace, mais fragile. Ils s'étaient inventés un monde particulier, un monde à deux, binôme secret, égoïste, ironique, sarcastique, orgueilleux. Ils n'avaient jamais été tentés par le rejet ou la révolte. À quoi bon détruire ce qui les inspirait, leur différence.

Jacques se leva et décrocha sa veste pendue sur la patère.

– Tu t'en vas ? Simon semblait sortir d'un demi-sommeil.

– Non, enfin je ne sais pas.

Il sortit de son vêtement une feuille de papier pliée en quatre.

– Tu te souviens ? C'est ta lettre de l'année dernière. Il y a une phrase qui vient de me revenir. Tiens, écoute : *Demeurer silencieux, submergés ? Comment exister avec ce préalable, suggéré, insidieux, de naître « rien », de n'avoir été « rien », de n'être « rien » en devenir ?*

Simon le regarda, interrogatif.

– Et maintenant ?

(*)

En avril 1968, pour une heure de travail au SMIG, soit 2.2 francs, on peut s'acheter, 5 baguettes, ou 3 litres de lait, ou 2 quotidiens, ou 1 paquet et demi de cigarettes, ou 2 litres d'essence. Le parc des logements se répartit comme suit : Sans eau courante, 18%, WC sur le palier, 48%, sans eau chaude, 50%, sans baignoire ni douche, 53%, sans chauffage central, 65%, sans téléphone, 85%.

Dépôt légal : avril 2019
Achevé d'imprimer : avril 2019
COPYMÉDIA
www.copy-media.net
Avenue de Guitayne - 33610 CANÉJAN
Imprimé sur papier Clairefontaine fabriqué dans les Vosges.